I0650998

COLLECTION MICHEL LÉVY

— 1 franc le volume —

1 franc 25 centimes à l'étranger

FRÉDÉRIC SOULIÉ

— ŒUVRES COMPLÈTES —

LE CONSEILLER D'ÉTAT

NOUVELLE ÉDITION

PARIS

MICHEL LÉVY FRÈRES, LIBRAIRES-ÉDITEURS

RUE VIVIENNE, 2 BIS

1858

COLLECTION MICHEL LÉVY

ŒUVRES COMPLÈTES

DE

FRÉDÉRIC SOULIÉ

POUR PARAÎTRE DANS LA COLLECTION MICHEL LÉVY

ŒUVRES COMPLÈTES

DE

FRÉDÉRIC SOULIÉ

UN VOLUME PAR SEMAINE

LES MÉMOIRES DU DIABLE.	2 vol.
CONFESSION GÉNÉRALE.	2 —
LES DEUX CADAVRES.	1 —
LES QUATRE SŒURS.	1 —
AU JOUR LE JOUR.	1 —
MARGUERITE. — LE MAITRE D'ÉCOLE.	1 —
HUIT JOURS AU CHATEAU.	1 —
LE BANANIER. — EULALIE PONTOIS.	1 —
SI JEUNESSE SAVAIT !... SI VIEILLESSE POUVAIT. . . .	2 —
LE PORT DE CRÉTEIL.	1 —
LE CONSEILLER D'ÉTAT.	1 —
UN MALHEUR COMPLET.	1 —

Les autres ouvrages paraîtront successivement.

IMPRIMERIE DE BEAU, A SAINT-GERMAIN-EN-LAYE.

LE

CONSEILLER D'ÉTAT

PAR

FRÉDÉRIC SOULIÉ

PARIS

MICHEL LÉVY FRÈRES, LIBRAIRES-ÉDITEURS

RUE VIVIENNE, 2 BIS

1858

LE CONSEILLER D'ÉTAT

I

EXPOSITION.

Il était à peu près dix heures; une femme, enveloppée d'une pelissse écossaise, descendit d'une citadine et entra dans une belle maison de la rue Godot-de-Mauroy. Elle monta rapidement jusqu'au premier étage, sonna avec vivacité, et, passant vite devant le domestique qui lui ouvrit :

— Madame de Lubois! dit-elle en marchant vers l'intérieur.

— Elle vous attend, répondit le domestique.

Lorsque la dame dont nous parlons eut ouvert la porte d'une riche chambre à coucher, elle aperçut d'abord tout un costume de bal épars sur les meubles; elle leva les yeux au ciel et haussa les épaules avec impatience; puis elle s'approcha de madame de Lubois qui, la tête appuyée sur une de ses mains, regardait avec attention un portrait suspendu au-dessus d'une étagère.

— Eh bien, Camille, dit cette dame, tu veux donc aller au bal de Derby?

Madame de Lubois se leva sans avoir paru entendre la question de son amie, et, la prenant par la main, elle la mena en face du tableau, et lui dit d'un ton amer et triste :

— Alicia, combien y a-t-il de temps que tu as fait ce portrait ?

— Nous sommes en 1830 : il y a juste deux ans que je te l'ai donné.

— Deux ans ! dit Camille avec un profond soupir. Alors, reprit-elle, tu le considérais comme ton chef-d'œuvre : c'est que vraiment alors il etait vrai; c'est que le calme bienveillant de ce visage disait exactement la simple dignité de l'âme d'Alphonse. Aujourd'hui ce portrait est faux : cœur et visage, tout est changé. O Alicia ! Alicia !... je suis perdue.

— Camille, répondit celle-ci en se débarrassant de sa pelisse et en se montrant en costume suisse, Camille, tu es folle, et, bien plus, tu vas faire une folie. A ce que je vois, tu es décidée à aller au bal de Derby ?

— Mon mari me l'a permis.

— Et t'y mène-t-il?

— Non, il nous y retrouvera; il avait ce soir un rendez-vous d'affaires; un notaire en a toujours quand il veut... Enfin nous irons seules.

— Et que vas-tu faire à ce bal ? reprit Alicia qui avait retenu la main de Camille dans les siennes.

— Mais, mon Dieu, repartit Camille en jouant l'indifférence, j'irai pour m'amuser, pour danser, pour aller au bal, pour me distraire; j'irai pour voir ces réunions d'artistes qu'on dit si brillantes, si gaies, si pétillantes d'esprit. Il y a longtemps que j'ai envie d'y assister; Derby est un des clients de mon mari, c'est une occasion que je ne veux pas manquer.

— Pourquoi mentir avec moi ? reprit Alicia avec effusion, asseyons-nous et causons raisonnablement.

— Mon Dieu ! dit Camille avec impatience, je t'ai priée de m'accompagner chez Derby, voilà tout... Si cela te contrarie, je vais écrire un mot à madame de Drancy : Adèle viendra me prendre, et j'irai avec elle.

— Ce serait encore pis, répondit Alicia. Je t'accompagnerai si tu le veux absolument ; mais laisse-moi te donner, sinon des conseils, du moins des avis.

Alicia s'arrêta ; les deux jeunes femmes s'assirent : gracieuses et charmantes, toutes deux avec des beautés et des grâces différentes, elles faisaient un doux tableau; Camille, les yeux baissés et les cils illuminés de larmes qui chatoyaient à la lueur du feu ; Alicia la regardant presque maternellement et avec une crainte attendrie. Elles demeurèrent un moment en silence ; enfin Alicia lui dit vivement :

— Camille !

Et comme celle-ci ne tourna pas la tête :

— Camille, reprit Alicia en appuyant sur ce nom intime qui est presque un appel d'amitié, Camille, ne va pas à ce bal !

— Mais pourquoi, Alicia ? dit Camille en donnant un air plus amical à l'indifférence qu'elle semblait mettre à son action. Pourquoi n'irais-je pas à ce bal ? Une réunion d'artistes, où je verrai à peu près toutes les célébrités de la peinture, du théâtre, de la musique ; mais c'est une occasion que je ne pourrai guère retrouver. Derby, je te le répète, est le client de mon mari, et ce que je puis faire chez lui serait peut-être déplacé chez un autre.

— J'aurais mauvaise grâce, répondit Alicia, moi peintre, moi dont ce monde est la société habituelle, moi qui vais chez Derby, de te dire que ce que tu fais est inconvenant. Mais tu le penses ; mais le monde, dont tu dépends, le dira, et tu n'es pas en position à te faire blâmer : une femme que son mari commence à abandonner commence à être accusée.

— Je le sais, répliqua Camille avec un sourire contraint, et peu m'importe.

— Tu as donc un intérêt bien grand à aller chez Derby ?

— Mais, mon Dieu ! reprit Camille, on n'a jamais discuté une fantaisie de femme avec ces airs solennels. Écoute, Alicia, je te demande pardon de t'avoir dérangée, n'en parlons plus. S'il est trop tard pour prévenir madame Drancy, j'irai seule.

— C'est donc une résolution inébranlable ? dit Alicia.

— Eh bien, oui ! répondit Camille avec explosion ; je veux y aller, je le veux, je veux la voir.

— Toi, toi, Camille ! s'écria Alicia avec prière, toi te mettre en face de cette femme, toi sortir de tes habitudes, de ton cercle de monde pour lutter avec Césarine ! Mais ta démarche est un triomphe qu'elle n'oserait pas espérer. Césarine, une fille signalée par son dévergondage au milieu du dévergondage même des mœurs du théâtre, Césarine aura forcé une femme honnête, une femme plus belle qu'elle, une femme jusqu'à présent si haut placée dans l'estime de tous, elle l'aura forceé à venir lui disputer son mari dans le salon d'un homme où tu trouveras pour maîtresse de maison une femme qui a été presque fille publique.

— Mais tu y vas bien, toi? reprit Camille.

— Mais moi je suis peintre; mais Derby a été mon maître, mais sa maîtresse est un ancien modèle dont j'ai eu besoin dix fois, mais il y a un motif d'art et de confraternité qui m'excuse, ainsi que beaucoup d'autres, d'aller chez Derby, malgré les quelques femmes perdues qu'il reçoit et qu'il est presque obligé de recevoir, parce qu'elles ont un talent supérieur. Mais toi !

— Eh bien ! moi, j'aurai ma passion, j'aurai mon droit de femme indignement insultée, j'aurai ma folie, si tu veux... mais j'irai. J'irai, te dis-je ; je verrai si Alphonse osera publiquement, et devant ce monde quel qu'il soit, me laisser seule comme il le fait ici; je verrai si devant moi il aura l'audace d'entourer cette femme de soins et d'hommages.

— Et s'il le fait? dit Alicia avec accent.

— Eh bien ! s'il le fait, répliqua Camille, je saurai à quoi m'en tenir, et le monde aussi ! Car enfin, si les femmes qui vont chez Derby ne viennent pas dans nos salons, les hommes vont partout, et il s'en rencontrera peut-être un qui publiera l'infamie de mon mari, qui prendra ma défense, qui me vengera.

— Et... sais-tu, Camille, sais-tu, s'il s'en trouve un qui le fasse, dans quel intérêt il le fera?

— Dans celui de la vérité, sans doute.

— Non, dit Alicia, il le fera parce que ta démarche lui donnera peut-être une espérance qu'à l'heure où je te parle il trouverait impossible, mais que, dans un moment, il croira pouvoir réaliser, parce que tu auras fait un pas hors de la route que tu as suivie jusqu'à ce jour.

Camille demeura un instant interdite à cette observation ; elle balançait sa tête avec agitation, comme quelqu'un qui est pris à l'improviste dans une bonne raison, et qui ne sait comment en sortir. Enfin elle rompit son incertitude en s'écriant vivement :

— Eh bien! il en sera ce qu'il en sera; l'univers entier peut espérer à son aise : il me semble que cela ne m'engage à rien.

— Camille, il y a six mois, tu eusses regardé cette espérance comme une insulte ; aujourd'hui tu l'acceptes indifféremment ; il est donc vrai que tu jettes quelque chose de ta considération à ta vengeance ? O Camille, Camille, ne t'engage pas dans cette voie !

— Allons, dit Camille, c'est toi qui es folle, Alicia ; tu vois des malheurs partout ; il te paraît que je suis une femme perdue, parce que je vais dans un salon de mauvaise compagnie : tu serais femme à crier que je vais mourir, si je me piquais avec une épingle.

— Peut-être, dit Alicia, si elle était empoisonnée.

Camille sonna sa femme de chambre, et la conversation des deux jeunes amies fut interrompue.

Pendant que la chambrière à tablier de percale et Alicia couvrent Camille d'un magnifique costume de sultane, d'un *rococo* sublime, au dire d'Alicia, mais qui faisait Camille belle, non-seulement de ses beautés de tous les jours, mais encore des beautés qui ne sont que du domaine du bal ; pendant ce temps, disons-nous, parlons à nos lecteurs de ces deux femmes que nous venons de mettre en scène et des événements qui avaient amené la résolution de Camille.

Leur histoire, jusqu'au moment où nous l'avons prise, sans être celle du monde, était cependant fort ordinaire.

Alicia, grâce à un legs de douze cents francs de rente, qu'une vieille tante lui avait fait en mourant, avait été élevée dans un excellent pensionnat du faubourg Saint-Honoré. Elle était fille d'un Italien qui suivait, en qualité de faiseur d'affaires, les armées de Napoléon, et qui avait été tué dans la campagne de 1814, lorsqu'Alicia avait tout au plus sept ou huit ans ; la femme de cet Italien, demeurée ainsi dans la misère, mourut quelques mois après lui. La tante qui recueillit Alicia était une dévote qui la fit élever dans une pratique minutieuse des devoirs de la religion ; elle comptait en faire une nonne ; mais la mort l'ayant surprise plus tôt qu'elle ne s'y attendait, elle prit sur sa fortune, qu'elle légua au curé de sa paroisse, une somme de douze cents francs de rente, dont elle confia l'administration à M. Camizard, conseiller d'État, pour pourvoir à l'éducation d'Alicia, *selon les inten-*

tions qu'elle lui avait secrètement confiées. Cette phrase du testament avait semblé aux personnes qui en avaient eu connaissance une manière d'éviter des détails plus longs, et l'on pensait que ces intentions secrètes étaient de mettre Alicia en religion. Mais on fut fort étonné, quelques jours après la mort de la tante, de voir M. Camizard placer Alicia dans un pensionnat des plus renommés, au lieu du couvent auquel on la croyait destinée, et suspendre le régime des messes et des oraisons, pour de fréquentes leçons de danse, de musique et de dessin. Les rapides progrès d'Alicia dans ses nouvelles études, et bientôt son incontestable disposition à devenir un peintre de grand talent, firent présumer que Camizard avait deviné la vocation de cette jeune fille, et on l'applaudit d'avoir préféré de donner au monde un artiste distingué, plutôt qu'une mauvaise religieuse au couvent. Camizard venait voir souvent sa pupille dans sa pension, et se montrait très-heureux de ses progrès. A l'âge de dix-huit ans, il retira Alicia de son pensionnat, et lui chercha longtemps une tante ou une vieille cousine, avec laquelle il pût l'établir convenablement dans un petit appartement du faubourg Saint-Germain. Il parvint à en découvrir une qui avait une parenté sortable, quoiqu'un peu éloignée, et il la mit auprès d'Alicia. Mais au bout de quelques mois et sans qu'on pût savoir par quel motif, la cousine disparut, et Alicia demeura seule chez elle. Malgré ses quarante-cinq ans, Camizard était un homme d'un extérieur trop recherché pour qu'on n'eût pas tenu des propos malveillants sur son compte, s'il avait fait habiter sa pupille avec lui; il la voyait même fort rarement, et dans les termes d'une affection toute paternelle. Alicia, ainsi livrée à elle-même, à un âge où toutes les femmes ont une protection de famille, Alicia se consacra exclusivement à l'étude de son art, et bientôt elle y acquit un renom qui appela l'envie, et une indépendance de fortune qui lui permit de la braver. Cependant cette envie s'adressa à l'artiste et respecta la femme. On ternit tant qu'on put ses succès, mais on n'attaqua jamais sa réputation. C'est à ce point, qu'un brutal ayant un jour plaisanté sur l'affection de Camizard pour Alicia, sur la déférence singulière qu'il avait pour elle, un cri d'indignation avait répondu à cette insinuation malveillante, les ennemis mêmes d'Alicia avaient pris sa défense, en faisant toutefois la part de leur haine. Tout en accordant la bonne conduite d'Alicia, ils avaient contesté sa vertu, et n'avaient fait honneur de sa bonne conduite qu'à sa froideur de cœur et de sens.

Depuis ce temps, Alicia Vanini fut décidément une femme qui, n'ayant de passion que dans la tête, était incapable de sentir autre chose que la beauté ou le mérite d'un tableau.

A la même époque où elle était entrée dans son pensionnat, Camille y avait été placée par une dame de Brémont, sa marraine, femme d'une noble famille de robe, veuve d'un président du parlement, et jouissant d'une fortune de soixante mille livres de rente, dont elle faisait autant d'aumônes que de dépense. Camille était orpheline comme Alicia; elle était fille de petits commerçants de la rue Saint-Denis, qui avaient patronné leur maison de madame de Brémont, et qui avaient obtenu de sa bonté qu'elle donnât un nom à leur fille. Ces bonnes gens avaient eu raison. Leur petit commerce, qui eût pu s'agrandir avec le temps, se trouva ruiné par la mort de M. Brunel (c'était le père de Camille); sa veuve ne lui survécut pas longtemps et Camille se trouva orpheline à dix ans, avec un entourage de parents qui gagnaient à peine de quoi élever leurs propres enfants. Cependant un des frères de madame Brunel, le maître de l'estaminet du *Petit-Univers*, consentait à se charger de sa nièce. Il avait reconnu que Camille était une si jolie enfant, que, dans quatre ou cinq ans, elle ferait une des plus belles filles de Paris, et il avait calculé que les pratiques qu'elle attirerait dans son estaminet, en l'y établissant reine de comptoir, seraient une dot suffisante pour qu'il pût la marier à son fils, M. Charles Launay. Ce Charles Launay était un gamin de douze ans, qui versait déjà la demi-tasse de hauteur et de manière à ce que la soucoupe fût pleine avant la tasse; il escamotait également le bain de pied du petit verre aux consommateurs trop attentifs à lire *le Constitutionnel*. Du reste, M. Charles Launay tirait la savate en maître, jouait au billard avec tous les *procédés* possibles, et aurait lestement *passé la jambe* à tout tapageur qui eût troublé l'ordre de la poule, eût-il eu affaire à un gaillard trois fois plus grand et plus robuste que lui; car il avait appris de son père la façon souveraine dont il faut tenir une maison respectable.

Madame de Brémont n'eut aucune peine à apprendre les dispositions de l'honorable M. Launay, car c'est à elle-même qu'il les expliqua avec une naïveté qui prouva à la digne présidente que le maître de l'estaminet du *Petit-Univers* était persuadé qu'il faisait ce qu'il y avait de plus convenable à l'avenir de la jeune orpheline. La bonne dévote fut révoltée de l'idée de voir trôner sa filleule sur le velours d'Utrecht d'un siége de comptoir, parmi les pipes et les verres de bière. Elle se chargea généreusement de Camille, et s'attira les bénédictions de toute la famille, même celles de M. Launay, quoiqu'elle dérangeât ses calculs. Celui-ci pensa, pour se consoler, qu'il retrouverait en espèces sonnantes, dans une nouvelle bru, les avantages qu'il avait espérés de la beauté de sa nièce; et, en attendant, il réfléchit qu'il ne s'imposait pas une charge d'un rapport incertain; car, après tout, l'enfant pouvait mourir avant de devenir une jeune fille. D'abord madame de Brémont pensa à faire élever la jeune orpheline chez elle; mais, soit pour suivre les conseils ou l'exemple de M. Camizard, qui était de ses vieux amis, elle se décida à la mettre dans un pensionnat, et préféra naturellement celui où notre conseiller d'État avait placé sa pupille. Les deux jeunes filles s'y étaient liées d'une étroite amitié. Camille cependant n'avait pas obtenu les succès d'Alicia : celle-ci remportait tous les prix qui échappaient à Camille; elle lui était préférée par les maîtres, préférée par les dames de la maison, et cependant elle en était traitée avec moins de considération. Si l'on avait plus souvent à récompenser Alicia, on n'avait jamais à punir Camille; elle avait une dignité de conduite qui semblait craindre la moindre réprimande. Elle eût été si malheureuse de s'entendre dire qu'elle répondait mal aux soins bienfaisants qu'on avait d'elle, qu'elle prévenait tout reproche à cet égard. Peut-être y avait-il un fond d'orgueil dans cette perfection de bonne conduite; mais il avait valu à Camille une sorte de respect qui gagnait jusqu'à madame de Brémont elle-même. Aussi, dans son amitié avec Alicia, c'était Camille qui était pour ainsi dire la protectrice. Dans leurs querelles d'enfant, c'était toujours Alicia qui demandait grâce, toujours Camille qui pardonnait.

Quelque temps avant qu'Alicia quittât sa pension, Camille

allait tous les dimanches chez madame de Brémont, et tous les dimanches elle y rencontrait M. Alphonse de Lubois, maître-clerc chez le notaire de madame de Brémont. Ce notaire était un vieillard qui avait poussé sa carrière jusqu'à ce qu'il eût perdu la vue et le sens à libeller des actes, et de Lubois était depuis quelques années le véritable maître de l'étude. Une assiduité infatigable, un esprit lucide, une parole facile et claire, l'avaient fait prendre en amitié aux riches clients du vieux notaire, et la plupart lui conseillaient de faire acquisition de l'étude de son patron. Madame de Brémont surtout, dont Alphonse cultivait l'amitié avec soin, le poussait à traiter. Mais de Lubois n'avait rien, et le temps n'était pas encore arrivé où l'on achetait des charges sur l'espérance chanceuse de les payer avec la dot de sa femme. Cependant des demi-confidences avaient fait soupçonner à de Lubois que, parmi ses protecteurs, madame de Brémont ne se montrait pas la plus ardente à lui conseiller le notariat, pour ne l'aider que de quelques avis. Sur cette réflexion, il s'enquit en lui-même du motif de sa cliente, et crut découvrir qu'elle n'eût pas été fâchée de donner un notaire pour mari à sa filleule. Sur cette découverte, Alphonse bâtit toute une histoire et s'imagina que la digne madame de Brémont voulait doter Camille de quelque cent mille francs. Voici ce qu'il tenta pour s'en assurer :

Un jour que madame de Brémont le pressait plus que jamais de conclure avec son patron qui, de l'obésité morale que donne nécessairement un exercice modéré du notariat, était arrivé à l'imbécilité, résultat inévitable d'un excès dans ce genre ; ce jour-là, Alphonse, après avoir longtemps fait passer ses refus par de mauvaises raisons de prudence, parut s'armer tout à coup d'une grande résolution, et parla ainsi à madame de Brémont, d'une voix émue et les yeux baissés :

— Pardonnez-moi, madame, lui dit-il, de vous faire un aveu qui mettra un terme à des entretiens douloureux pour moi. Si j'avais une fortune suffisante pour faire ce que vous me conseillez, je ne balancerais pas un instant ; je prendrais ainsi dans le monde une des positions les plus honorables qu'on puisse y occuper ; et, fort de cette position, j'oserais peut-être aspirer à un bonheur qui maintenant est trop au-dessus de moi, pour que je ne cherche pas à en détourner ma pensée.

A cette dernière phrase, la voix d'Alphonse de Lubois était devenue si faible que madame de Brémont s'était penchée vers lui pour le mieux entendre. Quand Alphonse releva les yeux et qu'il aperçut, presque sur son visage, le regard perçant de la bonne dame qui paraissait vouloir lire en lui le véritable sens de ses paroles, il se troubla et devint rouge. Madame de Brémont sourit et lui dit, avec cette singulière effusion qui rend souvent les vieilles femmes si confiantes avec les jeunes gens :

— Eh bien, monsieur de Lubois, me croyez-vous si vieille ou si malheureuse, que je ne puisse comprendre, du moins par le souvenir, les espérances et les rêves amoureux d'un jeune homme? Mais il me semble, moi, que ce bonheur dont vous parlez devrait au contraire vous exciter à tout risquer pour l'obtenir.

La manière dont madame de Brémont avait compris le trouble d'Alphonse le rassura d'abord, et la fin de sa phrase lui donna lieu de répondre avec une sorte de triste enthousiasme :

— Elle est si belle, que d'autres, plus heureux, me l'enlèveraient avant que je ne fusse arrivé à pouvoir lui offrir une fortune assurée, et elle n'est pas assez riche pour que je puisse tenter de l'obtenir de la bienfaitrice dont elle dépend, lorsque je ne puis la lier qu'à un avenir incertain et dont tout mon courage ne saurait répondre.

A cette déclaration des sentiments de de Lubois, madame de Brémont eut un instant d'attendrissement; elle saisit les mains d'Alphonse, et répondit d'un ton ému :

— Bien, mon ami, voilà qui est digne de vous; ou je vous ai mal compris, ou vous serez heureux, je vous le promets.

La joie qu'éprouva Alphonse à cette parole ne se montra pas sans une expression d'incrédulité, et il refusa de croire à ce qu'il entendait, peut-être pour se le faire mieux assurer. Madame de Brémont, comme piquée de ce qu'il osait douter d'une chose à laquelle elle s'engageait, fut près de finir la conversation par ces paroles solennelles, que sa dévotion plus que régulière et bien connue d'Alphonse rendit moins singulières pour celui-ci, qu'elles ne le paraîtront peut-être à nos lecteurs.

— Celui qui a péché, et qui voue sa vie à faire le bien en expiation de ses fautes, reçoit pour première épreuve de voir douter de sa sincérité.

— Il reçoit pour première récompense, s'écria Alphonse avec un cri d'admiration repentante, de faire douter de tant de vertu ; car il rencontre peu de cœurs à la hauteur du sien.

Cette entrevue toute mystique fut suivie de plusieurs autres moins vaporeuses, dans lesquelles les noms furent donnés aux choses et aux personnes. Du moment qu'il fallut traduire, d'une part, la passion d'Alphonse, de l'autre, la charité de madame de Brémont, en chiffres et en engagements sur timbre, les entretiens furent plus longs et moins extatiques. Les rêves de dot du jeune clerc se réduisirent à un emprunt à intérêt légal, et les saintes promesses de madame de Brémont en un placement solide avec une étude de notaire en garantie. En définitive, madame de Brémont prêta quatre cent mille francs à de Lubois, pour acheter sa charge et le maria à Camille. Cette action fut considérée à la cour et parmi les guimpes du faubourg Saint-Germain comme la plus sublime des œuvres pies du dix-neuvième siècle, et les gens d'affaires de la Chaussée-d'Antin la regardèrent comme un bonheur inouï pour de Lubois. Cependant, à travers ces débris d'amour désintéressé et de charité chrétienne, sur lesquels on avait bâti un solide contrat de prêt avec garantie, un faible reste des rêves d'Alphonse trouva un coin pour vivoter. Madame de Brémont, après avoir mis solidement ses intérêts en sûreté, laissa tomber dans l'oreille d'Alphonse que son repos personnel exigeait les précautions qu'elle avait prises pour cette avance des quatre cent mille francs ; que le don d'une pareille somme eût armé contre elle, madame de Brémont, toutes les sollicitations de sa famille, tandis qu'elle serait arrivée à mieux assurer le bonheur de sa filleule, sans cependant avoir à subir la mauvaise humeur de ses héritiers, si après sa mort on découvrait dans ses papiers la preuve qu'elle avait été remboursée, et si de Lubois pouvait présenter sa quittance des quatre cent mille francs prêtés et rendus. Alphonse vivait dans cette espérance depuis huit années, et il nourrissait les bonnes intentions de la marraine d'une somme de vingt-quatre mille francs par an exactement payée de six mois en six mois.

Disons en passant que madame de Brémont, satisfaite de ce placement, à six pour cent, d'une somme considérable, ne parla jamais à de Lubois de remboursement. Celui-ci s'habitua à considérer cette somme comme lui appartenant, sous charge d'une rente viagère qui s'éteindrait à la mort de madame de Brémont, et peut-être dut-il à cette opinion de ne pas porter dans ses dépenses l'économie qui l'eût mis à même de rembourser, s'il y avait eu lieu.

Du reste, et indépendamment de tous ses calculs, le mariage de Camille avec Alphonse avait été une heureuse alliance. Camille, habituée par sa dépendance à raisonner sa vie, ses sentiments et ses actions, avait trouvé dans Alphonse toutes les bonnes raisons d'aimer un homme : son extérieur était distingué, son esprit gracieux, son caractère charmant, sa conduite excellente; aussi avait-elle été pour lui une épouse honorable, dont la vertu avait toujours flatté la vanité de son mari presque autant que la supériorité de son esprit et de sa beauté. Véritablement Camille et Alphonse s'aimaient beaucoup d'estime et de convenance mutuelle; et tous deux, jeunes, beaux et jetés dans l'intimité des sens par le mariage, croyaient s'aimer d'amour. Peut-être ne pensons-nous pas que leur sentiment fût précisément celui qui mérite le nom d'amour. Peut-être eurent-ils plus tard à reconnaître que la passion a d'autres exigences et d'autres sacrifices; toujours est-il que ce sentiment suffit longtemps à leur bonheur. Il ne faut pas non plus oublier qu'à l'époque où Alphonse obtint Camille de la générosité de madame de Brémont, les attentions de Camizard pour la jeune orpheline avaient laissé supposer qu'il pensait à renoncer au célibat en sa faveur. Alphonse croyait en conséquence avoir eu à lutter, pour Camille, contre un homme d'un rang considérable et d'une bonne grâce qui faisait aisément oublier son âge; il y avait donc eu jalousie d'Alphonse, crainte et presque désespoir, tout ce qui complète enfin le bagage d'un amour en règle, et c'est, nous le répétons encore, c'est de très-bonne foi que de Lubois crut avoir subi toutes les phases d'une grande passion. D'un autre côté, Camille avait mis dans sa conduite une telle assiduité à plaire à Alphonse, une si complète soumission à ses moindres désirs, un si vif partage de ses joies et de ses chagrins, qu'elle passait pour un exemple rare de passion durable dans le mariage. On la plaisantait quelquefois à ce sujet, et elle se sentait assez de supériorité pour accepter la plaisanterie. Cette persuasion d'amour constant et profond la gagna elle-même, et elle fit de son union avec son mari une sorte d'arche sainte où il semblait que les mauvaises passions ne pussent plus pénétrer. Ce sentiment était-il de l'amour? Oui, pour tout le monde; non pour ceux qui ont étudié les tyrannies et les faiblesses de cette passion.

Nous ne quitterons pas cette exposition, si longue qu'elle soit, sans y ajouter encore quelques notions préliminaires qui sont absolument nécessaires à la complète intelligence de cette histoire. Le mariage de de Lubois avait eu lieu en 1822. Depuis cette époque, la manie des spéculations financières ou industrielles avait gagné toutes les classes de la société. Des faillites, jusqu'alors inconnues, avaient eu lieu en 1827 et 1828, à la suite des opérations folles qu'avait fait naître la manie de bâtir dans Paris. Le notariat, cette espèce de coffre-fort des familles, jusque là immaculé, avait subi des échecs, des disparitions de titulaires, enfin des contrats d'union. Les jeunes notaires avaient particulièrement souffert de la défaveur jetée sur leur compagnie, et de Lubois avait été très-vivement soupçonné d'avoir perdu des sommes considérables en acquisitions de terrains. Cependant aucun incident manifeste n'avait altéré son crédit; il avait même eu à supporter à cette époque une perte assez considérable, sans qu'il en eût paru gêné le moins du monde : et cette circonstance l'avait grandement rétabli dans la bonne opinion qu'on avait de ses ressources. Cette perte tenait à un événement qui eut des conséquences trop graves pour de Lubois, et qui occupe trop de place dans ce récit, pour que nous ne le racontions pas en détail à nos lecteurs.

M. de Lubois avait pour maître-clerc un jeune homme d'assez bonnes façons, et qui passait pour le plus spirituel des clercs du notariat. Ce jeune homme faisait au *recto* de sa vie des actes et des contrats, et au *verso* des vaudevilles et des opéras-comiques. Dans les mêmes données, il avait à la première vue, ou, si vous l'aimez mieux, à la surface, une conduite fort régulière ; au revers de la page, à la seconde vue, ou au fond, c'était un fort mauvais sujet. Tout le crédit que le monde des fournisseurs accorde à un maître-clerc de notaire avait suffi d'abord aux dépenses désordonnées du vaudevilliste ; mais bientôt les refus de ces messieurs de faire de nouvelles fournitures, augmentés du cri incessant de leurs réclamations pour les fournitures passées, forcèrent le jeune clerc à chercher une autre ressource que les dettes. Il marcha droit à l'escroquerie, et ce fut la caisse de son patron qu'il rencontra la première dans la nouvelle voie qu'il tentait. En moins de six mois, une somme de trente mille francs disparut, et, après les trente mille francs, le maître-clerc, qui ne se remontra qu'à l'horizon de Bruxelles, pendant que de Lubois essayait encore de donner une cause à son absence. La confiance du notaire était si grande dans ce jeune homme, qu'il l'avait fait chercher à la Morgue, aux filets de Saint-Cloud, chez deux danseuses très-célèbres, partout où on retrouve un joli garçon qui a disparu pendant trois jours. La nécessité d'ouvrir sa caisse, qu'on fut obligé de briser, parce que le maître-clerc en avait la clef, lui ouvrit en même temps les yeux. La viduité du coffre-fort apprit à de Lubois les motifs du départ de son maître-clerc, et lui indiqua suffisamment l'itinéraire qu'il avait dû suivre, pour qu'il ne fût pas obligé de frapper à la porte de tous les bureaux de messageries, afin d'apprendre si un jeune homme, du nom de Gantois, n'était pas parti la semaine précédente. Au premier mot qu'il en toucha au commis du bureau des Pays-Bas, de Lubois eut tous les renseignements possibles. Le commis qui les lui donna avait probablement une grande habitude de ces sortes d'enquêtes ; car, sans s'informer des raisons de l'impétrant, il lui dit en branlant la tête d'un air d'importance et en fermant son registre.

— Vous vous y êtes pris un peu tard ; votre débiteur est à couvert.

— Dites donc mon voleur ! s'écria Alphonse.

— Diable ! fit le commis en le regardant à travers la grille ; c'est plus grave.

Et il se remit à écrire paisiblement quelque nouveau départ pour Bruxelles.

Le commis avait eu raison : il était trop tard pour rattraper le voleur ; mais de Lubois espéra rattraper quelque chose de son argent. Alors il fit après coup ce qu'il aurait dû faire avant ; il s'informa de la vie et des mœurs de son maître-clerc : il apprit qu'entre autres habitudes il avait celle de donner tout ce qu'elle voulait à une jolie fille appelée Catherine Tochon, qui était élève du Conservatoire. Alphonse espéra retrouver quelque chose de ses trente mille francs chez la jolie chanteuse ; il lui écrivit pour lui demander un rendez-vous ; elle lui répondit, sur papier parfumé, en style assez net et en écriture fort propre, qu'il voulût bien lui dire avant tout le montant de ses propositions.

En présence de l'impudence jouée ou naturelle de Catherine Tochon, la colère de de Lubois n'avait plus eu de bornes ; il avait dénoncé Gantois au procureur du roi, et avait en même temps désigné la jeune Catherine comme sa complice. Vainement la famille du jeune homme implora de Lubois de ne point la déshonorer ; il fut inflexible. Mais l'étonnement de chacun fut grand, le jour où l'affaire fut appelée en police correctionnelle, de voir abandonner l'accusation contre Catherine par le procureur du roi et par l'avocat même de de Lubois. Gantois seul fut mis en cause et condamné. C'est que pendant ce temps Alphonse avait répondu une lettre pleine d'injures à la demoiselle Tochon, et que celle-ci lui avait répliqué par des propositions d'arrangements. De lettres en lettres, un rendez-vous fut pris, mais rien ne s'y conclut ; Catherine Tochon était sur le point de débuter et n'avait jamais le temps de parler d'affaires. De Lubois n'arrivait chez elle que pour l'entendre essayer sa voix au piano ; elle chantait merveilleusement, il ne s'ennuyait pas à l'entendre. Peu à peu il s'y habitua, en oubliant qu'il avait payé sa place d'auditeur trente mille francs, et que c'étaient ses billets de banque qui, sous forme de cachemire, enveloppaient si gracieusement la taille de la jeune Tochon. Parmi tous ces pourparlers, elle débuta avec un succès prodigieux, sous le nom de Césarine : tout Paris en parla avec fureur ; et, huit jours après, quand l'affaire de Gantois fut jugée, Alphonse, pour la première fois depuis son mariage, ne rentra qu'à six heures du matin, et dit qu'il avait été forcé de passer la nuit à travailler chez un de ses vieux collègues, qui demeurait place Royale, lequel ne venait jamais chez de Lubois que le matin, pour causer contrats, et dans son cabinet.

De là, au moment où nous commençons notre histoire, huit mois s'étaient écoulés; ces huit mois avaient suffi à faire du caprice d'Alphonse pour Césarine une passion qui l'avait fait passer par-dessus toutes les barrières qu'il avait dites infranchissables pour un homme d'honneur. Il avait acheté ou obtenu ses entrées dans les coulisses du théâtre où Césarine était engagée, et y passait toutes ses soirées. Pour elle, il avait déserté peu à peu le monde dont il avait l'habitude. Durant le jour même il abandonnait son étude pour la voir plus fréquemment.

Quelques mots jetés devant Camille sur le peu de gravité des jeunes notaires et sur leurs dépenses, lui avaient fait craindre que les affaires d'Alphonse ne fussent embarrassées. Sa conduite toute nouvelle la confirma dans ses soupçons, et ses soupçons lui servirent en même temps à expliquer sa conduite. Un de ces mille accidents, qu'on trouve surprenants quand ils arrivent, et qu'on s'étonne après de n'avoir pas vus arriver plus tôt, porta une affreuse clarté dans les incertitudes de Camille.

Un soir qu'elle était seule, et triste déjà de sa solitude, une dame de ses amies la prit au sortir de son dîner auquel de Lubois n'avait pas assisté, et lui proposa de l'emmener à une représentation à bénéfice où devaient paraître les premiers artistes de tous les théâtres. Camille n'était pas encore venue à ce point de malheur où la tristesse est une habitude de la vie, une nourriture de l'âme qui cherche l'isolement pour se repaître de son désespoir, Camille accepta. Dans le monde où vivait madame de Lubois, Catherine Tochon était restée pour elle la complice de Gantois, et Césarine était une comédienne dont elle lisait l'éloge dans les journaux; elle n'avait aucune idée que ces deux femmes fussent la même personne, encore moins l'idée que cette personne fût la maîtresse de son mari.

La loge où se plaça Camille était une loge de galerie au-dessus du balcon. La première partie du spectacle se passa sans qu'il advînt rien d'extraordinaire; seulement Camille se laissa aller à écouter quelquefois la conversation de deux jeunes gens qui paraissaient connaître toute la salle, et qui en faisaient des récits assez plaisants. Ce qui peut-être porta Camille à les trouver moins médisants qu'ils ne l'étaient en effet, c'est qu'un nom qu'elle aimait tomba dans leur conversation : ils parlèrent d'Alicia ; et l'un d'eux, jeune homme à la figure hautaine et passionnée, en parla avec un si vif enthousiasme pour ses talents et une si haute estime pour son caractère, que Camille l'en eût remercié si elle eût osé, d'autant plus que, depuis quelque temps, son mari la recevait avec une répugnance visible.

Mais la toile se leva, et la pièce où jouait Césarine commença ; les deux jeunes gens applaudirent beaucoup, et celui qui avait tant vanté Alicia, et que son ami appelait Maurice, répondit à une observation qui lui avait été faite dans l'oreille :

— C'est possible, elle n'en a pas moins un admirable talent.

La pièce finit ; les deux amis causèrent encore assez bas pour ne pas être entendus s'ils n'avaient pas été écoutés ; mais Camille devinait qu'ils parlaient de Césarine ; et soit curiosité indifférente, soit ce que nous autres romanciers nommons la fatalité du cœur, elle désirait entendre parler de Césarine par cet homme qui avait si bien loué Alicia. A ce moment son ami lui disait :

— Est-ce que tu es encore amoureux ?

— Moi, dit Maurice, jamais... jamais.

— Ah ! cependant... fit l'autre d'un air fin.

— Oui, répliqua Maurice en se servant d'un mot bien connu ; oui, une fois comme tout le monde, du moment qu'elle était Catherine Tochon.

— Et maintenant, qui est-ce qui règne ?

— D'où viens-tu donc ? c'est de Lubois, le notaire.

Il se leva pour sortir ; mais, en se retournant, il rencontra le regard de Camille fixé sur lui avec une expression si funeste, qu'il demeura lui-même immobile à la regarder. Il était si étonné, que peut-être il eût demandé à cette femme si elle désirait quelque chose de lui, lorsque la dame assise près de Camille parla à celle-ci en l'appelant par son nom.

— Madame de Lubois ? dit-elle.

— Madame de Lubois ! répéta Maurice avec un étonnement désespéré.

Mais Camille détourna la tête ; et Maurice sortit sans avoir eu le temps de se reconnaître. Un moment, il voulut rentrer dans cette loge, et dire tout haut le contraire de ce qu'il avait dit tout bas ; un instant après il était décidé à aller droit à madame de Lubois, et à lui dire sérieusement :

— Sur mon honneur, madame, j'ai menti.

Mais il pensa que le mal était fait, que madame de Lubois en avait assez d'un soupçon pour acquérir bientôt une certitude, tant il se trouverait de voix pour l'instruire tout à fait, du moment qu'elle chercherait à tout savoir. Et il pensait que, quoi qu'il fît, il ne pourrait pas détruire ce soupçon. Dans cette perplexité, il tourna le théâtre pour se mettre en face de madame de Lubois; elle n'était plus dans sa loge. Maurice quitta le spectacle avec un remords qui l'obséda au point de l'étonner. Jamais il n'avait mesuré à une si horrible portée l'effet d'une parole indiscrète, jamais le visage d'une femme et l'expression de son bonheur ruiné par un mot n'avaient apparu à Maurice dans une si fatale intensité. Il devint triste de ce qu'il avait fait, sa pensée en était obsédée à toute heure, et bientôt cette préoccupation fut telle, qu'il eût beaucoup donné pour réparer le mal que sans doute il avait causé. Le souvenir de cette soirée le poursuivait comme un remords.

Comme l'avait présumé Maurice, il suffisait que Camille eût le regard averti de ce qui se passait devant elle, sans qu'elle y prît garde, pour qu'elle vît bientôt dans toute son étendue le malheur dont elle était frappée. On pourrait comparer cet aveuglement, qui d'abord empêche de rien voir, et cette vision complète qui lui succède, à l'attention distraite de ces gens qui contemplent un de ces sots tableaux où, parmi des urnes, des arbres et des nuages on a trouvé le moyen, avec les lignes de ces nuages, de ces arbres, de ces urnes, de dessiner une figure humaine. On peut regarder un pareil tableau deux heures durant sans y voir autre chose que ces nuages et ces arbres. Mais que l'on vous demande si, à un endroit qu'on vous désigne, vous ne remarquez pas quelque chose qui ressemble à une main, et à l'instant et sur cet indice, votre œil découvre la figure tout entière et dans tous ses détails. De même pour Camille, la conduite singulière de de Lubois, son absence assidue de la maison, son air froid et contraint, sa répugnance pour Alicia, ses nuits passées à des travaux extraordinaires, tout s'éclaircit, se coordonna, se dessina à ses yeux, et elle vit dans tout son ensemble l'infidélité et l'inconduite de son mari.

Les premiers moments de cette découverte furent si confus d'étonnement et de douleur qu'elle ne sut le parti qu'il lui fallait prendre. D'abord elle voulut feindre de tout ignorer, ayant entendu dire souvent que les hommes se détachaient aisément d'une liaison qui ne leur était pas imputée à crime. Dans cette hypothèse, elle pensa à faire entendre à Alphonse quelques sages remontrances, et chercha à qui elle pourrait s'adresser. Camille n'avait pas de famille, car ce n'est pas en avoir une, dans notre état social, que n'être apparenté que de gens qui sont trop au-dessous de nous pour nous protéger. La seule personne en qui elle dût raisonnablement avoir espérance était madame de Brémont. Mais Camille savait les obligations que lui avait son mari; elle sentait qu'elle allait alarmer madame de Brémont et la rendre peut-être exigeante pour ses intérêts : une confidence à sa bienfaitrice, un recours à son intervention, semblèrent donc à Camille devenir presque une dénonciation qui pouvait entraîner la ruine de son mari. Elle regarda encore autour d'elle et ne trouva personne dont les droits fussent assez sacrés sur Alphonse pour se permettre des représentations; et, pour la première fois, elle comprit son isolement, elle se vit à la merci de l'homme qui l'avait épousée, et qui la trahissait.

Cette découverte, ou plutôt cette nouvelle manière d'envisager son sort, conduisit Camille à une sorte de désespoir découragé. Elle se disait : — Si j'avais un père ou un frère, mon mari n'oserait me traiter comme il le fait. En cela elle subissait ce sentiment commun qui persuade au malheureux que le bonheur est dans les choses qu'il n'a pas : aux pauvres, qu'il est dans la richesse, aux faibles, qu'il est dans la puissance, aux orphelins, qu'il est dans la famille. Peut-être Camille avait-elle raison, peut-être s'abusait-elle étrangement. En effet, ce qui arriva peut faire croire qu'une opposition de plus à la violence de la passion d'Alphonse n'eût mené qu'à le précipiter plus rapidement. Camille, arrivée à ce point de se considérer comme seule dans le monde, et n'ayant de ressource qu'elle-même, trouva dans cette position une raison de conduite trop conséquente à cet orgueil de femme qui faisait le fond de son caractère pour ne pas l'adopter complétement.

— Oui, se disait-elle, si j'avais une famille que je pusse invoquer contre l'abandon de mon mari, si je lui avais apporté une fortune dont je pusse lui faire reproche, je dédaignerais de le menacer de tels moyens, je souffrirais et me résignerais : le monde jugerait alors que j'use de générosité à son égard. Mais, dans la position où je suis, subir l'outrage et l'abandon sans relever la tête, ce serait avouer que je ne reçois que ce que je mérite; qu'à une femme orpheline et pauvre il n'est dû que le nom et le pain jurés devant la loi. Il n'en sera pas ainsi ; et puisque je n'ai personne en qui retirer ma dignité et mes droits de femme, personne pour les défendre et les remontrer à mon mari, ce sera moi qui le ferai, moi qui me défendrai hautement et à la face de tous.

Une fois décidée à en venir là, à s'expliquer avec son mari, elle réfléchit que ce n'était pas sur un mot entendu au hasard qu'elle devait élever une accusation et en demander réparation. Elle voulut, sinon des preuves, du moins des lumières plus certaines. L'espionnage des valets lui parut une chose indigne d'elle; la surprise de quelques lettres, un abus de confiance qui ne pouvait être autorisé que par la trahison de son mari. Enfin, elle pensa a Alicia; elle lui écrivit. En même temps elle se rappela une de ses amies de pension, madame Adèle Drancy, femme d'un peintre célèbre, qu'elle rencontrait encore dans quelques salons, et qu'elle-même recevait encore aux jours de bal ou de concert, quand on invite tout le monde. Madame Drancy voyait toutes sortes de salons; elle était liée avec les artistes les plus célèbres dans tous les genres, et avait souvent parlé devant Camille de ces réunions où elle avait vu et entendu dans l'intimité les talents dont le public ne connaît que l'apparat. Dans la préoccupation de sa douleur, Camille oublia qu'elle avait toujours reçu madame Drancy avec une réserve qui avait empêché celle-ci de pénétrer dans l'intimité de son ménage, malgré le tutoiement amical que toutes deux avaient hérité de la pension : elle oublia que la réputation de madame Drancy était exposée chaque saison à une foule de nouvelles anecdotes : elle oublia que rien ne pouvait surpasser l'effronterie des liaisons d'Adèle, si ce n'est l'aveuglement de son mari, ou comme disaient les méchants, sa complaisance, ou, comme disaient encore les plus méchants, le profit qu'il tirait des arrangements de sa femme. Camille écrivit donc à madame Drancy, et appela ainsi une femme qu'elle considérait comme déshonorée à pénétrer dans le sanctuaire de ses douleurs intimes. Déjà sa raison, qui eût dû servir de sauvegarde à son mari et le protéger à son insu, abandonnait Camille. Deux raisons aveugles allaient se trouver en présence. On en pouvait conclure qu'elles ne feraient que s'égarer l'une l'autre.

Alicia accourut sur la lettre de Camille. Surprise par les brusques interrogations de son amie, elle nia mal; et enfin, dominée par l'ascendant du caractère impétueux de madame de Lubois, elle ne sut que lui conseiller de ne pas sembler s'apercevoir d'une liaison qui n'était qu'une fantaisie passagère, et à laquelle ses plaintes donneraient peut-être plus de gravité qu'elle n'en avait.

— Non, dit Camille, subir celle-ci, ce serait accepter toutes celles que l'avenir pourrait faire naître : dans ma position, ce serait une lâcheté.

Alors elle lui expliqua cette lâcheté par les raisons que nous avons dites plus haut.

Alicia, en sa qualité d'artiste, se laissait facilement surprendre aux idées qui prenaient la vie d'une manière inaccoutumée; les raisons de Camille lui parurent excellentes, et elle approuva tout à fait ses plans de conduite. En cette conjoncture, madame de Lubois lui demanda des renseignements positifs sur la liaison d'Alphonse et de Césarine. Mais la délicatesse d'Alicia se refusa à faire pénétrer Camille dans les mille récits grotesques et licencieux qu'on en faisait partout, elle se contenta de lui apprendre qu'il était avéré pour tout le monde que de Lubois *entretenait* Césarine. Cette réserve fut un tort ou plutôt un malheur. Quelque chose qu'Alicia eût pu dire à Camille, elle y eût mis une sorte d'atténuement, du moins dans l'expression, qui eût empêché madame de Lubois de s'irriter de l'indignité de son malheur. Mais en la laissant sur le fait lui-même, elle la força d'avoir recours à madame Drancy pour en apprendre les circonstances.

Celle-ci arriva chez Camille, lorsqu'Alicia n'y était déjà plus. Adèle Drancy n'était pas ce qu'on peut appeler une méchante femme : c'était pis, c'était une démoralisée de bonne foi. C'était une femme qui plaignait sincèrement l'aveuglement de celles qui s'imposaient des sacrifices pour leur devoir. A son sens, il n'y avait de respectable que les apparences dont le mépris lui eût fait perdre ses droits d'entrée dans les salons. Peut-être, si madame Drancy avait eu un mari capable de l'abandonner à sa première faute, elle se serait abstenue d'en commettre, ou du moins, elle y eût apporté plus de mystère. Mais, liée à un homme qui, malgré ses nombreuses légèretés, ne lui refusait jamais la protection de sa présence, même à côté de ses amants, elle en avait grandement profité. Quant au monde, étonné de l'aveuglement de Drancy, mais n'osant l'expliquer par une bassesse qui fût devenue trop odieuse, il accueillit la femme que le mari ne semblait pas trouver coupable. Madame Drancy menait donc, d'après sa façon de voir, la plus heureuse vie qui fût possible, et admirait que toutes les femmes n'en fissent pas autant quand elles en avaient l'occasion, ou bien lorsque, comme Camille, elles en avaient le droit par l'inconduite de leur mari. Le premier mot qu'elle répondit à madame de Lubois, qui l'interrogea sans détour, fut une façon de pitié fraternelle qui ne frappa Camille que longtemps après.

— Je t'ai priée de venir, lui dit celle-ci, pour te parler d'une fille qu'on nomme Césarine.

A cette déclaration, Adèle avait pris les mains de Camille, l'avait regardée d'un air triste, et lui avait répondu d'une voix sensible :

— Pauvre chère Camille, tu sais donc tout?

— Tout, en effet, dit Camille, puisque je sais que mon mari a une maîtresse qu'il entretient publiquement ; mais je ne sais pas comment cela est arrivé, je ne sais où ils en sont ni ce qu'ils font maintenant.

— Et voilà l'horreur, s'était écriée Adèle. C'est honteux ! un homme de bonne compagnie ! il ne la quitte pas, il est toujours près d'elle dans les coulisses, tous les soirs soupant avec une demi-douzaine de mauvais sujets qui le déconsidèrent, passant les nuits avec eux chez des restaurateurs, dans des bals par souscription, enfin n'ayant aucune tenue.

Ces détails étonnèrent Camille, presque autant qu'ils lui furent douloureux.

— Quoi! s'écria-t-elle, Alphonse en est venu à ce point?

— Ce ne serait rien, reprit madame Drancy, mais il a l'indignité de te sacrifier.

— Me sacrifier!

— Oui, ma chère Camille; oui, il te sacrifie pour excuser sa passion.

— Moi! reprit Camille; moi, mon Dieu! et en quoi puis-je être mêlée à tout cela? Comment mon nom y est-il prononcé? Par qui? Ce ne peut être par Alphonse.

— Par lui comme par les autres. Tiens, voici ce qui s'est passé hier. Un des amis de mon mari, un jeune homme très-bien, fort distingué, qui a fait aussi quelques bonnes folies, et qui, je crois, entre nous, a été aussi l'amant de Césarine, mais qui hait les choses mal faites...

— Eh bien! dit Camille avec impatience, ce jeune homme?

— Eh bien! ce jeune homme soupait hier avec ton mari. A un certain moment, il lui dit avec sa brusque franchise : — « Je ne vous comprends pas, de Lubois, de vivre avec une fille comme Césarine, lorsque vous avez la plus belle femme de Paris. — Belle autrefois, reprend ton mari, mais qui est ma femme depuis huit ans. — Tout au moins... dit Maurice. »

— Maurice! s'écria Camille.

— Oui, Maurice, Maurice Lambert. Est-ce que tu le connais?

— Non, non, reprit Camille; continue.

— « Tout au moins, vous devriez mettre plus de mystère à votre liaison. On doit plus de ménagements à une femme dont la vertu... — Bon, s'est écrié Alphonse, la vertu, en faites-vous usage de la vertu? vous radotez, mon cher. D'ailleurs, je ne l'empêche pas d'avoir de la vertu. — Et vous voulez lui donner occasion de l'exercer! a repris Maurice. — Oh! mon Dieu, a dit ton mari, quelle en fasse ce qu'elle voudra. — Ah! lui répliqua Maurice, vous êtes bien heureux que ce soit une femme d'un caractère incapable d'une mauvaise action. — Hum! hum! qui sait? a fait ton mari; après tout, ça m'est égal, pourvu qu'elle me laisse en repos. — Je ne pense pas, a repris Maurice, qu'elle vous ait jamais fait de scène. — D'abord, a répliqué sèchement ton mari, elle n'oserait pas, je ne sais trop où elle en prendrait le droit. Je l'ai épousée sans fortune, et elle se rappelle trop bien qu'elle me doit tout pour qu'elle se hasarde à faire des rodomontades. Du reste, elle ne sait rien ou fait semblant de ne rien savoir. Je ne lui en demande pas davantage. — Pauvre femme! s'est écrié Maurice. — Avez-vous envie de la consoler? a répondu Alphonse en ricanant. C'est une conquête difficile, je vous en préviens. — Lubois, lui a dit Maurice avec mépris, vous êtes indigne... — Ah çà! mon cher, est-ce que vous êtes venu souper pour faire un cours de morale? a répliqué ton mari; entre nous, cela ne vous va guère. Ma femme est une excellente femme qui est chez elle fort tranquille : il faut l'y laisser. »

Adèle eût encore pu continuer longtemps sur ce ton, sans que Camille songeât à l'interrompre. Ce qu'elle entendait était à la fois si nouveau et si douloureux pour elle, qu'elle ne savait si elle éprouvait plus de honte que de désespoir. L'abandon de son mari, les ignobles circonstances qui lui faisaient cortége, son nom, à elle, mêlé parmi les orgies de ces libertins, la défense même de ce Maurice, tout cela révoltait, confondait Camille : la confidence d'Adèle même lui faisait honte. Elle s'indigna qu'une femme comme madame Drancy pût lui dire en face de pareilles choses; elle se sentit déjà descendue de sa dignité par la seule conversation qu'elle venait d'avoir, et ajouta ce nouveau tort aux torts de son mari qui l'avait réduite à cette extrémité.

Cependant ce sentiment sauva Camille d'une confiance plus complète : elle écouta Adèle, mais elle ne répondit ni à ses consolations ni à ses questions.

— Je le verrai, dit-elle, je ne sais ce que je ferai; en tout cas je te remercie.

— Tu as raison, avait dit Adèle en sortant; il faut réfléchir avant de prendre un parti. Je reviendrai te voir un de ces jours.

Camille ne lui répondit pas, car elle avait déjà perdu le droit de lui dire que c'était inutile. Adèle pensa que sa tristesse l'empêchait de l'y inviter, et elle s'en alla en se disant :

— Bon! elle fera comme tant d'autres : elle pleurera quinze jours, et prendra son parti. Au fait, mon frère, qui l'a vue deux fois aux Italiens, la trouve charmante : cela le poserait, ce pauvre Antony! une femme comme madame de

Lubois... Il trouverait facilement à se marier après cela. J'y songerai.

Pendant que madame Drancy se livrait à ces honnêtes réflexions sur son amie *intime* (madame de Lubois venait de mériter en son cœur le nom d'intime), pendant ce temps, Camille sanglotait, marchait avec violence, s'arrêtait soudainement, gesticulait avec colère, puis tombait immobile sur un siége où elle demeurait les yeux fixes et les bras croisés. Ce désordre physique était, on peut le dire, l'image fidèle du désordre de son âme, c'était sa pensée courant avec rapidité d'un bout à l'autre de sa vie, se la rappelant tout entière, et s'arrêtant tout à coup à un souvenir d'autrefois, à la scène de la veille, et les creusant dans toute leur profondeur. Ce qui faisait souffrir Camille dans sa nouvelle position était si cruel et à la fois si méprisable, qu'elle cherchait encore à y accoutumer son esprit, lorsqu'elle fut surprise par son mari, avant d'avoir décidé un plan de conduite. Alphonse, en voyant Camille tout en larmes, le visage bouleversé, ne put s'empêcher de s'approcher d'elle, et lui dit avec inquiétude :

— Qu'avez-vous, Camille? que vous est-il arrivé?

Elle le regarda fixement, et son désespoir se trouvant ainsi interpellé à l'improviste, elle répondit sans calculer l'effet d'une explication si soudaine et si explicite ?

— Ce que j'ai, monsieur? j'ai que vous avez une maîtresse, que vous l'affichez publiquement... Ce qui m'est arrivé? c'est que vous déshonorez mon nom en le traînant dans la fange de vos orgies, c'est...

— Camille... Camille.. s'était écrié Alphonse, confondu de l'accusation et surtout de sa violence, prenez garde à ce que vous dites.

— Oserez-vous le nier, quand tout Paris le sait, quand hier soir encore vous avez laissé à un étranger le soin de défendre votre femme contre vos propres injures?

Peut-être, si de Lubois avait été amené à soupçonner que Camille était instruite de son intrigue, peut-être eût-il préparé quelque mensonge bien audacieux et bien arrangé qui eût rompu la colère de sa femme en la faisant retomber dans le doute; mais, surpris à son tour, déconcerté, ne pouvant mesurer l'étendue de tout ce que sa femme savait, persuadé même par le reproche du souper de la veille qu'elle connaissait les moindres circonstances de sa liaison, il ne pensa pas à nier ; et, trop vaniteux pour avouer humblement, il prit sa faute en main et s'en coiffa hardiment comme Tartufe prend son chapeau et se couvre, quand il a épuisé la crédulité d'Orgon.

— Mais, madame, répondit Alphonse, je ne nie rien et je ne crois pas qu'il soit besoin de nier quelque chose.

Ce fut le tour de Camille d'être confondue et atterrée ; elle se redressa cependant sous le coup de cette audace d'Alphonse, et lui dit à tout hasard :

— Et vous pensez que je le souffrirai?

Alphonse était hors de garde ; il était accusé, coupable, et par conséquent irrité, et à son tour, il répondit, plutôt pour répondre et ne pas paraître céder, que pour dire sa volonté :

— Vous le souffrirez, si je veux.

— Si vous voulez !... vous comptez donc revoir cette femme, cette malheureuse, cette...

— Ah ! s'était écrié Alphonse, assez ne l'insultez pas !

— Vous avez raison, c'est impossible, avait repris Camille avec mépris.

Alphonse se sentit devenir furieux ; cependant il eut encore assez de raison pour ne pas vouloir poursuivre une explication commencée sur ce ton. Il prit son chapeau pour sortir.

— Où allez-vous? lui dit Camille en se plaçant devant lui ; vous allez chez cette femme ?

Ce n'était peut-être pas l'intention d'Alphonse ; il se tut.

— Vous ne répondez pas? C'est chez elle que vous voulez aller ; eh bien ! vous n'irez pas, reprit Camille en se plaçant fièrement les bras croisés devant la porte.

Alphonse la considéra un instant en silence. L'air impérieux de Camille l'exaspéra.

— Ah! dit-il avec une sorte de grondement sourd, ah ! c'est ainsi que vous le prenez? eh bien, j'irai chez cette femme, j'irai sur l'heure, j'irai tous les jours, j'y passerai ma vie, entendez-vous ! Ah ! c'est par la violence que vous comptez me ramener, je vous connais d'aujourd'hui. Allons, madame, faites-moi place, je veux sortir.

La colère de Camille avait cédé devant l'emportement contraint de son mari; elle avait compris qu'elle l'avait poussé à un point où il était capable de tout. Les derniers mots d'Alphonse lui avaient soudainement fait apercevoir la fausse route dans laquelle elle s'était engagée, et elle était sur le point de changer ses menaces en prières, ses cris en larmes; mais son orgueil ne put s'y résoudre; elle lui obéit, et le laissa passer en lui disant d'un ton glacé et méprisant :

— Allez, monsieur, je vous souhaite beaucoup de plaisir.

Alphonse sortit, emportant avec lui sa mauvaise action, avouée et soutenue sans repentir; Camille resta sans avoir montré un instant de pardon. Mais Alphonse n'alla pas d'abord chez Césarine, et Camille ne l'eut pas plutôt entendu fermer la porte de l'appartement, qu'elle tomba dans un fauteuil, en fondant en larmes. Qu'Alphonse fût rentré, que Camille eût pu le rappeler, et peut-être tout eût-il pu s'arranger encore; mais le malheureux hasard qui avait donné à leur explication cette tournure violente et inattendue les sépara quelques heures.

Alphonse, en descendant de chez lui, rencontra Camizard qui était de ses confidents, et ne crut pas devoir lui taire ce qui venait d'avoir lieu. Le conseiller d'État lui dit d'un air peiné :

— C'est grave, mais c'est un orage qu'il faut laisser calmer; vous êtes trop agités tous deux pour avoir une explication qui puisse avoir de bons résultats.

— Si vous la voyiez? lui dit Alphonse.

— Non, dit Camizard, ce sont des choses où les intermédiaires sont toujours fâcheux et maladroits; rentrez chez vous ce soir, faites comme si rien ne s'était passé. Un mot suffira pour faire comprendre à madame de Lubois que la colère vous a emporté; l'explication s'ensuivra, et vous vous racommoderez.

— Mais il me faudra renoncer à Césarine, répondit Alphonse.

— Ce serait le plus sage pour votre femme et pour vous. Cela désolera Césarine, car elle vous aime; elle qui, entre nous, faisait jadis compter ses amants un par chaque semaine de l'année, vous l'aviez réduite à être sage; mais le désespoir de Césarine importe peu auprès du repos de votre ménage.

En parlant ainsi, le vieux conseiller d'État savait-il que la vanité amoureuse d'un homme s'acharne autant à fixer les désirs insatiables d'une Messaline qu'à vaincre la vertueuse résistance d'une femme honnête? Que ce fût perfidie ou imprudence, ces paroles n'en furent pas moins fatales à la bonne résolution qui eût pu naître dans le cœur d'Alphonse, et de Lubois répondit :

— Vous avez raison, je la reverrai une fois ; je ne puis la quitter avec cette brutalité ; je lui ferai comprendre ma position. Au fond du cœur, Césarine a une probité d'homme qui vaut mieux que la fastueuse chasteté de certaines bigotes. J'en suis sûr, elle sera la première à m'engager à rompre.

Cependant Camille attendit son mari avec le calme douloureux d'une âme qui a fait déborder sa colère, et qui est rentrée dans son lit ; il y avait épuisement. La première douleur fatigue vite, et plus tard, quand on souffre de longues années sans éprouver rien de cet anéantissement qui accable aux premières atteintes, ce n'est pas qu'on souffre moins, c'est que la vitalité morale se porte là où surabonde toute sensation, joie ou douleur, pour répondre à cet excès de vie ; comme la vitalité physique se dirige vers la partie du corps qu'excite une irritation quelconque.

La disposition où se trouvait Camille, lorsque son mari reparut, eût pu renouer entre eux une explication calme ; mais de Lubois, embarrassé de son temps jusqu'à l'heure où il avait coutume de rentrer, heure qu'il ne voulait ni devancer ni reculer, de Lubois alla chez Césarine. Ce que le conseiller d'État avait dit si nonchalamment à Alphonse sur l'amour de cette fille, n'avait pas servi médiocrement à le ramener chez elle. Comment désespérer tant d'amour, ou plutôt, et si l'on voulait regarder au fond cette pitié, comment le désespérer sans se donner un peu le spectacle de cette charmante douleur qu'on cause et qu'on peut consoler? Césarine savait déjà, sinon ce qui s'était passé entre de Lubois et sa femme, du moins que celle-ci était instruite de leur liaison. Madame Drancy, en rentrant chez elle, s'était empressée de raconter la confidence de Camille. Adèle était si gonflée de cette nouvelle, qu'elle n'en avait pas fait une conversation de tête-à-tête. Ne trouvant pas Drancy dans son appartement, elle était montée dans son atelier, et là, en présence de ses élèves, elle avait eu avec lui, mais à voix basse, un entretien que tout le monde avait à-peu près entendu. Cependant ce ne fut pas un des élèves qui alla prévenir Césarine, ce fut Drancy lui-même. L'indiscrétion d'Adèle vis-à-vis de ces jeunes gens eut un autre résultat plus fâcheux peut-être : ce fut de faire tomber dans des conversations d'atelier des histoires de *monsieur le notaire et son épouse*, comme les eut bientôt baptisés cette moquerie funeste qui est devenue une puissance du dix-neuvième siècle. Ce résultat immédiat en eut un second: ce fut de déconsidérer le malheur de Camille. Il en est du ridicule comme de la calomnie, il en reste toujours quelque chose. Mais n'anticipons point, et revenons aux faits précis. Drancy était, sous le règne de de Lubois, l'amant de Césarine. Un nom, peut-être malhonnête à dire, expliquera celui d'amant, donné à Drancy, dans les mœurs où nous sommes forcés de faire entrer nos lecteurs. *L'entreteneur* étant considéré comme le mari, celui qui ne paie pas s'appelle l'amant. Nous croyons qu'on nous excusera de ne pas pousser plus loin la technologie en ce genre. Drancy courut donc au théâtre, où Césarine répétait, et, en véritable *ami*, il la prévint du danger qu'elle courait de perdre son notaire. Un notaire, en amour de coulisse, se traduit en rentes: c'était un service d'argent que Drancy rendait à Césarine. C'est un négociant qui avertit un ami qu'un de leurs confrères va faire faillite.

Césarine, de retour chez elle, attendit de Lubois à l'heure où il avait l'habitude de venir; car, en femme experte, Césarine avait *réglé* son notaire, et ne lui avait pas laissé prendre l'habitude de l'improviste. De Lubois se fit attendre. En toute autre occasion, Césarine lui eût fait une scène de colère, mais, dans la circonstance dont elle était menacée, elle préféra la tristesse, et de Lubois eut à subir des larmes et des plaintes résignées, qui lui parurent charmantes, comparées à l'emportement de sa femme. Cependant, malgré cet hommage rendu à l'angélique douceur de Césarine et à son amour profond, de Lubois fit effort sur lui-même, et, à travers ses protestations et ses regrets, il lui annonça qu'ils seraient obligés de se voir moins souvent. Cette déclaration sembla éveiller Césarine de sa triste préoccupation, et elle dit à de Lubois, avec un air de colère et de sarcasme :

— On vous le défendra.

— Qui cela? dit de Lubois en devenant rouge de vanité blessée.

— Mais votre femme, répondit Césarine avec dédain; ceux qui vous connaissent m'avaient bien avertie que votre faiblesse connue ne me donnerait que des chagrins. On me l'avait dit, et je n'ai pas voulu le croire, qu'une réprimande de votre femme me ferait sacrifier. C'est ma faute, n'en parlons pas.

— Césarine, repartit de Lubois, en affectant une tranquillité sous laquelle murmurait un dépit furieux, je ne vous ai pas donné lieu de croire à de pareilles sottises. Ma femme saurait ce qui se passe, et elle ne le sait pas, que ma position m'ordonnerait de faire ce que je vous dis.

— Votre position? répondit Césarine avec une incrédulité toujours dédaigneuse; vous y pensez bien tard.

— Trop tard peut-être, répliqua Alphonse vraiment piqué; mais des amis m'ont ouvert les yeux.

— Et qui donc vous envoie encore à l'école? dit Césarine avec un ton tout à fait méprisant.

— Césarine! s'écria Alphonse avec colère.

— Tenez, reprit-elle en se levant très-agitée, épargnons-nous les épigrammes et les explications. Je préfère une douleur à une humiliation; j'aime mieux croire que vous ne m'aimez plus.

— Oh? tu ne le penses pas, fit Alphonse en souriant avec abandon.

— Oh! si je le pense, dit Césarine avec une tristesse amère, car si tu m'aimais, tu ne me quitterais pas! Elle haussa les épaules, et reprit avec son premier air d'incrédulité: — Toi, si indépendant par ta fortune, par ta position: toi qui sais mieux que personne ce que valent ces grands mots de considération et de respect humain, tu veux me faire croire que les remontrances de quelques vieilles femmes te feront peur. Allons donc! sois franc, tu ne m'aimes plus. Elle essuya une larme et ajouta avec effort: Mon Dieu, je m'en consolerai.

— Je le crois aisément, répliqua Alphonse les lèvres pincées.

— Et pourquoi ne le ferais-je pas! repartit Césarine d'un ton résolu, en regardant de Lubois en face. M'en estimeriezvous beaucoup plus, si je *me* mourais de douleur? Eh! non. J'ai été votre maîtresse parce que cela en valait la peine; vous m'avez prise... vous me laissez là: vous m'avez généreusement payée, vous êtes quitte: voilà tout.

— Césarine, vous êtes folle, dit de Lubois en voulant la calmer.

— Mais, mon Dieu! ne jouez pas les grands sentiments, s'écria Césarine avec colère, c'est de l'hypocrisie en pure perte. Je vous connais, vous et vos pareils; quand vous voulez quitter une femme qui s'est niaisement laissé prendre à vos phrases de dévouement, vous avez pour l'abandonner mille raisons excellentes qui vous paraissaient méprisables quand il fallait la séduire. Eh bien! c'est indigne, voyez-vous. Un libertin, un mauvais sujet, on l'aime ou on ne l'aime pas! au moins, avec ceux-là, quand on se risque, on sait à quoi s'en tenir.

Elle s'arrêta, et reprit en se mordant les lèvres avec rage:

— Eh bien! on l'aime au jour le jour.

Elle essuya encore ses yeux, comme indignée de ses larmes, et ajouta avec l'effort d'une femme qui voile sa douleur de paroles malséantes.

— Et après tout, c'est plus amusant.

— Amusant! dit de Lubois à moitié vaincu, voilà un langage...

— Eh, mon Dieu! je suis franche, moi, je ne fais pas de bégueulerie; c'est vrai, j'ai eu des amants que je n'aimais pas.

De Lubois fit un geste d'impatience, et Césarine ajouta avec dérision:

— Oh! cela vous semble bien infâme.., Eh bien! j'étais heureuse alors... Mais je vous ai aimé, vous...

Elle se reprit à pleurer, et continua avec désespoir:

— Et je suis bien heureuse, n'est-ce pas?

Enfin elle éclata en sanglots, et s'écria:

— Oh! tenez... laissez-moi, je ne sais plus où j'ai la tête.

Et, sur ces paroles, elle était tombée sur une chaise en se tordant les mains.

— Allons, Césarine, avait dit Alphonse en s'approchant d'elle avec ce ton humble et protecteur d'un homme qui se voit profondément aimé, allons, tu sais bien que je t'aime, folle. Mais, que veux-tu? j'ai des ménagements à garder ; tu sais ma position à l'égard de madame de Brémont : c'est la marraine de ma femme, elle se fera sa protectrice.

— Est-ce cela ? dit Césarine en relevant la tête d'un air d'espérance craintive; est-ce cela? reprit-elle en caressant Alphonse d'un regard d'amour devenu plus brûlant à travers ses larmes, comme un rayon de soleil à travers une lentille de cristal; est-ce vrai, Alphonse? Ce n'est pas que tu ne m'aimes plus, dis?

— Oh! s'écria Alphonse, tu es folle, tu ne l'as pas pensé!

— Non, dit Césarine, non... mais j'ai eu peur ; et maintenant, vois-tu, fais ce que tu voudras... viens quand tu pourras ; je saurai ce qui t'empêche de venir plus souvent..... Je t'attendrai tous les jours, et je serai heureuse quelquefois.

Alphonse ravi la pressa dans ses bras, effaça ses larmes précieuses de ses baisers repentants, puis il dit qu'il voulait faire comme par le passé; mais Césarine s'y opposa héroïquement.

— Je veux, dit-elle que tu saches comme je t'aime; j'ai été si calomniée!... Mais tu me connaîtras un jour, toi, Alphonse et peut-être alors tu me rendras justice.

Comment résister à tant d'amour, à tant de sincérité! Alphonse sortit de chez Césarine, ivre de vanité, et ne consentant en lui-même à mettre un peu moins d'éclat dans ses liaisons que pour Césarine seule, pour ménager sa délicatesse. Quant à Camille il se crut dégagé de tout retour envers elle par le ton qu'elle avait pris à son égard. Lorsqu'il revint chez lui, il fut sec et réservé. Camille supporta patiemment les premières reparties, à ton de maître, de son mari ; mais il ne lui en fallut pas beaucoup pour quitter ce rôle de soumission qu'elle s'était imposé, et, à la quatrième phrase, elle lui répondit avec une roideur encore plus sèche que la sienne, car elle avait quelque chose de méprisant. Cela dura trois ou quatre jours, pendant lesquels Alphonse rentra et sortit à des heures honnêtes ; mais il avait grand soin de dire bien haut les causes de sa présence chez lui, pour que sa femme ne les attribuât pas à ce qu'elle avait dit ; Camille, à son tour, ne se faisait pas faute de lui montrer qu'elle ne lui en savait aucun gré. On s'aigrissait des deux côtés avec une sorte d'acharnement.

Au bout d'une semaine, Alphonse se fatigua de cette gêne qui ne lui valait pas le repos, il reprit sa première vie avec Césarine, et celle-ci le laissa faire sans paraître s'en apercevoir. Alphonse comptait comme gagnés pour son bonheur tous les moments qu'il ne passait pas près de sa femme. Celle-ci ne répondit à ce nouvel outrage ni par des colères ni par des sarcasmes; ce fut par un silence absolu. Les repas se passaient sans qu'il y eût une parole de prononcée de part et d'autre; tout irritait Alphonse, et ce silence lui devint si insupportable, qu'un jour il se leva de table en s'écriant :

— Il n'y a pas pas moyen de vivre ainsi!

— De quoi vous plaignez-vous ? lui répondit Camille d'un air étonné, mais qui montrait sa joie d'avoir trouvé un moyen de blesser Alphonse; vous ai-je dit quelque chose de désagréable ?

— Eh ! madame, reprit violemment Alphonse, y a-t-il rien de plus désagréable que ce silence théâtral que vous affectez, que cette pose de victime que vous gardez depuis quinze jours ?

— Pardon, monsieur, fit Camille avec un sourire d'une humilité presque insolente, je ne savais pas que je devais être gaie... je serai gaie désormais.

Alphonse sortit sans répondre; mais il était si furieux, qu'il disait tout haut et tout seul, en marchant avec rapidité :

— Il faut que cela finisse, et cela finira.

Camille, de son côté, s'entêtait à ne pas faire un pas. Alphonse lui avait reproché son silence, elle se décida à l'insulter de sa soumission. Ainsi, le soir quand il rentra, elle courut au-devant de lui, et lui dit d'un ton d'empressement chargé :

— Ah! vous voilà, mon ami, vous rentrez de bien bonne heure; vous êtes-vous beaucoup amusé ce soir ?

Alphonse regarda sa femme sérieusement; elle continua à lui sourire au visage.

— Ah! c'est comme ça, pensa-t-il; eh bien! soit.

Il se mit de la partie, et il lui répondit de même et d'un air dégagé : — Beaucoup, ma chère amie, beaucoup, et vous ?

— Moi, répondit Camille du même air charmant, oh ! mon Dieu, je suis restée toute seule ici, mais je me suis beaucoup amusée aussi. J'ai pensé à vous, mon ami ; n'est-ce pas que c'est bien ?

— Comment donc! très-bien, et je vous remercie.

— Mon Dieu! vous avez l'air fatigué : avez-vous besoin de quelque chose ?

— Non, de rien; je sors de souper; nous avons veillé fort tard, nous avons ri comme des fous.

— Oh! tant mieux.

Et la conversation continuait sur ce ton, et se reprenait sur ce ton tous les jours; puis, quand ils s'étaient quittés, Alphonse était honteux, et Camille désespérée. On ne tue pas mieux l'avenir de son bonheur et de son repos, qu'ils ne le faisaient tous deux.

Un jour, Camille voulut le pousser à bout; il sortait, elle l'arrêta.

— Bon Dieu! lui dit-elle, votre cravate est horriblement mise; attendez que je vous l'arrange; vraiment vous auriez perdu ce soir votre titre précieux de *beau notaire*.

Camille avait appris de madame Drancy que Césarine, dans ses gaîtés, appelait Alphonse *mon beau notaire*.

— Je vous remercie, répondit Alphonse en se laissant faire; mais cette épithète, j'en suis sûr, vous paraît une flatterie.

— Comment donc! reprit Camille, on m'a dit qu'elle vous a été donnée par une femme qui s'y connaît.

Alphonse se mordit les lèvres.

— Et à qui, continua Camille, vous avez inspiré une passion... Oh! mais une passion...

Alphonse reprit son avantage; et, caressant du bout du doigt le visage de Camille, il lui répondit avec une grâce impudente :

— Une passion bien froide, chère Camille, en comparaison de nos jeunes amours.

A ce rapprochement hideux, toute la force de Camille avait fléchi; sa vie pure, mise en parallèle avec cette vie de débauche; elle et Césarine unies dans la même pensée et dans la même phrase : cela l'avait révoltée, et elle s'était reculée en s'écriant avec indignation :

— Oh! vous êtes un infâme!

Alphonse l'avait considérée un moment avec un ricanement de triomphe, et, de son regard de dédain, lui montant pour ainsi dire sur le corps, comme à un ennemi vaincu, il avait répondu en haussant les épaules :

— Ah ! pauvre femme !

Il avait raison : elle n'était pas de force à lutter avec lui. Elle avait pour elle l'orgueil, mais il avait l'immoralité ; elle jouait un rôle qui la torturait, en traduisant sa douleur en raillerie ; il mettait en œuvre ses principes, sinon sa nature, en lui répondant sur le même ton.

Voilà où ils en étaient quand arriva la soirée du bal chez Derby. Camille avait décidé qu'une telle vie était insupportable, et elle voulut en finir : il lui fallait un éclat ; et, ne pouvant l'amener chez elle, elle allait le chercher partout où elle pouvait y donner occasion.

Nous allons donc suivre Camille au bal ; mais encore une fois, et c'est la dernière, un mot d'explication sur Alphonse, et puis nous pourrons dire que le terrain où nous voulons bâtir sera net et déblayé de tous obstacles. Alphonse n'était pas un de ces hommes nés achevés, c'est-à-dire invinciblement destinés au bien ou au mal ; c'était un homme à faire, et que les circonstances eussent pu faire honnête et bon, comme elles le firent indélicat et méchant. De bonne heure l'habitude des affaires dans une étude de notaire, ce confessionnal civil de la société, lui avait appris que nulle affection, même les plus sacrées, ne tient contre l'intérêt.

Il avait eu trop souvent à assurer la bonne foi des frères entre les frères, des fils avec les pères, des maris avec leurs femmes, traitant par contrat comme des fripons contre des fripons, pour ne pas croire qu'il n'y avait de puissance morale que le Code civil sagement appliqué à la bonne intelligence des familles et des ménages. Par conséquent, dès sa première jeunesse, ce qu'on nomme honneur fut pour lui un de ces liens qu'il faut laisser à la vanité des sots, comme les esprits forts de la bourgeoisie constitutionnelle veulent bien accepter la religion *pour le peuple*. Toutefois, cette démoralisation de de Lubois n'influa point manifestement sur ses actions. Longtemps Alphonse vécut en honnête homme, et, de quelque manière qu'il eût paré aux pertes qu'on supposait qu'il avait faites sur les terrains, personne n'avait aucun reproche à lui adresser sur sa probité. Cette probité, Alphonse s'en montrait très-fier, car c'était pour lui un moyen. Quant à sa conduite, elle était toute de vanité. Ainsi, tant qu'il vécut dans un monde où ses bonnes mœurs lui valaient un accueil honorable, il ne s'en départit point; mais cette vanité, qui avait été sa sauvegarde, tant qu'elle avait été bien convoyée, le perdit dès qu'elle marcha de compagnie avec des gens pour qui la moquerie de tout ce qui est respectable est une habitude perpétuelle du discours. Dans ce langage, quand on avait dit d'un homme : *bon père, bon époux, excellent citoyen*, on avait ridiculisé le malheureux à jamais. Il ne fallut pas beaucoup d'apostrophes de ce genre pour mettre Alphonse à l'unisson de ses nouvelles connaissances. Seulement il ne s'aperçut pas qu'il joutait avec des jeunes gens qui, le plus souvent, ne compromettaient qu'eux-mêmes, libres qu'ils étaient de tous liens de famille ; il ne voyait pas que quelques-uns même n'y compromettaient que leur esprit ; car il y en avait qui se moquaient du respect des fils pour les pères, et qui honoraient les leurs, d'autres qui faisaient bon marché de la vertu de toute femme, et qui eussent souffleté quiconque eût douté de celle de leur mère ou de leur sœur ; enfin, il ne vit pas que sa qualité de notaire, ce qui eût dû signifier homme grave et prudent, excitait la verve de quelques étourdis à lui faire tenir les propos les plus fous et les plus dévergondés. Alphonse avait assez d'esprit parlé pour être des premiers dans ces luttes où on démolissait toute morale au profit de quelques épigrammes ; mais il n'en avait pas assez pour séparer sa conduite de ses principes. Ainsi les mauvais plaisants aidant les mauvais plaisants qui riaient à gorge déployée des *légèretés* du notaire, il mit ces théories en pratique quand l'occasion s'en présenta ; et parce qu'il avait très-sottement parodié un vers de Boileau, en s'écriant :

L'Épouse est une esclave et ne doit qu'obéir.

il trouva mauvais que Camille n'acceptât pas avec reconnaissance son abandon et son malheur. Cette démoralisation que nous avons racontée en quelques phrases fut un an à s'opérer ; car il y avait un an que duraient, sinon l'intrigue *consommée* d'Alphonse avec Césarine, du moins leurs relations, quand arriva la soirée du bal.

II

LE BAL.

Tout ce que nous avons dit suffira sans doute pour faire comprendre les sentiments qui devaient agiter Camille en se rendant au bal de Derby. Elle y alla dans la citadine d'Alicia. L'équipage de de Lubois, qui disait s'être fait conduire à un rendez-vous d'affaires, avait été réservé pour Césarine. Camille n'en doutait pas. Alicia le savait certainement; mais il y avait entre elles une pudeur réciproque qui se refusait à la honte de certains détails; aussi n'en parlèrent-elle pas. L'ensemble d'un malheur a toujours quelque chose d'élevé, qui se ravale à être regardé de près et dans toutes ses parties. Lorsque Camille et Alicia furent annoncées dans le salon de Derby, madame Derby (si la nommerons-nous, comme c'était l'habitude chez elle) courut au-devant d'elles avec un empressement qui lui fit traverser une contredanse à son moment le plus animé et qui la brouilla entièrement. Ce maladroit accueil, qui eût troublé Camille dans un monde dont elle aurait eu l'habitude, la déconcerta d'abord, le silence qui suivit son entrée, le chuchotement général qui suivit ce silence, la rendirent confuse au point de la faire rougir visiblement. Les femmes n'imaginèrent point, mais elles dirent que c'était pruderie, et la baptisèrent du nom de *bégueule*. Bien des hommes qui dépendaient des bonnes grâces de ces dames se rangèrent de leur avis, et Camille, en traversant le salon de madame Derby, eut à subir force regards par-dessus l'épaule, sans compter ceux qui se chargèrent d'une suffisante dose d'insolence en passant à travers le verre du lorgnon carré des fashionables du pays. Dans un salon de pruderie notariée, on n'eût pas plus impertinemment reçu une femme perdue, que dans ce cercle mal famé cette femme si pure : c'était une revanche que Camille payait pour toutes les honnêtes femmes. A travers sa confusion, Camille vit cependant un mouvement dont elle ne se rendit pas compte, et dont elle ne crut pas d'abord être l'objet. Pour arriver à la place vers laquelle madame Derby la conduisait, elle passa devant un groupe qui paraissait entourer et écouter quelques personnes assises. A ce moment, le groupe s'ouvrit à une voix partie du fond, et qui avait dit : — Rangez-vous donc, que je voie cette merveille.

Sans supposer que ce fût d'elle qu'il s'agît, Camille regarda l'endroit d'où partait cette voix ; mais elle ne put voir la femme qui avait parlé, car un homme, et c'était le seul, n'avait pas obéi à cette impudente injonction ; il était demeuré debout comme un rempart entre Camille et cette femme. Toutefois, à deux pas de là, Camille savait qui avait parlé. A son mari qu'elle vit au fond du groupe, elle reconnut Césarine : c'était elle qui devait être près de lui. A deux pas encore, elle pensa que, puisque cette femme était Césarine, ce devait être pour elle, Camille, qu'avaient été dites ces insolentes paroles, et elle arriva au fauteuil que lui présenta madame Derby, le cœur plein d'indignation et de honte. Pour rassurer sa contenance, elle voulut cependant engager la conversation avec Alicia qui était assise à côté d'elle ; mais elle vit son amie qui, l'œil fixe sur le groupe d'où était partie la voix de Césarine, semblait en suivre les mouvements ; en effet, on s'y pressait, et quelques éclats de voix s'en échappaient à travers le murmure sourd d'un vaste salon de bal. La voix de Césarine, aigrie de colère, perça un moment ; une autre voix grave et forte lui répondit sans qu'on pût entendre les paroles de l'une et de l'autre ; et Alicia dit tout bas, et sans s'adresser plutôt à Camille qu'à elle-même :

— C'est Maurice.

— Maurice ! dit Camille à qui ce nom revenait ainsi pour la troisième fois, toujours mêlé aux injures qu'elle avait à souffrir.

— Oui, dit Alicia tout bas, Maurice ; je te dirai ce qu'il est, ou plutôt je te le montrerai, seulement je suis plus tranquille ; puisqu'il est là, Césarine sera prudente.

— Que veux-tu dire ?

Alicia n'eut pas le temps de répondre ; la contredanse sonnait la ritournelle d'appel ; dix jeunes gens demandèrent à Alicia sa main qui appartenait au premier inscrit, et Camille fut laissée seule. En même temps Césarine se leva, et, fendant le groupe qui l'entourait, elle passa devant Maurice en lui lançant un regard de haine et de rage. Celui-ci se contenta de lever le doigt en signe d'avertissement, et vint s'appuyer à une console à deux pas de Camille, sans toutefois paraître l'avoir vue. De Lubois lui-même quitta le groupe ; et, poursuivi par les plaisanteries de quelques jeunes gens, il se décida à s'asseoir à côté de sa femme. Ni l'un ni l'autre n'avaient envie de se donner en spectacle à la curiosité de ce salon ; ils s'abordèrent donc avec convenance, parurent causer du temps, de la chaleur, de la musique. Cependant ils étaient assez embarrassés, lorsque madame Drancy, étant arrivée, vint se placer à côté de Camille et compliqua sa position de ses démonstrations excessives d'amitié, de ses questions à voix basse, faites d'un air de mystère et de ses assurances de dévouement envers et contre tous. Il serait difficile de dire par quel sentiment Camille porta les yeux du côté de Maurice, quand madame Drancy fut assise près d'elle ; mais on comprend son embarras lorsqu'elle rencontra les regards de ce jeune homme fixés sur les siens, et qui semblaient exprimer une sorte de mécontentement. Un imperceptible et rapide mouvement de cœur s'éleva en Camille, signifiant : — Que voulez-vous que j'y fasse ? Une réflexion aussi prompte et plus certaine l'étouffa, disant : — De quoi vais-je m'occuper ?

La contredanse était finie, et Alicia ne vint point reprendre sa place occupée par de Lubois : elle était retenue par des gens qui la questionnaient et à qui elle ne pouvait échapper ; de Lubois, qui avait compté sur le retour d'Alicia pour quitter la place, fut forcé de rester près de sa femme.

Pendant ce temps, Césarine s'était emparée du bras de son danseur, et, traînant trois ou quatre adorateurs à sa suite, elle faisait le tour du bal ; elle riait et parlait haut, répondant aux bons mots qu'on lui adressait, tantôt par-dessus l'épaule, tantôt en admirant ses pieds qui étaient merveilleusement jolis. Elle arriva ainsi courant et folâtrant jusques auprès de Camille. Sa voix montait de ton et apprêtait quelque chose de souverainement impudent sans doute; et Camille, par une sorte d'effroi d'enfant, se serra près de madame Drancy, et jeta un regard craintif vers Maurice. A ce regard, Maurice quitta la console où il était appuyé, vint saluer madame Drancy et resta debout près d'elle, de manière qu'au moment où Césarine se trouva près de Camille, le premier visage qu'elle rencontra fut celui de cet homme qui parut terrifier le sien et glacer subitement sa gaîté. Césarine passa sans oser regarder ni Camille ni de Lubois.

Le danger passé, Camille réfléchit à ce qui venait d'avoir lieu et à ce que lui avait dit Alicia sur ce Maurice, et sur l'intérêt que mettrait tout homme à prendre sa défense; elle réfléchit qu'elle avait presque imploré la protection de celui-ci, et elle s'en repentit comme d'une imprudence.

Pendant qu'elle faisait ces réflexions, Alicia était revenue, et Césarine, renouvelant sa promenade, allait repasser devant Camille. De Lubois, profitant de l'arrivée d'Alicia, allait s'éloigner, Maurice était demeuré près de madame Drancy; Camille pensa à réparer son imprudence et en même temps à s'assurer une protection plus puissante contre les allures impertinentes de Césarine, et elle dit tout haut à son mari :

— Voulez-vous bien demeurer un moment? j'ai besoin de vous.

Elle appuya sur le mot *vous* et se détourna visiblement de Maurice. Celui-ci s'éloigna, et, lorsque Camille leva les yeux aux éclats de rire que faisait Césarine en approchant, elle ne le vit plus à côté de madame Drancy. De Lubois était resté près de sa femme, Césarine arriva auprès d'elle; et, débarrassée de cette présence de Maurice si étrangement puissante sur elle, elle redoubla de gaîté, et, au moment où elle touchait de sa robe la robe de Camille, elle eut l'effronterie de dire à Alphonse d'un ton doux et amoureux :

— Vous n'avez pas oublié, ami, que vous dansez la première avec moi?

Camille fit un mouvement d'indignation et de surprise; Césarine le remarqua, et, d'une légère inclination de tête, s'excusant comme si elle avait heurté Camille, elle s'éloigna en disant :

— Pardon, madame, je vous ai peut-être fait mal ?

Camille demeura confondue; l'audace de ces injures avait dépassé toutes ses prévisions; elle saisit la main de son mari, et lui dit d'une voix entrecoupée :

— Monsieur, sortons, emmenez-moi; c'est une horreur!

Alphonse dégagea sa main de celle de Camille, et lui dit froidement :

— Vous l'avez voulu.

Il s'éloigna, et Camille le vit bientôt danser avec Césarine dont les regards éblouissants de joie lui arrivaient parfois à travers les groupes et les mouvements des danseurs, comme les éclairs d'une lame d'acier qui étincelle çà et là dans l'ombre. Tant d'indignité de la part de de Lubois révolta Camille, l'exaspéra, et lui fit, pour ainsi dire, accepter la lutte. Elle voulut se lever, en sa pensée, pour se mêler à cette contredanse. Alors, et pour la première fois, elle s'aperçut qu'elle était seule entre les places vides d'Alicia et de madame Drancy que leurs danseurs avaient entraînées, et que deux contredanses s'étaient déjà formées sans que personne eût pensé à l'inviter. Elle se sentit de nouveau accablée; tout ce qu'elle imagina à propos de cet abandon n'était pas vrai, mais ne fut pas moins douloureux : elle crut y voir une conspiration contre elle, une leçon sévère qui lui était infligée sans pitié, et infligée par les hommes : elle ne comprit pas la vérité. C'est que la plupart, sachant le secret de sa venue au bal, n'avaient pas songé à l'inviter à danser, vaguement dominés de cette idée qu'elle n'était pas venue là pour danser; les plus délicats même eussent cru lui faire injure que de la mêler à cette joie qui l'entourait. Le bal continuait, et Camille n'en avait recueilli qu'une affreuse humiliation. Lorsque la contredanse fut finie, Camille était à bout de courage, et elle allait prier Alicia de sortir avec elle : à ce moment, madame Drancy s'approcha d'elle en tirant par la main un tout jeune homme de vingt ans, d'un beau visage de femme, de longs cheveux noirs *à la moyen âge*, l'air souffrant, parfaitement busqué et élégamment habillé, tout noir de satin, cravate, gilet et pantalon. Adèle dit à Camille d'un ton dont la gaîté contrastait avec l'air mélancolique de ce jeune homme :

— Permets-moi, ma chère amie, de te présenter mon frère, un danseur intrépide.

Camille salua ; le jeune homme s'inclina de la tête et des épaules, et dit avec un triste sourire :

— C'est une bien faible recommandation que celle-là, n'est-ce pas, madame?

— C'est la première au bal, dit Camille.

— J'en voudrais avoir d'autres envers vous, reprit le jeune homme en relevant ses beaux yeux sur Camille.

— D'abord, reprit madame de Lubois qui n'était pas faite à l'allure des sentiments *moyen âge* et qui répondit par une politesse gracieuse à ce qu'elle supposait être poli ; d'abord, vous avez celle d'être le frère d'Adèle, de mon amie de pension.

— Vous me feriez croire, dit le jeune homme en souriant amèrement, au bien social d'avoir une famille.

Ce singulier dialogue étonna Camille ; elle regarda Alicia qui retenait un rire près d'éclater : cela la rassura : car ce mot de famille l'avait alarmée ; elle repartit à tout hasard :

— Doutez-vous, Monsieur, que ce soit un bonheur ?

— Hélas ! madame, reprit le jeune homme d'une voix sombre et en *fatalisant* son regard, je m'appelle Antoni.

Alicia donna l'essor à son rire, et madame Drancy dit à Antoni avec impatience :

— Ne danses-tu pas?

— Pardon, répondit Antoni, comme ramené *du ciel ou de l'enfer* au juste milieu grossier de ce monde ; pardon, je voulais prier madame de Lubois de me faire l'honneur de m'accorder une contredanse.

— Avec plaisir, dit Camille.

— Ce sera donc pour la troisième, fit Antoni en saluant.

— Pour la troisième, monsieur, répondit Camille assez sèchement ; et à peine Antoni, dont sa sœur avait pris le bras et à qui elle paraissait faire querelle, se fut éloigné, que madame de Lubois se tourna vers Alicia et lui dit :

— Qu'est-ce que ce petit jeune homme?

— Il te l'a dit, répondit Alicia : il s'appelle Antoni.

— Eh bien? fit Camille étonnée.

— Eh bien, est-ce que tu ne connais pas Antoni, la pièce d'*Antoni*.

— Si fait, reprit Camille qui ne comprenait pas.

— Eh bien, M. Antoni Leroux est frappé d'*Antoninisme*. Il

est jeune, il est beau, il est triste, il a un poignard dans sa poche, il a un regard fatal, un amour qui tue, et par-dessus tout, il s'appelle Antoni. La seule chose qui le gêne dans la *fatalité* de son existence, c'est d'être si cruellement apparenté ; c'est d'avoir père, mère, frères, sœurs, tantes, oncles, cousins, cousines, *de ne pas marcher seul enfin dans le désert du monde, avec son âme isolée et son nom à qui ne répond aucune voix amie.*

Alicia avait débité cette phrase sur la nouvelle et chantante mélopée du drame moderne. Camille ne put s'empêcher de sourire à l'explication que venait de lui donner Alicia.

— Je comprends maintenant les phrases sur le bonheur... le malheur de la famille... quelque chose d'obscur.

— De ridicule, dit Alicia ; il n'est pas sans esprit, mais il s'est fait le jouet des plus sots.

Dans la position de Camille, ce fut pour elle une cruelle contrariété que l'invitation de ce monsieur. Manifestement abandonnée qu'elle était par l'indifférence d'hommes qui ne la connaissent pas, et cependant décidée à lutter, elle éprouvait une sorte d'humiliation à aborder une contredanse, où elle pourrait être en présence de Césarine, avec un personnage tenu pour ridicule par tout le monde. Elle s'aperçut aussi qu'il lui fallait attendre encore deux contredanses avant d'arriver à celle d'Antoni, et que, pendant ce temps, son isolement serait tout à fait remarqué. Alors sa contrariété devint une douleur poignante, sa mauvaise situation, un supplice. Véritablement, cette femme jeune, belle, parée, au milieu de ce monde qui riait bruyamment parmi la musique, l'éclat des bougies et le parfum des bouquets de bal, cette femme défendant sa vie et son honneur, sa parure de diamants au front et sous un costume de folie et de carnaval, eût fait pitié à tout homme qui l'eût comprise. Qu'on nous pardonne de raconter pas à pas et dans toutes leurs phases les peines de Camille durant ce bal ; plus tard viendront les désespoirs entiers, les actions violentes ; mais ce n'est pas de plein saut qu'y arrivent les cœurs formés comme celui de madame de Lubois, les âmes nobles comme la sienne. Camille se sentit désespérée, si désespérée, que le motif de sa douleur s'adressa à tout ce qui l'entourait, à Adèle, à Alicia, qui l'abandonnaient. Alicia croyait servir Camille en l'empêchant de danser, en disant autour d'elle que Camille ne dansait pas, voulant sauver à son amie le danger de se trouver face à face avec Césarine, de toucher ses mains ou ses vêtements; elle ne savait pas, Alicia, que d'une démarche imprudente elle faisait une humiliation; elle oubliait trop la femme jeune et belle, pour ne penser qu'à l'épouse noble et pure. Maurice avait reparu; il avait appris l'impertinence de Césarine, et était revenu prendre sa place à la console qui était près de Camille. Quand la nouvelle contredanse commença, madame de Lubois, abandonnée à la fois par madame Drancy et Alicia, et demeurée seule sur cette ligne de siéges vides, porta d'abord tout autour d'elle un regard triste et honteux, puis elle le baissa si vivement, qu'on put croire qu'il y était arrivée une larme. Le mouvement de quelqu'un qui s'approchait d'elle lui fit relever les yeux, et elle vit Maurice. La manière dont elle le regarda eut un mélange indéfinissable de crainte et de remercîment. Elle le sentit et détourna la vue, car cet homme qui s'occupait d'elle pouvait mal traduire sa pensée; mais jamais, dans aucun monde, Camille n'avait vu un homme aborder une femme avec un si digne respect; il ne lui dit que le mot banal usité en pareil cas.

— Oserai-je demander à madame de Lubois si elle veut me faire l'honneur de danser avec moi?

Mais cette phrase fut prononcée avec un tel accent de profonde vénération, il y avait si bien mêlées ensemble dans cet accent l'intelligence de la position de Camille et la retenue qui dispensait Camille de croire à cette intelligence; il y avait en même temps une si haute promesse de protection et une si humble excuse de l'offrir, que Camille se sentit prise d'un sentiment de reconnaissance craintive pour cet homme qu'elle ne connaissait que par de mauvais propos; et, lorsqu'elle posa sa main tremblante dans celle de Maurice, elle se trouva forte comme si elle eût touché la terre; elle se sentit rassurée comme si la vie où elle avait marché jusque là avait tremblé sous ses pas.

Quand ils se présentèrent à la contredanse, le quadrille était formé; ils entrèrent par un côté qui faisait face à celui de Césarine. Camille n'en fut pas émue : sans avoir dit une parole, il lui sembla qu'elle eût remis sa cause dans la main qui tenait la sienne, et elle ne fut point troublée du petit événement que fit son apparition, car on se rangea en silence pour la laisser passer. Maurice parcourut le quadrille de l'œil, et dit à un jeune homme qui était à côté de lui :

— Mon ami, faites-nous vis-à-vis.

Celui-ci quitta avec empressement la place qu'il avait choisie et qui était en face de Césarine.

Césarine s'en aperçut, et n'osa rien dire ; on voyait que la dignité résolue de Maurice lui imposait le respect comme aux autres.

Nous ne voulons pas faire de notre héros un de ces hommes à puissance fatale qui dominent le monde par un don secret de leur nature. Outre qu'on connaissait la froide et implacable résolution de Maurice pour faire ce qui lui convenait, l'aide qu'au besoin il pouvait tirer d'un esprit toujours présent et impitoyable et d'un courage qui avait eu de tristes succès, Maurice eut pour premier auxiliaire, en cette circonstance, de faire presque une noble action en se posant pour ainsi dire le chevalier de Camille, et chacun en subit l'empire. Le quadrille se reforma et la musique donna le signal. Camille, qui, sous l'assistance de Maurice, se trouvait à l'aise vis-à-vis de tout le monde, restait cependant embarrassée avec lui. Maurice eut toutes les générosités : il lui parla de la chaleur, de la musique, de la manie des travestissements. La contredanse se passa sans que rien arrivât ; Césarine fit bien semblant de traîner ses pas, comme abattue par la fatigue du plaisir, mais cela ne fit point d'effet, et la beauté de Camille fut admirée sans partage. A la contredanse qui suivit, Maurice vint inviter Alicia, et se mit avec elle en face de Camille qui, cette fois, dansa avec le jeune homme qui lui avait fait vis-à-vis. Puis, lorsque Maurice eut reconduit Alicia à sa place, il s'assit près d'elle. Ce fut à ce moment que Camille remarqua l'extrême émotion de son amie en écoutant Maurice. Ils n'avaient cependant eu qu'un entretien sur les arts. Maurice en parlait en homme habitué à les cultiver ou à les juger. Alicia s'enthousiasmait contre les opinions sévères de Maurice, et, au bout de quelques instants, il y avait cercle autour des discutants, et par conséquent autour de Camille. Césarine ricanait à force dans l'autre bout du salon, sans distraire l'attention de personne, pas même celle de madame de Lubois : et quand le triste Antoni vint réclamer le privilége de danser avec Camille, elle quitta presque à regret cette place qu'elle avait tout à l'heure trouvée si cruellement solitaire; elle oublia même un moment pourquoi elle était venue. Elle fut obligée de se le rappeler. Césarine, pressée par son danseur, refusait de se mêler à la contredanse.

— Je n'en puis plus, disait-elle avec bruit... laissez-moi... je ne veux pas... ne me tourmentez pas comme ça... j'ai un affreux mal aux nerfs... je suis horriblement crispée.

L'orchestre commença, et Césarine, abandonnée par son danseur, demeura seule avec de Lubois, à qui visiblement elle faisait une scène entre les dents, et qui paraissait ne savoir que lui répondre. Enfin, il la calma; elle se leva, prit son bras, et vint regarder danser Camille, en se plaçant presque derrière elle. Camille l'y devina sans la voir; elle sentait qu'il y avait des regards malfaisants qui pesaient sur ses épaules. Un chuchotement ricané, mais auquel on ne répondait pas, lui était affreux à entendre, comme le frôlement grêle du serpent à sonnettes qui approche avec sa morsure mortelle et qu'on ne peut éviter. En outre, il paraissait certain qu'il y avait un parti pris de la braver, et qu'elle allait voir commencer l'attaque. Maurice était bien dans la contredanse, mais il était loin de Césarine qui se soustrayait à son regard; d'ailleurs, Camille se mit à penser que c'en était trop déjà de cette intelligence silencieuse qui s'était établie entre elle et ce jeune homme; elle craignit de lui avoir des obligations dont elle ne voulait et ne pouvait le remercier hautement, et elle se résolut à ne demander appui qu'à elle-même en cas d'insulte. Le mouvement de la contredanse avait emmené Camille en face de son mari et de Césarine. Celle-ci s'appuyait amoureusement sur le bras d'Alphonse, et semblait s'y oublier; quant à de Lubois, il regardait droit devant lui, non pour voir, mais pour ne pas tenir les yeux baissés; c'était le regard d'un homme qui fait par faiblesse et par obéissance un coup d'audace et de vigueur. De son côté, Camille se résolut à ne pas céder, et se retrouva à sa place, bien décidée à un éclat, s'il le fallait. Le mal des résolutions prises d'avance c'est de fortifier pour ainsi dire un point de la position, et de se laisser surprendre et battre sur ceux auxquels on n'a pas pensé. Camille s'attendait à quelque moquerie sur son compte, à quelque raillerie sur sa personne ou sa démarche, et elle avait le cœur gonflé de réponses toutes prêtes; mais lorsqu'elle fut à portée de sa rivale, au lieu de la voix aigre et irritante de Césarine, elle n'entendit qu'un accent d'afféterie molle et traînante.

— Non vraiment, je ne puis rester plus longtemps. Je suis tout à fait mal. Je veux rentrer. Allons, Alphonse, rentrons; faites demander votre voiture... Vrai, la, je n'en puis plus... Soyez aimable, rentrons.

Camille resta stupéfaite. Après être venue au bal sans son mari, elle avait compté qu'il la remmènerait. Ce premier trouble passé, elle se sentit au cœur une colère capable de tout braver, et voulut forcer son mari à rester près d'elle; elle se retourna pour le lui ordonner; mais déjà Alphonse était sorti pour obéir à Césarine, et Camille ne rencontra que les yeux de l'impudente qui se fixèrent effrontément sur les siens. Ce n'était pas avec elle que Camille avait à lutter, c'était avec son mari; elle se détourna avec dégoût, et attendit avec impatience que la contredanse s'achevât. A peine futelle finie, que, prenant le bras d'Alicia, elle alla vers la porte du salon par où son mari devait rentrer, et y trouva un secours inattendu et qui lui parut une justice du ciel : Camizard entrait au bal. Devant Camizard, devant cet homme grave et l'ami de madame de Brémont, Camille était sûre qu'Alphonse n'oserait publiquement l'abandonner. La colère donna à Camille tous les charmants défauts que sa chaste élégance avait dédaignés jusque là. Elle alla au-devant de Camizard; elle le salua des noms les plus aimables et les plus flatteurs, elle l'arrêta à la porte par où devait repasser Alphonse, et attendit son mari, le cœur poigné de colère et d'indignation, les paroles emmiellées de sourires et de doux regards. Camizard, en homme habile, la laissa d'abord faire sans comprendre; mais lorsque Alphonse rentra, il devina à peu près qu'il était utile, et il s'expliqua toute l'amabilité de Camille. D'après ce que nous verrons plus tard de ce conseiller d'Etat, on ne s'étonnera pas que cette découverte ne l'humiliât pas, et ne lui fit pas prendre en mauvaise part les flatteries de madame de Lubois. M. Camizard considérait l'utilité comme la première recommandation d'un homme,

C'était, à son dire, la seule sur laquelle on pût baser des calculs probables. La beauté, l'esprit, la grâce sont choses que tout le monde ne voit pas du même œil, et que les mêmes ne voient pas toujours du même œil; l'utilité est une chose que chacun pèse scrupuleusement, et dont on est sûr de recevoir le prix quand on sait l'y mettre. Ainsi Camizard se *prêta à la plaisanterie*, lorsque Camille dit à Alphonse qui rentrait dans le salon :

— C'est vraiment trop tôt partir, mon ami; j'ai dit à M. Camizard que vous étiez allé demander votre voiture, et il me gronde de quitter le bal de si bonne heure.

Alphonse fut tout étourdi de l'apostrophe, de l'assurance de sa femme qui s'emparait si hautement de ce qui n'avait pas été arrangé pour elle, et surtout de la présence de Camizard qui, sans autre réflexion, se mit du côté de Camille, en disant à de Lubois :

— Oui, mon cher ami, c'est une fuite honteuse. Comment! quitter le bal avant deux heures du matin, ça n'est pas permis, même au notaire le plus rangé de la capitale. On dirait que vous vous croyez garçon, dans le temps où il fallait se coucher de bonne heure pour être à l'étude à six heures du matin. Vous oubliez que vous avez la plus jolie femme de Paris, et qu'il faut qu'elle s'amuse un peu. Allons donc, c'est tout à fait vieillard ce que vous faites là.

Alphonse se rongeait les lèvres de colère; il voyait que Camille était résolue à le braver, et pensait que Camizard était de complicité avec elle. Mais il ne se tint pas pour battu, et répondit :

— Vraiment, il m'est impossible de demeurer plus longtemps. J'ai quelque chose de très-important à faire. Si Camille s'amuse beaucoup à ce bal, qu'elle y reste; vous aurez la bonté de la reconduire.

Le ton moitié amer, moitié triomphant, dont de Lubois avait fait cette proposition, annonçait qu'il croyait avoir remporté la victoire : mais Camille le prit dans son propre piége, et lui répliqua tout humblement :

— Mon Dieu, si c'est ainsi, nous partirons quand vous voudrez.

Elle voulut prendre le bras de son mari. Alphonse était pâle de colère; il recula; mais, cerné par la présence de Camille, d'Alicia, de Camizard et de deux ou trois personnes qui écoutaient sans curiosité cette conversation si indifférente en apparence, il n'osa ni éclater, ni refuser ; il essaya un subterfuge, et dit, en entrant dans le salon :

— Eh bien ! attendez-moi un instant.

— Volontiers, répondit Camille, et elle demeura implacablement appuyée dans l'embrasure de la porte par où il fallait passer. Elle y retint Camizard qui ne demandait pas mieux que d'y rester ; et, tout en causant avec lui, elle jeta un regard dans le salon pour y suivre son mari ; elle aperçut Maurice qui détourna les yeux dès qu'il se vit remarqué ; il s'éloigna comme pour se retirer d'une confidence où il n'était plus nécessaire. Enfin Camille découvrit son mari causant vivement avec Césarine. Il paraissait s'excuser, et elle semblait ne pas accepter ses excuses. On eût pu traduire son geste par ces paroles qu'elle disait véritablement :

— Eh bien ! monsieur, vous m'accompagnerez, ou tout est rompu.

Alphonse répondait :

— Mais c'est impossible. Voyez; Camizard est là, ce serait l'oubli le plus complet de toutes les convenances.

— Ce sera ce qu'il vous plaîra, disait Césarine, mais ce sera comme ça. Pensez-y.

Et, sans autre explication, elle quitta Alphonse, traversa le bal d'un air délibéré, le front haut et l'air menaçant, passa devant Camille qui se rangea un peu, et entra dans la salle à manger. Alphonse la suivit des yeux et vit avec fureur que Camille avait repris sa place au travers de la porte, et qu'il n'y avait nul moyen de s'échapper. Camizard tenait bon. Alphonse rôdait autour d'eux comme un prisonnier qui guette le moment où la sentinelle de la prison aura le dos tourné. Une mince circonstance que nous ne rapporterions pas, si tout ne comptait dans les haines féminines, une circonstance bien petite porta au comble la fureur de Césarine. Elle était dans la salle à manger, et le domestique de de Lubois, accoutumé probablement à ce service extra-légal, tenait la pelisse de Césarine, et allait la lui mettre sur les épaules. Camille s'en aperçut :

— André, lui dit-elle tout haut, ce n'est pas mon manteau que vous avez là, le mien est au vestiaire, allez le chercher.

Le domestique, étourdi de voir et d'entendre sa maîtresse qu'il ne savait pas au bal, laissa tomber par terre la pelisse à laquelle Césarine tendait les épaules, et, tout troublé qu'il était, il courut au vestiaire.

Il ne faut pas oublier que Césarine s'était appelée Catherine Tochon, et que, sous le vocabulaire précieux qu'elle avait appris dans les opéras-comiques du jour, il lui restait quelques souvenirs d'une langue moins pure. Emportée par la colère, cette indiscrète des temps passés, elle s'écria, en voyant sa pelisse par terre :

. . . . . . !

Nous n'écrirons pas le mot, attendu que nous ne faisons que de la prose et que nous n'avons pas besoin d'une rime à Tochon.

Camizard ne put s'empêcher de rire, et Césarine foula sa pelisse aux pieds avant de la ramasser. Tout son visage vibrait de colère. De son côté, Alphonse rugissait intérieurement; il s'était peu à peu approché de la porte et avait vu tout cela. Il eut la pensée de courir vers Césarine; mais Camille, armée de Camizard, du vénérable conseiller d'Etat, de l'ami de madame de Brémont, créancière de quatre cent mille francs, Camille tenait la porte, et le passage était muré. Césarine aussi avait aperçu Alphonse; et exaspérée de la nouvelle insulte de Camille, elle faisait semblant de mal attacher sa pelisse pour gagner du temps. Alphonse le voyait et s'exaspérait de son côté. Camille était dans ce moment entre deux personnes qui, au douzième siècle, l'eussent poignardée sur le coup; qui, au dix-neuvième, se jurèrent de la perdre : forme plus habile pour tuer une femme, et à laquelle nous avons emprunté le droit d'appeler barbares les temps où on en finissait vite et franchement avec ses ennemis. Enfin Césarine furieuse, ayant remarqué Antoni qui s'approchait de la porte, l'appela tout haut, et lui dit :

— Antoni, voulez-vous me reconduire?

— Avec bonheur, répondit le suave jeune homme.

Césarine répliqua dans toute l'effronterie de sa nature et de sa colère :

— Avec tout le bonheur que vous voudrez.

Ceux qui entendirent le mot en rougirent, jusqu'au sot adolescent lui-même; mais ce fut une horrible torture pour

Alphonse, horrible, parce qu'il crut et avait droit de croire que la colère de Césarine était, aussi bien que toute autre chose, un droit à ses faveurs. En effet, ses faveurs étaient la monnaie dont elle payait ce dont elle avait envie ou besoin : rôles nouveaux dans les pièces, feuilletons dans les journaux, délais de ses créanciers, vengeance d'une rivale, tout enfin. Mais, en outre de sa jalousie, il y avait pour le vaniteux Alphonse un épouvantable supplice dans le mot de Césarine : c'est que sa femme l'avait entendu, qu'elle l'avait entendu avec Camizard, Alicia et trois ou quatre des plus mauvais plaisants du bal. Un instant de plus, et Alphonse bravait tout pour passer du côté de Césarine; mais la patience de celle-ci était à bout, et elle sortit avec Antoni. Camizard seul comprit la portée du mot qu'elle prononça en partant et en toisant Camille à la dérobée.

— Ah! nous verrons.

Césarine partie, Alphonse reprit un espoir, ce fut de sortir à l'improviste et de la suivre; mais Camille poursuivit impitoyablement sa victoire; et abordant soudainement son mari sans se séparer de Camizard, elle prit son bras et le força à se promener avec elle dans le bal. On eût dit qu'elle le montrait à tous les regards moqueurs de ce monde qui avait fini par deviner la scène de la porte du salon; et, comme on est toujours du parti de celui qui a le plus d'esprit et le plus d'adresse, on accablait Alphonse de sa défaite, ne pouvant féliciter Camille de sa victoire.

— Que vous êtes aimable de rester si tard, de ne pas nous enlever madame de Lubois, de ne pas vous être échappé! Voilà ce qui s'appelle un aimable mari; à la bonne heure!

Tous ces petits mots agaçaient la fureur d'Alphonse enchaîné par les attentions dont on le *comblait*.

C'est avec de petits coups ainsi souvent répétés qu'on rend enragés les faibles animaux qu'on attache et qui ne peuvent ni mordre ni s'enfuir.

Camille, radieuse, se laissait aller à son triomphe; elle dominait son mari, elle le tenait en laisse : elle était folle d'une autre folie que lui. Si quelqu'un lui eût dit à ce moment toutes les douleurs dont elle paierait cette joie, elle ne l'eût pas cru; et, si elle l'eût cru, peut-être aurait-elle accepté le marché. Elle était si emportée par son triomphe, qu'elle vit avec déplaisir sur son passage Maurice qui l'observait d'un regard triste et affligé. Elle se croyait si forte, qu'elle fut ingrate envers lui : l'idée qu'il jouait une comédie d'amour lui passa par la tête, et elle s'éloigna sans paraître l'avoir vu. Après une heure de ce manège, lorsque Camille eut calculé que Cèsarine devait être rentrée chez elle et avoir épuisé toute espérance de revoir Alphonse, elle se résolut de partir en le forçant à la suivre. Le dénoûment de cette situation cruelle commença les craintes de Camille. Si elle eût été d'un autre rang que celui où la politesse des formes exclut de pareilles craintes, elle eût eu peur d'être battue. Alphonse ne disait plus rien ; mais son bras, qui frémissait d'un tremblement convulsif, attestait sa colère. Camille se prépara à en sùbir l'explosion. De Lubois semblait avoir pris son parti de demeurer au bal ; mais ce ne pouvait être que parce qu'il avait trouvé une nouvelle issue à sa fureur. Ce fut donc dans l'attente d'une scène violente qu'elle monta en voiture avec lui.

III

SUITE D'UN BAL.

Le trajet de la maison de Derby à celle de Lubois se fit dans un profond silence ; il semblait qu'Alphonse suspendît son courroux pour le faire éclater plus terrible. Ce silence était pareil à ce calme sourd de la mer où les flots s'aplanissent un moment, pesants et polis comme une surface de glace, semblant se recueillir et ramasser toutes leurs forces pour les faire éclater avec plus de furie.

Camille n'avait pas une grande expérience des tempêtes de la vie ; mais elle s'arma en elle-même de tout son courage plutôt que de tout son droit : un secret instinct l'avertissait qu'entre elle et son mari il ne s'agissait déjà plus des obligations mutuelles d'un mari et d'une femme. La passion humiliée d'Alphonse, l'orgueil indomptable de Camille, étaient déjà bien loin de ces frêles barrières qui arrêtent les calmes esprits et les cœurs pusillanimes dans leurs vices comme dans leurs vertus : deux lutteurs ne s'apprêtent pas plus sciemment à un combat où l'un d'eux peut être brisé. Ils arrivèrent enfin et montèrent rapidement dans les appartements. De Lubois précéda sa femme dans sa chambre à coucher, au seuil de laquelle il n'avait pas touché depuis longtemps à pareille heure; la femme de chambre attendait.

— Sortez, Lise, dit Alphonse.

La camériste regarda sa maîtresse.

— Allez vous coucher, lui dit Camille, je n'ai pas besoin de vous.

Elle prononça cet ordre d'un ton résolu, comme un combattant bien décidé qui aide son adversaire à déblayer le terrain où ils doivent se mesurer. La femme de chambre sortit, quitta même l'appartement, comme cela se trouve organisé dans nos maisons de moderne construction, où, la nuit, on a l'avantage d'avoir ses domestiques à cinq étages au-dessus de soi, et Camille et de Lubois se trouvèrent seuls en présence : Camille ne savait comment son mari l'attaquerait; Alphonse ne savait comment se défendrait sa femme; mais tous deux étaient bien décidés à ne pas s'épargner.

De Lubois ferma la porte de la chambre; et, se posant en face de Camille qui ne baissa pas les yeux devant son air menaçant, il lui dit :

— Eh bien! madame, vous êtes-vous assez donnée en spectacle au salon dont nous sortons? avez-vous assez traîné votre nom dans la honte et le ridicule?

— Il y avait donc honte à être où vous étiez, monsieur; ridicule à faire ce que vous faites?

— Madame, reprit Alphonse, trêve de plaisanterie; ce n'est pas une plaisanterie qui va se passer entre nous.

— Bon Dieu! dit Camille d'un ton dédaigneux, allez-vous m'assassiner?

Alphonse la mesura du regard avec une expression de rage qui, en tout autre moment, eût épouvanté Camille; il se détourna et se mit à marcher dans la chambre avec rapidité. Dans cette agitation, on eût pu deviner qu'il se traçait un plan de conduite; et, comme il fut quelque temps sans parler, il prit ses idées au point où elles en étaient venues, au moment où il s'adressa à Camille, et, sans lui dire celles qui les avaient précédées, il s'écria :

— D'abord, je ne veux pas que vous alliez quelque part que ce soit sans mon expresse permission.

Le plaisir de dérouter la logique des ordres de son mari fit que Camille accepta cette proposition sans se récrier, et elle lui répondit froidement et en le regardant par-dessus l'épaule, pendant qu'elle déposait dans une coupe de porcelaine ses bracelets et ses boucles d'oreilles :

— Vous avez eu l'obligeance, ce me semble, de me permettre d'aller chez M. Derby.

L'indifférence méprisante du ton de Camille exaspéra de Lubois; il arracha des mains de sa femme la coupe qu'elle tenait, et, la brisant avec fureur sur le marbre du foyer, il s'écria hors de lui :

— Ecoutez-moi, et taisez-vous?

Camille fut véritablement épouvantée et demeura immobile et glacée devant son mari.

L'instant de silence qui suivit cet acte de brutalité laissa arriver à la pensée d'Alphonse l'indignité de l'action qu'il venait de commettre : la terreur de Camille lui fut un plus affreux reproche que ne l'eussent été ses plus amères récriminations; il se contracta en lui-même pour s'imposer une mesure, et dit à Camille :

— Tâchons d'être calmes, madame, et de nous expliquer sans emportement.

— Oui, monsieur, répondit Camille dont les larmes, qui l'étouffaient, éclatèrent à ce moment.

Malheureuse! toute sa vie venait de lui apparaître brisée comme ce vase de porcelaine dont les éclats couvraient le tapis.

— Je regrette la violence où vous m'avez poussé... j'en suis peiné... Je vous en demande pardon.

— Oui... oui, monsieur, répondit Camille, tandis que ses larmes coulaient abondamment sur son visage, et que ses yeux s'attachaient au hasard sur sa coupe et ses bijoux renversés.

Alphonse continua en marchant avec rapidité :

— Il ne faut pas que de pareilles scènes se renouvellent.

— Oh! non, dit Camille... il ne le faut pas... Et en parlant ainsi, elle mit un genou à terre.

— Que faites-vous? reprit Alphonse étonné.

— C'est ma pauvre coupe, dit Camille en ramassant un morceau... Voyez...

Et, avec un geste lent et triste, elle montra à Alphonse. C'était le débris où leurs deux noms se trouvaient gravés ensemble.

— Alphonse et Camille, dit-elle d'une voix douloureuse... C'est brisé... c'est fini!

Et les sanglots la suffoquèrent.

Alphonse se sentit à la fois ému et impatient de l'être.

— Non, reprit-il d'un ton de voix plus doux, et en se penchant vers Camille pour la relever; non, tout n'est pas fini si vous voulez être raisonnable.

La douleur de Camille ne s'apaisait pas, et elle échappa au geste de son mari en se penchant pour ramasser un autre débris de la coupe. Alphonse la regardait.

— Camille, lui dit-il encore, promettez-moi d'être plus raisonnable.

— Oui, monsieur, répondit Camille toujours pleurant, essuyant ses yeux et se traînant dans la chambre pour ramasser un à un tous ces débris que d'une main elle rassemblait sur son sein, tandis qu'elle les relevait de l'autre.

— Vous comprenez, continua Alphonse, qu'une esclandre pareille à celle d'aujourd'hui nous perdrait tous deux.

— Oui... oui... certainement, monsieur, répondit encore Camille qui avait recueilli le dernier morceau de sa pauvre coupe; oui, monsieur, répéta-t-elle avec cet accent d'une âme qui a tout à fait accepté son malheur.

— Je vous le demande pour moi, dit Alphonse, dont le ton reprenait plus de sévérité à mesure qu'il voyait le succès de ses admonestations; pour vous, continua-t-il; enfin... pour une femme que je veux que vous respectiez.

A ces mots, Camille se releva toute droite; et, comme elle laissa retomber à terre tous ces fragments ramassés avec tant de soin, il sembla que l'effroi et le désespoir qui l'avaient dominée un moment y retombassent avec eux. Elle se releva grande, forte, résolue.

— Respecter cette femme! s'écria-t-elle avec éclat.

— Oui, madame, répondit Alphonse, ébranlé par ce subit changement et fâché de la parole imprudente qui lui était échappée, mais que cependant il ne voulait pas abandonner.

Camille lui répondit par un rire haut et méprisant.

— Ah! madame, ne reprenez pas ce ton, ou bien...

— Ou bien, vous briserez encore quelque chose? Faites, monsieur, faites; quand il vous en manquera, j'irai vous en chercher.

— Non, madame, dit Alphonse amèrement; non, je serai calme malgré vous; et c'est avec calme que je vous dirai que je veux être maître de mes actions, que j'entends faire ce qu'il me plaira, sans que vous y trouviez rien à redire, sans que vous me poursuiviez de votre présence, sans que vous m'exposiez à devenir la risée de tout le monde...

Camille avait laissé dire son mari jusqu'à ce qu'il lui échappât une parole qui donnât lieu à quelque réponse mordante. A ces derniers mots, où il prétendait ne vouloir plus être la risée du monde, elle l'interrompit en lui disant :

— Vous n'avez pas besoin de moi pour cela.

Alphonse s'était résolu à supporter les épigrammes de Camille. Il avait réfléchi que peu lui importait la forme de la discussion, pourvu qu'il emportât le fond.

— C'est possible, madame, répondit-il; mais je ne sache pas que personne ait osé m'en faire apercevoir.

— C'est que, quand on est aveugle, on ne voit rien.

— J'y vois du moins assez clair pour distinguer ce qui me plaît et ce qui me déplaît.

— Il est certain, dit Camille d'un ton gravement moqueur, qu'il faut avoir une vue bien perçante pour distinguer ce qui vous plaît.

— Et pourquoi cela? demanda Alphonse d'un ton froidement dédaigneux.

— C'est que, dit Camille en prenant un ton, un geste, une voix pointue et aigre, en imitation de la personne dont elle voulait probablement parler, c'est que c'est si petit, si maigre, si chétif!

Elle s'arrêta; mais Alphonse se contenta de sourire.

— Il est de fait, reprit-il avec une humilité railleuse, que ce soir vous avez obtenu des succès et fait des conquêtes qui doivent vous rendre peu indulgente pour les autres. Vous avez été honorée, ce me semble, des hommages de M. Lambert.

— M. Lambert? dit Camille qui n'avait jamais entendu appeler Maurice de ce nom.

— Mais, reprit de Lubois, ce grand monsieur qui fait le héros de tragédie, et qui vous suivait comme votre ombre.

— M. Maurice? dit Camille.

— Ah! fit Alphonse en jouant l'étonné, il vous a dit son nom!... vous a-t-il donné son adresse?

— Ah! monsieur, fit Camille avec dégoût.

— Pardon, pardon! reprit Alphonse railleusement, c'est que, lorsque, comme lui, on vit avec des filles, on peut faire de ces maladresses.

— Je comprends; il était dans un monde où probablement cela se pratique ainsi : il a été, m'a-t-on dit, à l'école de mademoiselle Catherine Tochon.

— Ce n'est pas vrai, répondit de Lubois avec emportement; ce n'est pas vrai, c'est un fat, et il en a menti.

— Ne vous emportez pas, monsieur, il ne m'a rien dit de pareil; et, quel que soit ce M. Maurice, je le crois trop homme d'esprit pour se vanter de si peu de chose.

— Assez sur ce sujet, madame, répondit sèchement Alphonse; assez.

Mais Camille avait trouvé une trop bonne veine pour ne pas la suivre.

— Assez; vous avez raison, d'autant que, dans ce moment, je crois que cela regarde un autre.

— Quel autre? dit de Lubois, à qui sa jalousie inspira d'écouter même les sarcasmes de sa femme pour y chercher des renseignements.

— Mais une de mes conquêtes aussi, comme vous les appelez en style si choisi, une de mes conquêtes qui m'a été ravie sans pitié, le beau et pâle Antoni.

De Lubois haussa les épaules, et répondit :

— Oh! pour celui-là...

— Pour celui-là, je conçois qu'il soit peu dangereux. Cependant à votre place... moi... je ne serais pas tranquille... la vengeance d'une femme offensée, et justement offensée...

— Eh bien? dit Alphonse.

— Eh bien!... reprit Camille, la vengeance peut égarer le

cœur le plus fidèle, l'âme la plus pure, l'amour le plus exclusif.

— Pardieu ! fit Alphonse, en regardant sa femme d'un air de défi, vous me feriez grand plaisir de me montrer jusqu'où elle peut aller.

— Moi ! répondit Camille qui ne comprit pas.

— Vous, répliqua Alphonse.

Et comment cela ?

— Eh mais... en vous vengeant.

— Voilà une plaisanterie de bien mauvais goût, dit Camille sans y attacher d'autre importance qu'à un échange de vaines paroles.

— C'est qu'en vérité je ne plaisante pas, madame, ajouta Alphonse d'un ton dégagé; c'est qu'une femme... qui est occupée, et qui vous laisse votre liberté comme elle prend la sienne; c'est qu'une femme qui sait vivre enfin me paraît mille fois préférable à ces grenadières de vertu qui souvent n'en ont une si lourde provision que parce qu'elles ne trouvent pas à s'en débarrasser.

— Vous ne voulez pas sans doute, dit Camille du même air calme et froid, que je croie que vous parlez sérieusement ?

— Très-sérieusement.

— Vraiment? répondit Camille, toujours sur le ton de la raillerie, et vous pousseriez peut-être la complaisance jusqu'à me choisir ce que vous appelez... *une occupation.*

— J'y mettrais tous mes soins, répliqua de Lubois du même ton.

— Je le crois et je vous remercie, dit Camille en continuant toujours la plaisanterie; mais c'est inutile pour le moment.

— Ne me faites pas trop attendre, dit de Lubois.

— Ah ! reprit à son tour Camille avec colère et dégoût; ah ! assez, monsieur, ne ravalons pas notre mésintelligence à des propos de mauvais lieu; ne faites pas de ma maison l'écho des repaires où vous passez votre vie.

De tous les points par où Camille avait attaqué Alphonse, le plus sensible avait toujours été la vanité; et le mépris dont elle accablait ses nouvelles habitudes l'irritait immanquablement.

— Servez-vous d'autres expressions, répondit-il d'un air

sombre; je ne supporterai pas longtemps la manière dont vous parlez.

— Faut-il, dit Camille, que je respecte aussi tout ce monde où vous vivez, comme la personne sacrée de mademoiselle Catherine Tochon, dite Césarine, comme sans doute elle est inscrite au livre de la police qui l'autorise à faire son honorable métier?

La colère avait empêché Alphonse d'arrêter cette phrase plus tôt, et sa stupeur avait permis à Camille de l'achever jusqu'au bout.

— Ah! malheureuse! s'écria-t-il hors de lui, vous osez l'insulter!

Le moment était venu : l'orage, d'abord menaçant, et qui avait laissé échapper quelques éclats, l'orage, détourné par des incidents de discussion, s'était reformé compacte, et éclatait enfin. Tout le ressentiment d'Alphonse contre Camille pour ce qu'il avait souffert au bal, tout l'orgueil de Camille s'étaient réveillés, d'une part à l'insulte faite à Césarine, de l'autre à la défense qu'en prenait Alphonse.

— Prenez garde, continua Alphonse, je puis tout vous permettre sur moi; mais tenez, croyez-moi, ne prononcez pas son nom.

Camille se prit à considérer son mari d'un air d'amère pitié.

— Oh! mon Dieu! reprit-elle d'un air de profonde indignation, c'est donc là que vous en êtes venu! Je l'avoue, quoique je sache peu ce que sont les erreurs d'un cœur égaré, j'en ai assez entendu parler pour les excuser. Il faut bien le croire, puisque tant de témoignages l'attestent : l'amour pour un être méprisable est possible et peut être sincère; je comprends encore qu'un homme, en s'avouant intérieurement la honte de l'objet auquel il s'est voué, ne permette pas à d'autres de dire tout haut ce qu'il pense tout bas : c'est une erreur de courage, d'orgueil : je la comprends. Mais que ce respect ou ce silence qu'il a droit d'imposer à tous, il le demande à la femme qui, heureusement pour elle, n'a pas une heure de sa vie à désavouer; qu'il lui dise : — Tu respecteras et honoreras celle qui anéantit ton bonheur, qui déshonore le nom que tu portes, qui le traîne dans l'infamie où elle vit;

mais c'est une folie qui passe toute idée!... Mais c'est donc cela, que tout à l'heure vous me donniez en souriant d'horribles conseils que je commence à croire sincères. Il faut que mon infamie serve d'excuse à la vôtre; il faut que j'aie un amant pour que vous puissiez avoir une maîtresse, et plus je le choisirais bas, sans doute, plus vous me remercieriez de me mettre ainsi à votre niveau... Ah! ah!... je ne savais pas encore tout ce qu'il y a d'indigne dans le cœur d'un homme.

La solennité sévère et exaltée de Camille diminua les dispositions violentes de de Lubois, sans changer ses résolutions; et, n'ayant rien à répondre à ces puissantes accusations, il chercha secours dans un mépris d'une autre nature.

— Que vous preniez un amant ou non, dit-il, peu m'importe; mais j'en suis venu à ce point de trouver insupportable cette jalousie d'une femme que je n'aime plus, que je n'ai jamais aimée. Ces plaintes, ces cris, ces réclamations, boursouflés d'un amour qui me répugne, me pèsent à ce point que j'accepterai comme un bienfait tout moyen qui m'en débarrassera. Si votre austère vertu vous fait rougir de mes conseils, que votre résignation m'empêche de les renouveler à l'avenir. Taisez-vous, je ne veux pas supporter de vous ce que je ne souffrirais de personne.

— Oh! reprit Camille avec un mouvement de dédain, de personne! de personne, dites-vous? mais vous me croyez donc aveugle... mais cet homme dont je puis croire quelque bien, car vous en avez dit du mal, cet homme l'a insultée devant vous.

— Lui! s'écria Alphonse.

— Lui, devant vous; il lui a imposé silence d'un regard, il l'a fait obéir; et, si j'avais voulu accepter la silencieuse protection qu'il m'offrait, ni elle ni vous n'eussiez osé m'insulter. Vous l'avez vu, cela, monsieur! et vous l'avez souffert, et maintenant vous me demandez, à moi, le silence et le respect que vous n'obtenez pas même de la politesse commune; vous venez m'imposer, la parole haute et le poing levé, ce que vous n'avez pas osé réclamer d'un homme qui vous outrageait en face; vous voulez me l'imposer, à moi, parce que je suis une femme faible, une femme, et vous le savez bien, qui n'a ni père ni frère pour la défendre! Ah! c'est plus qu'infâme... Oui.., oui... vous êtes plus qu'un infâme, vous êtes un lâche.

La mortelle pâleur qui couvrit les traits d'Alphonse à cette insulte, la contraction funeste de ses traits, semblèrent montrer qu'il était arrivé à ce degré où l'on commet facilement un crime. Il faut le répéter: quelques siècles avant, un poignard eût pu être la réponse d'Alphonse à ce mot de Camille: dans un rang plus bas, des violences physiques l'eussent punie; les mœurs, les habitudes d'un monde élégant qui pardonne plutôt le crime que la brutalité, tout cela prévint les effets immédiats de la rage d'Alphonse; mais il avait été trop vivement outragé pour ne pas se venger; il prit la main de Camille, et avec ce calme livide de la fureur à son plus haut point, il lui dit d'une voix basse et mal articulée:

— Vous venez de prononcer un mot qui nous sépare à jamais!

Il sortit aussitôt de la chambre de Camille et alla s'enferfer dans la sienne.

Quand un auteur crée des personnages, il est moins difficile peut-être qu'on ne le croit d'ordinaire de les rendre conséquents aux passions qu'il leur a prêtées; mais lorsqu'au lieu de tenter une œuvre d'imagination, il rassemble des souvenirs, rappelle des observations, raconte des faits qu'il a vus, redit des observations qu'il a pu entendre, alors il faut qu'il cherche, pour sa propre satisfaction et pour celle de ses lecteurs, les principes de ces actes et de ces paroles. Nous aurions trop d'objections à combattre si nous voulions réfuter toutes celles que chacun pourrait nous faire selon sa vie et son caractère. Combien de femmes douces et indulgentes, en qui la résignation est souvent une nature, se récrieront contre la hauteur, l'amertume, *l'inexorabilité* de Camille! combien d'autres, frivoles, et qui préfèrent leurs plaisirs à leur amour, les trouveront sottement solennelles! combien d'autres encore, faibles et paresseuses, s'étonneront qu'on se donne tant de mal pour si peu de chose! combien de passionnément amoureuses ne comprendront pas qu'au milieu de toutes ces discussions violentes, il n'y ait pas un cri d'amour, un cri de prière, un de ces cris où une femme dit: Brise-moi, tue-moi, mais aime-moi! La réponse à toutes ces objections, c'est que Camille n'était aucune de ces femmes; c'est que Camille n'était ni frivole, ni faible, ni amoureuse; c'est que, grave d'esprit et de cœur, elle avait pris la vie au sérieux: c'est qu'orpheline, elle s'était accoutumée à porter seule le poids de sa vie et à la défendre par une conduite irréprochable; c'est que, mariée vierge de cœur et presque enfant de beauté, elle avait cru que tout ce qu'elle avait senti d'affection pour un homme jeune, aimable, estimé était de l'amour, et qu'à l'heure où il eût fallu que ce fût de l'amour, pour devenir soumis, implorant et s'attachant de toutes ses forces à l'objet qui lui échappait, il se trouva que ce n'était pas de l'amour

Quant a Alphonse, qu'il eût aimé Camille, ou qu'il ne l'eût pas aimée, sa conduite s'explique par un mot: il en aimait une autre: bien plus, il aimait une femme indigne de cette préférence, il ne pouvait se le cacher, et Camille lui avait admirablement expliqué ses sentiments; elle avait touché juste la partie douloureuse et honteuse de cet amour. Que la conclusion de Camille fût vraie, qu'Alphonse fût un lâche parce qu'il n'osait forcer les autres au silence qu'il exigeait de sa femme, elle-même n'eût osé l'affirmer. C'était peut-être moins une affaire avec quelques railleurs que craignait Alphonse, qu'un ridicule, et par-dessus tout un ridicule inutile; car eût-il tué dix hommes en l'honneur de Césarine, il savait mieux que personne qu'il ne lui établirait jamais une grande réputation de vertu, et qu'il resterait toujours assez de gens pour témoigner personnellement de ses innombrables faiblesses.

Mais le mot de Camille, ce mot de *lâche*, lui avait révélé le nouveau jour sous lequel on pouvait considérer sa conduite, et il en était aussi épouvanté que furieux; aussi toute cette nuit se passa-t-elle de son côté dans des mouvements désordonnés de colère et de désespoir. Sa haine, sa fureur contre Camille demeuraient seules inébranlables parmi toutes ses incertitudes. Oh! elle l'avait cruellement blessé; il ne se sentait aucun pardon pour elle, aucun remords du malheur qu'il lui donnait: elle le lui avait trop bien rendu. Mais comment la punir? comment atteindre au sentiment qui faisait sa force pour le briser et le fouler aux pieds? comment humilier son orgueil? car Alphonse comprenait que les douleurs de l'amour n'étaient pas de cette lutte; il y rêvait, il rongeait son cerveau pour y découvrir un moyen de jeter aussi à la face de Camille son mépris et un mépris mérité; et alors il pensa sérieusement ou plutôt il accepta par colère la supposition qu'il avait faite par bravade et par raillerie.

— Oh! se disait-il, si elle devenait coupable! si elle manquait aussi à ses devoirs!

Ce n'était plus à ce moment l'homme qui combat pour se sauver, c'était le vaincu qui, le corps suspendu sur l'abîme où il va tomber, s'attache à son vainqueur pour l'y entraîner avec lui. Ce fut de cette manière que se passa la nuit d'Alphonse. Camille eut d'autres douleurs, d'autres pensées; elles ne pouvaient avoir un si vaste champ à parcourir que celles d'Alphonse. Rien n'était changé dans son désespoir de la veille que la forme. La certitude de l'abandon d'Alphonse ne l'avait pas étonnée; elle en avait la conviction; elle avait même gagné à son expression nette et franche de n'avoir plus à jouer cette comédie fatigante de tous les jours, qui lui pesait odieusement.

— Nous vivrons comme étrangers, se disait-elle, soit; le monde saura que j'ai tout appris, et que je dédaigne de m'en venger.

Cette condition à sa résignation renfermait tout le caractère de Camille: pourvu que le monde lui rendît justice, cela lui suffisait; son cœur acceptait l'abandon, mais non son orgueil; c'était là l'écueil où devait se briser toute sage résolution.

— Vivons comme étrangers, avait-elle dit. Cette phrase, cette proposition eût satisfait Alphonse; et, à ce prix, peut-être il se fût condamné à ces formes extérieures de politesse qui suffisent à tant de femmes.

— Mais que tout le monde sache que j'ai tout appris, et que je dédaigne de me venger, avait-elle ajouté.

Et voilà la condition qui était insupportable à Alphonse; condition qu'il n'accepterait jamais, à laquelle sa vanité eût peut-être préféré le déshonneur de sa femme.

Dans le premier chapitre de ce livre, nous avons mené et raconté l'histoire de nos héros année par année, une phrase pour chacune, quelques pages pour toute une vie; maintenant nous la suivons minute à minute, de longues réflexions sur une pensée d'un moment. C'est que la vie est faite ainsi;

c'est qu'elle a ses longs calmes où, renfermée entre les devoirs et les habitudes d'une existence posée, elle fuit comme le cours paisible d'un fleuve régulièrement dirigé dans le parallèle de deux quais infranchissables; c'est qu'il arrive des instants où elle a plus de tumulte en quelques heures qu'elle n'en a eu durant de nombreuses années, comme le fleuve bouillonne plus à un écueil de quelques pieds que dans les mille stades qu'il a déjà parcourus. Poursuivons donc le récit de cette nuit; et, quelque étrange, quelque dissemblable que soit la scène qui suivit celle que nous venons de rapporter, nous tenterons de la reproduire, pour montrer à nos lecteurs tout ce qu'il y a de singuliers sentiments dans le cœur de l'homme.

Lorsque Camille se trouva seule, lorsqu'elle eut épuisé le cercle de réflexions pénibles qui absorbaient sa pensée, elle fut forcée de s'occuper des soins de sa personne. Toute l'explication qui venait de se passer avait eu lieu sans que Camille dépouillât un seul de ces vêtements étrangers auxquels elle n'était point accoutumée. La nuit était près de finir, et le bruit renaissant de la rue avait averti Camille que dans deux ou trois heures les domestiques seraient rentrés dans l'appartement. Elle songea à se déshabiller, pour ne pas être retrouvée par sa femme de chambre dans ce costume de bal qu'elle avait gardé. Elle ne voulut pas s'exposer, non à des questions indiscrètes qu'on aurait osé lui adresser, mais à ces lamentations plus indiscrètes encore sur la fatigue que *madame* devait éprouver de ne pas s'être couchée; sur le regret de ne pas être restée pour déshabiller *madame*; sur tous ces apitoiements respectueux où l'on fait intervenir son dévouement pour *madame*; démonstrations qu'on ne peut guère arrêter que par des réponses assez sèches pour qu'il s'ensuive, dans l'antichambre et à l'office, des conversations sans fin sur la mauvaise humeur de *madame*, qui ne s'est pas couchée, qui a eu une scène avec *monsieur*, etc., etc., etc., sans oublier la circonstance de la pelisse de Césarine, produite au grand conseil de la table de cuisine par le valet de pied.

C'est une vraie misère, c'est presque une douleur, que d'avoir à défendre sa vie contre cet espionnage intérieur qui initie les valets à des secrets qu'on ne confierait pas à son ami le plus intime. Il existe deux espèces de personnes auxquelles, peut-être, ce qui va suivre paraîtra invraisemblable, c'est, d'un côté, celle où la domesticité se mêle aisément à la famille, portion presque peuple de notre bourgeoisie où la servante est la seconde mère des enfants et la confidente de la fortune du ménage; c'est, d'un autre côté, cette classe hautaine de la société aristocratique où les serviteurs, soit valets de chambre, soit valets de pied soit cochers, gens de l'office ou des écuries, sont dans l'hôtel à titre d'animaux servants, et devant lesquels on dédaigne de se taire comme devant son chien ou son chat. A ces deux sortes de personnes les craintes ou les scrupules de Camille paraîtront inconcevables: celles d'en bas les appelleront hauteur, celles d'en haut les nommeront petitesse.

Camille, par sa position et par sa nature, était dans ce juste milieu de mépriser un domestique pour confident, et de le craindre comme témoin. L'ordre donné la veille à la femme de chambre pouvait signifier autre chose qu'une querelle, à condition toutefois que le lendemain ne donnât pas un sens précis à cet ordre. Nous disons longuement ces réflexions, parce qu'elles étaient celles de Camille, pendant qu'elle se tordait les bras pour dégrafer la ceinture et le dos de sa robe, tandis qu'elle se déchirait les doigts pour arracher les épingles qui l'habillaient. Les femmes qui ont l'habitude de porter un corset savent combien il est impossible de se débarrasser seules d'une robe habillée. Camille, qui, outre cet obstacle ordinaire, avait l'embarras d'un costume oriental, tout chargé de voiles, tout rajusté d'épingles par les soins d'Alicia, Camille faisait de vains efforts pour se défaire de sa tunique. Tout le monde a éprouvé, mais les femmes bien plus que nous, que, lorsqu'on est préoccupé de quelque vive espérance ou de quelque vive douleur, il ne se trouve rien au monde de plus irritant que ces misérables obstacles de toilette, qu'un gant qui se déchire, qu'une draperie qui se découd. Cette irritation, Camille l'éprouvait, et beaucoup d'autres à sa place y auraient peut-être mis fin avec une paire de ciseaux, et en coupant tout, robe, jupon, corset: mais autant valait sonner la femme de chambre pour qu'elle vît que *monsieur* s'était retiré dans son appartement sans daigner détacher une agrafe lui surtout qui avait le mauvais antécédent, lorsqu'il était fier de la beauté de Camille, de s'occuper de sa toilette brin à brin, *épingle à épingle*, comme dit l'adolescente imagination de Chérubin : autant valait sonner la femme de chambre que de lui faire relever, le lendemain, les lambeaux de ce costume haché par les ciseaux, c'est-à-dire par la colère et l'abandon. Nous prenons beaucoup de temps à tous ces menus détails, et nous en prenons moins que Camille qui s'épuisait en efforts douloureux, et qui déjà, les doigts déchirés, tachait de sang sa blanche tunique; enfin, désespérée, elle tomba sur une chaise en se demandant : — Que faire?

L'idée d'avoir recours à son mari lui était plusieurs fois venue; mais, à chaque fois, elle l'avait rejetée. Cette répulsion fut sans réflexion, tant qu'une espérance resta à Camille de se déshabiller seule; mais quand elle reconnut cette impossibilité, elle pensa à faire ce qu'elle avait d'abord repoussé si vivement; enfin elle finit par trouver quelques excellentes raisons pour se décider à ce qui d'abord lui avait paru si odieux. Qu'on nous pardonne de ne pas présenter toujours d'une manière apologétique les résolutions de notre Camille. Ce n'est pas notre faute si la nature est ainsi faite, que de bonne foi elle juge convenable ce qu'un instant avant elle jugeait impossible : toutefois, les raisons que se donnait Camille étaient bien spécieuses. — Notre division est un malheur, se disait-elle, un malheur dont je souffre seule peut-être, mais qu'il est inutile d'exposer à la risée de nos domestiques; Alphonse m'aidera à prévenir cette cruelle circonstance d'un grand chagrin, car il y aurait à en souffrir : ne voulût-il pas pour moi, qu'il le voudra pour lui.

Camille se leva après cette oraison mentale, cependant elle s'arrêta presque aussitôt. Etait-ce crainte d'aborder son mari, orgueil de lui aller demander un service, si petit qu'il fût? Mais que craindre après ce qui s'était passé? mais ce service en était aussi bien un pour lui que pour elle. Etait-ce enfin pressentiment de quelque nouvelle douleur, d'un mal dont elle n'avait pas d'idée? Nous ne savons, et Camille n'eût pu dire elle-même ce que c'était. Elle resta encore une fois indécise à sa place. Enfin, l'heure qui sonna, le jour qui rougit de ses premiers rayons la pâle clarté des bougies usées jusqu'à leurs corolles de cristal, avertirent Camille qu'il fallait se hâter. Elle quitta sa chambre et ouvrit celle d'Alphonse sans frapper; il était en robe de chambre, assis à une table où il écrivait. Il demeura immobile en voyant entrer Camille; elle se hâta de parler pour prévenir toute question irritée qui eût pu l'irriter elle-même.

— Monsieur, lui dit-elle timidement, il m'a été impossible de me déshabiller ; sans doute, vous ne voulez pas, plus que moi, que nos domestiques me retrouvent dans ce costume ? Vous supposez aisément la manière dont ils commenteraient cette circonstance : c'est pour prévenir des propos fâcheux que je n'ai pas craint de vous déranger.

De Lubois considéra sa femme avec attention : outre qu'elle lui parut avoir raison, il crut un moment que ce pouvait être un biais pour avoir occasion de l'apaiser, peut-être aussi un pas vers un rapprochement, ou du moins une espérance de ne pas laisser la discussion qu'ils avaient eue sur des termes aussi explicites de désaccord et presque de haine.

— Vous avez raison, lui répondit-il, je suis à vous, je vais vous suivre.

— Oh! mon Dieu, c'est inutile, dit Camille, quelques agrafes à défaire, quelques épingles que je ne puis arracher... Je ne veux pas vous déranger.

— Non, dit Alphonse, je suis complétement à vous; mais permettez-moi d'achever quelques lignes qu'il faut que j'envoie ce matin.

Et, d'un geste qui n'avait rien que de très-ordinaire, il lui fit signe qu'il allait la suivre. Camille se retira. Craint-il de me voir chez lui? se disait-elle : pense-t-il que j'eusse besoin de voir le format et le satiné du papier sur lequel il écrivait, pour deviner à qui était adressée sa lettre? Mais qu'importe? chez moi ou chez lui, ce n'est plus chez nous. A peine Camille était-elle rentrée dans sa chambre, qu'Alphonse y arriva.

— Voyons, lui dit-il, que faut-il que je fasse? Veuillez me donner quelques instructions pour un art que j'ai un peu oublié.

Camille se sentit venir le sarcasme à la bouche pour lui répondre que peut-être il ne l'avait pas oublié pour tout le monde; mais sa résolution l'emporta sur sa nature mordante, et elle répondit doucement :

— D'abord ces deux agrafes qui tiennent la ceinture de ma robe, et celles qui la ferment dans le dos.

Il les défit.

— Je vous remercie, dit-elle.

Et, pendant qu'elle laissait tomber sa robe à ses pieds, Alphonse, qui était resté sur son idée, sur le souvenir de ce soin qu'autrefois il avait pris si souvent, Alphonse reprit :

— Il y a un an, Camille, il y a un an que je ne me suis trouvé dans votre chambre à pareille heure.

— Oui, monsieur, dit Camille en baissant les yeux, et frappée de cette circonstance, oui, un an.

Alphonse devint rêveur ; il lui venait de singulières pensées du passé comparé au présent. Camille ne l'interrompit pas tout d'abord ; mais comme elle sentait son embarras s'accroître, elle voulut abréger cette situation, et dit à Alphonse, doucement, très-doucement, assez doucement pour qu'il ne répondît rien de mal ou de brutal :

— Pardon, monsieur, tout n'est pas fini.

— Oh! pardon pour moi-même, dit vivement Alphonse; qu'y a-t-il encore?

— Ce jupon, c'est comme pour la robe.

Alphonse se mit en devoir de le détacher. Quand il avait défait la robe, il avait rencontré un fichu, un obstacle entre ses regards, ses mains, et les épaules blanches et pures de Camille. En dégrafant le jupon, il les vit et les effleura de ses mains; elles avaient cette fraîcheur de peau, privilége de la beauté chaste, et inconnue à la débauche dont le sang brûle jusqu'à l'épiderme.

— Vous avez froid, dit Alphonse que ce léger contact surprit d'abord.

— Non, dit simplement Camille ; je vous remercie... je finirai moi-même.

Et, pendant qu'il laissait tomber le jupon, comme était tombée la robe, le regard d'Alphonse, qui, au premier vêtement, avait parcouru la chambre pour se rappeler qu'il n'y avait pas pénétré depuis un an, le regard d'Alphonse se posa et s'arrêta sur cette beauté dévoilée de Camille, pour se souvenir encore que c'était une des femmes les plus merveilleusement belles qui existassent, et que cette femme était la sienne. Peut-être en lui-même fit-il quelque comparaison ; peut-être s'étonna-t-il presque de voir demeurer à leur place ces formes admirablement profilées, et qui ne se dégrafaient pas avec la robe et le jupon, comme il lui arrivait peut-être de le voir ailleurs. A ce moment, Alphonse pensait, il pensait beaucoup ; Camille, embarrassée, ne savait que dire ; elle n'osait le renvoyer, elle ne voulait pas lui en demander davantage ; elle essaya de faire comme si elle ne s'apercevait de rien. A force de se tordre les bras en arrière, elle était parvenue à saisir le bout du lacet, et le dénouait tant bien que mal.

— Laissez, laissez, lui dit Alphonse en s'en emparant, j'aurai plus tôt fini.

Ce mot semblait dire qu'Alphonse allait rapidement délacer le corset, comme il avait détaché les agrafes, et cependant ce fut avec une lenteur si manifeste qu'il défaisait chacun des œillets, que Camille comprit qu'il se passait en lui quelque chose d'extraordinaire ; elle eût voulu le savoir, et le deviner sur sa physionomie, mais il était difficile de se retourner, peu convenable de montrer de l'impatience, ou de refuser des soins réclamés dans une singulière position, parce qu'ils n'étaient pas assez adroitement donnés. Elle demeurait immobile, confuse, tandis qu'Alphonse continuait ; enfin elle se hasarda de regarder dans la glace qui était devant elle. Mais, au moment où, malgré le rempart qu'elle-même faisait à Alphonse, elle allait apercevoir son visage en se penchant un peu de côté, elle sentit un baiser s'appuyer sur ses épaules. Pourquoi ne vit-elle pas le visage d'Alphonse avant l'instant qui précéda ce baiser ? pourquoi ne vit-elle pas l'étrange expression de ses traits avant le moment où elle se retourna vivement, et où elle se trouva les yeux sur les yeux de son mari, dont le regard la fit rougir ? Par un mouvement d'enfant, elle croisa ses bras sur son sein.

— Je te suis donc bien étranger ? lui dit Alphonse en lui prenant la main.

Camille se recula plus honteuse qu'elle ne l'avait été de sa vie, rouge, les yeux baissés, triste, presque humiliée.

— O monsieur ! dit-elle seulement d'une voix où l'amertume pénétrait à peine à travers sa prière, d'un ton où la douleur se montra par quelques larmes qui s'arrêtèrent comme des perles de rosée sur la noire corolle de ses longs cils baissés.

— Pardonnez-moi, lui dit Alphonse en la dévorant toujours

du regard, c'est que vous êtes belle de la beauté des anges; c'est qu'il faut croire à Dieu, quand on te voit, tant il y a de puissance et de grâces merveilleuses en toi.

— Ne vous moquez point, dit Camille devenue timide et troublée, et à qui le ton sincère et pénétrant d'Alphonse ne permettait pas une défense ferme et sévère; je sais trop, ajouta-t-elle avec un soupir, que je ne suis point belle, moi.

— Toi, dit Alphonse en se rapprochant vivement de sa femme; toi... Ecoute, Camille, jamais nulle femme n'a possédé à une si rare perfection cette beauté suave et pure qui te pare; jamais aucune, si tu eusses usé un moment de cette coquetterie qui double la beauté, n'eût aussi invinciblement enchaîné un homme à l'adorer toujours.... — Il s'arrêta comme craignant de se laisser emporter trop loin. — Mais vous, ajouta-t-il avec un sourire empreint de regrets, vous n'êtes pas une femme comme les autres; oui, Camille, c'est votre défaut; et, sans doute, plus qu'une autre, vous avez le droit de l'avoir; mais enfin c'est votre défaut; il semble que vous méprisez ce qui rendrait tant d'autres femmes si fières et si fortes; vous seriez humiliée de devoir une part de l'admiration que vous inspirez à autre chose qu'à votre vertu.

— Monsieur, épargnez-moi, dit Camille, dont ce discours embarrassait les idées et le cœur, et qui ne trouvait point de réponse.

— Ah! sans doute, dit Alphonse en s'asseyant comme un homme qui ne pense pas à sortir, ou qui oublie qu'il doit sortir, sans doute vous avez raison, c'est ainsi que cela devrait être, ce serait plus beau, plus noble, plus pur; mais l'homme est autrement fait, on se trompe toujours sur sa nature : il y en a qui la croient plus parfaite qu'elle n'est; d'autres, plus méchante qu'elle n'a jamais été. Que voulez-vous? reprit-il en se levant, et comme agité d'un sentiment dont il eût voulu être maître, et qui s'échappait malgré lui, on se trompe sur soi-même; on croit qu'on aimera toujours, et l'on n'a jamais aimé; on croit qu'on n'aime plus, et on aime encore.

— Ce serait étrange, dit Camille en s'enveloppant d'un fichu, et en s'asseyant pour se déchausser, car elle en était réduite à faire quelque chose que ce fût, pour se donner une contenance.

— Cela n'en serait pas moins vrai, dit Alphonse vivement... et peut-être vrai pour vous et pour moi... pour vous qui avez cru m'aimer, pour moi qui ai cru.....

Il n'acheva pas; Camille avait relevé la tête et regardait Alphonse fixement. Oh! quel tissu de pensées presque insaisissables enveloppait en ce moment l'âme de Camille! Sa vertu humiliée du triomphe de sa beauté; son orgueil de beauté, ravi de l'empire qu'elle reprenait, de cet hommage si tendre, si soumis, près des violences de tout à l'heure; sa crainte de se tromper, et de mal comprendre Alphonse, de donner trop de sens à ses paroles, ou de ne pas leur en donner assez; son bonheur qui semblait lui réapparaître comme une étoile propice après l'orage calmé; son doute même sur la conduite qu'elle avait suivie, sur l'indulgence qu'elle eût pu montrer : tous ces sentiments, toutes ces cordes vibraient à la fois dans son âme, et y produisaient un bruit confus où elle croyait entendre à la fois le mot : — Pardonne; et le mot : — Tremble! Dans ce délire, dans cette incertitude, le sens vrai, le sens de cette cruelle confusion de sentiments, vint soudainement à ses lèvres.

— Alphonse! dit-elle d'une voix tremblante et faible, Alphonse, vous me faites peur....

— Peur! reprit-il en tombant à genoux devant elle.... peur! Oh! non... non; tu peux me haïr, je t'en ai donné le droit; mais avoir peur!... O Camille! tu n'oublies donc rien, toi? tu es donc inexorable pour la folie d'un instant?... car c'était de la folie, cet emportement horrible qui m'a saisi... la folie ne te semble pas même excusable.

— Ah! fit Camille, je n'y pense plus, ce n'est pas cela.

— Qu'est-ce donc? dit Alphonse en s'emparant des mains de Camille et en appuyant sur ses genoux sa poitrine qui battait violemment. Mon crime? mon crime dont je suis moins coupable que tu ne penses? Un caprice que la vanité a fait durer plus d'une heure, que la colère peut-être a rendu une vengeance? Oh! si c'est cela, tu as raison, je n'ai point d'excuse, je n'en puis avoir... Mais, reprit-il avec un accent profond, si c'est doute de la sincérité de mes paroles, si c'est défiance de ce que j'éprouve, oh! alors, tu as tort; si c'est méconnaissance de mon amour, tu as tort, Camille.

— Oh! pourquoi m'en avez-vous fait douter? répondit Camille avec un accent où parlait le regret de ce qui s'était passé et où les larmes arrivèrent malgré elle.

— Camille, reprit-il en enveloppant sa taille de ses bras, en parlant d'une voix haletante et entrecoupée, je n'ose pas te dire que je t'aime, tu ne me croirais pas; mais laisse-moi te dire ce qui est vrai, et il importe peu que ce soit moi qui te le dise, car tu le sais... oui, Camille, tu es noble, tu es grande, tu es pure, tu es belle.... Je puis bien te le dire, je puis bien le voir.... Oh! laisse, laisse-moi te regarder, t'admirer....

Il s'arrêta un moment, et comme épouvanté de ce qu'il osait dire :

— Laisse-moi t'aimer.

— Vous!... m'aimer!

— Oui, Camille, laisse-moi t'aimer, laisse-moi retrouver auprès de toi ces premiers temps où je cherchais tes yeux, où je n'osais toucher ta main, où je frissonnais à ta voix... et puis un jour... dans bien longtemps peut-être, tu me rediras ce que tu m'as dit une fois : Alphonse, je vous aime.

Et, tout en parlant ainsi, tout en offrant à Camille une sorte d'avenir pour l'éprouver et lui rendre son amour, s'il le méritait, Alphonse étreignait dans ses bras cette femme demi-nue, à qui il montrait l'honneur, le repos, le bonheur en séduction; et elle se débattait faiblement, car Alphonse avait raison; elle n'avait aucune de ces ruses de coquetterie qui l'eussent sauvée, et par lesquelles les femmes sont si habiles à ne rien acepter sans rien refuser. Elle ne savait pas dire : Eh bien, nous verrons, un jour peut-être nous verrons. Pour Camille, il n'y avait que deux mots : Je vous crois et je vous pardonne; je ne vous crois pas et je vous déteste. Cependant il l'avait presque attirée sur son sein.... La force physique manquait à Camille pour résister; elle se leva debout; il était resté à genoux. Camille, le dominant ainsi, et enveloppée de ses bras, lui passa la main sur le front et lui dit en le reculant d'elle pour mieux le voir :

— Alphonse... dis-tu vrai? m'aimes-tu encore?

— Ah! s'écria-t-il en se relevant et en la tenant embrassée, si je t'aime encore! Eh! qui ne t'aimerait? Mais tu es donc folle comme j'ai été fou... mais tu t'es donc oubliée aussi... mais tu n'as donc pas pensé quelquefois que tu ferais l'amour et le désir des anges, s'ils existaient... mais tu ne t'es donc jamais vue?

Et, par une sorte de délire inconcevable, moitié force, moitié étonnement de Camille, il l'entraîna devant une glace qui descendait jusqu'au parquet.

— Regarde-toi, regarde-toi... lui dit-il; vois!

Il fit un geste comme pour toucher au dernier vêtement qu'elle portait; elle poussa un cri et se cacha dans ses bras; elle y frémissait.

— Ainsi tu me pardonnes? disait Alphonse.

— Oui.

— Ainsi tu m'aimes aussi?

— Oui....

— Ainsi tu es à moi encore?

Elle répondit en se cachant plus avant dans ses bras:

— Oui.

Ce mot n'était pas arrivé à l'oreille d'Alphonse, qu'il se dégagea, la repoussa de lui, la tint à la distance de son bras et la regarda avec des yeux dont l'expression n'a pas de nom. Camille devint pâle et froide sans savoir pourquoi. Alors il se prit à lui rire au visage d'un rire atrocement moqueur; puis, parmi ce rire sous lequel Camille demeurait terrifiée:

— Oh! oh! la femme vertueuse, qui se laisse prendre aux flatteries dont rougirait une fille! Tu es à moi, n'est-ce pas?... Eh bien! moi, je ne veux pas!

Et il sortit de la pièce en riant, de ce rire qui tintait aux oreilles de Camille... Elle était demeurée immobile à la place où il l'avait laissée, frappée au cœur d'un coup dont elle ne sentait pas toute la portée, mais qui la tuait. Enfin la force lui manqua, et elle tomba évanouie. Quant à Alphonse, il venait de venger le mot de lâche dont elle l'avait souffleté.

Telle fut l'issue de ce combat engagé au bal, et dont Camille avait tant espéré.

IV

AMITIÉS.

Quelques jours se passèrent sans que Camille voulût voir personne. Elle demeura au lit où la retint une fièvre continue, mais peu violente. C'était un accablement où la douleur frémissait encore et ne bouillonnait plus. Madame de Lubois avait excepté Alicia seule de l'exclusion générale; mais Alicia ne vint pas, ou plutôt elle n'avait pas été exceptée de l'ordre plus formel qu'Alphonse avait donné de ne laisser pénétrer personne. La douleur est comme toutes les grandes préoccupations; elle est systématique, elle ramène tout à elle, elle explique tout par ses causes. Ainsi les trois visites que tenta Adèle de Drancy chez Camille, et dont elle fut informée, lui furent comme une insulte à sa position; ainsi l'absence d'Alicia, dont on ne lui dit pas la venue, lui fut comme un abandon du seul cœur qui lui restât après celui d'Alphonse perdu. Le but de de Lubois, en isolant Camille quelques jours, avait été de prévenir ces confidences imprudentes qui échappent au malheur dans son premier transport. S'il eût mieux connu Camille, il n'eût point pris ces précautions. Elle était orgueilleuse, elle était forte, elle pouvait souffrir amèrement d'avoir été deux fois vaincue; car elle l'avait été le jour où Alphonse la quitta en l'appelant dédaigneusement : Pauvre femme ! elle l'avait été plus cruellement encore, à cette dernière et fatale explication où elle était restée évanouie et mourante. Sans doute, sa nature hautaine se révoltait a l'idée d'accepter à tout jamais et sans défense le mépris et le malheur qu'on lui imposait, mais sa dignité se révolta encore plus du terrain sur lequel il fallait se défendre. Elle pensa que la résignation était aussi un courage; et, comme ces cœurs désolés qui allaient chercher dans le couvent une protection contre les atteintes du monde, Camille se cloîtra en elle-même et se voua à l'accomplissement de son malheur. Mais le couvent avait un avantage, avantage purement matériel; c'était de séparer physiquement de la vie qu'on voulait quitter; c'était de n'en laisser arriver l'action à l'âme que par le souvenir; c'était, pour nous faire comprendre tout à fait une forteresse où ne pénétrait aucune de ces occasions de faillir à sa volonté, qui vous appellent à toutes les heures et dans tous les sens, lorsqu'on ne met entre soi et le monde qu'une résolution. N'en déplaise aux âmes puissantes, il vaut mieux, en ces circonstances, un mur de pierres de taille qu'un caractère de fer. C'était un peu pour cette raison que nos vieux chevaliers féodaux, au bout d'une longue vie de meurtres, de pillage, de combats de toute sorte, pris tout à coup d'un saint scrupule de religion, demeuraient fidèlement enfermés dans le monastère où ils se vouaient à la pénitence. Au fond du cloître, ni voyageurs mal chargés d'armes et bien chargés d'écus ne les incitaient à les détrousser, ni belles filles à les enlever, ni chevaux hennissants à les monter, ni grosses terres voisines à les conquester; mais à coup sûr ils ne seraient pas restés si calmes dans leurs forts châteaux, ayant la lance sous la main et quelque ennemi au bout de la lance.

Donc, pour que Camille persévérât dans cette complète résignation qu'elle avait adoptée, dans ce délaissement d'elle-même qu'elle pensait irrévocable, il aurait fallu que rien ne vînt agacer de nouveau sa disposition naturelle à combattre; il aurait fallu, disons le mot, puisque depuis une heure il tourne au bout de notre plume, il aurait fallu que le diable ne vînt pas la tenter. Nous dirons comment il vint.

Une semaine s'était passée depuis la fatale nuit du bal. Camille, demeurée seule, n'avait pas été chercher hors de sa maison les consolations qu'elle ne voulait pas y laisser entrer. Cependant, un matin, à l'heure où il ne vient guère personne chez une femme, comme elle passait dans son salon, un violent coup de sonnette la fait écouter.

— Madame de Lubois? dit une voix de femme en entrant.

— Elle n'y est pas, répondit le domestique.

— Vous mentez, reprend madame de Brémont, car c'était elle; annoncez-moi.

— Madame, quand je vous dis...

— Ah ! c'est trop d'insolence, s'écrie madame de Brémont. Camizard, suivez-moi.

Et, sans autre discours, elle entra, ouvrit les portes elle-même et arriva jusqu'au salon où Camille était demeurée.

— Est-ce toi, lui dit sa marraine en la voyant, qui as défendu ta porte à tout le monde?

— Je l'aurais défendue à tout le monde que ce mot ne pouvait vous regarder.

— Je m'en doutais. Voilà trois fois que je viens; j'espère que cela ne se renouvellera plus, entendez-vous? dit-elle en se tournant vers le domestique.

— Madame peut témoigner à monsieur que ce n'est pas ma faute si elle est entrée.

— Ah! l'ordre vient de monsieur... fit Camizard; c'est bon, sortez.

— Entrons chez toi, ma pauvre Camille, dit madame de Brémont, en l'entraînant dans la chambre et prenant un siége. Pauvre enfant! pauvre chère enfant!..

— Quoi! ma marraine...

— Oui, oui, dit madame de Brémont, je sais tout... et où en êtes-vous?

Camille se tut et de l'œil désigna Camizard.

— Oh! parle devant lui, chère enfant, c'est un ami : c'est un homme; il comprend mieux ces malheurs-là que nous qui ne les sentons qu'avec notre cœur. Ce n'est pas que M. Camizard en manque; il a été jeune (le conseiller d'État se mordit les lèvres); mais maintenant c'est un homme grave qui m'a sauvée de bien des positions critiques; enfin c'est un ami.

Camille ne remarqua pas qu'il y avait eu des positions critiques dans la vie de madame de Brémont.

— Voyons, continua madame de Brémont, où en êtes-vous?

— C'est monsieur qui vous a informée de ce qui s'est passé chez M. Derby? demanda Camille pour ne pas répondre à la question de sa marraine.

— Ce n'est pas lui, et je lui en veux : qu'on ne se mêle pas des affaires des étrangers, cela se conçoit; mais qu'on ne veuille pas avertir une amie du malheur qui frappe sa fille adoptive, car tu es ma fille adoptive, c'est une fausse délicatesse.

Camizard fit un geste d'excuse.

— Allons, Camizard, vous avez eu tort, n'en parlons plus ; c'est une niaiserie à votre âge.

Le conseiller d'Etat se mordit encore les lèvres.

— Qui donc vous a instruite? reprit Camille qui s'alarma dès ce moment de la manière dont madame de Brémont avait appris sa mésintelligence avec son mari.

— Mais, répondit madame de Brémont, c'est une de tes amies, Alicia, qui s'est aussi présentée deux fois chez toi, et qui a été constamment refusée.

— Pauvre Alicia ! dit Camille qui la plaignait de l'avoir injustement accusée.

— Pauvre Alicia, pauvre Alicia... reprit madame de Brémont ; je suis charmée qu'elle ne t'ait pas vue ; elle t'aurait fait faire encore quelque imprudence. C'est bien assez de t'avoir entraînée chez ce Derby.

— O ma marraine ! je vous jure que ce n'est pas elle.

— Ta, ta, ta, fit madame de Brémont, je n'en crois rien. C'est une tête folle ; je ne dis rien contre ses mœurs, mais ce sont de très-mauvais exemples que de telles personnes : une fille de vingt-cinq ans qui n'est pas mariée, qui va seule dans le monde comme un pandour. Ce n'est pas pour vous faire un mauvais compliment, Camizard, mais vous l'avez horriblement élevée ; un jeune homme n'aurait pas été plus inconséquent. Enfin les cheveux blancs n'amènent pas la sagesse dans toutes les têtes.

Le conseiller s'emporta un morceau des lèvres.

— Mais ce n'est pas de cela qu'il s'agit, reprit madame de Brémont : parlons de toi... Oui, ma chère enfant, Alicia, alarmée de ne pouvoir pénétrer chez toi, te croyant malade, morte, qui sait ? est venue m'avertir, et elle m'a tout dit. Ah çà ! c'est donc vrai que ton mari a une maîtresse, une fille de théâtre, qui s'appelle... Vous devez savoir ça, Camizard, vous qui, en qualité d'administrateur des hôpitaux, avez vos entrées dans tous les spectacles, et c'est bien singulier qu'on tire les premiers revenus des pauvres, qui ne devraient venir que de la charité chrétienne, de si mauvais lieux ; et c'est bien cruel qu'un homme religieux, qu'un homme respectable soit obligé d'aller porter sa surveillance dans de pareils endroits ! Enfin, c'est comme ça, il faut faire son devoir ; Dieu nous tient compte des sacrifices qu'il nous coûte.

Elle poussa un soupir ; nous ne pouvons décider si ce fut par componction ou pour reprendre haleine. Elle continua :

— Voyons, comment s'appelle cette fille ?

— Césarine, répondit Camizard. Mais son nom ne fait rien à l'affaire qui nous amène chez madame de Lubois.

— Vous avez raison. Elle s'appelle donc Césarine ? Hum ! voilà encore un de ces noms qu'on ne voit que sur les affiches de spectacles. Du reste, je ne les en blâme pas ; ces gens-là font bien ; il n'est pas nécessaire qu'on prostitue les noms de saints à de pareils métiers. — Cette Césarine est donc la maîtresse de ton mari ?

— Oui, ma marraine, répondit Camille, qui tâcha de compenser par le laconisme des réponses la longueur digressive des questions.

— Et sans doute il lui donne beaucoup d'argent ?

— Je ne sais pas, dit Camille.

— Oh ! cela doit être, reprit madame de Brémont, tout notaire qu'il est, ton mari a toujours vécu avec ce qu'il y a de mieux ; il a un peu les grandes manières. Les gens comme il faut ont toujours énormément donné à ces créatures-là. Tiens, par exemple, mon oncle, M. de Robery, l'ancien intendant du Quercy, s'est ruiné pour une fille de l'Opéra. Il est vrai que cette Césarine n'est pas de l'Opéra, je crois ; et puis tout ça est bien déchu depuis la Révolution. Il n'y a guère plus de mœurs nulle part : c'est égal, il y en a bien assez pour ruiner un notaire qui n'a pas deux cent mille livres de rentes comme mon oncle : ce n'est pas pour ça que je lui ai prêté quatre cent mille francs... non pas... non pas... il faut l'arrêter à temps ; je ne veux pas payer ses folies ; non pas... non pas...

Et elle se trémoussa sur son fauteuil, s'y enfonçant tout à fait et en répétant indéfiniment : Non pas... non pas... Camille ne répondit rien ; elle avait trop à penser et sur l'espèce d'intérêt que lui témoignait sa marraine et sur le nouvel aspect que lui présentaient les désordres de son mari. Lorsque madame de Brémont eut épuisé les non pas... non pas... elle reprit ses idées par le tournant ordinaire qu'elle s'était formulé pour sortir de ses digressions et rentrer dans la voie de ses pensées.

— Mais ce n'est pas de cela qu'il s'agit, les affaires auront leur temps; c'est de toi, ma pauvre enfant, ma bonne chère Camille, qu'il faut que nous parlions. D'abord, il faut que je te gronde. Comment! une femme comme toi, dans ta position, s'exposer à aller chez ce Derby, un homme dont on raconte des histoires inouïes, un homme chez qui l'on rencontre des gens de toute espèce!

— J'avoue que j'ai eu tort, dit Camille; mais grâce à M. Camizard qui a bien voulu rester près de moi...

— Je te comprends, je te comprends, reprit madame de Brémont; tu veux dire que tu peux bien aller dans un salon où va un conseiller d'Etat, un homme de la gravité et de l'âge de Camizard.

L'impatience de Camizard tourna au pâle.

— D'abord, continua madame de Brémont, il a tort; cependant c'est bien différent, c'est un homme : et puis il est grand amateur de tableaux, il est forcé de voir ces gens-là; il les fait beaucoup travailler. Je sais bien qu'il lui suffirait d'aller le matin dans leurs ateliers; mais Camizard est outré en tout, il craint de les humilier, s'il n'allait chez eux amicalement.

Camizard fit un geste.

— Je vous conçois, mon cher, reprit rapidement madame de Brémont; c'est au fond un bon sentiment; mais avouez que ce qui est bon pour un homme d'un certain âge est très-inconvenant pour une jeune femme comme elle.

Camille souffrait horriblement de ce bavardage incohérent qui touchait à chaque instant à la blessure de son cœur sans y porter remède. En cette circonstance, madame de Brémont ressemblait à un chirurgien qui vient pour réparer une fracture, et qui d'abord s'empare du membre brisé et le quitte pour discourir sur la maladie, qui le reprend pour le quitter, et rediscourir sur autre chose, et qui recommence trois ou quatre fois ce cruel manége. Camille avait de plus misérable que le malade, en pareille circonstance, de n'oser se plaindre. Enfin Camizard, qui comprit sa douleur, et que la conversation de madame de Brémont blessait aussi pour sa part, Camizard prit la parole, et peut-être nos lecteurs trouveront-ils dans ce qu'il conseilla à Camille les derniers traits de ce caractère, dont quelques-uns nous paraissent suffisamment indiqués par madame de Brémont.

— Ce que vient de dire madame de Brémont sur ce qui s'est passé est parfaitement juste. Toutefois, reprit Camizard, la grande question reste à décider : quelle est la conduite que doit tenir madame de Lubois?

— Mais c'est la chose la plus facile du monde, reprit madame de Brémont ; je vais aller trouver Alphonse ; c'est un charmant garçon, fort aimable, fort spirituel, qui a toutes sortes de bonnes qualités, mais à qui je dirai tout franc et tout net : — Mon cher ami, vous vous conduisez fort mal avec votre femme. Je vous ai prêté quatre cent mille francs pour la rendre heureuse. Primo, je retire mes fonds de chez vous, et j'en dirai les motifs à tous ceux de vos clients qui sont mes amis, en les engageant à en faire autant. Voyez si cela vous convient, ou si vous aimez mieux rentrer honorablement dans votre ménage. Et puis nous verrons ce que notre notaire nous répondra à cette proposition.

La vie a des filons de malheurs qui, s'ils n'ont pas partout la même densité, n'ont point cependant de solution de continuité. La visite de madame de Brémont pouvait être pour Camille un repos de ses tortures de la veille, une consolation où elle se fût soulagée par des larmes et réconfortée par une espérance ; mais la tournure que madame de Brémont donnait à sa protection avait pour Camille quelque chose d'odieux et de mercantile qui la blessait dans ce qu'elle avait de sentiments élevés et délicats. L'idée d'aller voir marchander son repos, qui ne pouvait plus être son bonheur, au prix de quatre cent mille francs, lui serrait le cœur d'humiliation. Le taux du marché lui importait peu. Du moment que le respect peut se vendre, il n'a plus de prix. La duchesse qui répond : — Vous m'en direz tant ! à l'homme qui avait monté l'enchère de sa vertu à dix millions, cette femme se fût vendue pour trente sous, si elle avait été dans la misère ; sa vertu n'existait pas. Madame de Brémont eût-elle payé d'un milliard la bonne conduite de de Lubois pour sa femme, le bonheur et la dignité de celle-ci n'en étaient pas moins perdus pour elle. Malgré tout ce que Camille avait de reconnaissance pour sa marraine, tout ce qu'elle s'imposait de vénération aveugle pour ses bienfaits, la condition de celui-ci lui parut inacceptable.

— Non, dit-elle, ce ne sont point des menaces qui peuvent me rendre l'amour et la considération.

— Comment, des menaces! s'écria madame de Brémont; mais, ma chère enfant, je le ferai comme je le dis... tu ne me connais pas. Crois-tu que l'embarras de trouver un autre placement m'arrête? non pas, non pas, non pas! tu es ma fille, et je te protégerai. Oh! je le mènerai, monsieur ton mari, de manière à ce qu'il s'en souvienne.

Camille, réduite au silence, désespérant de faire comprendre sa délicatesse à sa marraine, ne put s'empêcher de verser quelques larmes. Camizard vint à son secours.

— Permettez, dit-il à madame de Brémont; sans doute votre moyen est parfaitement excellent, mais il est trop violent et serait peut-être inutile. Alphonse peut vous rembourser sur l'heure et sans se gêner, et peut-être, si on lui met si sèchement le marché à la main, il est homme à accepter. Le temps, ma chère madame de Brémont, est un grand maître, il cicatrise des blessures qu'on peut rendre incurables en voulant les guérir trop vite. Il faut gagner du temps.

— Vous avez raison, dit vivement Camille, qui était charmée de pouvoir reprendre son malheur comme elle se l'était arrangé.

— Et que comptes-tu faire, dit madame de Brémont, avec ton système de temporisation?

— Hélas! souffrir et attendre.

— Ah! souffrir et attendre, reprit vivement madame de Brémont, voilà encore de ces mots d'aujourd'hui qui me crispent de la tête aux pieds. Je ne comprends plus les femmes: attendre et souffrir! il ne manquait plus que d'ajouter sentimentalement : et mourir.

— Peut-être, dit Camille dont le désespoir ne tenait plus contre toutes ces attaques brutales.

— Voilà... voilà, reprit madame de Brémont; mais c'est une monomanie, comme vous dites je ne sais où... oui, ma chère, c'est une maladie; certes, ce n'est pas un monde que ce qui t'arrive; ce n'est pas une monstruosité qui ne soit jamais advenue à personne. C'est, après tout, un malheur fort vulgaire, comme il s'en trouve partout, comme nous avions à en supporter beaucoup autrefois, et peut-être beaucoup plus qu'à présent. Mais nous ne parlions pas tout de suite de mourir. Ah! de notre temps, et il n'y a pas des siècles de cela, je ne suis pas vieille comme Mathusalem ; de notre temps on était plus sage ; on prenait son parti, on se séparait ; ou bien, si pour des raisons de convenance, et ce sont celles qu'on ne respecte pas aujourd'hui, si pour des raisons de convenance on était forcé de rester ensemble, on vivait chacun de son côté... mais on ne mourait pas ; il n'y avait pas le moindre scandale.

Camille, quoiqu'elle eût vécu sous la protection de madame de Brémont depuis son enfance, n'avait jamais été dans l'intimité de sa pensée. Toujours en pension, tant qu'elle n'avait pas été une jeune fille, et mariée au moment où elle le devenait, elle n'avait presque jamais reçu de madame de Brémont que ces conseils vulgaires par lesquels on recommande la vertu et la bonne conduite, à la grosse, et sans y attacher d'autre sens que de pouvoir se dire en cas d'événement : Ah! je l'ai pourtant bien prêchée. Ce fut donc avec une peine toute nouvelle qu'elle découvrit le fond du caractère de sa bienfaitrice à travers sa loquacité. Enfin Camizard, qui vit, aux larmes silencieuses de Camille, combien elle souffrait de cet entretien, répondit doucement :

— Madame de Brémont a raison ; mais peut-être la violence de votre douleur vous a-t-elle empêchée de la bien comprendre. Croyez-moi, je connais un peu les hommes.

— Je le crois, dit madame de Brémont avec un petit hochement de tête et un petit sourire, qui assurément voulaient dire : monstre!

— Allez, al ez, reprit-elle ; c'est une pensée à moi. Camizard continua.

— Je le connais aussi Alphonse ; son premier, son seul défaut peut-être est de vouloir paraître indépendant. Eh bien, je dois vous le dire : cette retraite absolue que vous voulez vous imposer lui semblera un reproche perpétuel de sa conduite, et Dieu sait si, entraîné par cette vanité de ne céder à rien, il ne persévérera pas dans son abandon. Pardonnez-moi, dit Camizard en prenant un ton humble, pardonnez-moi, madame, de vous donner un conseil si vulgaire ; mais vous devez le savoir mieux que moi, le courage est souvent plus grand pour les âmes élevées à faire comme tout le monde, qu'à suivre leur propre nature. Eh bien! madame, il faut que vous ayez l'air de prendre votre parti, comme disait si justement madame de Brémont. Que votre mari vous voie calme, naturelle, indifférente, comme si rien ne s'était passé. Si une occasion de plaisir se présente, ne la refusez pas; si de nombreuses invitations vous appellent hors de votre maison, acceptez-les. D'abord votre mari trouvera cela fort commode; mais bientôt son caprice pour cette Césarine, n'étant plus aiguillonné par la contradiction, se fatiguera de sa liberté; Alphonse aura bientôt ses heures d'ennui et de solitude, où il lui faudra rentrer chez lui. C'est alors qu'il commencera à sentir combien il a gâté sa vie; c'est alors que des réflexions faites en secret, et qu'il ne repoussera pas, parce qu'elles ne lui seront pas imposées, lui montreront l'indignité et surtout la maladresse de ses procédés: c'est alors qu'il appréciera le trésor qu'il a perdu, alors qu'il voudra le ressaisir. Et, comme il faut tenir compte même des défauts des hommes dans les bonnes résolutions qu'ils peuvent prendre, peut être alors sa vanité voudra reconquérir cet amour qu'il croira avoir perdu; il y mettra tous ses soins, tout son cœur, et vous le retrouverez, madame, croyez-moi, vous le retrouverez ce qu'il a été, bon, confiant, dévoué.

— Voilà absolument ce que je te disais tout à l'heure, reprit madame de Brémont, voilà qui est parfaitement raisonnable.

— Ce sera peut-être bien inutile, dit Camille.

— Inutile! inutile! s'écria madame de Brémont; oh çà! ma chère enfant, quand on ne veut rien tenter, on n'arrive à rien; tu ne monteras pas sur les tours de Notre-Dame en restant là assise dans ton fauteuil.

— Pardon, ma marraine, répondit Camille, choquée du ton de madame de Brémont, ton qui, pour la première fois de sa vie, ne lui semblait pas une franchise originale; pardon, mais au point où en sont les choses...

— Pardon pour moi-même, dit vivement Camizard en prévenant à la fois les refus de Camille et les exclamations fâcheuses de madame de Brémont, qui produisaient l'effet contraire à celui qu'elle croyait obtenir. Pardon: madame de Brémont a parfaitement raison : le mot impossible est trop souvent une excuse de ce que je pourrais appeler la désertion de soi-même, pour que vous puissiez vous en armer. Vous voulez céder sans résistance; mais à ce compte, madame, la vertu n'aurait pas même le droit de se plaindre, ou plutôt, elle ne serait plus la vertu, car la vertu veut dire aussi courage. Voulez-vous mettre le vôtre à souffrir? eh bien! madame, c'est peut-être de l'égoïsme!

— Oh! dit Camille, de l'égoïsme!

— Pardonnez-moi ce mot, madame, je n'ai pas osé dire davantage. Véritablement ce n'est pas un bon sentiment que celui qui, s'enfermant dans la forteresse inaccessible d'une conduite irréprochable, laisse froidement s'égarer ceux qu'il pourrait ramener dans la bonne voie. Que diriez-vous, et soyez indulgente pour la comparaison, que diriez-vous de soldats qui, sûrs de leur courage et de leurs armes, et certains de ne pas être vaincus, verraient sans pitié la fuite de leurs camarades, et se refuseraient à les secourir, parce qu'ils ne se sont pas bravement battus? ils auraient tort pour les malheureux que la nature n'a pas aussi fortement partagés..... ils auraient un plus grand tort, et je vous demande de ne pas sourire de la persévérance de ma métaphore, ils auraient, dis-je, un plus grand tort, c'est celui d'abandonner la patrie commune, le drapeau fraternel. Eh! madame, le ménage est presque une patrie; la considération du nom qu'on porte ensemble est une sorte de drapeau auquel il faut sacrifier bien des ressentiments, quelquefois bien des droits. Ce que je vous dis là, madame, vous l'eussiez senti de vous-même, si vous aviez eu le bonheur d'avoir des enfants: et, comme il vous arriverait peut-être, s'il en était ainsi, de devenir exigeante pour des intérêts pécuniaires que vous sacrifiez légèrement aujourd'hui, parce qu'ils ne regardent que vous seule, il vous serait aussi venu à la pensée que vous deviez maintenir ou rappeler dans le chemin de l'honneur celui dont vos enfants doivent porter le nom. Ces devoirs, qu'une mère serait coupable de ne pas remplir, il serait peut-être cruel à l'épouse de les abandonner: vous ne le ferez pas. Prenez donc le seul moyen de rendre à votre maison ce respect que vous ne voulez garder que pour vous seule. Quelques têtes frivoles ne vous comprendront pas; tous les esprits distingués vous apprécieront. Je ne parle pas des amis qui vous seront reconnaissants, vous ne me connaissez pas assez pour que j'aie le droit de parler à votre cœur.

— J'essaierai, dit Camille devenue pensive aux dernières paroles de Camizard, et prise à cette subtilité de vertu qui la lui montrait plus grande à tenir une conduite vulgaire, qu'à s'en créer une exceptionnelle.

Le raisonnement de Camizard revenait, dans son sens, à cette maxime adroite du déisme : *Peu de philosophie rend sceptique, beaucoup de philosophie rend religieux*. Maxime qui met sur la même ligne l'extrême ignorance et l'extrême savoir. Madame de Brémont faillit gâter tout l'effet du sermon de Camizard par un mot.

— Et puis, après tout, dit-elle, ça te distraira.

C'est ce dont Camille ne voulait à aucun prix : mais Camizard para encore ce coup avec une persévérance qui devait avoir un but caché, et commença par l'imperturbable phrase avec laquelle il faisait tout accepter à sa vieille amie.

— Madame de Brémont a encore parfaitement raison; oui, madame, quoique votre désespoir s'en révolte, cela vous distraira de ces préoccupations solitaires qui ôtent à l'esprit sa justesse, et, permettez-moi le jeu de mots si c'en est un, sa justice; préoccupations qui font du malheur une sorte de verre grossissant, à travers lequel le mal paraît énorme : et vous devez vous le bien persuader, ce ne sont pas les esprits faibles, les cœurs médiocres qui sont exposés à ce danger, ce sont toujours les intelligences fortes, les âmes bien passionnées. Il faut que vous ayez encore cette puissance sur vous-même, de sortir quelquefois de votre position pour la juger sainement. Ce n'est pas, et vous devez me trouver bien rhéteur pour un conseiller d'Etat, ce n'est pas de l'intérieur d'une forteresse qu'on juge les parties accessibles, et...

— C'est bon, c'est bon, dit madame de Brémont, que l'éloquence imagée du conseiller d'Etat commençait à ennuyer, c'est bon: Camille a entendu raison, et elle suivra mes conseils; n'est-ce pas, mon enfant?

— Oui, ma marraine, dit Camille mal persuadée, mais obéissant à cette loi fatale de l'humanité, qui résiste au cri instinctif et droit de la conscience, pour suivre la vaine route du raisonnement dont on a fait ce faux dieu qui s'appelle la raison.

— Voilà qui est convenu, dit madame de Brémont à Camille; il faut te distraire, t'amuser, et puis nous verrons; mais, au moins, plus de bal chez des Derby, et surtout plus de demoiselle pour chaperon: car voilà le plus mauvais de ton imprudence; si encore tu t'étais fait accompagner par une femme mariée !

— Oh! j'aurais été forcée d'avoir recours à madame Drancy, et...

Elle s'arrêta pour ne pas dire du mal de quelqu'un.

— Et tu aurais mieux fait, repartit madame de Brémont.

— Oh! ma marraine!... fit Camille presque en souriant.

— Ma chère enfant, elle est mariée, répondit madame de Brémont en faisant sonner ce mot. Je sais bien qu'on en raconte des horreurs; mais enfin son mari est là, et, s'il ne s'en fâche pas, c'est qu'il n'y en a pas tant qu'on en veut bien dire; et puis, je te le répète, elle est mariée, voilà l'essentiel.

— Vous savez qu'on nous attend au bureau central de bienfaisance, dit Camizard qui craignait l'effet des explications de madame de Brémont.

— C'est vrai, reprit celle-ci. Viens, chère enfant, viens me voir... Je viendrai aussi: oh! nous ne t'abandonnerons pas. A la bonne heure, te voilà plus contente... Cette chère Camille! Adieu, adieu.

Et elle s'envola avec Camizard, et laissa Camille abandonnée à toutes ses réflexions. Madame de Lubois pesa longtemps dans sa tête les avis du conseiller d'Etat, et ne se trouva pas éloignée de les suivre, mais pour une tout autre raison que celles qu'il lui avait données. Camille avait écouté cette conversation avec le ressentiment, au fond de l'âme, de la dernière injure d'Alphonse. Toutefois, ce ressentiment n'avait pas agi d'abord sur sa détermination; mais du moment qu'elle pensa à engager de nouveau la lutte, elle ne consentit pas à arrêter sa victoire à la limite qu'on lui avait marquée. Ce n'était plus l'abandon d'Alphonse qu'il fallait faire cesser, c'était l'horrible insolence de son injure qu'il fallait punir. Enfin, de tous les discours de Camizard, une seule idée resta dans l'esprit de Camille, celle de revoir son mari revenir à ses pieds : non que Camille voulût reconquérir cet amour qu'on lui promettait, mais parce qu'alors elle pourrait refuser le sien. Cette idée, longtemps méditée, longtemps chauffée au feu exaspérant de la réflexion, arriva

à faire crier au cœur de Camille, dans un moment de colère :
— Oh! quand pourrai-je lui dire aussi : Je ne veux pas!

Si quelque chose eût pu prévenir cette funeste résolution dans l'esprit de madame de Lubois, c'eût été la vulgaire acception que madame de Brémont donnait aux sentiments que Camille tenait toujours dans une sphère élevée. Et qu'on nous permette ici, et à propos de ces deux femmes, de montrer comment la forme des idées est souvent si puissante, qu'elle nous trompe complétement sur le fond. Madame de Brémont était une de ces natures communes qui, dans l'âge où l'esprit adopte les idées qui seront celles de toute la vie, grâce à cette vulgarité même, trouvent juste, bon et convenable, tout ce qui est. Jeune et belle avant la révolution de 89 (madame de Brémont avait soixante-cinq ans avant 1830), elle avait imaginé que la vie devait se passer nécessairement comme elle la voyait se passer alors, et qu'elle ne devait jamais se passer autrement. La révolution politique qui l'exila lui parut une maladie de la France, et la différence des mœurs qui s'étaient établies en raison de cette révolution lui semblait une conséquence de cette maladie. Au fond, il y avait bien toujours des maris qui trompaient leurs femmes, des femmes leurs maris, des enfants qui abandonnaient leur père, ou s'en moquaient; mais cela se faisait autrement; et, à son insu, cela choquait madame de Brémont par les dehors plutôt que par le fait lui-même. Rien n'eût été odieux à madame de Brémont comme de voir entrer chez elle un jeune homme de notre époque, en frac, en bottes, en pantalon et légèrement aviné; mais il n'est pas sûr que, s'il eût eu le bas de soie mal tiré, la veste débraillée, le jabot de Malines et les manchettes en désordre, elle n'eût pas dit : Que voulez-vous? il faut que jeunesse se passe. De ces petites choses aux grandes, il existe une plus intime liaison qu'on ne croit. Pour ces sortes de gens, il n'y a plus de religion, du moment qu'il n'y a plus de bedeaux, d'ornements d'or et de châsses de cent mille écus dans une église; c'est à peine s'ils comptent le prêtre pour quelque chose. N'avons-nous pas une bourgeoisie énorme qui dit piteusement qu'il n'y a pas de monarchie là où il n'y a pas d'habit à la française? Eh bien, cette façon de sentir s'applique à tout dans de pareils esprits : ce qui leur semblait naturel fait de telle façon leur paraît immoral fait de telle autre. Voyez ce qui se passe en littérature. De combien d'anathèmes la piètre comédie de l'empire n'a-t-elle pas écrasé le drame moderne! Est-ce donc qu'il a inventé des crimes, des ridicules, des saletés nouvelles ou inconnues à la scène? Point; mais c'est qu'il les présente sous une forme qui choque les habitudes prises. De combien de milliers de pièces à étouffer de rire le *cocuage* n'a-t-il pas fait les frais! De dix mille peut-être, et c'était bien fort innocent : mais que nos auteurs modernes le prennent au sérieux et l'appellent adultère, et toutes les consciences se révoltent. Pourquoi? parce qu'il y a un âge où l'on se fait à la vie pour le reste de ses jours, et qu'il n'y a que de rares exceptions qui s'acclimatent aux mœurs à mesure qu'elles changent.

Donc Camille qui, peut-être par sa nature, peut-être aussi par celle des idées sérieuses de notre époque, donnait un but élevé et puissant à sa résolution, s'en fût détournée, si elle l'avait considérée sous le même aspect que le faisait madame de Brémont, si elle eût pensé que sa conduite se traduirait par cette phrase vulgaire : Elle a pris gaîment son parti. Mais elle avait trouvé dans Camizard un auxiliaire de ses idées, dont le style *intime* avait plus que balancé les mauvaises expressions de la marraine. Toutefois, Camille n'avait encore rien résolu, lorsqu'elle eut à subir deux nouveaux entretiens dont l'un la jeta bien loin de ces premiers sentiments de résignation, et dont le second la détermina complétement à suivre les conseils de Camizard.

Après la visite de madame de Brémont, elle reçut celle d'Adèle Drancy.

— Chère amie, lui dit Adèle en entrant, voilà deux fois que je suis venue. Tu as été malade. C'était bien fait pour ça; mais j'espère que maintenant tu prendras un peu de courage. Il ne faut pas t'y tromper, ce n'est pas en pleurant que tu ramèneras ton mari... Tiens, c'est un misérable.

— Adèle, dit Camille, je ne me plains pas, et je me plaindrais, que j'aurais soin d'employer des expressions plus convenables.

— Oh! c'est que tu ne sais rien, chère petite, répondit Adèle : tu ne sais pas comme ils font des gorges chaudes de ta scène avec ton mari, lorsque vous êtes rentrés. C'est ce mauvais plaisant de Farcy, un des élèves de mon mari, qui a arrangé l'histoire; ce n'est pas que ce ne soit très-drôle pour ceux qui ne te connaissent pas, mais c'est abominable pour tes amis.

— Quelle scène, s'écria Camille, et quelle plaisanterie a-t-on osé faire sur moi?... sur moi! répéta-t-elle.

— Oh! bon Dieu! ma chère, il ne faut pas t'alarmer plus que cela ne le mérite... mais c'est une peste que tous ces petits rapins; ils n'ont pas plutôt vent d'une sotte histoire, qu'aussitôt c'est une caricature, et pis encore, une scène. J'ai entendu Farcy raconter la sienne, j'ai cru que j'en mourrais de...

L'expression du visage de Camille arrêta madame Drancy à la dernière parole qu'elle allait prononcer.

— Adèle, lui dit Camille, je ne te comprends pas: une scène, des histoires, que veux-tu dire? c'est affreux... Oh! que s'est-il passé?

— Mon Dieu! mon Dieu! que je suis désolée de t'avoir conté cela! C'est une sottise, ma pauvre Camille, une de ces choses qui arrivent à tout le monde; j'ai eu à les subir comme les autres; c'est une folie qui s'oublie en quinze jours et dont il ne faut pas t'occuper.

— Oh! tous ces ménagements sont plus affreux que la vérité, repartit Camille palpitante; parle, je t'en prie. — Qu'a-t-on dit? qu'a-t-on osé dire?

— Rien, ma chère, reprit madame Drancy; mais tu sais bien ce que c'est qu'une charge d'atelier.

— Non, dit Camille étonnée.

— Tu n'as donc jamais entendu Henri Monnier conter une de ses charges?

— Une fois, en effet, reprit Camille en cherchant un souvenir éloigné; à la campagne, je me rappelle... je ne sais quoi... un M. Prud'homme... Mais qu'y a-t-il de commun entre une pareille plaisanterie et moi?

— Eh bien, dit Adèle comme avec impatience, Farcy en a fait une sur ton mari et toi : ça s'appelle *le Dieu et la Bayadère,* du nom du dernier opéra d'Auber.

Camille se passa la main sur le front et reprit avec un accent nerveux :

— Mon Dieu! c'est ma faute, sans doute... mais je ne te comprends pas... Une scène, une charge d'atelier... *le Dieu et la Bayadère*... toutes mes idées sont brouillées... que veux-tu dire? O mon Dieu !... je ne comprends pas...

Elle se mit à pleurer.

— Eh bien! eh bien! dit madame Drancy qui, étonnée de ce que Camille ne la devinait pas à sa première phrase, crut véritablement qu'il y avait désordre dans ses idées, et qui pensa devoir lui porter secours en les empêchant de s'égarer davantage... Eh bien, que vas-tu t'imaginer? Voyons, calme-toi; voici la vérité : je ne sais trop comment on a appris ce qui s'était passé entre toi et ton mari quand vous êtes rentrés de chez Derby, à moins que ce ne soit Alphonse qui l'ait raconté à Césarine, et Césarine...

Finissons la phrase pour Adèle, et disons ce qu'elle ne voulut pas dire : Césarine à Drancy, Drancy à sa femme, sa femme à Farcy, l'amant de trimestre.

— Eh bien? s'écria Camille.

— Eh bien! Farcy s'est imaginé de vous mettre en scène tous les deux, toi avec ton costume de Bayadère, et Alphonse en divinité de l'Inde... et puis c'est la scène de l'opéra à peu près... Que sais-je, moi?... Tu veux le séduire... tu fais des grâces... tu... je ne peux pas te dire tout ça... enfin il finit par répondre en te repoussant : — *Je ne veux pas!* C'est niais... c'est stupide... continua Adèle, ça ne vaut pas la peine de s'en occuper.

— O mon Dieu! dit Camille en laissant tomber à terre ses regards qu'elle avait jusque là tenus fixés sur madame Drancy. Oh ! l'infâme ! oh ! les misérables!...

Elle se tut et demeura immobile... Un coup de sonnette qui retentit dans l'appartement la fit tressaillir.

— Pardon, dit Adèle embarrassée de l'effet qu'elle avait produit, et charmée de n'avoir pas un plus long interrogatoire à subir, c'est moi qui ai prié mon frère de venir me prendre ici; je suppose que c'est lui... Je voulais te le présenter, mais une autre fois, plus tard...

— Oui... oui, dit Camille haletante et les yeux fixes, une autre fois, quand tu voudras. Va, qu'il n'entre pas.

Et, dans un état d'égarement complet, elle poussa madame Drancy hors de la chambre. A ce moment, il lui semblait qu'elle allait paraître nue et sans voile aux regards de ce jeune homme qui avait dû entendre aussi cette cruelle histoire où sans doute les détails avaient été contés un à un; elle ferma sa porte avec précipitation et se jeta sur un siége en répétant :

— Oh! l'infâme! oh! les misérables!

Que de pleurs, que de cris éclatèrent à l'âme de Camille! que d'imprécations déchirantes brisèrent sa poitrine et y retombèrent désespérées! Si celui qui tient ce livre est un homme, qu'il se réjouisse; car lui, si un pareil malheur, un outrage si épouvantable, l'atteignait à cette heure, il peut jeter ce livre pour courir à une épée, à un pistolet, pour courir à celui qui a mis ses profondes et saintes douleurs à la merci de la risée des plus indignes; il peut aller le frapper au visage et le menacer à la poitrine; mais si c'est une femme qui parcourt ces pages, qu'elle pleure sur Camille; qu'elle pleure sur elle-même, pauvre femme : car ni mœurs ni lois ne lui ont rien laissé pour se défendre, pour se venger de si effroyables horreurs. C'est dans ces mouvements funestes de l'âme où la pousse en riant la frivolité détestable du monde, c'est dans ces désespoirs de l'impuissance, que la femme se révolte et accuse la société, accuse Dieu. C'est alors que vaincue, comme Brutus, elle se demande si la vertu n'est pas un vain mot. Que pouvait faire Camille? Les lois ont donné un tuteur aux enfants; mais à côté de ce tuteur elles ont mis un recours lorsqu'il trahit ses devoirs. On a bien donné à la femme un protecteur et un recours : le protecteur, c'est le mari, le recours c'est la loi; mais la loi formule la trahison du mari; pourvu qu'elle n'habite pas le toit conjugal, elle peut marcher le front levé. Heureux ceux qui trouveront cela juste et respectable! heureux ceux qui n'ont pas vu souffrir!

Camille, brisée, foulée aux pieds, se sentit un moment le besoin de mourir. C'est la seule vengeance des femmes, la seule qui jette sur celui qui tue, un peu de réflexions fâcheuses; on va alors jusqu'à dire :

— C'est un vilain homme, il a fait mourir sa femme de chagrin!

Camille pensa donc à mourir, elle y pensa avec désespoir, puis avec sang-froid. Alicia lui sauva la vie. Qu'on nous pardonne l'expression; mais il nous semble qu'on n'a jamais assez compté dans notre existence les paroles, les idées comme des événements ; on ne tue pas toujours avec le fer et le poison, on ne sauve pas toujours en vous tirant des flammes ou de l'eau. La vie a des pensées où elle se noie, des espérances où elle reprend terre. Alicia arriva au moment où Camille manquait de force pour aborder à l'une des rives de sa position, pour accepter le silence résigné qu'elle avait adopté d'abord en elle-même, ou pour tenter la lutte que Camizard lui avait montrée possible. Alicia la surprit au moment où elle en était venue de la résolution de mourir à la manière dont elle l'exécuterait. En entrant dans la chambre de Camille, Alicia lui vit faire un geste d'impatience, comme si elle avait été maladroitement dérangée dans une occupation ordinaire. C'est une chose remarquable, comme la douleur et le désespoir, arrivés à leur extrême degré, reprennent l'aspect, les paroles, le ton de la vie commune.

— Je t'importune, dit Alicia.

— Non, dit Camille, je pensais à quelque chose...

— A quoi? demanda Alicia en l'observant.

— A rien... je ne sais... une bagatelle, je l'ai oublié.

— Tu me trompes, Camille, je viens de rencontrer Adèle, elle m'a dit ce qu'elle t'avait appris.

— Elle a bien fait, c'est une amie aussi, je ne lui en veux pas.

Puis elle se mit à regarder autour d'elle avec un air d'indifférence qui avait quelque chose de fou : des sons distraits et inarticulés lui vinrent à la voix, comme si son âme parlait malgré elle. Alicia la comprit.

— Camille , dit-elle, je ne te quitte pas. Puis elle reprit : Les misérables te feront mourir.

Ce dernier mot frappa trop juste à la préoccupation de Camille, pour ne pas la faire résonner : c'est la corde d'une harpe qui gémit lorsqu'un instrument étranger frappe le ton auquel elle est montée.

— Oh! dit Camille, je n'ai pas besoin d'eux pour cela.

Alicia s'épouvanta du ton froid et abandonné dont Camille parlait ; elle voulut l'arracher à tout prix de la pensée qui la tuait, et elle lui répondit :

— Et ils ne demandent pas mieux.

Elle crut avoir réussi, car Camille souleva la tête, la regarda et demanda :

— Qui?

— Eh bien! eux, ceux qui rient de ta douleur... Ils riraient de ta mort.

— Ce sera en effet bien plaisant, dit Camille en retombant dans cette fixité de pensées qui paraissait dans ses yeux par la fixité du regard.

Alicia crut un moment qu'elle était venue trop tard, que le suicide était consommé; elle se jeta à genoux devant Camille pour la voir en face, car celle-ci avait la tête penchée sur sa poitrine et ne regardait plus Alicia. Leurs yeux se rencontrèrent alors. Alicia avait peur de parler. Camille n'avait rien à lui dire, rien à lui demander : c'était une pauvre femme comme elle. Nulle espérance ne sortait de cette mutuelle observation des yeux. Tout à coup Alicia se lève et sonne violemment.

— Que vas-tu faire?

— Je vais envoyer chercher madame de Brémont.

— Pourquoi? dit Camille en s'élançant vers elle.

— Je ne sais pas, répondit Alicia en éclatant en larmes; mais c'est ta marraine, c'est ta mère, puisque tu n'en as pas d'autre... c'est elle qui répond de toi au monde... il faut qu'elle soit ici, car je ne sais pas ce que tu as fait... je ne sais pas ce que tu veux faire... Camille! s'écria-t-elle en la pressant dans ses bras, en l'arrosant de ses larmes, je ne veux pas que tu meures... non Camille, ma sœur.... mon amie... non...

Et Alicia pleurait si cruellement qu'il se trouva qu'elle était plus désespérée que Camille; que celle-ci la crut plus malheureuse qu'elle-même, et que, sa forte nature se réveillant alors, elle s'oublia pour la consoler.

— Non, lui disait-elle en la calmant et en essuyant ses larmes, non, je ne veux pas mourir... non, tu es folle.

Un domestique parut.

— Que veut madame?

Cette subite apparition coupa les sanglots et les larmes d'Alicia; c'était comme un verre d'eau glacée jetée au visage de quelqu'un qui a le hoquet. Cependant elle ne se remit pas assez vite pour répondre : ce fut Camille qui s'en chargea; elle prit la première phrase qui lui tomba sous la parole, comme on prend, pour chasser un animal importun, le premier objet qui se présente sous la main.

— Mademoiselle Vanini dînera ici, vous mettrez un couvert de plus.

Le domestique se retira, elles se retrouvèrent seules.

— Oh! lui dit Alicia, tu m'as épouvantée.

— Merci, merci, répondit Camille, tu as raison, j'ai été folle un moment; je ne puis te dire ce qui se passait en moi quand tu me parlais : j'étais morte, je me voyais là, sur ce lit, froide, pâle, glacée; je voyais la consternation de ceux qui entraient dans ma chambre, j'entendais leurs cris; je voyais Alphonse accourir... je le voyais me contempler, tuée par son indignité, et je cherchais sa pensée... Mais je t'avais oubliée, Alicia, je t'avais oubliée, ma sœur, je suis ingrate; je ne voyais personne pleurer autour de moi.

— Comment as-tu osé avoir cette affreuse pensée de mourir ?

— Tu sais ce que m'a appris Adèle, et tu me le demandes! dit Camille.

— Et c'est à cause de l'ignoble plaisanterie de son amant?

— De son amant? reprit Camille.

— Oui, ce Farcy est son amant.

— Elle ne l'a pas fait taire! s'écria madame de Lubois.

— Un autre s'en est chargé, dit Alicia.

Camille n'osa pas demander si c'était son mari; elle eut peur d'apprendre que non; mais elle le sut malgré elle, car, après un moment de silence, Alicia lui dit :

— Est-ce que tu connais Maurice Lambert?

Camille devina qui l'avait protégée; mais, par un étrange sentiment de trouble au nom de cet homme, elle ne voulut pas entendre dire formellement que c'était lui, et répondit sur-le-champ :

— Non, tu sais bien où je l'ai rencontré. Mais, reprit-elle rapidement, j'ai vu ce matin madame de Brémont et ton tuteur, M. Camizard.

— Mon tuteur, dit Alicia étonnée; au fait, reprit-elle en souriant, c'est presque le *directeur civil* de ta marraine, elle lui confie tout. Et que t'a-t-il dit?

— Oh! ma marraine a été excellente; elle voulait

s'interposer entre moi et Alphonse. Je l'en ai empêchée.

— Tu as bien fait, dit Alicia, ton mari l'aurait tournée contre toi.

— Contre moi?

— Oui... oui, contre toi : s'il ne l'a pas tenté, c'est qu'il n'en a pas trouvé l'occasion ; mais il est capable d'y parvenir avec ses phrases passionnées et hypocrites; car il est plus hypocrite que tu ne crois. Mais enfin, maintenant que ce vertige de douleur est passé, que comptes-tu faire, Camille ?

— Hélas! ma pauvre Alicia, dit madame de Lubois, tristement replacée en face de sa position, que veux-tu que je fasse? Je souffrirai, et j'attendrai que Dieu m'accorde de ne plus souffrir.

— Encore cette odieuse pensée, cette odieuse pensée de mourir? Camille, toi en qui je croyais du courage...

— Et à quoi me servirait-il, Alicia, si ce n'est à supporter patiemment ma douleur?

— Il faut qu'il te serve à la vaincre.

— Tu en parles bien facilement.

— Qui te l'a dit? reprit Alicia d'un ton profondément soucieux; qui t'a dit que moi, pauvre fille, sans parents, sans amis, comme toi, je n'aie pas eu à supporter de plus vifs chagrins que les tiens ?

— Toi! tu me l'aurais dit, répliqua vivement Camille, tu serais venue à moi, si tu avais eu de ces chagrins qui tuent l'avenir.

— Non, répondit Alicia, je ne les ai pas dits. Quand le premier et le plus épouvantable m'a frappée, tu ne pouvais pas être ma confidente : tu étais encore une jeune fille orpheline et dépendante; lorsque le plus douloureux m'a atteinte, tu ne pouvais me comprendre, tu étais une heureuse femme.

— Mais maintenant, tu me les diras! reprit Camille avec une amitié suppliante.

— Maintenant je ne le puis plus, un serment solennel m'interdit de te parler du premier. Je ne voudrais pas t'avouer l'autre, et cependant, reprit-elle avec une sorte d'enthousiasme, serment et honte, j'oublierais tout pour toi. Écoute, s'il te fallait l'aveu de mes secrets pour te sauver, pour te faire comprendre ce qu'une femme peut avoir de courage, je te ferais cet aveu : je ne serais pas humiliée devant toi. Pour te sauver de toi-même, Camille, je te confierais ce que je ne dirais pas à ma mère, si elle sortait de la tombe et me le demandait à genoux. Tu me regardes, Camille, tu te demandes quand et comment cette fille de vingt-cinq ans, que tu as vue toujours librement porter sa vie, a pu subir de ces malheurs qui tordent l'âme et la sèchent en sa fleur; tu ne te rappelles aucun jour de tristesse dans nos quinze ans d'amitié, et cependant j'ai bien pleuré seule, j'ai pleuré dans la nuit. O Camille! j'ai de l'orgueil aussi, moi : jamais je n'ai donné à mes ennemis la joie d'une de mes larmes. Et toi, à ta première douleur, toi, tu parles de mourir. Ah! c'est de la faiblesse, c'est une faiblesse indigne de toi.

Camille restait stupéfaite de ce langage d'Alicia. En ce moment, elle se trouvait petite devant cette femme qu'elle avait l'habitude de dominer. Elle en revenait à cette phrase d'étonnement incrédule qui lui était d'abord échappée.

— Toi aussi, Alicia, tu as souffert, souffert d'un abandon infâme peut-être?

— Oh! reprit Alicia, se laissant emporter à ses souvenirs propres, un abandon! qu'est cela? Tu as voulu mourir pour l'insulte d'un misérable qui t'a faite le sujet d'une plaisanterie. Pauvre Camille! tu ne sais pas à quel jeu plus horrible on peut jouer l'honneur et la vie d'une femme, plus que son honneur, Camille, plus que sa vie! Oh! si j'osais te dire ce que j'ai souffert! mais non, reprit-elle vivement en essuyant quelques larmes, c'est toi qui es malheureuse, car tu es faible; c'est toi qu'il faut secourir, car tu t'abandonnes. Je te parle de moi, c'est à toi qu'il faut penser... Voyons, réponds-moi, que t'a dit ta marraine?

— Mais, répondit Camille, que l'agitation d'Alicia préoccupait, elle m'a dit beaucoup de choses que je pourrais résumer en un mot... elle m'a conseillé de prendre un parti.

— Et qu'entend-elle par là?

— Mais... de voir le monde, de chercher les plaisirs, et s'il faut te le dire, reprit-elle d'un air dédaigneux, de me distraire.

— Eh bien! elle a raison. Que ce soit dans le but de te distraire, comme elle entend ce mot, je ne te le conseillerais pas; mais que ce soit pour ne pas donner à celui qui t'insulte l'odieux triomphe de ta douleur; pour qu'il sente dans toute sa force qu'il est tombé si bas à tes yeux, qu'il est devenu impuissant à te faire du mal, pour l'accabler de ton indifférence, s'il le faut, de tes succès.

— Ah! dit Camille, veux-tu me faire jouer le sot rôle de coquette?

— Non, dit Alicia; mais je veux que tu prennes ta place de femme comme toutes devraient la prendre; que tu n'acceptes pas l'humiliation, parce qu'on te jette l'humiliation; que tu ne sois pas honteuse, parce que ton mari te déshonore. Crois-moi, Camille, si les femmes avaient davantage éprouvé combien il leur est facile de se passer de cette protection des hommes, qu'ils leur font payer si cher, elles ne demanderaient qu'à elles-mêmes l'appui qu'elles mendient d'un mari. Vois les femmes qui ont osé tenter leur fortune : parmi les clientes de ton mari, vois cette riche fabricante d'étoffes...

— Madame L....? dit Camille.

— Eh bien, dit Alicia, elle possède d'immenses capitaux; elle a des milliers d'ouvriers, n'est-ce pas? cependant elle est rude et grossière, et les plus musqués élégants de la Bourse la reçoivent dans leurs salons. On lui donne pour amants trois ou quatre de ses plus beaux commis, et les maisons les plus prudes ne se ferment pas devant elle, et ce sont les hommes, ces rigoristes sans pitié contre la femme faible, qui les lui ouvrent. Pourquoi? Parce qu'elle s'est fait une vie indépendante, parce qu'elle a une force qu'on respecte, parce qu'elle tient rang d'homme dans la société. Oh! je te le répète, si les femmes employaient la moitié de leur persévérance et de leurs facultés à entreprendre les carrières qu'elles se ferment elles-mêmes par l'habitude qu'elles ont de s'en croire incapables, elles auraient bientôt obtenu cet affranchissement que les plus hardies demandent aux lois. Ce n'est pas ainsi qu'agissent les hommes : ils envahissent jusqu'aux arts et aux métiers futiles que leur frivolité semblait rendre indignes d'eux, bientôt il ne nous restera plus que la servitude du ménage. C'est notre faute, c'est...

Elle s'arrêta d'elle-même, et reprit doucement :

— Et ce sera aussi ta faute, Camille, si, traitée comme tu l'as été, tu ne t'affranchis pas, non des devoirs de l'honnêteté, mais de cet esclavage qui efface pour ainsi dire la femme de la société, le jour où son mari ne la compte plus pour quelque chose dans sa vie. C'est assez de se faire le satellite d'un astre appelé mari, et qui croit nous plonger dans les ténèbres du monde parce qu'il nous retire sa lumière; n'empruntons notre éclat qu'à nous-mêmes, et il n'y a que nous qui le pourrons ternir.

— Ma bonne Alicia, dit Camille en souriant, tu parles en artiste qui a une gloire, en femme dont le nom lui est personnel. et qui lui a donné l'autorité du talent.

— Et celle de la vertu? reprit vivement Alicia. Ah! le monde serait trop détestable, s'il ne la reconnaissait pas. Camille, ose te montrer partout, seule, avec ta beauté admirable et ta conduite si irréprochable, et bientôt on se demandera quel est le mari de cette femme qui marche isolée; et lorsqu'on en sera arrivé à cette question, la réponse sera facile et victorieuse, la vérité s'en chargera. Mais si tu te renfermes dans la solitude, on t'y oubliera, et peut-être fera-t-on plus, on t'y calomniera. Tu n'as pas le droit de le permettre. Si j'étais législateur, je punirais l'homme volé qui n'accuse pas ses fripons : ce qu'on appelle pitié en ce cas est presque toujours la crainte d'une peine à prendre; c'est son repos qu'on paie de quelque argent, c'est le vice qu'on encourage. Camille, il faut suivre les conseils de ta marraine.

— J'y suis bien résolue, répondit Camille, qui avait pensivement écouté les paroles d'Alicia.

Et pourtant, en paraissant céder aux avis de ceux qui l'entouraient, Camille n'obéissait qu'à sa propre nature, qu'à cet orgueil personnel qui avait été si profondément blessé. Ce n'était pas pour ramener, par les regrets, son mari dans une voie honorable, comme l'avait dit Camizard, que Camille voulait rentrer dans le monde. Il eût fallu, pour que madame de Lubois cédât à un pareil motif, qu'elle eût éprouvé pour Alphonse une de ces passions extrêmes qui se sacrifient à l'idole qu'elles adorent, qui donneraient leur sang pour reteindre la pourpre tachée du manteau olympien dont elles la couvrent. Maintenant, nous pouvons le dire : Camille n'avait jamais aimé son mari dans le sens où nous entendons le mot aimer. Ce n'était pas non plus pour prendre sa place de femme forte dans la société, que madame de Lubois voulait y rentrer : Camille n'avait pas sa force dans la tête, son cœur seul était audacieux. D'ailleurs, elle ne s'était pas accoutumée, comme Alicia, à cette vie indépendante que celle-ci avait menée; elle n'avait pas vécu dans ce débat perpétuel des idées sociales qui avaient été l'étude et la nécessité d'Alicia; elle n'avait pas eu, comme elle, à voir son nom mis dans la discussion publique à côté de ceux des peintres les plus célèbres; elle ne tenait pas rang d'homme, selon l'expression d'Alicia, et ne se souciait pas de cet avantage. Logiquement, Camille comprenait les idées de son amie, parce qu'elle avait une lucidité d'esprit qui eût suivi dans leurs développements les plus hautes considérations du droit humain; mais ces considérations n'arrivaient pas à son cœur, elles lui répugnaient même. Camille avait une pudeur d'âme qui lui faisait peur de cette vie audacieusement offerte en vue du monde; elle était trop femme dans le sens habituel du mot pour se poser dans la société sur une ligne si tranchée. Toute vertu de femme comme toute beauté ne lui paraissait noble et pure que voilée. Elle ne comprenait pas qu'Alicia pût regarder sans rougir la nudité d'un modèle : elle n'avait pas cette préoccupation de l'art, qui, dans la nature physique, ne voit que des lignes, dans la nature morale, des principes.

Si donc elle n'eût eu que les raisons de Camizard et d'Alicia pour faire ce qu'ils lui conseillaient, assurément elle n'y eût pas consenti; mais, ainsi qu'elle avait écouté le conseiller d'État, de même elle avait écouté son amie avec un désir dans le cœur. Au fond de sa pensée, il y avait le dernier mot d'Alphonse, cette ironie impudente, ce mépris fatal dont il l'avait accablée, et c'est ce qu'elle ne voulait pas accepter, ce qu'elle voulait venger à tout prix.

V

MORALE.

A partir de ce jour, Camille commença, ou plutôt reprit les habitudes d'une femme de vingt-cinq ans, belle et dont la fortune lui donne accès dans ce que le monde a de plus élégant. Sa vie intérieure prit même une régularité de dissipation, un ordre de désordre qui la lui rendit plus supportable qu'elle ne l'avait pensé. Tous les jours, à deux heures, la voiture était prête pour le bois, ou, si le temps menaçait, pour quelques visites; tous les soirs, l'heure de la toilette revenait, marquée avec la même régularité que l'heure des repas, pour le bal, le concert ou le spectacle.

Aucune explication nouvelle n'avait eu lieu entre de Lubois et sa femme : ils se voyaient à table et y causaient du dehors sans affectation, sans ironie. De Lubois seul avait des moments passagers de sarcasme où il laissait apercevoir malgré lui que sa vanité ne s'arrangeait pas aussi bien que sa passion pour Césarine, de la liberté que Camille lui laissait si facilement. L'homme veut bien abandonner, mais il compte un peu sur les regrets qu'il inspirera. On dirait presque qu'il y a dans son cœur cette très-mauvaise pensée qui peut se résumer ainsi : que ce n'est pas la peine de mal faire pour ne pas faire de mal.

L'inutilité est la pire des humiliations. Alphonse la subissait quelquefois cruellement, en voyant le ton parfaitement naturel et aisé de Camille; et certes, si son amour-propre ne s'était rattrapé souvent à la supposition que tout cela était un rôle merveilleusement joué, il eût éclaté et peut-être interdit à sa femme cette conduite qui déjà produisait l'effet qu'Alicia avait prédit.

A force de voir et de rencontrer dans le monde et partout cette femme jeune, belle et seule, tous ceux qui la connaissaient demandaient qu'était devenu M. de Lubois; ceux qui ne la connaissaient pas s'informaient de ce qu'elle était, et la médisance rencontrait une trop bonne occasion d'être juste pour ne pas raconter les folies de Lubois. Toutefois, comme Camille fût ressortie trop intéressante de ces récits, on lui gardait sa part de mauvais propos : — Elle semblait bien facile à consoler : qnelques-uns disaient même qu'elle était ravie de ce qui était arrivé, attendu qu'elle y trouvait le droit de mener cette vie de frivolité et de plaisir dont elle avait été longtemps sevrée, et qui était pour elle le bonheur. Les amis mêmes de Camille prirent quelque chose de cette commode opinion sur son compte; ils n'allèrent pas jusqu'à prouver qu'elle était heureuse de sa nouvelle vie, mais ils supposèrent qu'elle en était moins malheureuse. Madame de Brémont n'y vit pas autre chose qu'une distraction qui avait vaincu la douleur; Alicia, une occupation qui la faisait taire.

Comme tout le monde, ces deux femmes jugeaient Camille par elles-mêmes : madame de Brémont, parce que sans doute elle était sortie de ses fameuses positions critiques par ce moyen; quant à Alicia, atteinte deux fois en sa vie de véritables malheurs, elle avait trouvé, dans l'étude de son art, une consolation si puissante, qu'elle imaginait que toute occupation devait avoir un semblable pouvoir. Elle n'avait pas calculé que cette contemplation de l'art où s'absorbe l'âme pour vivre dans un autre ordre d'idées que celui qui nous importune, dans d'autres temps que ceux qui nous pèsent, avec des êtres de sa propre création qui nous remplacent le monde dont on se retire, est un bienfait dont il faut remercier le ciel, et dont le privilége n'appartient à aucun autre effort de la volonté. Qu'importent le bal, le spectacle, le concert, la promenade, pour distraire un cœur de la pensée qui le ronge? Le bal et la promenade n'ont-ils pas des femmes heureuses, avec leurs maris qui vous disent à chaque pas : Pauvre femme abandonnée! Le spectacle et le concert n'ont-ils pas des cantatrices renommées dont la voix n'a qu'un mot pour une âme en torture : Il est avec ta rivale?

Ainsi, malgré les apparences, la douleur de Camille, son ressentiment, s'aigrissaient chaque jour davantage. Dans toute autre position, elle eût trouvé les mêmes excitants. Orpheline, il ne manquait pas autour d'elle des femmes protégées par leur famille qui, par cet appui seul, l'avertissaient de son isolement; pauvre, elle eût rencontré des femmes que la fortune eût vengées, si elles eussent été trahies comme elle. Le cœur des malheureux est si ingénieux à se torturer du bonheur des autres, qu'il trouve toujours à envier. Ce n'est qu'à ce qui lui manque qu'il regarde; et s'il arrive, comme pour Camille, que le malheur souffert soit une de ces injustices qui font douter de Dieu et du devoir, on comprend combien le cœur peut s'exaspérer par cette application brûlante de toutes les joies qui l'entourent à la blessure ouverte qui le déchire.

Dans cette vie où les âmes passionnées s'engagent trop facilement, il y a des écueils qu'elles évitent d'abord avec une extrême précaution, et sur lesquels cependant la fatigue de la route finit par les entraîner. De tous ces écueils, le plus redoutable, c'est le bonheur du vice; celui-là irrite, insulte et fait blasphémer. C'était un odieux spectacle pour madame de Lubois que l'impunité heureuse des désordres de madame Drancy. Bien souvent, pour tenter la justice du monde, l'idée de paraître avoir un amant avait surgi dans le cœur de Camille parmi les désespoirs auxquels elle se livrait dans la solitude. Cette idée de rage, pour ainsi dire, elle l'avait repoussée avec terreur dans les moments de réflexion. Ce n'est pas sans dessein que nous employons ce mot de terreur; en effet, si ce n'eût été que sa vertu, son respect pour elle-même, qui eussent ramené madame de Lubois à des pensées plus conformes à toute sa vie, ce retour eût été plus calme; et, tout en s'accusant d'avoir eu ces pensées, elle n'en aurait pas tremblé. Un sentiment vague et qu'elle n'osait approfondir lui disait que pour elle une pareille action ne serait pas un jeu, non par rapport au monde, mais par rapport à elle-même. Elle éprouvait une sorte de vide en soi qui se montrait à elle pour la première fois; elle croyait s'apercevoir qu'elle n'avait point encore aimé, et que la soif d'aimer la prendrait peut-être, si elle s'y exposait.

C'est alors qu'elle repoussait toute idée d'accueillir les hommages d'un homme: il n'en était aucun auquel elle appliquât cette crainte; Camille n'avait encore peur de personne que d'elle-même, mais elle en avait peur. Aussi, après ces réflexions, reprenait-elle avec plus de vivacité sa vie de bruit et de plaisir, car l'infortunée en était venue à avoir besoin de s'étourdir sur deux sentiments, sur ses regrets et sur ses désirs.

Les regards de deux personnes l'avaient suivie avec attention dans sa nouvelle vie, ceux du conseiller d'Etat et ceux d'Adèle Drancy. Le conseiller d'Etat l'avait jugée venue à ce point où une femme se compromet facilement; Adèle Drancy, à cet instant où une femme se console tout à fait. Ce fut à cette période de l'état du cœur de Camille et des observations de Camizard et de madame Drancy qu'arriva la scène suivante.

Camizard avait coutume de venir voir très-souvent madame de Lubois. Sans vouloir pénétrer l'intérêt qu'il y mettait, nous dirons qu'il avait presque mission pour ces visites. Madame de Brémont était partie pour son château, et l'avait, par suite de la procuration générale qu'il tenait d'elle pour la gestion de ses affaires, chargé de surveiller Camille. Dans les plans de la bonne dame, qui peut-être étaient ceux du conseiller d'Etat, une retraite à la campagne eût paru une désertion du champ de bataille. Or, au lieu d'emmener Camille, ce qui peut-être lui eût sauvé bien des douleurs, madame de Brémont la laissa à Paris, sans guide, sans amis; car Alicia venait de partir pour l'Italie, où ses études de peintre l'appelaient depuis longtemps.

Très-souvent Camizard avait fait preuve vis-à-vis de Camille d'une rare complaisance pour ses caprices de jeune femme. Il était toujours prêt à l'accompagner au bois, en soirée, lorsqu'elle était seule, ce qui lui arrivait souvent à cette époque de l'année, au mois de juin, saison déserte pour les promenades poudreuses et grillées de Paris.

Peu à peu cette complaisance était devenue une sorte d'habitude, et déjà quelques remarques avaient été faites à ce sujet.

Un jour, Camille, demeurée chez elle pendant une de ces chaudes soirées où on laisse venir la nuit en contemplant l'air à travers une fenêtre ouverte, en jetant sa pensée sur tous les nuages qui passent, pour courir le vide avec eux, Camille vit entrer chez elle Adèle Drancy. Madame de Lubois s'était fatiguée à penser seule; elle éprouvait cette lassitude de l'esprit lorsqu'il a longtemps discuté avec lui-même, et qu'il semble avoir besoin d'un interlocuteur qui, pour nous servir d'une expression de théâtre, lui donne la réplique. Ce fut donc avec moins de retenue qu'à l'ordinaire que Camille reçut Adèle; et, après tous les propos oisifs qui sont le préambule de toute conversation, Adèle, assise à côté de Camille, finit par lui dire, d'un ton bien difficile à définir, d'un ton qui tient un peu de la fille et un peu de la femme dont l'amitié a le droit de tout oser :

— Je suis bien aise que tu ne sois pas sortie ce soir avec ton conseiller d'Etat.

— Mon conseiller d'Etat? reprit Camille d'un air presque fâché, mais en souriant.

— Ma foi, je crois qu'il t'appartient aussi complétement que possible : il est fou de toi.

— M. Camizard! dit Camille en riant cette fois de bon cœur; c'est toi qui es folle, je te jure qu'il ne se doute pas plus de sa passion que moi.

Adèle parut réfléchir; puis elle reprit :

— Comment! il ne t'a pas fait le plus petit aveu?

— Il a trop d'esprit pour se donner un pareil ridicule.

— Toi qui as autant d'esprit que lui, tu t'en donnes un bien plus grand.

— Quel ridicule? reprit Camille.

— Mais celui d'écouter avec plaisir les hommages surannés de l'ancien séducteur de ta marraine.

— Le séducteur de ma marraine? dit Camille fort surprise.

— Et le tuteur indigne d'Alicia.

— Qu'entends-tu par là? demanda sérieusement Camille.

— Je n'entends rien de bien certain au sujet d'Alicia, quoique, dans le temps, la subite disparition d'une certaine cousine, et les égards tremblants de Camizard pour Alicia, permettent de croire qu'il y a eu quelque chose de grave entre eux; mais, quant à ta marraine, c'est une histoire si vieille, qu'elle n'est plus vraie, quoiqu'elle ait été fort amusante dans son temps; il n'y a que toi qui ne la saches pas.

— C'est une plaisanterie, dit Camille. M. Camizard a quarante-cinq ans, ce me semble, ma marraine en a soixante-cinq; je ne vois guère à quelle époque ou à quel âge M. Camizard eût été ce qu'on appelle le séducteur de madame de Brémont.

— A l'âge où un jeune homme de vingt ans finit ses études par une femme de quarante.

— Madame de Brémont, dit gravement Camille, est une femme qui n'a jamais donné prise à la calomnie.

— Aussi se garde-t-on bien de la calomnier; on raconte...

— Mais enfin que raconte-t-on?

Madame de Brémont, dit Adèle en s'accoudant sur le bras de son fauteuil et en se penchant vers Camille qui l'écoutait d'un air réservé : madame de Brémont venait de rentrer de l'émigration; elle avait trente-huit ans très-sonnés, mais elle était encore belle. C'est l'ordinaire de toutes ces grandes femmes à traits caractérisés : elles ne sont jamais très-jeunes, mais elles ne deviennent pas aisément vieilles. Ta chère marraine aidait autant que possible à sa nature, et relevait sa jeunesse par toutes sortes de moyens cosmétiques et moraux. Les premiers lui ont coûté beaucoup d'argent, les seconds lui ont valu l'aventure suivante. Tu sais aussi bien que moi qu'une femme reste jeune par ce qui l'entoure, autant que par elle-même ; les amants rajeunissent mieux que le rouge. Or, madame de Brémont se rajeunissait autant qu'elle le pouvait, mais cependant avec ménagement pour sa figure et sa réputation ; c'est une teinte rosée de carmin et de galanterie admirablement fondus dans des restes de beauté et de réputation de vertu. Camizard était auditeur à cette époque. Une des missions de cette belle jeunesse administrative que Bonaparte n'employait pas à la guerre était de lui conquérir le faubourg Saint-Germain, tandis que ses soldats lui conquéraient l'Europe. Le faubourg Saint-Germain et l'Europe étaient les deux grandes ambitions de Napoléon. Autant le grand homme se montrait sévère pour les aides de camp à épaulettes qui faisaient trop complétement les honneurs de la maison de leur général, autant il était indulgent pour ses aides de camp civils lorsqu'ils compromettaient quelque vertu aristocratique. Il y tenait d'autant plus, que les élégants du noble faubourg faisaient de terribles ravages dans les camps impériaux. Les femmes des sénateurs et des grands de l'empire avaient alors l'esprit de croire beaucoup plus à la noblesse de leurs amants qu'à celle de leurs maris, preuve qu'elles comprenaient très-bien l'aristocratie. Si aujourd'hui elles font l'étalage de celle de leurs époux, c est parce qu'elles n'en ont point d'autre à espérer. Enfin c'était une lutte, un combat. Dans les rangs des auditeurs, Camizard était assez peu en honneur, car il était vierge de tout triomphe de cette espèce : dans l'armée d'outre-Seine, madame de Brémont avait été inaccessible à toute autre passion qu'à celles de ses alliés. Cette conquête était donc le but de beaucoup d'intrigues. Camizard la tenta. Ce fut en pleine séance de mauvais sujets qu'il annonça son entreprise ; il fut défié et jura d'apporter des témoignages écrits de sa victoire. C'était le coup de maître du Cid, c'était sauter à pieds joints au sommet de l'échelle que d'autres gravissaient échelon à échelon. Pour y parvenir, Camizard prit le chemin que tout homme habile choisit pour arriver aux bonnes grâces d'une femme : il se fit les goûts et les passions qu'elle avait : elle était dévote, il alla à la messe ; elle affectait un rigorisme de toilette complet, il se boutonna jusqu'au menton. Madame de Brémont avait vu Camizard dans le monde sans le regarder ; à la messe elle le remarqua. Elle ne lui en témoigna rien, mais elle avertit le curé que c'était une conquête à faire, un homme à avoir dans le conseil de l'empereur. Le curé prit la balle au bond, et de la messe il fit passer Camizard à la confession. Il paraît que la confession fut une confidence, et le bon curé, tout alarmé, annonça à madame de Brémont qu'il ne fallait pas compter sur ce jeune homme : que ce n'était pas la foi, mais l'amour qui lui donnait cette ferveur si singulière. A ce mot, madame de Brémont rougit, et demanda le nom de la femme. Le malheureux ne l'avait pas voulu dire. La bonne dame sourit ; elle se doutait un peu de la vérité, mais elle ne voulait pas que le confesseur en sût plus qu'il ne lui convenait : elle sut bon gré à Camizard de sa discrétion. Alors elle commença à ménager de son côté, tandis que Camizard poursuivait du sien. Cependant ce n'était pas impunément que Camizard se frottait à ce monde de prêtres et de nobles : l'espoir de l'accaparer lui avait valu des demi-confidences sur la puissance et les menées de ce parti, et, en homme de cette école politique, dont le chef a été prince de toutes les aristocraties, il garda son présent à l'empire, et mit son avenir sous la sauvegarde d'une restauration possible. Cette raison, et probablement quelques autres qui se découvriront un jour, donnèrent à l'entreprise de Camizard une tout autre issue que ses camarades n'en espéraient. Sommé par eux de dire ses progrès auprès de madame de Brémont, il déclara sur l'honneur que c'était une vertu inabordable. Un de ses amis qui soupçonnait sa défection, lui dit assez brutalement qu'il faisait l'hypocrite ; un duel s'ensuivit, et Camizard tua son meilleur ami pour la vertu de madame de Brémont.

— Je ne vois pas, dit Camille, comment cette histoire peut en faire douter.

— Personne n'en douta alors, dit Adèle, et personne n'en douterait encore aujourd'hui, sans une grossesse indiscrète qui nécessita une absence dont on n'a jamais bien su la résidence.

— Et qui t'a dit que cette grossesse fût véritable? Il n'y a personne autour de madame de Brémont qui doive laisser soupçonner l'existence d'un enfant non avoué.

— D'abord, fit Adèle, il est peut-être mort; et puis les Enfants-Trouvés ne sont pas payés par le peuple pour que les grandes dames n'en usent pas.

— C'est une horreur! répondit Camille; et qui t'a conté cette belle histoire?

— Un homme que tu ne connais pas, mais dont je t'ai parlé déjà, je crois, une fois; et, d'abord, c'est à propos de toi qu'il me l'a apprise.

— A propos de moi? reprit Camille.

— Oui, c'est en me parlant des assiduités de Camizard qu'il me disait : Si madame de Lubois connaissait l'homme qu'elle laisse pénétrer si facilement dans son intimité, elle s'en repentirait cruellement. Et, comme je m'étonnais de ce propos sur un homme généralement respecté, il m'a dit ce que je viens de t'apprendre.

— Et quel est ce monsieur, repartit Camille, qui prend un soin si délicat de ma réputation?

— Un drôle d'homme, en vérité, répondit Adèle : on ne sait si c'est un mauvais sujet ou un homme rangé; il vit avec tout le monde, connaît tout Paris...

— Son nom? demanda Camille d'un ton légèrement altéré.

— Je te le nommerais, que cela ne t'apprendrait rien, il s'appelle Maurice Lambert.

— Maurice Lambert! dit Camille à qui ce nom arriva encore cette fois comme celui d'une sorte de protecteur inconnu et invisible. Mais avant qu'elle eût eu le temps de prononcer une autre parole ou de faire une réflexion, Adèle continua :

— Mais, pour en revenir au point dont nous sommes parties, réponds-moi sincèrement, comme on se parle entre femmes, entre amies : Camizard ne t'a pas fait la moindre confidence?

— Aucune, répondit madame de Lubois assez sèchement, d'abord parce que je ne pense pas qu'il ait à m'en faire, ensuite parce qu'il doit savoir que je ne suis pas femme à les entendre.

Le ton glacé de Camille parut déconcerter Adèle; elle se tut un moment et reprit bientôt après en se penchant sur le dos de son fauteuil :

— Que veux-tu, ma chère? je te croyais tout à fait décidée.

— Décidée à quoi ?

— Mais à ne plus t'inquiéter de ce que fait ton mari.

— Il me semble que je m'en inquiète fort peu.

— Oh! ma chère, tu ne m'en feras pas accroire sur ce chapitre. Ta conduite avec Camizard est une preuve que tu espères rappeler ton mari. Si tu avais sérieusement pris ton parti, ce ne serait pas avec un homme comme Camizard; il me semble que tu es assez jeune et assez belle pour n'en être pas réduite au *galant* Camizard. C'est tout simplement un épouvantail dont tu veux faire peur à ton infidèle; car je suis bien sûre qu'il n'y a rien de sérieux entre toi et le conseiller d'Etat; c'est une tentative pour exciter la jalousie de ton mari, et l'idée n'est pas absolument mauvaise. Mais que veux-tu faire d'un Camizard? Aussi Alphonse en rit comme un fou, et il a dit là-dessus un mot de notaire assez plaisant : il prétend que ta marraine te l'a donné en avancement d'hoirie.

Cette femme avait une adresse ou une nature fatale qui lui faisait presque toujours rencontrer juste l'endroit par où elle devait irriter Camille.

Ce n'était pas méchanceté, c'était abandon de sa propre dignité qui, la laissant sans ressentiment contre les propos dont elle pouvait être l'objet, l'empêchait de comprendre le mal qu'elle faisait aux autres. C'est aussi un des priviléges de la grossièreté poussée à l'excès, d'avoir la faculté de tout dire: elle vous saisit si brusquement à la gorge, qu'elle vous tient étranglé avant que vous ayez pu crier : Assez. C'est ce qui était aussi arrivé à la dernière phrase d'Adèle. Camille en avait été si stupéfaite, la pensée et la forme lui en avaient été si surprenantes, qu'elle avait écouté Adèle jusqu'au bout. D'ailleurs, le premier sentiment de dégoût qui avait saisi Camille avait été sur-le-champ remplacé par un vif mouvement d'indignation contre Alphonse, et ce mouvement fut si vif, qu'elle s'écria soudainement :

— Ah! j'aurais dû faire ce que j'avais résolu.

— Quoi?... dit Adèle.

— J'aurais dû m'enfermer chez moi, y rester seule, y souffrir seule.

— Pour que Camizard vînt t'y consoler secrètement? Ce serait bien pis.

— Ah! fit Camille vivement, en voilà assez sur ce M. Camizard.

— Comme tu voudras, mais c'est que j'ai beaucoup à t'en dire sur un autre.

— Quel autre?

— Ah! çà, reprit Adèle en s'approchant et en baissant la voix, écoute-moi sans te fâcher, ceci est à la fois une plaisanterie et une chose sérieuse.

— Je t'écoute, répondit Camille.

— Avec ta manière de faire la belle, ma chère, avec ton grand air de duchesse, ta beauté souveraine, tes succès dans le monde, tu ne fais pas d'heureux, et tu fais une foule de malheureux.

— Ma chère amie, dit Camille en posant la main sur le genou d'Adèle, je ne veux ni me fâcher ni te dire quelque chose de pénible; restons-en là de notre conversation; il y a des confidences que tu peux vouloir me faire, mais que je ne veux pas entendre. Je suppose que tu me comprends.

— Soit, répondit Adèle d'un ton piqué, je te demande bien pardon de ce que je ne t'ai pas dit. Cependant tu me permettras de te faire observer que, quand on se donne la fausse réputation d'avoir un adorateur, il faut qu'il en vaille la peine.

— Et sans doute celui que tu avais à me proposer, dit Camille d'un ton sec, en vaut la peine?

— Il me semble, repartit Adèle assez aigrement, que mon frère Antoni vaut bien M. Camizard.

— Qui? demanda Camille dont ce nom désarma toute la colère, tant il portait de ridicule avec lui; qui? le sentimental Antoni?

— Eh, oui! dit Adèle en saisissant au vol le moment d'abandon de Camille, ce pauvre garçon est fou de toi.

— Tant pis pour lui, répondit Camille en reprenant son ton sec; je lui crois toutes sortes de mérites, mais je n'y suis pas sensible.

— Es-tu folle de croire que je te parle sérieusement de son

amour? Non. Mais il m'en obsède, il en perd la raison. Ajoute à cela la belle passion dont Césarine s'est prise pour lui à partir du jour du bal de Derby, ce jour où il l'a conduite très-respectueusement jusqu'à sa porte, sans vouloir rien entendre à ses agaceries, et tu comprendras tout l'ennui qu'il me cause, d'autant que c'est un cerveau brûlé, capable d'une folie en règle.

— Quoi! dit Camille, cette Césarine, elle aime ton frère?... mais Alphonse?

— Eh bien! fit Adèle, qui se sentait le droit de tout dire puisqu'on l'interrogeait, du moment qu'il paie, on le trompe; c'est la règle. C'est une espèce de mari... parmi ces sortes de femmes, reprit-elle en s'apercevant de son propre laisser-aller. Oui; depuis le jour où Antoni a résisté, elle l'accable de lettres à propos de tout, elle s'est fait peindre dix fois chez mon mari et dans tous les costumes possibles, pour voir Antoni dans l'atelier. Cela coûtera plus de dix mille francs à M. de Lubois.

Les étonnements se succédaient dans l'esprit de Camille; elle n'en était déjà plus à l'amour d'Antoni: elle pensait à son refus d'être un des mille préférés de Césarine, à la passion subite de cette fille pour ce jeune homme. L'idée de l'expliquer par une sorte de rivalité que Césarine voulait encore établir de ce côté, et l'idée de lui enlever cette adoration lui traversèrent l'esprit; mais elle l'en chassa rapidement. Peut-être allait-elle en finir pour jamais avec Antoni, et probablement elle allait signifier à Adèle de cesser ses confidences, lorsque l'idée d'enlever Antoni à Césarine se mêla tout à coup à une autre, et fit naître dans l'esprit de Camille un de ces bizarres projets qui nous surprennent comme des révélations du ciel, et qui se présentent à nous tout armés de leurs conséquences: c'était un plan de campagne complet qui venait de jaillir aux yeux de Camille. Elle s'arrêta comme un prudent général qui, sûr de l'habileté de ses manœuvres, n'en prend pas moins tous les renseignements nécessaires, et elle dit à Adèle:

— Ton frère est, dis-tu, un cerveau brûlé?

— Une âme de feu.

— Oui, reprit Camille, un de ces *jeunes hommes* qui mènent les passions au rebours de la vie commune; un de ces héros qui prouvent l'amour comme d'autres la haine, un homme enfin capable de faire sérieusement la plus folle plaisanterie?

— Je ne sais trop ce que tu veux dire, répondit Adèle; mais il t'aime, et tu feras de lui tout... ce... que... tu... voudras.

Camille n'entendit pas la finesse de ces derniers mots adroitement détachés; car elle était revenue à la pensée de son projet, et il lui souriait beaucoup, car elle-même lui souriait déjà.

— Eh bien!... dit-elle, eh bien!... tu peux me présenter...

L'embarras de répondre si directement à la confidence d'Adèle, en agréant les visites de son frère, arrêta Camille, quelque besoin qu'elle eût de ce nouvel auxiliaire; mais le hasard lui sauva cet embarras : une voix qui parlait haut dans le salon la fit écouter.

— Entrez donc, jeune homme; disait Camizard, madame de Lubois vous permettra bien d'attendre votre sœur chez elle.

— Qu'est-ce donc? demanda Camille à Camizard qui entrait avec Antoni.

— C'est M. Leroux, dit Camizard (Antoni fit une mine singulière; il ne pouvait supporter qu'on l'appelât Leroux), c'est M. Leroux que j'ai rencontré devant votre porte, allant et venant avec la régularité d'une pendule; je l'ai abordé; il m'a dit qu'il attendait madame Drancy, et je n'ai pas voulu le laisser ainsi s'ennuyer lorsqu'il y avait ici deux belles dames à admirer.

— Je vous remercie tous deux, dit Camille d'un ton qui pouvait être très-poli ou très-sec, selon l'interprétation des auditeurs; vous, monsieur Camizard, de m'avoir amené monsieur; vous, monsieur Antoni, de votre discrétion à ne pas troubler les confidences de deux amies; mais on ne peut pas mieux arriver... Tout est dit.

Oui, tout est dit, répéta Adèle avec une prodigieuse intention de finesse qui eût vivement choqué Camille, si la muette contemplation où était Antoni ne l'eût pas assurée qu'il n'y avait rien compris.

— Quelles étaient donc ces mystérieuses confidences? dit Camizard en prenant place avec une aisance qui, pour la première fois, parut à Camille être trop familière.

Ce qu'on peut faire de chemin dans l'intimité des habitudes d'une femme est prodigieux, lorsqu'elle est occupée ailleurs et qu'elle ne surveille pas suffisamment ce qui se passe à côté d'elle. Camille voulut juger jusqu'où Camizard croyait être arrivé; et jetant la conversation dans un de ces thèmes généraux où l'on peut tout demander et tout répondre sans avoir l'air de parler pour soi, elle dit :

— Le mot confidence mystérieuse est assez mal choisi pour notre entretien : nous parlions très-vaguement d'un sujet sur lequel Adèle et moi ne sommes pas d'accord.

— Puis-je vous offrir ma médiation? dit Camizard.

— Ah! fit Camille, vous êtes un homme trop sévère pour que je ne sache pas d'avance votre opinion, et puis il se mêle à tout cela une affaire de cœur, et je vous crois peu indulgent de ce côté: mais, ajouta-t-elle, voici M. Antoni : il est jeune et cependant grave; je serais curieuse de connaître son opinion à ce sujet.

— Hélas! madame, répondit le pâle jeune homme, je serais un mauvais juge; j'ai ôté ma raison de mes sentiments; au premier aspect le monde m'a paru si odieux, que j'en ai détourné ma vue pour la concentrer sur une espérance, et je puis dire que je ne le connais pas pour l'avoir trop bien jugé.

— Ceci devient difficile à comprendre, dit Camizard : on ne juge guère les choses que parce qu'on les connaît.

— Pourquoi? repartit Antoni. Croyez-vous qu'on ne puisse pas juger sur le seuil de la vie comme sur celui d'un mauvais lieu, que c'est un réceptacle de vices et de crimes? Et celui qui, au lieu de s'y engager et d'en étudier les odieux détails, s'est reculé en lui-même et s'est retiré dans la solitude de son âme, peut dire qu'il ne le connaît pas pour l'avoir trop bien jugé.

— Voilà qui est plus subtil que vrai, réplique Camizard; car si on se recule de la porte d'un mauvais lieu, on ne se retire pas de la vie, si ce n'est par le suicide ou la retraite au désert; et, du moment qu'on y est, c'est qu'on n'a pas fait retraite. Avec votre système, je me serais fait trappiste, ou je me serais brûlé la cervelle.

— Vous avez raison, dit Antoni d'une voix émue; il faudrait faire cela si, à travers l'obscurité où l'on marche, on n'avait aperçu une étoile au ciel, un ange sur sa route, une espérance de bonheur à laquelle on voue les labeurs de sa vie dans le secret de son cœur, sans espérer de les lui faire accepter un jour.

Le mysticisme du langage d'Antoni et l'adresse de sa déclaration étourdirent Camille, qui avait pensé que c'était tout à fait un niais, comme peuvent être niais un notaire et un avoué; elle ne connaissait pas cette langue entortillée de mots sans précision, de pensées sans netteté, et dont usent volontiers les hommes et les femmes soi-disant passionnés, qui avec ces grandes phrases espèrent tromper les autres, et quelquefois se tromper eux-mêmes. Camille voulut rompre la conversation sur ce sujet, et reprit :

— Ainsi, ma chère Adèle, nous voilà entre deux hommes dont aucun ne peut nous dire si une femme est une espèce de paria, une sorte d'esclave, contre lequel tout outrage est permis, sans qu'elle ait le droit de représailles.

La question était trop clairement posée pour ne pas être comprise par les deux prétendants, et chacun crut devoir lui donner une solution à son profit.

— Madame, répondit Camizard, je crois peu aux grands mots de paria et d'esclave, je vous en demande bien pardon. La vie n'est pas un malheur pour la plus belle moitié du genre humain; sans cela, il y aurait rébellion. C'est aujourd'hui en morale, comme autrefois en politique, un despotisme tempéré par les mœurs. Certes, les devoirs d'une femme, à les prendre au pied de la lettre du Code, sont un esclavage; mais les lois ne sont pas en vigueur. Toute femme qui souffre d'un contrat qu'elle seule tient rigoureusement ne doit peut-être son malheur qu'à son rigorisme. Le monde comme l'Eglise a des indulgences pour elle; seulement il faut les acheter par quelques concessions. Et quelles sont ces concessions? des précautions qui souvent sont les plus doux attraits de ce qu'on ose; c'est quelquefois le mystère, ce doux asile des saintes voluptés de l'âme, comme le boudoir est celui des plaisirs de l'amour : plus souvent c'est un prétexte banal d'intimité patente, quand le mystère semble trop gênant.

Il se tut, mais personne ne répondit : il était entré trop avant dans le vif de la question; il voulut s'en assurer.

— Quand on ne donne pas leurs noms aux choses, ajouta Camizard en souriant, il est difficile de se faire comprendre; mais vous seriez de mon avis, si je vous disais que l'une de ces concessions, la dernière par exemple, entre pour beaucoup dans les succès des cousins et des frères des bonnes amies.

— Et quelquefois dans celui des tuteurs, dit Adèle qui prit pour elle et Antoni la dernière partie de la phrase du conseiller d'État, et qui voulut, comme dit Figaro, le payer en sa monnaie.

Si l'on avait été dans le sombre crépuscule d'une soirée avancée, on aurait vu rougir le front madré de Camizard.

Camille comprenait parfaitement Camizard; elle jugea trop bien qu'il la croyait arrivée à ce point où on démoralise les idées générales d'une femme afin d'en profiter personnellement, pour ne pas vouloir entendre jusqu'au bout la morale du conseiller d'État : elle feignit donc de ne pas avoir aperçu l'attaque directe d'Adèle et reprit :

— Vous avez raison, monsieur Camizard; et la vie, prise sous cet aspect, peut être, sinon heureuse, du moins supportable; mais j'avoue qu'il y faut une dextérité qu'il est difficile de posséder du premier coup, une perpétuelle attention qui doit décourager bien des femmes et les porter à prendre un parti plus décisif.

— Et bien plus compromettant, dit Camizard. Mais en vérité, madame, celles qui s'effraient devraient prendre courage en voyant combien celles qui n'ont rien de leur esprit s'en tirent aisément.

Ceci était à l'adresse de madame Drancy; elle se réserva d'en tirer satisfaction. Camizard continua :

— Entre nous soit dit, et nous pouvons tout dire, puisque nous parlons sur des généralités, le mariage est, grâce à nos mœurs, une chaîne fort élastique; on peut la tendre, chacun de son côté, à une bien vaste liberté; l'essentiel, c'est de ne pas la rompre. Elle a même cela de merveilleux, qu'après avoir été ainsi tendue, elle se resserre et redevient étroite comme si on avait toujours marché côte à côte. Que de vieux époux que l'âge a confinés au coin du même feu en sont la preuve! Combien, se retrouvant ainsi dans la vieillesse, se félicitent de s'être montrés indulgents à une autre époque! Tout cela semble impossible aux âmes nobles, et cela est pourtant ainsi. Je n'y ai pas cru, et je ne voudrais y faire croire personne; mais l'expérience est un maître qui vous enseigne la vérité quoi qu'on en ait.

— Je vous comprends, dit Camille; tout cela dépend beaucoup du choix qu'on fait. Un prétexte d'intimité pour tout le monde et la certitude d'une discrétion à toute épreuve, et...

Elle s'arrêta.

Elle ouvrait l'oreille et se mêlait à une conversation qui la révoltait; mais elle avait une expérience à faire, et, comme un opérateur curieux, elle se résignait à mettre les doigts dans la boue au fond de laquelle elle voulait voir. Antoni lui vint en aide, en fournissant à Camizard un antagoniste qui le poussa, par la vivacité de la discussion, à mettre à nu toute sa pensée. Il prit au vol la phrase de madame de Lubois, et s'écria :

— Et tout cela n'est que vice et infamie! c'est ce monde et ses contrats honteux dont je vous disais qu'il faut détourner la vue. Qu'ils conviennent à ces cœurs corrompus qui calculent l'amour comme un trafic de Bourse, pour n'y jouer que le superflu de leur considération et s'en garder le nécessaire avec le plaisir pour bénéfice, je le comprends. Mais, monsieur, pour ces âmes privilégiées ou plutôt maudites, qui ne tiennent aucun compte de ces odieuses transactions et les méprisent, qui ont soif d'un amour exclusif, ce n'est qu'un malheur de plus que vous leur proposez; à celles-là, il faut une âme de leur trempe, une âme qui leur dise : Tu souffres et je souffre: unissons nos douleurs dans le mystère profond d'un amour inconnu. Il faut que la femme puisse dire à l'homme à qui elle confie sa vie : Le jour où l'on saura que nous sommes coupables, nous mourrons; et il faut qu'il accepte et qu'ils tiennent parole.

Antoni avait assez bien commencé, mais la conclusion de son amour sentait trop le cinquième acte d'un drame fameux, pour ne pas avoir montré le bout de l'oreille de ce rôle, appris au théâtre et récité dans le monde.

— Pardieu, dit Camizard, voilà un beau dénoûment, d'autant mieux choisi, qu'il est immanquable. Pensez-vous qu'un amour demeuré longtemps inconnu dans le monde, lorsqu'il existe? On est déjà bien heureux qu'il ne soit pas soupçonné avant d'exister.

— Alors, répliqua Antoni avec le dédain qu'on éprouve pour un homme qu'on va battre, à quoi servent ces prétextes, ces concessions, ces petits et hypocrites mensonges dont vous parliez comme du voile impénétrable de toute passion?

— A quoi ils servent, monsieur? repartit Camizard avec impatience; eh! mon Dieu, à la chose la plus vulgaire, à faire comme tout le monde, à signer, pour ainsi dire, sa vie d'une formule reçue, comme on finit ses lettres par des mots que personne n'écrit pour y faire croire et auxquels personne ne croit, mais qu'on ne peut cependant omettre sans manquer à toutes les convenances. Je ne dis pas qu'on ait foi aux simulacres de vertu dont on couvre sa conduite, mais le monde les exige. Vous, monsieur, vous écrivez à l'homme que vous méprisez : « Je suis votre serviteur, » et cela veut dire pour lui ce que cela signifie pour vous. Eh bien on vous demande de cacher sous les mêmes termes de convention les sentiments de votre vie, et pour cela on vous accorde d'avoir l'air de les ignorer; il me semble que l'échange en vaut la peine.

— Oui, vraiment, dit Camille qui en avait assez de ces fins aperçus du monde, et qui voulait frapper un grand coup, je vous crois tous deux; mais je m'imagine que ce serait avoir tous les bonheurs ensemble, que de rencontrer un cœur d'un amour absolu, comme ceux dont parle M. Antoni, et d'obtenir de cet amour de se plier à ces convenances qui le révoltent. Je me rappelle que c'est vous qui me l'avez dit, monsieur Camizard : l'effort le plus difficile pour un noble cœur est de faire comme le vulgaire. J'avoue que je ne trouverais aucun mérite, et je me mets en scène par simple supposition, je ne trouverais aucun mérite à obtenir d'un homme rompu et presque usé aux servilités de la vie tous ces petits ménagements si nécessaires à l'honneur d'une femme; mais ils me deviendraient bien chers, si je les savais gardés par une âme pour qui ils seraient un sacrifice de toutes les heures.

Camille était une femme trop franche et trop haute pour n'avoir pas été plus que gauche dans la leçon qu'elle voulait donner à Camizard et dans l'appât qu'elle voulait jeter à Antoni; le dédain était aussi manifeste d'un côté, que l'encouragement de l'autre.

Camizard, pris à son propre piége et blessé cruellement de la dédaigneuse épigramme de Camille, trouva qu'elle avait de beaucoup dépassé le point de démoralisation où il croyait l'avoir amenée, il jugea qu'Adèle avait travaillé souterrainement à ce résultat, et se proposa d'en tirer parti. Quant à Antoni, Camille lui parut un de ces anges tombés, qui se relèvent plus purs ; et, appliquant à Camille un des vers dramatiques et inédits d'un poëme de son école, il s'imagina que l'amour allait la lui donner,... *et refaire à son âme une virginité.*

La seule madame Drancy douta de la sincérité des paroles de Camille; mais comme elles répondaient à ses projets, et que ce n'est point l'ordinaire de l'esprit de repousser une espérance même quand elle se présente de travers, Adèle la redressa en l'expliquant par un mouvement de vengeance qui, bien dirigé, pourrait avoir l'efficacité de l'amour.

Camille demeura donc seule dans le secret de sa pensée, et ce fut dans cette disposition de chacun, que ces quatre personnes se séparèrent : Antoni ivre d'amour; M. Camizard avec un désir encore plus ardent d'arriver, désir qui ne répugnait plus à se servir de moyens ouvertement haineux pour réussir ; madame Drancy incertaine, mais espérant ; Camille avec un nouveau plan de conduite bien arrêté.

VI

A QUOI SERT UN AMANT.

Au bout d'un mois, il n'était question, dans les médisances des salons et des foyers de théâtre où Césarine avait emporté à sa suite le nom de Camille, que de la passion d'Antoni pour madame de Lubois. La manière dont elle l'accueillait donna un moment créance à certains bruits de succès qui toutefois ne dépassèrent pas alors ces cercles de mauvaises mœurs, pour qui trois visites consécutives d'un homme à une femme sont une preuve irrévocable de la défaite de celle-ci. Dans le premier mouvement de sa colère, Camizard avait été sur le point de défendre madame de Lubois de manière à la compromettre à jamais. Admirable perfidie des femmes, que le conseiller d'État avait apprise probablement dans leur commerce assidu! Mais, par des raisons de profonde corruption, il se départit de ce système. Au troisième jour, il devina que l'accueil de Camille à Antoni était un jeu; et, n'abandonnant point l'espérance d'atteindre le but qu'il s'était proposé, il ne voulut pas faner du moindre souffle de calomnie la belle réputation de vertu qu'il avait le projet de flétrir pour son propre compte. C'était moralement la surveillance de ces impudiques libertins qui défendent par des soins protecteurs l'innocence d'une belle enfant qu'ils se gardent le plaisir raffiné de démoraliser à un âge convenable.

Quant à Adèle, elle voulait trop de *bien* à Camille pour n'être pas crue sur son compte, et son désespoir de la résistance de madame de Lubois défendait celle-ci mieux que toutes les protestations d'Antoni.

En butte aux questions de ses amis, à celles de Césarine, celui-ci avait toujours répondu par une admiration sincère, mais amplifiée de grands mots, pour la vertu de Camille. Les hommes d'esprit ne doutaient pas un moment qu'il ne dît vrai, tant Antoni leur semblait ridicule; les femmes de sens n'étaient pas bien sûres qu'il ne fût que discret, tant il leur paraissait beau. Les premiers moments de l'assiduité d'Antoni avaient donné quelque espérance à Camille, car de Lubois en avait paru sérieusement alarmé; mais il avait habilement sondé Antoni, et celui-ci l'avait rassuré, sans s'en douter, par la partie ridicule de sa passion. Alphonse savait à sa femme un tact d'esprit qui ne lui ferait jamais accepter sérieusement un hommage aux longs cheveux pendants, et qui procédait par élégies en stances ayant pour titre *Amour à elle*. Il mit donc habilement Antoni sur le rang de Camizard; il le rangea parmi les essais maladroits tentés sur sa jalousie, et en fit à Camille un nouveau petit ridicule qu'il propagea heureusement dans l'intérêt de sa vanité d'homme et de mari.

Camizard ne fut point sans en avertir Camille; mais celle-ci n'en tint compte, car l'espoir d'exciter la jalousie de de Lubois n'entrait qu'en seconde ligne dans le profit qu'elle comptait tirer de la passion d'Antoni. D'ailleurs, elle savait qu'Alphonse n'était devenu indifférent que par la certitude où il était de l'impossibilité d'un pareil amant; en conséquence, le dédain persévérant de son mari, sa façon de tourner tout ce qu'elle faisait contre elle, rendirent son projet plus précieux à Camille, et elle pensa enfin à le mettre à exécution.

C'eût été une curieuse succession de scènes à observer que celles qui se passaient entre Antoni et Camille. D'un côté, cette passion plutôt rêvée que sentie, et qui, par cela même, exagérait l'expression de son dévoûment; d'un autre côté, cette acceptation si formelle de l'amour d'Antoni en face du monde, et si retenue dans l'intimité, que lui-même s'en serait étonné, si sa poétique en fait de passion n'avait pas trouvé naturel précisément ce qui ne l'était pas du tout.

C'est en le maintenant dans ce travers d'esprit, que Camille put arriver à lui faire la proposition suivante. N'oublions pas qu'Antoni n'avait que vingt ans, et qu'à cet âge on vit de bonne foi dans la vie et surtout dans les rêves qu'on en fait.

On était déjà arrivé au milieu de juillet 1830; madame de Lubois était avec Antoni dans sa calèche; ses chevaux l'emportaient rapidement vers le bois; la journée avait été brûlante, et le soir n'était supportable que par l'absence seule du soleil; l'air était chaud et absorbant, et, depuis dix minutes, la voiture roulait sur les bas-côtés poudreux des Champs-Elysées, sans que madame de Lubois et Antoni eussent échangé une parole.

Il y a de ces heures indicibles de bonheur où le silence est une ivresse et dont le charme une fois épuisé ne se retrouve jamais; bonheur préférable aux délices mêmes et aux émotions ignorantes d'un premier amour, bonheur qui n'appartient qu'à celui qui se comprend et s'apprécie lui-même. Ces heures, ce sont celles où, lorsque toute la vie d'une femme vous a dit qu'elle vous aime, on la sent calme et délivrée des inquiétudes douloureuses qui ont longtemps pesé sur elle; ce sont les heures où, dominée par l'amour, bercée par l'oubli du passé et par l'espérance qui vole devant l'âme, on voit son cœur se gonfler de joie, et ses yeux de larmes, où la parole est prête pour le dernier aveu. Oh! qu'à de pareils moments il est doux de courir à son côté, sur des roues qui vous emportent et font passer autour de vous tous les objets! vaines images du monde dont on semble se dégager sans cesse et qui vous laissent seuls ensemble. Quel charme alors de poser ses yeux sur ces regards vaguement jetés en avant, sur ces lèvres à demi ouvertes, qui sourient et frémissent en aspirant en longs soupirs l'air tiède dont cette femme inonde sa poitrine; quelle sereine volupté de tenir pressé contre le nôtre son corps qu'elle oublie; de se la rappeler si craintive et de la sentir si confiante; de se souvenir de l'effroi qu'elle a eu de son amour, et de voir la joie qu'elle en éprouve, et de se dire rien qu'avec le cœur : Cette femme est à moi!... Oh! si ces extases du ciel ne descendaient sur les hommes que comme des éclairs, c'est ainsi qu'il faudrait vivre avant d'avoir inscrit au front de sa divinité : Tu n'es qu'une femme. Ou bien, si l'on pouvait prévoir qu'un jour viendra où l'on recommencera une pareille course avec une place entre soi, où s'assiéra l'ennui, c'est ainsi qu'il faudrait mourir.

Ce n'est point pour dire ce qu'éprouvaient Antoni et Camille que nous avons essayé de peindre dans de vaines paroles la souveraine joie d'un tel moment : c'est qu'à les voir tous deux si jeunes, si beaux, si silencieux, entraînés avec une rapidité dont ils ne paraissaient pas s'apercevoir, on eût pu croire qu'ils s'enivraient ainsi d'eux-mêmes. Mais il n'en était rien : Camille méditait son projet; Antoni se créait un avenir à sa guise : ni l'un ni l'autre n'étaient à l'aise dans le présent. Camille était sortie ce soir-là avec la résolution de s'expliquer avec Antoni : celui-ci lui en fournit le moyen.

Ce n'est pas impunément qu'on habitue son cœur à l'image d'une femme; et, quoiqu'on se trompe souvent sur la force véritable de la passion qu'elle vous inspire, on ne s'accoutume pas moins à la voir comme le but de ses désirs. Il est impossible que ces désirs demeurent longtemps calmes, lorsqu'on a, comme Antoni, relégué sa passion dans un rêve d'amour frénétique. Amour singulier qui dédaigne les longs combats, les chastes retenues du cœur, et veut que l'âme, pour être grande au sens de cette nouvelle poétique, procède comme la féroce lubricité des courtisanes et crie à une autre âme : — Tu me veux... me voilà. — Mais, pour en rester dans ces termes décidés de la passion moderne, il faut ne plus avoir vingt ans : il faut ne pas sentir tout son cœur bouleversé à l'approche de la femme qu'on aime, et en même temps timide et à genoux devant elle. Le pauvre Antoni en était là. Cette femme assise à ses côtés, qui lui donnait tant de droits apparents et dont il n'eût pas osé toucher le gant, lui devenait femme malgré lui. Son front pur et empreint de pensées, ses yeux à demi clos par la méditation, cette bouche vermeille entr'ouverte sur ces dents qui scintillaient d'un émail humide, ce corps souple affaissé dans le pli de la voiture; cette élégance de tout son être, qui se trahissait sous la mousseline vaporeuse dont elle était voilée, toute cette femme enfin le troublait au delà du cœur, et il la regardait avec un sentiment de désir et de crainte plus fort que lui. lorsque Camille s'aperçut de son attention. Quelle femme si pure ne voit l'émotion qu'elle inspire? Celles sur qui cette émotion peut réagir baissent les yeux et se couvrent de leur paupière comme d'un bouclier. Mais Camille soutint le regard d'Antoni sans le redouter, et lui dit gravement :

— A quoi pensez-vous?

— Je pense, répondit Antoni, qu'il y a des gens qui, me voyant ainsi près de vous, me croient bien heureux.

— Comment l'entendez-vous? lui dit Camille.

— Je n'oserais vous dire, reprit Antoni, comment l'entendent les plus timides, et il peut s'en trouver dont la parole serait si hardie, que vous rougiriez de l'écouter.

Il y avait un sincère mouvement d'amour dans ces paroles d'Antoni, et elles touchèrent Camille : il lui vint un remords de se jouer de la passion de ce jeune homme; mais ce remords ne dura que l'instant où Antoni avait cessé d'être ridicule parce qu'il avait été naturel. Il renfourcha tout aussitôt ses grandes phrases et rendit à Camille son impitoyable indifférence. En France, la seule chose qu'on ne puisse pas être impunément, c'est être ridicule. Le génie et l'argent, ces deux grands priviléges d'avoir tous les vices, n'ont pas même pu le supporter. Antoni redevint ridicule; il trouva une phrase à poésie pour dire ce que son instinct d'homme amoureux lui avait inspiré de taire, et il continua :

— Ils disent peut-être entre eux : Celui-là a élevé ses regards jusqu'à cet ange et lui a demandé le ciel, et l'ange, à son tour, a baissé ses regards vers lui et le lui a envoyé.

Il y en avait assez de cette phrase pour calmer les scrupules de Camille ; Antoni était en verve, il ajouta :

— D'autres peut-être, crédules en apparence des choses qui frappent les yeux, disent : Voilà celui pour qui il n'y a plus de mystère dans cette femme, celui qui la sait du cœur et des yeux : et ils se trompent, madame, et je suis triste, car je suis seul dans notre existence.

Ceci était passablement clair pour Camille, et nous demandons la permission de ne pas le traduire littéralement à nos lecteurs ; mais madame de Lubois était toujours embarrassée dans la filanderie des mots d'Antoni. Cependant il était temps pour Camille de faire de cette passion ce qu'elle voulait en faire ; elle se décida donc à arriver à son but, et, comme elle désespérait de ramener Antoni à l'expression vulgaire du caprice qu'elle voulait lui imposer, elle prit le parti de le suivre dans les régions *pathogiaques* où il tenait son langage.

— Vous avez raison, lui dit-elle, et l'indifférence que je mets à supporter ces propos vous est une preuve que je me suis dégagée des chaînes pesantes que ce monde impose aux âmes véritablement nobles. Mais, monsieur, vous-même y tenez peut-être plus que vous ne pensez.

— Moi, madame, reprit Antoni, je n'en ai jamais subi aucune.

— C'est peut-être pour cela, c'est parce que vous n'avez pas eu à les rompre que vous les croyez légères. Vous m'aimez, monsieur?

Antoni tressaillit ; il n'avait pas encore prononcé ce grand mot qu'il gardait pour un jour d'explosion et dont la ressource lui était si froidement ravie. Camille continua :

— Vous m'aimez, et moi, sais-je, pour y répondre, quel est votre amour ?

— Oh ! reprit Antoni, c'est l'amour du solitaire pour la vision céleste qui descend dans son désert.

— Non, reprit Camille, c'est l'amour aveugle de tout cœur qui commence la vie, pour la première femme à laquelle il trouve quelque ressemblance avec l'être qu'il a rêvé. Mais, monsieur, demain peut-être tuera votre illusion et... la mienne... avec la vôtre.

La répugnance que Camille éprouva à prononcer ces derniers mots, le rouge que leur fausseté fit monter à son visage, se traduisirent pour Antoni en craintive retenue et en sainte pudeur. Camille poursuivit :

— Oui, monsieur, l'avenir peut vous désenchanter le présent, en vous montrant que vous vous êtes trompé.

— Madame!

— Ecoutez, monsieur, reprit vivement Camille qui, arrivée au fatal aveu qu'elle avait à faire, voulut s'en débarrasser sur-le-champ; écoutez : l'avenir peut vous jeter aux séductions d'une femme dont l'adroite coquetterie vous fasse honte de cet amour pur que vous avez pour moi. Eh bien! comprenez-moi, sans qu'il me faille prononcer un nom indigne d'être dit entre nous... comprenez-moi; je veux que vous ayez posé vos lèvres au bord de cette coupe qu'on dit si enivrante; et si, après avoir goûté ce breuvage, vous revenez à moi encore pur et calme, alors...

Elle s'arrêta, parce qu'elle n'avait plus rien à dire qu'elle voulût dire; mais, s'emparant de l'étonnement profond qui se peignait dans les yeux d'Antoni, elle reprit :

— Vous ne m'avez point comprise?

— Je ne sais, madame, si j'en dois croire ce que vos paroles semblent renfermer; mais ce qu'elles demandent...

— N'est pas l'ordinaire des femmes vulgaires, dit aussitôt Camille; elles craignent une rivalité et défendent qu'on l'affronte; moi, monsieur, je veux que vous la rendiez complète; je veux que vous mesuriez ce qu'il peut y avoir de charme et d'amour dans les bras de cette femme; j'en veux la preuve... ou je ne croirai rien de cet amour si pur que vous m'offrez; alors seulement je saurai ce qu'a de force ce cœur qui est descendu dans l'abîme et qui est remonté pur; alors, je ne craindrai plus cet avenir qui m'effraie; car, comme je vous l'ai dit, il sera devenu le passé.

Malgré tout l'alambiquage des phrases de Camille, sa proposition n'en était pas moins si extravagante, qu'elle confondit Antoni lui-même. Une femme qui demande en preuve d'amour qu'on se fasse l'amant d'une autre n'est pas une idée de tout le monde. Un plus adroit qu'Antoni eût démêlé, sinon le vrai sens, du moins une raison plausible à ce caprice. Il était d'assez forte portée dans la position de toute femme de pouvoir dire à sa rivale : J'ai ordonné à l'homme qui m'aime de vous avoir ; il vous a eue, parce que tout le monde le peut, il vous a laissée parce qu'il avait hâte de se débarrasser de la pénitence qui lui était infligée. Entre femmes de rang égal, c'eût été un droit d'impertinence admirable pour qui l'aurait su conquérir ; mais de Camille à Césarine rien ne pouvait exister de semblable. Ce n'était pas à une pareille créature que madame de Lubois prétendait faire honte, ce ne devait donc être qu'à son mari. Un Camizard l'eût deviné. Antoni, tout en ne saisissant pas le but vrai de ce qu'on lui demandait, n'avait pas non plus foi à ce but apparent d'épreuves amoureuses ; cependant, sa manie de voir le bizarre et l'excessif comme la vraie nature d'une *passion d'homme* le persuada mieux que Camille elle-même n'eût pu faire. Ce fut donc après un long silence qu'il répondit à madame de Lubois.

— Camille, je ne sais si vous êtes un ange ou un démon : n'importe ! vous m'avez dit : Voilà où il faut que tu ailles ; J'irai. Le ciel ou l'enfer connaissent seuls le secret du cœur des femmes : n'importe ! pour vous, je flétrirai le repos éternel d'un ange dans ce monde ; pour vous, je goûterai les baisers impurs pendus en étalage aux lèvres d'une courtisane : vous n'oublierez pas que c'est vous qui l'avez voulu.

— Mais, dit Camille, j'en veux la preuve.

— Je vous la donnerai, madame, reprit Antoni sérieusement, et alors...

C'était là la question, et c'était là que commençait l'improbité du marché de Camille ; car elle ne voulait rien rendre en retour de ce qu'elle exigeait. Elle esquiva une première fois en reprenant :

— Ce que je veux encore, c'est un mystère absolu.

Elle craignait que de plus avisés n'éclairassent Antoni, et qu'une indiscrétion qui pouvait arriver jusqu'à Césarine ne fît encore tourner cette ruse contre elle-même.

— Je me tairai, madame ; mais quand j'aurai obéi, serai-je encore à vos yeux digne de vous dire : A vous, Camille, ma vie, mon âme, ma vie... à vous !

— Alors, monsieur, dit Camille, je vous répondrai.

Nous ne prétendons pas excuser la mauvaise foi de Camille, quoique ce soit un être de notre prédilection. Et, s'il fallait être juste, nous devrions reconnaître qu'en cette circonstance,

Antoni était le plus honnête des deux dans la véritable acception du mot.

Le bon jeune homme ne douta pas que la réponse promise par Camille ne fût telle qu'il la rêvait. Quand on demande à un homme une preuve d'amour quelle qu'elle soit, et qu'il la donne, son droit est d'espérer une récompense, et Antoni se crut assuré de celle que devait mériter un dévouement aussi prodigieux que le sien. Il faut le dire pour excuser Antoni ; il était, dans la vie réelle, le produit de cette vie fantastique écrite dans la poésie moderne. Ce n'était pas un caractère de sa nature, que celui qu'il s'était fait ; il l'avait trouvé séduisant dans les livres et les drames en vogue, et le jouait sincèrement comme le meilleur qu'on pût prendre. Antoni se fût peut-être habillé en berger du temps des succès d'*Estelle et Némorin ;* probablement aussi, il eût été fort prétentieux à la corruption, s'il avait été de l'époque des *Liaisons dangereuses* et de *Faublas*, et il eût fait des cantates à Cincinnatus, lorsque le Romain trônait, les jambes nues, sur le théâtre, et le tout nu sur les toiles de l'empire. Que si l'on nous conteste la vérité de cette influence, nous aurions en preuve mille faits vrais à fournir, et la plus triste serait peut-être cette manie de suicide qui a pris naissance dans la dramaturgie des pièces et des romans actuels.

VII

RÉVOLUTION.

C'est ainsi que se passait la vie de Camille, tout enfermée dans un intérêt domestique si excessif, qu'on l'eût beaucoup étonnée si on lui eût dit que des événements auxquels elle se croyait tout à fait étrangère allaient bientôt donner une nouvelle direction à sa douleur.

La sottise des bourgeois en France est de se prendre pour sages lorsqu'ils ne se mêlent pas des affaires publiques, et l'argument le plus irrésistible qu'ils opposent aux hommes qui s'en préoccupent est de demander : Qu'est-ce que cela vous fait? Les femmes ont surtout la prétention de se soustraire à la politique. Celles qui permettent qu'on substitue dans leurs salons une conversation grave au galantisme et à la médisance des petits propos sont en général tournées en ridicule par celles qui préfèrent échanger entre elles des adresses de marchandes de modes et de couturières, ou parler de la littérature du Gymnase et de la musique de l'Opéra-Comique. Elles ne peuvent comprendre que leur existence, et jusqu'à leurs frivoles passions, aient intérêt à l'ordre social et politique. Pourvu qu'on maintienne la sécurité du bal et la liberté de la toilette, elles n'en exigent pas davantage. Quelques-unes même se rappellent sans désespoir combien les Prussiens étaient meilleurs valseurs que les Français; et les invasions de 1814 et 1815 ne leur furent vraiment désagréables que parce que le bois de Boulogne en souffrit.

Ce n'est point de l'amertume injuste contre les femmes, c'est la vérité fâcheuse à reconnaître, fâcheuse à dire. Cette disposition de leur habitude a même cela de remarquable, qu'elle les pousse à agiter plus bruyamment leur vie insoucieuse au chant des orchestres, à mesure qu'il sort de la foule populaire un grondement sourd qui promet quelque tempête. Jamais plus de fêtes ne semblèrent attester la joyeuse satisfaction de la France que dans l'hiver de 1830. Aujourd'hui que toute l'Europe chancelle, les journées ne sont pas assez longues pour satisfaire aux fêtes, aux bals, aux concerts qui nous appellent de tous côtés. Toutefois, serait-ce sagesse et non folie cette incurie de l'avenir qu'on ne justifie point par des raisonnements, mais qui a sa raison d'être, puisqu'elle est? tiendrait-elle à cette conviction instinctive qu'il n'y a plus de calculs possibles contre un avenir aussi incertain que le nôtre? Au milieu de ce conflit d'idées qui ne laissent aucune institution tranquille sur sa base, pas même celle de la propriété et du droit d'hérédité, n'est-ce pas prévoyance de jouir le plus grandement possible de tout privilége et de toute fortune, tandis qu'on les possède encore, puisqu'en définitive ils paraissent devoir tous tomber dans une vaste mise en commun pour être distribués à nouveau? Car espérer que la société se reconstituera sans privilége et sans inégal et injuste partage des richesses, c'est s'imaginer que l'humanité ne sera plus ni ambitieuse ni servile, ni mi-partie composée de fripons et de niais.

Mais laissons l'avenir dont il est peut-être bien audacieux de vouloir mesurer la portée, et retournons à ce passé dont les causes sont encore si contestées, que les uns regardent comme un événement qui a tenu à une maladresse de général, la révolution que d'autres considèrent comme le résultat inévitable de la volonté de tout un peuple.

En vérité, le passé est si près de nous par la date, qu'on est tenté de ne le rappeler que par son nom, et de croire qu'il va se représenter à tous les esprits tel qu'il s'est accompli, foudroyant, lumineux, magnifique; puis, lorsqu'on réfléchit aux sentiments qu'il a excités, aux espérances qu'il a fait naître, aux promesses dont il fut accompagné, on s'aperçoit que tout cela est si oublié, si éteint, qu'on désespère de rendre probable ce qu'on a à raconter, si on ne remet les lecteurs en scène, si on ne leur rend idée de cette solennelle époque. En effet, en est-il beaucoup qui se souviennent encore de cette fusion de toutes les existences en une seule, de cette abdication de tout intérêt particulier, et, pour ainsi dire, de tout nom patronymique, qui firent que, pendant trois jours, tout le monde s'appela Peuple ?

Ne remontons pas plus loin que le moment où l'opinion publique, insultée par les ordonnances de Charles X, lui demanda compte de l'outrage. Aujourd'hui nous ne pourrions plus aller au delà de cette époque, et expliquer, par des motifs honorables, la lutte législative qui finit par le combat de juillet. Aujourd'hui il ne nous est plus permis de dire, ce que nous croyions alors, que cette opposition persévérante qui dura quinze ans voulait l'abolition des priviléges politiques et des monopoles de toute espèce; qu'elle avait en elle le besoin d'une liberté large pour tous; qu'elle avait soif de déchirer les lâches traités de 1815, honte des hommes qui pliaient le front de la patrie aux ordres des étrangers, horreur de ceux qui aguerrissaient leurs soldats à des combats contre les citoyens. Aujourd'hui qu'elle a pris la place qu'elle convoitait, nous savons que toute sa pensée est satisfaite; aujourd'hui, il nous faudrait avouer que la révolution de juillet fut une duperie. Mais alors on avait foi à toutes ces paroles démenties depuis, à toutes ces probités maintenant si dévorantes, à toutes ces indépendances devenues si serviles, à ce respect de la justice qui se pavane si insolemment dans l'arbitraire. On y croyait, et, avec cette puissance de la foi qui est la plus forte de toutes les forces humaines, on renversa le trône qui faisait obstacle à l'application de toutes ces belles théories.

Le plus grand mal, il faut le dire, le plus grand mal qu'aient fait à la France les apostasies de ceux dont elle a fait ses apôtres, ce n'est pas de lui avoir refusé les choses pour lesquelles elle a combattu. Non, car nous ne supposons pas qu'eux-mêmes aient la prétention d'imaginer qu'il faudrait autre chose qu'un souffle du peuple pour les faire disparaitre de leurs pouvoirs usurpés ; mais ils ont fait pis que de tromper le pays, ils l'ont démoralisé, ils lui ont rendu suspecte toute parole, ils lui ont fait soupçonner tout dévouement.

Quelles garanties peuvent offrir des hommes nouveaux, qui n'aient été ruinées par ceux qui règnent à présent? Est-il nécessaire d'être né parmi le peuple? faut-il avoir été soi-même victime de l'arbitraire? est-il utile d'être resté longtemps conséquent à ses doctrines? doit-on avoir été proscrit? est-ce assez d'avoir exposé sa tête en conspirant? faut-il aussi l'avoir offerte aux balles des Suisses? Tout cela suffit-il pour aimer le peuple, détester l'arbitraire, ne pas mentir à ses antécédents, rapporter les lois d'exil, et ne pas ordonner le massacre des citoyens? Rien de cela ne prouve rien.

Nous pourrions compter un à un les hommes dont la vie aurait pu répondre d'eux à tous ces titres, et qui les démentent cruellement aujourd'hui. Que ceux qui mènent la société ne s'y trompent pas, c'est au mépris pour l'humanité qu'inspire leur conduite, qu'ils doivent d'être encore où ils sont. Dans la persuasion qu'on n'a rien à gagner à les chasser, on s'épargne la peine de les mettre à la porte; c'est le maître qui, à son dixième domestique, se résigne à être volé par le dernier qu'il prend.

Ce découragement de la liberté, ce doute de la vertu politique, n'existaient pas en 1830.

Ce fut donc une merveilleuse chose que le soulèvement unanime de la population pour venger une injure qui, à vrai dire, ne s'adressait qu'indirectement à elle. Tous les grands mots qui semblaient dire de grandes choses sonnèrent à la fois le tocsin. C'étaient les mandataires du peuple qu'on chassait du temple de la loi, les transfuges de Gand qui souffletaient de nouveau la dignité nationale ; le despotisme des prêtres et des nobles qui ressaisissait son sceptre brisé en 89. A toutes ces voix le peuple répondit. Paris fut un surprenant théâtre où se joua de bonne foi le drame sublime de l'affranchissement d'un peuple.

Et d'abord ce mouvement spontané qui fit lever tout Paris à l'heure où la moitié de sa population dort encore.

Pourquoi, à la première ligne de ce *Moniteur*, distribué à six heures du matin, chacun alla-t-il aussitôt éveiller sa femme et ses enfants pour leur lire ces ordonnances dont sans doute ils ne comprenaient pas la portée, mais dont il semblait qu'il fallût donner avis à sa famille, comme d'une catastrophe au ciel, qui pouvait changer la face du monde ? Pourquoi, quand chaque maison se trouva ainsi éveillée, chaque homme se hâta-t-il de sortir de chez lui et alla-t-il aborder son voisin, qu'il n'avait jamais salué, pour lui demander s'il savait la nouvelle ? Pourquoi de là courut-on chez tous ses amis pour leur crier : Debout ! pourquoi se répandit-on dans les rues pour se montrer et regarder ? D'où vient qu'on se crut autorisé à entrer dans des maisons où on n'avait jamais eu accès pour dire : Me voilà ; qu'on se donna des rendez-vous aux journaux, comme au Forum, sans y être connu ; qu'on encombra les cafés où on s'abstenait d'aller ; qu'il se trouva des crieurs pour tous ces journaux improvisés, et qui désobéissaient à l'autorité ; que la police demeura inerte devant cette première protestation ; que des hommes, emprisonnés sur parole dans des maisons de santé, s'échappèrent pour être de ceux qui étaient libres à cette heure ; qu'on oublia toute affaire d'intérêt personnel, et que chacun vint s'offrir aux autres en se recommandant à tous ? C'est qu'il y eut un premier et universel mouvement de surprise, qui eut besoin de l'attestation publique de la cité, pour croire à ce qu'on avait osé contre la France ; que ce fut comme un appel mutuel et général de toute la population qui, en s'épandant à travers la ville, disait à tous les yeux : Insensés, comptez-nous, et repentez-vous.

Mais, le lendemain, quand on vit la gendarmerie se porter aux abords des journaux pour exécuter la loi nouvelle, ranger ses canons aux portes des ministres pour les défendre; quand on sut les régiment consignés dans leurs casernes, les cartouches prêtes, les munitions ordonnées, souvenez-vous de ce bouillonnement sourd de la population, des ateliers déserts, des boutiques fermées, de ces rassemblements où la parole était au plus hardi, de ces messages qui couraient d'une réunion à l'autre, de ces milliers de protestations dont chacun se croyait le distributeur obligé, de ces paroles d'indignation qu'on échangeait en courant, de cette curiosité qui allait longer les files de cavalerie, pour voir le lieu du combat, s'il fallait l'engager; et puis, plus tard, quand on fut assuré de la persévérance du pouvoir; quand on eut épuisé, sans bruit, les provisions des débitants de poudre, qu'on eut arraché les dalles de son toit pour en faire des balles, qu'on eut battu la pierre de son fusil, nettoyé son canon, vous souvient-il de cette soirée du mardi où l'on alla donner une dernière chance au repentir de la royauté, où l'on s'assembla devant les troupes, en poussant des cris de *Vive la Charte!* qui avertissaient les coupables de prendre garde? Il était encore temps! ils répondirent à cet avertissement par les coups de fusil: un homme fut tué.

Cet homme, on le prit, on l'attacha sur une planche, on le porta sur les épaules, on le promena dans les rues de Paris, on le montra à ceux qui étaient dans les rues, à ceux qui étaient aux fenêtres. C'était la suprême signification de la volonté royale: les ordonnances étaient signées avec du sang.

Mon Dieu! qui n'a pas vu cette solennelle promenade du cadavre, escortée de flambeaux; qui n'a pas entendu ce grand cri qui le précédait et le suivait, disant ironiquement — Laissez passer la justice du roi, — qui ne l'a pas suivi à travers la cité indignée et frémissante; qui ne s'est pas arrêté près de lui lorsqu'il fut déposé sur les marches de la Bourse, et que chaque passant vint étendre la main sur sa tête en jurant vengeance, tandis que brûlait alors ce corps de garde de gendarmerie dont les flammes éclairaient un pavé noir, ouvert par une fosse au fond de laquelle était un cadavre; qui n'a pas frémi à ces acclamations de la multitude qui soulevaient l'air jusqu'à la nue et lui envoyaient les flammèches de l'incendie; qui n'a pas été témoin de tout cela peut jouer avec le peuple; mais malheur à qui l'a vu et qui l'a oublié! qui a oublié ces presses scellées le matin et battant le soir, ces hommes écrivant la main sur leurs armes, les plus délicats s'offrant à des travaux de manouvrier, les plus soigneux du calme de leur intérieur oubliant leurs maisons où s'alarmaient leurs familles; nuit sans sommeil, où tout Paris, illuminé de ses mille réverbères, s'éteignit en une heure; où tous ses murs revêtus d'insignes royaux se dépouillèrent de leur livrée, nuit d'été qui se dissipa vite, courte qu'elle était, pour montrer au soleil la cité en veste, debout, et le fusil à la main.

Et ce jour, vous qui l'avez vu, je vous atteste, jamais rien de pareil a-t-il été dans la puissance des rêves d'un homme? La vie habituelle de la cité suspendue tout à coup; ces rues où ne bruissaient plus les murmures continus, ni des équipages, ni des charrettes, où ne s'entendaient plus ni crieurs de marchandises ambulantes, ni le piétinement de ses mille passants; ce silence coupé de fusillades et de détonations d'artillerie; ces combats épars dans la cité, et bientôt enfermés entre des barricades qui s'élevaient à droite, à gauche, devant, derrière; ces grands arbres séculaires des boulevards tombant comme des arbrisseaux sous quelques coups de hache; la cité se découronnant de son diadème de verdure pour se faire des remparts? ces milliers d'hommes de tout âge, de tout rang, se divisant par pelotons, comprenant au premier mot l'ordre de bataille, partant ceux-ci pour la porte Saint-Denis, ceux-là pour le Pont-Neuf, les autres pour l'Hôtel-de-Ville, et quand tous furent là où le sang coulait, cette solitude qui s'ajouta au silence et qui laissa six heures durant les rues désertes avec l'incertitude dans toutes les maisons!

Quelle soirée terrible succéda à cette terrible journée! comme on se cherchait pour savoir les succès de chaque combat, chacun ignorant où on était vaincu, où on était vainqueur! Puis cette seconde nuit de veille, où tout Paris se dépava pour se barricader, les femmes et les enfants se mêlant aux hommes faits, les maîtres de la science prêtant main-forte aux ordres du vieux soldat qui ne sait pas lire, les pauvres donnant la moitié de leur pain aux riches qui ignoraient où demeurait le boulanger; les cafés, les cabarets ouverts à tous venants, où rien ne se comptait, ni la dépense faite ni la dépense payée; les uns fournissant tout ce qu'ils pouvaient, chacun payant de tout ce qu'il avait. immense confiance où personne ne fut dupe que le peuple qui se faisait tuer pour refaire un pouvoir non moins tyrannique que celui qu'il démolissait! spectacle intraduisible, tant il demanderait de magnificence et de précision, d'ensemble et de détails pour dire tout ce qu'il avait d'extraordinaire, de surhumain! tragédie sublime qui se jouait par huit cent mille habitants sur une surface de dix lieues carrées, là à la lueur des flambeaux, ici dans les ténèbres, dans les rues et dans les maisons! Et cette journée de victoire qui suivit cette journée de combat, et ce drapeau qui, observé des banlieues de Paris, se plantait pas à pas dans la cité, et disait aux populations en attente autour du champ de bataille : La victoire du peuple est en marche; il partit de l'Hôtel-de-ville, il arriva au Louvre; du Louvre il vola aux Tuileries, des Tuileries à l'arc-de-triomphe de l'Etoile; et, quand il eut tracé ce sillon victorieux, il ne resta plus un soldat dans la ville de Paris, et les lunettes braquées de plusieurs milles sur les édifices de la cité s'abaissèrent alors, n'ayant plus rien à voir.

Mais ceux qui étaient dans la cité virent ce fier et joyeux enthousiasme que versa alors toute la population dans ces rues hérissées de pavés, où osaient alors se montrer les épaulettes d'or des généraux oubliés la veille; on ne leur demanda pas l'heure où ils étaient sortis; on ne s'enquit pas s'ils avaient combattu; on eut un sentiment unanime de joie indistincte pour tout ce qui vivait et qui voyait ce soleil si beau Un moment on comprit Dieu,-centre de tout l'univers et sentant par tous les organes de tout être; un moment toute cette multitude de huit cent mille hommes n'eut qu'une âme qui sentait : le peuple vécut. Tout cela n'est plus, mais tout cela fut ainsi un jour, un jour où tout le monde s'aborda comme frère, et se crut des droits aux sentiments de chacun. Qu'importaient à ce moment, il faut le dire, les douleurs partielles des vainqueurs et des vaincus, l'héroïsme de ceux-ci et de ceux-là; plus tard on pleura sur la défaite et peut-être aussi sur la victoire. A ce moment, il y eut un sens universel et unique qui domina de sa joie toutes les douleurs là ou elles auraient pu se ressentir, comme serait celui d'un homme qui vient de briser ses fers et qui ne sent pas, au soleil et à l'air qu'il salue de sa liberté, quelques meurtrissures qui ont déchiré ses membres.

Certes, cet événement fut une révolution plus profonde que ne le montrent les apparences ; ce n'est pas seulement un trône qu'elle a renversé, ce sont les bases plus fondamentales de la vieille société qu'elle a ébranlées et lézardées de toutes parts ; et, sans vouloir prendre cette immense secousse comme péripétie d'un aussi frêle récit que le nôtre, nous dirons qu'elle fut si puissante, que son action se fit sentir sur les intérêts mêmes dont la ténuité semblait devoir lui échapper, comme ces larges tremblements de terre qui, déplaçant les mers et déracinant les forêts et les palais, changent aussi le cours d'un obscur ruisseau, et renversent l'humble toit et la frêle plante qui rampe à son pied.

Camille, il faut le dire, avait peu occupé sa vie d'intérêts ou de soins politiques. Son mari, dans la position mixte d'un homme d'affaires, dont les relations touchaient à toutes les opinions, ne les laissait guère pénétrer chez lui : et, bien qu'il tînt par le penchant de son esprit au parti qui avait pris en haine les nobles et les prêtres, l'amitié de madame de Brémont, qui l'avait rendu le notaire des meilleures fortunes du Faubourg-Saint-Germain, lui imposait une certaine retenue. De cette façon, Alphonse passait, politiquement parlant, pour un de ces hommes sages et modérés qui, depuis, se sont si bien appelés *juste-milieu*, et dont ce nom est, à notre sens, une admirable définition : car on ne peut pas se constituer mieux le centre de tout, et tout rapporter à soi et à son intérêt, que ne le font ceux, je ne dirai pas de cette opinion, mais de ce sentiment.

Madame de Lubois avait cependant entendu bourdonner autour d'elle le murmure politique qui annonçait depuis un an l'orage près d'éclater ; mais ce murmure se perdit bientôt dans le cri de sa propre douleur, jusqu'au jour où sa douleur se tut devant la voix immense qu'éleva le peuple dans les journées de juillet.

Elle vivait dans l'espoir de tenir bientôt d'Antoni un moyen de vengeance ; mais elle ne s'apercevait pas qu'en échange de cet espoir, elle en avait donné un autre, et qu'il se trahissait dans la tenue confiante, dans la parole assurée du jeune fat. Elle n'apprit point que Maurice l'avait fait taire avec une fureur qui étonna tout le monde, un soir que le pâle jeune homme avait osé dire : — Ah ! si je voulais !... Et Camille ne pensait qu'à ses projets lorsque arrivèrent les terribles ordonnances.

Dans les premiers moments de cette nouvelle, il y eut un rapprochement entre madame de Lubois et son mari. Ils purent s'aborder l'un l'autre par un point où ils n'étaient, d'aucun côté, hérissés de reproches et de torts, et de Lubois sortit le premier jour, comme firent les autres, pour aller voir, entendre et juger. Tous les jours, il rentra par instants dans sa maison, pour dire à sa femme : Voilà ce qui se fait, voilà ce qui se prépare. Il était exact ; elle était inquiète. Ainsi se passèrent le lundi, le mardi, le mercredi. Le soir même de ce jour, l'entretien fut long et animé entre eux ; il y avait tant à apprendre et à conter ! Ils demeurèrent tard ensemble : lui, exalté par le mouvement sublime de la population, électrisé par cette atmosphère électrique qui domina vingt-quatre heures tous les calculs et tous les dissentiments ; elle, s'électrisant au contact des récits de son mari ; et, quand l'heure du repos arriva pour tous deux, tous deux se quittèrent amis, sinon comme époux, et se serrèrent la main en se disant : — A demain.

— A demain, dit Alphonse, c'est le jour où tout bon citoyen doit, sous peine de lâcheté, montrer qu'il sait combattre pour la liberté de son pays.

Deux jours avant, ce mot, prononcé par le plus audacieux, avait étonné et fait frémir beaucoup de mères et d'épouses ; à ce moment, il n'était déjà plus qu'une chose ordinaire, comme tout le monde la faisait. La contagion des bonnes choses a aussi ses jours de puissance, comme celle des mauvaises. Il suffit de se rappeler cet unanime courage qui soutint sur l'échafaud de la Terreur toutes les victimes de la sûreté populaire. Dans ces milliers d'exécutions, si elles avaient été éparses dans vingt siècles, on n'eût eu à citer que quelques exemples de cette sublime abnégation de la vie ; dans ces innombrables charretées de condamnés qui se poussaient au pied de l'échafaud, on n'a trouvé qu'une heure de lâcheté ; c'est que la nature est faite ainsi, qu'elle s'inspire de ce qui l'entoure et se sature, pour ainsi dire, des sentiments où elle vit. A cette époque de 93, cela était vrai dans les deux camps ennemis : on prenait hors de soi un courage pour tuer comme un courage pour mourir. Il en fut de même en 1830 : chaque homme fut brave de la bravoure de tous, chaque femme fut dévouée du dévouement de toutes.

Ce fut donc sans effroi, sans cris, sans étonnement que, le jeudi matin, madame de Lubois vit son mari venir lui dire adieu, un fusil à la main, un paquet de cartouches à la ceinture. De tout ce qui s'était passé entre elle et son mari, rien ne lui revint à la mémoire. Elle fut toute au moment présent; et, comme aux temps heureux où il sortait pour traiter des affaires d'intérêt, il ne lui était jamais venu à l'esprit de retarder ces sorties ou de hâter son retour par ces simagrées d'amour et d'ennui que les femmes mettent aisément en balance avec les intérêts les plus graves; de même, en cette circonstance, Camille ne jeta pas à l'encontre de la décision de son mari ses petites peurs de femme; elle le laissa partir comme autrefois; pour elle, il sortait pour l'affaire du jour; pour elle, il allait accomplir le devoir de son état d'homme et de citoyen.

Ce sentiment, Camille en fut d'abord exclusivement dominée; mais, à mesure que les heures se passaient et que le bruit du combat, devenu presque sans péripétie par sa continuité, excita moins son attention, elle pensa au nouveau jour sous lequel son mari se montrait à elle. Camille, longtemps retenue par sa vie monotone et régulière dans cette idée, que le bonheur était dans le calme et l'accomplissement de ses devoirs, s'était aperçue, depuis qu'elle en était au malheur, qu'un sentiment avait manqué à sa vie, celui du culte et de la foi dans un être supérieur dont on se pare; dont on est fière en soi par ce qu'il a de noble, et dont on est aussi la seule pensée pour tout ce qu'on a de dévouement à lui rendre.

Jusqu'à ce jour, Camille avait peu compris la mission de l'homme dans ce qu'elle a de grand. Resserrée dans la société de notaires et d'avoués, les esprits supérieurs dont le nom lui arrivait étaient pour elle des êtres à part, en dehors de sa sphère. Enfin Camille, si nous l'avons bien fait comprendre, était une âme recluse dans les habitudes d'un monde médiocre et qui pensait que là était toute vie convenable; comme les femmes d'Orient, nées avec des sens de feu et une tête intelligente, endorment tout cela dans l'habitude du harem et de l'opium.

C'était dans cette manière d'être que Camille avait vécu jusque là, ne songeant pas qu'elle fût de la nature de ceux qui ne vivent pas comme tout le monde, pensant encore moins qu'elle pût être liée par aucun sentiment à nulle de ces existences privilégiées. Lorsque Alphonse fut parti, quand la lassitude d'écouter les bruits extérieurs la força à réfléchir sur ce qui se passait, elle se fit une idée confuse de la grandeur de certains intérêts et de celle de ces hommes qui s'en portaient les défenseurs, et elle éprouva un singulier sentiment de joie en croyant que son mari venait de se ranger parmi ces hommes. Camille en était à un moment où son âme devait prendre un nouveau développement : atteinte à la fois de ce désir de donner sa vie à une grande préoccupation, et de cette révélation du noble rôle que l'homme peut jouer dans notre société, elle eut, disons-nous, un étrange mouvement de joie. Ce que son cœur cherchait lui sembla apparu, et, pour comble de bonheur, apparu dans son mari.

— Oui, se disait Camille, c'est un délire cruel que celui qui l'éloigne de moi, mais ce délire ne préjudicie point à ce qu'il se doit comme homme. Je puis lui reprocher beaucoup, mais je lui dois cette justice, qu'il est brave, qu'il est fort; et pour cela, je lui dois mon estime, mon dévouement... elle ne disait pas mon amour. Il y avait entre la nature d'Alphonse et celle de Camille quelque chose de discordant qui répugnait à ce mot; mais madame de Lubois se sentait un si singulier et si nouveau besoin d'appuyer son être à quelqu'un, que, trouvant un point par où elle pouvait se rattacher à son mari, elle s'y précipitait de toutes ses forces. Son mari lui redevenait un ami précieux, un époux honorable, et Camille, en honnête femme qu'elle était, s'en applaudissait. Ce mouvement de son cœur amena Camille à réfléchir à quel prix Alphonse s'élevait ainsi vis-à-vis d'elle : c'était au risque de sa vie, c'était en allant affronter un combat où les victimes étaient déjà nombreuses. Alors, des inquiétudes sérieuses, des inquiétudes tendres la pressèrent. Cet homme qu'à présent elle pouvait et devait estimer, cet homme, son mari, dont elle portait le nom, un nom qui redevenait honorable plus qu'honorable, distingué, elle l'avait laissé partir sans un encouragement, sans un regret, sans une sympathie.

— Qu'ai-je fait? se disait-elle; il me croira insensible à ce qu'il a de noble et de bon en lui; peut-être me croira-t-il indigne de le comprendre, peut-être assez injuste pour ne pas le reconnaître! et s'il lui arrivait malheur! oh! je serais bien plus coupable.

Alors elle s'alarma, elle s'alarma tout à fait, en femme qui a eu un tort dont elle s'accuse; et, comme l'esprit n'entre pas dans une voie sans la poursuivre jusqu'au bout, elle se rappela qu'Alphonse lui avait donné des années entières de bonheur et de considération. Alors elle plaida pour lui mieux qu'il n'eût pu faire lui-même, et pendant ce temps, les domestiques couraient Paris : ils avaient ordre d'aborder tout ami, tout client d'Alphonse, pour s'informer s'ils ne l'avaient point rencontré. Ils rentraient, et personne de ceux qu'ils avaient interrogés n'avait vu M. de Lubois. — C'est qu'il est aux endroits où l'on se bat; allez, disait-elle, allez. Ils partaient et revenaient, mais ils n'avaient rien appris encore. — C'est que vous n'avez pas pénétré au cœur du danger, et c'est là qu'il est, j'en suis sûre, à l'endroit le plus exposé : allez, allez... retournez. Mais lorsque la timidité du domestique eut avoué qu'elle avait deviné juste, et qu'il n'avait osé se risquer parmi les balles et la mitraille, elle ne douta plus qu'Alphonse ne fût au plus dangereux du combat, elle s'écria qu'elle irait elle-même. Le domestique voulut en prouver l'impossibilité : et, comme elle ne tenait compte de toutes ses excellentes raisons, il lui déclara que monsieur avait ordonné à ses gens de la retenir par la violence si elle tentait de sortir. L'esprit de Camille était tourné à tout bien prendre. Cet ordre de son mari lui parut à la fois une précaution pour elle et une prévoyance du danger auquel il allait s'exposer. Elle le remercia d'avoir prévu son inquiétude; de ne l'avoir pas crue indifférente à son salut. Alors, elle attendit avec résignation, tant que le combat qui résonnait encore dans la ville lui dit : Il est encore nécessaire où il est; mais, lorsque les derniers coups furent expirés, quand Paris se sentit libre, quand les rues affluèrent d'hommes et bientôt de femmes, elle attendit avec impatience : — Il ne venait pas : pourquoi ? Elle bâtit dans son imagination toutes les raisons pour lesquelles il pouvait ne pas venir ; puis, quand le temps fut expiré pour l'accomplissement de toutes ses suppositions, elle se retrouva en face d'une terreur qu'elle s'était voilée longtemps et de toutes les manières. — Il ne vient pas : il est donc blessé ; mais il se serait fait transporter chez lui : il est donc mort ; — mort ! son mari ! Ah ! que ce mot lui redevint saint et grand lié à celui de mort ! Son mari, avec qui elle était comme séparée d'âme depuis si longtemps, mort ! c'était affreux : mais mort sans qu'elle se fût réconciliée avec lui ; sans qu'elle lui eût pardonné et demandé pardon ; ah ! c'était épouvantable, horrible, c'était un regret éternel !... et cela devait être, car la nuit était venue, la soirée était avancée, dix heures venaient de sonner.

Deux domestiques étaient dehors ; ils ne rentraient pas ; ils avaient donc un malheur à lui annoncer : ils reparurent, ils ne savaient rien. C'en était fait, elle n'osa les interroger davantage. Elle n'eut pas la force de leur demander s'ils avaient soulevé la tête de tous les cadavres épars dans la rue ; mais elle se crut la force de l'oser ; et avec ce désespoir impérieux qui se fait obéir, parce qu'il démontre qu'il y a un plus grand danger à le laisser agir sur lui-même qu'à l'exposer même à des chances de mort, elle ordonna à ses domestiques de lui livrer passage, et elle sortit seule de sa maison. Il était onze heures.

Elle savait où l'on s'était battu, elle savait où l'on avait établi des ambulances ; elle voulait aller partout : et puis, elle avait en elle cette confiance qui persuade qu'on cherchera mieux qu'un autre, qu'on profitera mieux d'un enseignement stérile pour un indifférent, qu'on verra tout, qu'on n'oubliera rien.

D'abord, en sortant de la rue Godot-de-Mauroy, et en remontant les boulevards, dominée par l'exaltation à laquelle elle s'était livrée, elle ne s'étonna point des premiers obstacles qu'elle rencontra. Elle franchit légèrement les arbres couchés en travers et répondit à quelques cris de *qui vive?* avec un accent si ferme, qu'elle traversa les divers groupes qui veillaient à chacune de ces barricades, sans qu'on l'arrêtât ni l'interrogeât. Elle marcha ainsi quelque temps, ne pensant à rien autre chose qu'à son but et sans prendre de route déterminée pour y arriver. Ce ne fut qu'à la hauteur de la rue de Richelieu qu'elle se demanda où elle devait s'adresser d'abord; Camille se décida à se rendre à la Bourse où se trouvait une vaste ambulance : elle prit la rue de Richelieu, où ce n'étaient plus déjà, comme sur le boulevard, des troncs d'arbres à franchir; c'étaient des monceaux de pavés irrégulièrement jetés les uns sur les autres, et qui, plusieurs fois, roulèrent sous les pieds de Camille et les meurtrirent péniblement. Enfin elle atteignit la place de la Bourse, et se trouva en face de ce vaste monument silencieux, éclairé de quelques lampions fumeux qui gisaient sur les marches. Elle arriva près de la grille, et fut arrêtée par un spectacle qui la glaça d'horreur.

Deux hommes portant une échelle comme on fait une civière, descendaient lentement un fardeau recouvert d'une toile blanche. La rougeâtre lueur des lampions dessinait ces hommes en noir sur la blancheur du monument, et ne profilait que vaguement le fardeau qu'ils portaient. A peu près au milieu des marches, le premier ayant fait un faux pas, l'échelle lui échappa, et un corps roula sur les degrés et s'étala en travers avec ce flasque abandon d'un cadavre dont les membres pendent au hasard. Camille poussa un cri et demeura immobile, collée à la grille, les yeux fixés sur ce spectacle horrible et silencieux. Les deux porteurs reprirent leur mort, le replacèrent sur l'échelle, et, descendant tout à fait le perron, tournèrent sur le flanc du monument et s'enfoncèrent dans un petit caveau au fond duquel brillait une lumière tremblante; puis, un moment après, ils en ressortirent, l'un tenant l'échelle sur son épaule, l'autre la toile blanche sous son bras.

La terreur de Camille était à son comble; une affreuse question se présenta : — A laquelle de ces deux salles fallait-il demander son mari? Dans celle où l'on vivait encore? Et si nulle voix ne répondait : — Me voici! descendrait-elle dans l'autre, pour voir si l'un des cadavres qui s'y entassaient répondrait à son investigation : — Le voilà? Elle ne savait que faire, ses genoux tremblaient; et quoique sa résolution ne fût pas ébranlée, elle s'arrêtait devant son exécution : cependant elle tenta un effort désespéré sur elle-même, et se présenta à la porte de la grille.

— Que voulez-vous? lui dit la voix d'un homme qui veillait à cette porte.

— Je cherche mon mari, répondit Camille.

— Il n'y est pas, dit la rude sentinelle.

— Merci, dit Camille.

Singulier et caractéristique dialogue! L'homme qui veillait répondit sous l'impression de sa consigne qui ne voulait pas laisser pénétrer les affections intimes dans ces hôpitaux où chaque lit pouvait devenir le théâtre d'un désespoir qui eût embarrassé la pitié égale qu'il fallait à tous les blessés; consigne qui eût laissé pénétrer Camille, si elle avait répondu : — J'apporte du linge aux blessés. Ce jour-là, on n'acceptait que ce qui était fait pour tous. Singulier dialogue, disons-nous, où Camille répondit : Merci, comme déchargée d'une horrible crainte, et le cœur tellement plein de la sainteté de son projet, qu'il lui semblait qu'il dût rayonner autour d'elle et apprendre à tous ce qu'elle voulait et qui elle était. C'était au point qu'à ce mot : — Il n'y est pas, elle ne pensa point qu'il eût fallu que cet homme la connût pour lui répondre si péremptoirement. Sans faire aucune de ces réflexions, Camille s'éloigna : déjà elle avait tourné la Bourse et s'engageait dans la rue Notre-Dame-des-Victoires pour aller aux Petits-Pères, où elle savait que se trouvait une autre ambulance. Toujours c'étaient de pénibles obstacles à franchir, qui, sans rebuter Camille, la fatiguaient à son insu. Comme elle allait passer une barricade, deux hommes se croisèrent.

— Où allez-vous? dit l'un.

— A l'hôtel-de-Ville porter cette liste des blessés et cette liste des morts qu'on a pu reconnaître.

— C'est une bonne précaution, dit l'autre; car demain, au point du jour, il faudra enterrer tous ces cadavres.

Ils s'éloignèrent et continuèrent chacun sa route.

— A l'Hôtel-de-Ville? pensa Camille; oui, c'est là qu'il faut aller; là, je saurai s'il vit, je saurai s'il est mort.

Après le spectacle effrayant qu'elle venait d'avoir sous les yeux, elle sentit que son courage suffirait à peine à feuilleter ces listes de morts, pour y trouver un nom, et qu'il était au-dessus de ses forces de feuilleter, pour ainsi dire, ces tas de cadavres amoncelés çà et là dans la ville, pour y trouver son mari... A l'Hôtel-de-Ville, répéta-t-elle ? et, changeant soudainement la direction de ses recherches, elle gagna la rue Montmartre, la rue Montorgueil, la rue Saint-Denis.

Dans ce centre de la ville, la marche de Camille était moins pénible. Des lampions posés à la crête des barricades, des chandelles allumées aux fenêtres, lui sauvait la fatigue de l'obscurité ; mais, d'un autre côté, ces barricades qui, sur le boulevard, étaient à de grandes distances, se dressaient ici à chaque pas. Il semblait que le sol ondoyât en lames courtes et serrées. Camille les gravissait intrépidement, longtemps légère par la fermeté même de sa marche : mais lorsqu'elle fut sur le point d'atteindre le marché des Innocents, déjà plusieurs fois elle avait trébuché et s'était aidée de ses mains et de ses genoux pour franchir les obstacles qui l'arrêtaient. Elle s'était assise sur une borne, et le silence, la solitude, la fatigue la dominant, elle sentit fléchir son âme comme son corps, et se trouva le cœur douloureux d'un pressentiment de malheur. Cependant une vive clarté qui s'échappait d'un rez-de-chaussée, avec un murmure de voix, lui fit espérer un endroit où elle pourrait se reposer un instant, et peut-être apprendre quelque nouvelle.

Camille se remit donc en marche et gagna la haute barricade derrière laquelle était le magasin éclairé et ouvert. Arrivée à son sommet, elle vit que c'était un café où buvaient et mangeaient des gens de toute espèce, ouvriers, commis, étudiants. Un mot, un nom l'arrêtèrent aussitôt.

— Oui, père Launay, disait un charbonnier en s'adressant à un vieillard qui l'écoutait d'un air de triomphe ; oui, Charles s'est battu comme un vrai crâne, il les descendait comme des moineaux.

Launay ! c'était le nom de la mère de Camille, Charles celui de son cousin. Le café où tout enfant elle avait reçu des morceaux de sucre de la libéralité de son oncle, était agrandi, mais il avait gardé son enseigne : c'était encore l'estaminet du *Petit-Univers*. Camille oublia que, depuis longtemps, depuis son enfance, elle n'avait revu son oncle que rarement ; que, depuis son mariage, de Lubois avait écarté le plus possible cette parenté de bas étage et de mauvais goût, et qu'elle-même, habituée à voir toute sa famille dans madame de Brémont et plus tard dans son mari, avait laissé faire celui-ci. Dans le désordre de ses idées, elle ne se rappela que ces noms qui avaient été amis de son enfance ; elle s'élança donc vers l'estaminet ouvert, et oubliant les précautions qu'il fallait prendre pour descendre du sommet de cette haute barricade, elle posa le pied sur un pavé mal assuré, il se détacha de la masse, et Camille tomba affreusement, en poussant un cri aigu. Son pied avait tourné, et lorqu'elle se releva, elle y sentit une violente douleur. On était accouru de l'estaminet ; on entourait Camille, on l'interrogeait : c'étaient quelques hommes du peuple, compatissant à toute peine physique, qui l'enlevèrent et la placèrent sur une chaise en lui offrant un verre de vin. Charles, attablé dans un coin où il buvait force petits verres d'eau-de-vie en racontant les exploits de la journée, vit entrer une femme et n'y prit point garde autrement que pour se lever, la regarder de loin et dire à son père :

— Tiens, voilà la bouteille d'eau-de-vie.

Le père Launay, au contraire, s'approcha de Camille, et l'ayant un moment considérée, recula, se rapprocha, et finit par lui dire d'un air stupéfait :

— Je ne me trompes pas... comment, c'est vous !

— Oui, dit Camille, pâle et brisée ; oui, c'est moi.

— Eh ! mon Dieu ! reprit Launay, que faites-vous, dans ce quartier et à pareille heure !

— Je cherche mon mari qui est disparu depuis ce matin.

— Pauvre femme ! murmurèrent toutes ces rudes voix qui l'entouraient. — Oui, continua le charbonnier, il y en avait aussi des bourgeois, des braves gens, qui se sont battus. Comment qu'il est fait votre mari ?

— Il s'appelle M. de Lubois, dit Camille.

— Connais pas, reprit le charbonnier. Puis élevant la voix: — Y en a-t-il qui connaissent M. de Lubois !

— Moi, dit Charles, je le connais et je l'ai vu il n'y a pas une demi-heure.

— Vous l'avez vu, monsieur ! s'écria Camille en voulant se lever, incapable de se soutenir sur son pied foulé.

— Eh bien, donnes-en des nouvelles à cette petite dame qui est sa femme, à ce qu'il paraît, dit le charbonnier.

Charles sauta par-dessus la table en s'écriant :

— Sa femme! Puis se plaçant devant madame de Lubois: Vous êtes donc ma cousine? ajouta-t-il.

— Oui, monsieur, dit Camille; et vous avez vu mon mari?

Charles regardait Camille avec curiosité; il considérait cette élégante qui aurait pu être sa femme, devenue, à son dire, une grande dame qui méprisait ses parents. Un sourire de mauvais vouloir accompagnait l'inspection qu'il faisait de Camille.

— Oui, je l'ai vu, reprit-il, je l'ai vu, monsieur mon cousin, pas plus tard qu'il y a une demi-heure.

— Et il n'était pas blessé? dit Camille.

— Blessé de quoi? répliqua Charles en ricanant, blessé d'être resté tout le jour enfermé chez sa maîtresse?

— Sa maîtresse! sa maîtresse! répéta-t-elle; c'est impossible... impossible, vous vous trompez... vous ne le connaissez pas.

— Que si, je le connais, dit Charles avec un air de colère concentrée; elle aussi, je la connais avant lui.

— Césarine! reprit Camille de plus en plus étonnée.

— Catherine Tochon, répondit Charles avec un nouveau ricanement plus sombre; elle a aussi pris un beau nom comme tant d'autres.

Camille posa la main sur son cœur, et baissa la tête, les yeux fixes, la bouche entr'ouverte, quelque chose d'anéanti.

— Tiens, crièrent plusieurs voix, Catherine Tochon! la petite qui a tenu comptoir ici, il y a cinq ou six ans?

— Celle-là, dit le père Launay, que cet imbécile de Charles voulait épouser.

— Ah bien! elle lui en aurait fait voir, la cocote, reprit une voix.

— C'est possible, répondit Charles; je l'ai aimée, voilà tout... et maintenant... enfin suffit.

— Maintenant tu en perds la tête, dit le père Launay! qu'as-tu été faire chez cette...?

— Ah! mon père, dit Charles brutalement, n'en dites pas de mal, elle vous a fait gagner assez d'argent.

— Il est vrai, reprit le charbonnier, que jamais l'estaminet n'a été si achalandé; y en avait des petits farauds d'étudiants qui venaient tourner à l'entour.

— C'est possible encore, dit Charles; mais ils se sont brûlé les doigts à la chandelle.

— Ouais! dit le charbonnier, et ce grand avec qui tu t'es battu, et qui t'a planté un coup d'épée si soigné.

— M. Maurice... dit Charles, oh! celui-là, je lui pardonne, parce qu'enfin c'est lui qui a fait son état et qui l'a mise au Conservatoire. D'ailleurs, aujourd'hui, tout est oublié. S'il m'a planté un coup d'épée dans le ventre, il m'a garanti hier d'un coup de lance qui m'eût piqué un peu plus avant; je l'ai laissé à l'Hôtel-de-Ville, et il m'a promis de venir...

— Eh! mon Dieu! dit le charbonnier, elle se trouve mal, la voilà qui tombe de la chaise; un verre d'eau, quelque chose, allons!

En effet, Camille, frappée au cœur de cette révélation épouvantable, qui défaisait d'un mot tout le rêve qu'elle avait bâti durant tout le jour, Camille, à qui venaient ainsi coup sur coup tous ces noms qui entraient plus ou moins dans le désespoir de sa vie, Camille se trouva prise d'un serrement froid et douloureux dans la poitrine, qui, se joignant à sa souffrance physique, la fit défaillir tout à fait. Pendant que le père Launay lui faisait respirer du vinaigre, et que l'attentif charbonnier lui glissait quelques gouttes d'eau dans a bouche, on dit tout bas à Charles :

— Comment vas-tu te vanter devant cette dame d'avoir vu son mari chez sa maîtresse! ça l'a troublée.

— Bah! répondit Charles, elle sait ce qui en est : d'ailleurs, elle n'a que ce qu'elle mérite; elle a voulu s'élever, elle nous a méprisés... eh bien!... tant mieux.., ça apprendra aux autres à se tenir à leur place.

Camille était déjà assez revenue à elle pour avoir entendu ces odieux propos.

Honteuse de ce qu'elle avait espéré, indignée de ce qu'elle avait découvert, révoltée de ce que disait Charles, étourdie, presque folle de tout ce qui s'était passé en elle et de ce qui se passait autour d'elle, elle se leva avec une force désespérée, et dit, d'une voix qui mentait à ses paroles :

— Maintenant que je suis tranquille, je vous remercie : je puis rentrer chez moi.

Et, comme elle se dirigeait en chancelant vers la porte, pendant que le père Launay lui disait : — Nous ne vous laisserons pas partir comme ça... elle se heurta contre un homme qui entrait, et, sans doute elle serait tombée de nouveau, si le nouveau venu ne l'avait retenue dans ses bras.

Comme le coup léger qui frappe la capsule et fait détoner le fusil fortement chargé, ce faible accident détermina l'explosion de tout ce qui remplissait le cœur de Camille : ses larmes éclatèrent soudainement, elle se laissa aller dans les bras de cet homme, baissant la tête qu'elle cachait dans ses mains, et poussant de douloureux gémissements. Camille était arrivée à un de ces moments où une douleur poignante, aiguë, multiple, mais mal comprise encore, et à qui la réflexion a manqué pour se reconnaître, s'échappe en exclamations et en cris confus comme elle.

— Mon Dieu, disait-elle, mon Dieu, mon Dieu... oh ! emmenez-moi.

Celui qui la soutenait, tout en la conduisant vers un siége, demandait à voix basse quelle était cette dame. Launay lui répondit :

— C'est ma nièce, c'est madame de Lubois.

— Madame de Lubois ! s'écria Maurice en relevant la tête de Camille et en la regardant fixement, ne pouvant associer dans sa pensée le nom de madame de Lubois avec le titre de nièce de M. Launay. Camille, à cette voix qu'elle avait entendue si rarement, qu'elle croyait l'ignorer, mais qui se trouva avoir gardé un écho dans son âme, Camille, à son tour, regarda Maurice, et ses larmes et ses sanglots s'arrêtant soudainement, elle recula en s'écriant :

— Vous, monsieur !

Il y avait dans l'accent de madame de Lubois une terreur profonde, comme à l'approche d'un fantôme longtemps redouté et qui vient enfin.

Une supposition affreuse s'établit soudain dans la tête de Maurice. Madame de Lubois, à cette heure, chez un homme qui l'appelait sa nièce ; venait-elle enfin, abandonnée qu'elle était de son mari, demander un asile à sa famille oubliée, et en était-elle repoussée avec dérision ? Le regard que le jeune homme jeta sur le vieux Launay lui demanda tout cela, car Maurice tremblait de prononcer une parole qui frappât juste. Launay allait lui répondre, lorsque Camille se hâta de dire :

— Je me suis blessée en descendant cette barricade. Je venais voir mon oncle, monsieur ; je l'ai vu, je vais retourner chez moi. Voilà tout. Si mon cousin Charles veut bien m'accompagner, il m'obligera.

— J'en suis désolé, dit Charles, mais on m'attend au corps de garde, on peut se battre encore demain matin, et je veux y être.

Maurice s'approcha de Camille, et lui dit, d'un ton qui avait quelque chose d'un triste reproche :

— Je vous aurais offert ce service, madame, sans vous demander pourquoi vous étiez ici, et je vous l'offre encore.

— Acceptez, madame, dit le père Launay, acceptez, c'est un digne jeune homme.

— Acceptez, reprit à voix basse le charbonnier, Charles est à moitié soûl. C'est plus convenable.

Ce mot, sorti de cette bouche grossière, sonna étrangement à l'oreille de Camille ; l'avis de cet ouvrier, qui sentait que Camille serait mieux placée sous la protection d'un homme de son langage et de ses habitudes, lui donna à penser que son refus étonnait et pouvait dénoncer une raison secrète et facile à deviner. Elle existait, cette raison secrète ; mais Camille avait trop préjugé du discernement de ceux qui l'entouraient ; ils ne l'auraient certes pas soupçonnée ; mais elle crut devoir la cacher a tous, comme elle eût voulu se la cacher à elle-même. Maurice lui faisait peur : cependant elle accepta, et répondit à Lambert :

— Pardonnez-moi, monsieur, c'est une peine que je ne voulais pas vous donner.

— Mais vous êtes blessée, avez-vous dit, madame? reprit Maurice. Une voiture, c'est impossible... un autre moyen...

— Une civière, dit quelqu'un.

Camille pâlit. Elle avait vu une civière occupée place de la Bourse, et il lui vint au cœur la crainte de Juliette, condamnée à se coucher vivante dans une tombe.

— Elles sont toutes prises pour les blessés, répondit une voix.

— Ce n'est rien, dit Camille, je marcherai, monsieur : je suis forte, j'ai du courage.

Maurice regarda son pied.

— Vous ne ferez pas deux cents pas ainsi.

— Cependant, s'écria Camille, je veux partir... je le veux..

je... il le faut absolument, monsieur... venez. Il faut que je sois chez moi avant que mon mari...

Elle s'arrêta. Maurice devint plus pâle, il ne savait que penser, et n'osait s'informer. Pour qui donc est-elle sortie? se disait-il. Cependant il voyait Camille résolue.

— Permettez, madame, reprit-il en entourant le pied et la cheville de bandes très-serrées, la douleur sera moindre et le pied plus ferme.

— Oui, oui, dit Camille, faites et hâtez-vous, je vous prie.

Elle s'assit, elle était plus calme; et, pendant que Maurice, à genoux devant elle, serrait son pied avec force, Camille causait avec son oncle, lui parlait de sa fortune que celui-ci disait avoir portée plus haut qu'elle ne croyait peut-être.

— Je puis donner deux cent mille francs à Charles, disait-il; il aurait la femme qu'il voudrait, mais il me tourmente bien avec cette petite...

— Cela finira, répondit Camille en l'interrompant.

— Oh! c'est une rusée coquine, reprit le vieux Launay, vous en savez quelque chose aussi. Enfin, enfin... Dieu est juste...

— Oui, répondit Camille en baissant la tête, Dieu est juste... Il devrait l'être du moins.

En parlant ainsi, elle vit qu'elle avait oublié son pied sur le genou de Maurice, et le retira vivement.

— Essayez, madame, lui dit Lambert, essayez si vous pourrez marcher.

— Très-bien, répondit-elle en se levant. Adieu, mon oncle, adieu. Venez me voir... venez.

— J'irai, repartit le vieux oncle, j'irai. Prenez-en bien soin, monsieur Maurice.

Et, lorsqu'elle sortit, tout le monde se leva et la salua d'un air d'intérêt.

Quand ils furent à quelques pas de la porte, Lambert dit à Camille :

— Si vous voulez, nous suivrons la rue Saint-Denis jusqu'au boulevard; une fois là, notre marche sera assez libre et deviendra moins fatigante pour vous.

— Comme vous voudrez, monsieur, répondit Camille froidement; je vous suis.

— Prenez mon bras, madame.

— C'est inutile, vous devez vous-même être fatigué; je vais vous suivre.

Maurice se soumit sans insister et marcha devant madame de Lubois ; il avait pris une lanterne et éclairait chaque pas qu'elle faisait, en lui montrant les endroits où elle aurait pu trébucher. Ils allèrent ainsi quelque temps et franchirent plusieurs barricades, occupés seulement de l'endroit où ils posaient leurs pieds. Camille faisait de violents efforts pour cacher la douleur que lui causait son accident. Cependant, avant qu'ils eussent atteint le haut de la rue Saint-Denis, elle demanda à se reposer un moment, et s'assit sur une borne. Maurice demeura debout devant elle; ils étaient tous deux silencieux. Camille souffrait : et Dieu seul peut dire pourquoi, parmi toutes ses douleurs, la présence de Maurice lui était la plus poignante. Le silence continuait. Camille comprit que la pensée de tous deux allait trop vite, elle l'interrompit pour ramener l'attention de chacun à des banalités d'usage.

— Combien je suis désolée, dit-elle, de vous imposer cette fatigue, monsieur! j'abuse de votre obligeance.

— Vous souffrez beaucoup, lui dit Maurice, sans répondre à ses excuses; une fois au boulevard, vous n'aurez plus d'efforts à faire.

— Sans doute, dit Camille. Eh bien! allons, remettons-nous en marche.

Elle quitta sa borne et chancela au premier pas.

— Prenez mon bras, dit Maurice.

Camille s'y appuya sans s'excuser, vaincue qu'elle était par la douleur; il lui vint des larmes aux yeux. Pourquoi donc avait-elle remords de ce qu'elle faisait? pourquoi prenait-elle en elle-même la résolution de ne jamais revoir Maurice?

Ils marchèrent ainsi quelque temps encore, et arrivèrent au boulevard. Durant ce trajet on eût dit que Camille, confiante dans la résolution qu'elle avait prise pour l'avenir, se croyait autorisée à accorder davantage au présent. Ainsi c'était avec moins de retenue qu'elle se livrait aux soins attentifs de Maurice : elle s'appuyait sur lui, et se laissait soutenir dans les passages difficiles. Lorsqu'ils furent sur le boulevard, Maurice lui dit :

— Maintenant, madame, dans une heure vous serez chez vous, prenez un instant de repos.

La voix de Maurice était haletante en parlant ainsi ; et, comme Camille s'assit sans lui répondre, il se plaça lui-même sur quelques pavés, près d'un pot-à-feu qui flambait encore, et posa sa tête dans ses mains. Alors Camille osa le regarder à cette sombre lueur qui l'éclairait sinistrement. Ses vêtements étaient en désordre, sa tête nue, et sur ses mains il y avait du sang; il coulait de profondes écorchures qu'il s'était faites en dérangeant des pavés pour rendre quelques endroits plus aisés à franchir. Camille osa donc le regarder, et ne put s'empêcher de penser alors à cet homme qui le premier avait jeté le désespoir dans son cœur, mais dont elle avait trouvé si souvent la parole prête à la protéger, et qui aujourd'hui lui servait de guide. Misérable service, à la vérité, et qui pourtant avait quelque chose d'étrange et de solennel, renfermé qu'il était, par la délicatesse de Maurice, dans les termes d'une action ordinaire, sans que celui-ci demandât à Camille ce qui l'avait appelée hors de chez elle, sans qu'il laissât échapper un mot de ce qu'il savait si bien de ses douleurs. Camille le regardait, et mille pensées se succédaient en elle, à la vue de cet homme qui lui était presque inconnu, et voici ce qu'elle se disait : — Quel est cet homme dont la vie est si vulgaire, qu'elle se passe comme celle de tant d'autres de son âge, et qui cependant porte en lui quelque chose de différent et de redoutable ? Il me connaît, il sait ma vie, il la sait peut-être mieux que moi-même... pourquoi ne me dit-il rien ?... S'il me disait un mot de moi, je lui montrerais que cela me déplaît ; s'il se vantait de m'avoir défendue, je lui apprendrais que je suffis à me faire respecter... Quelle pensée a-t-il sur moi? pourquoi est-il triste?... pourquoi ce profond soupir à présent? Il cherche pourquoi je suis ici. Je puis bien le lui dire... Oh ! à lui !... non, non, il s'en ferait un droit ; il ne faut pas qu'il sache ce que j'ai rêvé, et ce que j'ai trouvé au bout de mon rêve. Voilà pourtant ce que j'avais espéré d'un autre ! lui qui est là devant moi, il l'a fait ! c'est un homme fort et digne, et peut-être personne ne s'enquiert de ce qu'il est devenu ; méconnu peut-être aussi, me donnant à moi, qui ne suis qu'une âme étrangère à la sienne, me donnant cette heure où il semble qu'on poserait avec tant d'orgueil sa tête sur les genoux d'une femme... et c'est à peine si je l'en remercie!... Je serai donc comme toutes les autres femmes pour lui, je ne l'aurai pas compris .. Ne suis-je pas ingrate! Que pensera-t-il de moi, de moi... de ma conduite envers lui, de ma présence chez mon oncle? Oh! s'il allait s'imaginer quelque chose de honteux! Non! ce serait indigne de lui, ce serait mentir à ce qu'il a de généreux! D'ailleurs, il saura la vraie raison de ce qui m'arrive. Il retournera chez Launay, j'en suis sûre... pourvu qu'il ne l'apprenne pas de moi, c'est tout ce que je veux... Mais comme il demeure immobile! la fatigue l'accable aussi, le malheureux!... Mon Dieu! je suis sûre qu'il souffre... peut-être pour moi... Ah! que vais-je penser?... Allons, il faut repartir.

— Monsieur Lambert! dit-elle vivement.

Maurice se leva. Les dernières lueurs du pot-à-feu vacillèrent au mouvement qu'il fit; elles éclairèrent son visage : il était pâle et souffrant.

— Je suis à vos ordres, madame, dit-il humblement.

— Mon Dieu! dit Camille attendrie de l'expression de résignation qu'il y avait dans ses traits, laissez-moi vous épargner une plus longue fatigue, maintenant je rentrerai seule; voilà le jour qui vient, et je n'ai plus rien à craindre.

— Et peut-être, avec le jour, dit Maurice, des hommes qui se sont cachés tant que la rue était un danger. Qui sait s'ils n'y promèneront pas dans une heure l'insolence et l'insulte à la faiblesse, force de la lâcheté? Nous sommes déjà au lendemain de la victoire.

— Le croyez-vous? dit Camille, ravie d'un sujet de conversation qui pouvait rester indifférent entre eux.

— Madame, dit Maurice, j'en suis sûr. Le jour qui vient de se passer nous a donné en quelques heures l'argument de l'histoire de l'avenir. Le matin, nous étions à l'Hôtel-de-Ville les premiers arrivés; le jour commençait comme à présent, et l'on se battait encore. Nous sommes allés où l'on se battait, et quand la victoire a été décidée, nous sommes retournés à cet Hôtel-de-Ville dont nous avions ouvert les portes avec la pointe de nos baïonnettes. elles se sont trouvées fermées pour nous; il y avait déjà des maîtres de la maison avec des antichambres où il fallait attendre, et des valets pour nous y retenir ; il y avait déjà des cabinets ministériels où l'on obtenait audience.

— Et cela vous rendait triste sans doute? dit Camille.

— Non, dit Maurice naturellement; je n'y pensais pas, je... Remettons-nous en marche, madame, l'heure se passe.

Camille essaya de faire quelques pas seule, sans prendre son bras qu'il ne lui offrit pas. Il était en avant et marchait sans regarder à ses côtés. Cependant on voit sans regarder; il s'aperçut qu'il manquait une ombre près de lui; il se retourna ; il vit Camille appuyée à un arbre ; il courut à elle....

— Oh! lui dit-il avec un cri de repentir, oh! pardonnez-moi; j'ai cru que vous ne souffriez plus.

— Laissez-moi, monsieur, dit Camille faiblement, c'est une odieuse charge que je vous impose.... En vérité... je vous le jure... j'arriverai très-bien... seule chez moi.

Et, en parlant ainsi, elle pliait sous elle-même.

— Ah! je mérite que vous me parliez ainsi, je vous ai abandonnée, madame ; je ne le devais pas, moi....

— Vous? reprit Camille avec étonnement.

— Madame! madame! s'écria Maurice avec une singulière exaltation... venez, marchons... par pitié, ayez du courage, marchons.

Il prit son bras pour l'entraîner, et elle le suivit rapidement, plus rapidement qu'ils n'avaient encore marché : ils allèrent longtemps ainsi, et parcoururent tout l'espace qui sépare la porte Saint-Denis du boulevard Montmartre. Comme ils allaient franchir les arbres qui le barraient à cet endroit, Camille, haletante, s'arrêta :

— Je ne puis, dit-elle, je ne puis aller plus loin...

Et, son bras échappant à celui de Maurice, elle tomba tout à fait par terre. Maurice se jeta à genoux à côté d'elle, et d'un ton désolé, d'un ton qui accusait un remords, il s'écria :

— Oh! je suis indigne, madame, pardonnez-moi encore. C'est que... je voudrais vous remettre bientôt dans votre maison, car enfin la nuit se passe... l'heure à laquelle votre mari doit rentrer est sonnée, et... vous devez craindre...

— Et pourquoi me croyez-vous donc sortie? s'écria Camille en se dressant sur son séant.

— Mais... fit Maurice interdit, je ne sais... je n'ai pas le droit de savoir...

— Oh ! reprit Camille en se laissant aller à ses larmes, c'est affreux... ah !... c'est horrible !

— Non, je ne crois rien, dit Maurice, rien dont M. de Lubois doive s'irriter...

— Mais c'est pour lui, Monsieur, s'écria Camille à travers des larmes et des sanglots, pour lui que je suis sortie, parce que je l'ai cru blessé, mort !... Et savez-vous ce que j'ai appris? c'est qu'il était chez sa maîtresse, monsieur : et voilà que vous me dites maintenant .. Je ne sais pas ce que vous me dites... Mais c'est affreux... laissez-moi... laissez-moi mourir ici ; un mendiant aura pitié de moi, monsieur, laissez-moi.

— Oh ! dit Maurice toujours à genoux, méprisez-moi, madame, méprisez-moi, vous ne pouvez me comprendre... Un moment j'ai été fou, un moment j'ai cru que ce qu'il y a de plus pur sur la terre avait été vaincu par la douleur... j'ai cru... mais qu'importe !... ce n'est pas à d'autres qu'à vous que j'ai montré jamais mes soupçons ; ils sont demeurés dans ce cœur qu'ils dévorent. Je n'ai rien à vous dire pour m'excuser... d'ailleurs, je puis souffrir ; cela ne vous regarde pas.

En parlant ainsi, la voix de Maurice se troublait, elle devenait haletante, entrecoupée : Camille frissonnait en l'entendant... elle comprenait trop le désespoir qu'il sentait d'avoir mal pensé d'elle .. elle avait peur de cette émotion dont Maurice n'était plus le maître. Un bruit léger les interrompit : à côté d'eux une porte s'était ouverte et fermée ; un homme en sortait. Maurice se dressa entre lui et Camille qui cacha sa tête sur ses genoux.

— Ah ! c'est vous, Lambert... dit de Lubois ; que faites-vous là à cette heure !... Pardon... une femme blessée peut-être... voulez-vous que je vous aide ?

— Non, dit Maurice à voix sourde, laissez... ne l'approchez pas.

— Comme vous voudrez, dit Alphonse... Adieu ; il faut que je rentre. Imaginez-vous que j'ai été tout le jour chez cette folle de Césarine, pour l'empêcher de courir les rues à travers toute cette bagarre... Adieu... ma femme est peut-être inquiète... je me sauve.

Il sauta légèrement par-dessus la barrière au pied de laquelle gisait Camille. Maurice, épouvanté, n'osait se retourner vers elle... Quand il lui parla, elle ne répondit pas; quand il la toucha, elle était tout à fait immobile, elle était évanouie. Que faire?

Il essaya de la rappeler à elle, mais tout secours lui manquait; mille idées affreuses lui passèrent par la tête. Oh! s'il allait offrir ce corps froid et inanimé aux yeux de sa rivale, peut-être lui donnerait-il un remords... Mais non, le cœur de cette créature était gangrené à fond, elle eût ricané! le ricanement, cette épouvantable insulte à tout noble malheur!... C'est aux pieds de son mari qu'il faut la porter, se dit-il... lui, il a le monde au moins pour conscience.

Il voulut le faire, et s'armant d'une force surhumaine, il enleva Camille dans ses bras, gravit les barricades et marcha droit devant lui avec une sorte de fureur. Il alla comme si, depuis trois jours, il n'avait pas été debout, sans cesse et sans repos, comme s'il eût porté un enfant. Cependant le mouvement, la fraîcheur du matin ranimèrent un peu Camille : un sentiment confus de son être lui revint, sans qu'elle pût comprendre pourtant où elle était, ce qui lui était arrivé et le mouvement qui l'emportait. D'abord, il lui semblait être dans un tourbillon de combat qui l'entraînait; c'était un mort qui s'était levé et qui la tenait embrassée... c'était Charles Launay, puis son mari... enfin Maurice... Cette pensée devint à la fois plus claire et plus confuse : c'était Maurice, sanglant, blessé pour s'être mis entre elle et son mari qui avait voulu la tuer; il avait été frappé, et le sang ruisselait sur son visage; il était mort, et cependant il l'emportait pour la soustraire à Alphonse qui la poursuivait... Le hasard de la marche fit que les mains de Camille, qui cherchait déjà à se soutenir, s'appuyèrent sur le front de Maurice; il ruisselait de sueur. Cette chaude humidité réelle, jointe à cette pensée fantastique de sang qui tournait dans l'imagination de Camille, la réveilla en sursaut; elle se redressa dans les bras de Maurice, et s'écria :

— Ah! il vous a tué... il vous a... Puis elle reprit en se dégageant avec terreur de ses bras : Ah! c'est vous, monsieur... c'est vous... Pourquoi m'emporter ainsi?...

Maurice la laissa échapper de ses bras.

— Vous voilà à la porte de votre maison, lui dit-il..., vous étiez évanouie... et...

— Je me souviens maintenant, dit Camille... je me souviens.

Elle s'arrêta. Maurice avait fait un effort désespéré; sa poitrine battait avec violence, sa respiration haletait courte et intense; le jour, qui venait, éclairait l'affreuse pâleur de son visage; il ne répondait rien. Camille ne savait que dire à cet homme qui l'avait si noblement secourue, elle ne savait comment le remercier, elle se taisait aussi devant lui, elle le regardait avec pitié et terreur; elle le devinait et craignait de l'entendre : la pitié lui disait qu'elle ne pouvait pas ainsi quitter cet homme, et sa terreur, qu'elle devait le quitter ainsi... Le premier de ces sentiments fut le plus fort. Mais, craignant à la fois d'être trop reconnaissante et de ne pas l'être assez, elle l'interrogea au hasard, et lorsqu'elle eût dû lui adresser un remercîment, elle lui fit d'une voix troublée cette étrange question :

— N'avez-vous rien à me dire?

— Rien qu'à vous demander pardon du délire qui m'a porté à vous soupçonner...

— Eh! pourquoi! reprit Camille, pourquoi ce délire?

— C'est que j'étais jaloux, répondit Maurice d'une voix mourante et en la regardant fixement.

Camille se recula à ces mots, les yeux fixés à son tour sur la pâle figure de Maurice. Elle fit de même les quelques pas qui la séparaient de sa porte, toujours en reculant, toujours les yeux attachés aux yeux de Maurice; elle frappa, la porte s'ouvrit; Camille entra, et la porte se referma, sans que son visage eût quitté son expression d'étonnement, de terreur et de désespoir; car elle venait de lire à la fois dans le cœur de Maurice et dans le sien.

DEUXIÈME PARTIE

I

UNE AFFAIRE.

On était déjà aux premiers jours de septembre, on avait mis une nouvelle enseigne à la monarchie, et celle-ci, comme tout magasin qui ouvre sur nouveaux frais, promettait aux chalands de leur donner un assortiment de lois et de libertés superfines au plus juste prix et d'un excellent user. Ce que l'on a tenu des promesses de ces magnifiques prospectus ne regarde pas ce livre, et c'est seulement comme date que nous les rappelons.

A cette époque, dans la maison de Lubois, deux explications avaient lieu à la fois, l'une dans le cabinet du notaire, l'autre dans la chambre de Camille, la première entre Alphonse et Camizard, la seconde entre le vieux Launay et sa nièce.

— Oui, disait Camizard, je ne pense pas que cela vous gêne; ainsi je vous serai fort obligé de mettre très-prochainement à ma disposition les deux cent mille francs que je vous avais prié de me placer, il y a deux mois.

— Quand il vous plaira, répondit Alphonse en jouant l'indifférence: mais est-ce que vous êtes de ceux qui s'imaginent que la révolution de juillet fera faire faillite à la France?

— Moi, c'est un événement que j'ai prévu depuis bien longtemps, et que je considère comme le point de départ d'une ère de véritable prospérité pour le pays.

— Serait-ce donc que vos opinions bien connues vous font craindre une destitution, et que vous voulez suivre les Bourbons en Angleterre?

— Mes opinions! dit Camizard d'un air étonné, mes opinions sont celles de tout honnête homme. J'ai servi l'Empire tant qu'il a f it au dehors la gloire de la France et sa fortune au dedans. J'ai accueilli la Restauration parce qu'elle nous ramenait une paix nécessaire à os familles et à nos industries ruinées; j'aime et je sers la révolution de juillet, parce qu'elle nous promet les libertés pour lesquelles nous sommes enfin assez mûrs aujourd'hui. En êtes-vous, mon cher de Lubois, à cette sottise d'opinion inamovible qui s'attache à un homme ou à une famille, se voue à eux et les suit dans quelque route qu'ils prennent, bonne ou mauvaise? Ces fidélités, croyez-moi, ne servent qu'à deux espèces d'hommes : les niais ou les fripons. Les honnêtes gens sont fidèles à leur pays avant tout : si on refuse mes services, je me retirerai : mais je les crois déjà acceptés.

— Vous les avez donc offerts?

— C'était mon devoir.

— Pourquoi donc alors retirer vos fonds? les placements sont difficiles, répliqua de Lubois, qui discutait pour savoir si c'était méfiance de sa solvabilité qui faisait agir Camizard, plutôt que pour connaître l'emploi qu'il voulait faire de ses capitaux.

— Que voulez-vous? dit le conseiller d'Etat, je suis pris de la maladie de la propriété, j'en trouve une à ma convenance, à une trentaine de lieues de Paris, et je crois que je puis faire une bonne affaire.

— Soit, reprit le notaire; quand vous convient-il de rentrer dans vos fonds?

— Mais, le plus tôt possible; si vous voulez, je passerai après-demain.

A ce mot, Lubois avait pâli; Camizard s'en aperçut; mais, malgré les soupçons qui avaient amené sa demande et que confirma le trouble d'Alphonse, il ne montra rien de ses craintes. Forcer de Lubois à avouer qu'il était gêné, c'était se mettre dans la nécessité de rompre avec lui en se montrant exigeant, ou de se prêter à des arrangements, si le notaire en proposait. Le conseiller d'Etat, en continuant à traiter de Lubois comme s'il n'eût pas douté du bon état de ses affaires, prévenait ce double danger. Il connaissait la vanité d'Alphonse : elle eût peut-être cédé, vis-à-vis de Camizard, à des alarmes hautement manifestées; mais, en présence de cette confiance, elle n'avait garde de faire le premier pas. Ce fut donc malgré sa résolution d'atermoyer avec le Conseiller d'Etat que de Lubois lui répondit :

— Eh bien, ce sera pour après-demain.

Camizard savait de science certaine que les affaires de de Lubois étaient tout au moins embarrassées. Les riches familles du haut faubourg, soit par crainte véritable, soit par mauvais vouloir contre la révolution de juillet, retiraient leurs fonds de toutes les caisses où elles les avaient déposés; de Lubois avait eu sa bonne part de tous ces remboursements. Les premiers avaient été faits sur l'heure, mais les autres avaient souffert des délais; il avait fallu parler de placements faits sans l'autorisation des dépositaires, de prêts qui demandaient quelques jours pour rentrer; cependant tout avait été couvert, les fonds des uns servant sans doute à payer les autres. Camizard, qui était absent de Paris durant les premiers jours de la révolution, fut averti chez madame de Brémont de la tactique du noble faubourg. Il revint à Paris pour s'y conformer. En y arrivant, il apprit le second mot d'ordre du parti, c'était de ne se démettre d'aucun emploi. Cela servait à la fois à voir comment iraient les affaires, et, au besoin, à les empêcher d'aller.

Dans les premiers moments de la révolution de juillet, de Lubois avait chanté ses louanges, et ses nobles clients, sans paraître y trouver rien à redire, n'avaient pas laissé de l'en punir par les petites insinuations malveillantes que permettaient les retards du notaire. Camizard était donc arrivé véritablement alarmé chez de Lubois et il en sortit plus alarmé encore : ce n'était pas sans raison. De Lubois avait fait des pertes considérables en spéculant pour son propre compte sur les terrains; d'abord, il les avait dissimulées, grâce à cette masse de fonds qui se succèdent et se remplacent dans la caisse d'un notaire en crédit. De Lubois eût pu même les réparer par une rigoureuse économie, en restituant à la caisse les emprunts qu'il lui avait faits; mais ses dépenses pour Césarine avaient considérablement augmenté le déficit, et il en était à devoir plus qu'il ne pouvait rendre, lorsque Camizard redemanda ses fonds. De Lubois avait pensé qu'en qualité d'ami, le conseiller d'Etat serait accommodant. Alphonse établit ses comptes; il vit qu'en remboursant Camizard, il demeurait complétement sans ressource pour restituer les autres dépôts qui pouvaient chaque jour être réclamés, et, en désespoir de cause, il se décida à s'ouvrir à Camizard et à lui demander du temps. Pendant qu'Alphonse faisait ces tristes réflexions dans son cabinet, voici ce qui se passait dans la chambre de sa femme.

Camille était encore étendue sur sa chaise longue. Devant elle deux lettres étaient ouvertes. L'une était d'Alicia et venait de Rome : la jeune artiste annonçait son retour en France. L'autre était d'Antoni; il avait obéi à Camille, et lui en envoyait la preuve. Cette preuve était une lettre de Césarine, où se trouvaient des manières de parler d'amour qui avaient plus d'une fois fait rougir Camille. Depuis un mois, Antoni avait frappé vainement à la porte de madame de Lubois. Renfermée dans son appartement, elle se refusait à toute visite, sous prétexte d'une grave indisposition. Cette indisposition était la foulure qu'elle s'était donnée dans la nuit du 29 juillet et dont elle souffrait encore.

Rentrée dans sa maison, Camille avait trouvé ses domestiques concertant une réponse à faire à M. de Lubois sur la disparition de sa femme. Alphonse était remonté chez lui par un escalier dérobé, et n'avait pas encore quitté son appartement pour rassurer Camille. Madame de Lubois, les trouvant assemblés, s'informa si son mari l'avait demandée. Lorsqu'elle apprit, par leur réponse, qu'il n'était pas encore venu chez elle, elle leur recommanda de se taire sur sa sortie, et, courant dans sa chambre, elle se déshabilla rapidement et se mit dans son lit. Tout cela fut fait, à proprement dire, sans réflexion, mais sous l'empire de cette indignation que lui causait la conduite d'Alphonse, sous l'empire du dernier mot de Maurice. Camille n'avait à ce moment ni le temps de prendre une résolution, ni la force d'avoir une scène avec son mari. Elle crut, en se taisant, se mettre à l'abri des récriminations imprudentes auxquelles sa colère pourrait se laisser emporter, et puis, il faut le dire, elle était arrivée à cette lassitude du corps et de l'esprit, où l'on paierait de sa vie quelques heures de repos.

Ainsi, quand son mari entra dans sa chambre, elle le reçut simplement. Mais Alphonse, ayant remarqué son air de souffrance, lui en demanda la cause. Elle répondit la moitié de la vérité : elle dit que, poussée par une folle curiosité, elle avait essayé de sortir, et qu'à la première barricade qu'elle avait rencontrée, elle s'était foulé le pied. La vanité de de Lubois devina un peu de l'autre moitié de la vérité, car il reprit : — Quoi ! c'est par simple curiosité que vous êtes sortie ?

— Par simple curiosité, répondit Camille.

— Oh ! la pauvre femme ! pensa Alphonse avec une vanité à souffleter, elle ne veut pas m'avouer que c'est pour moi. Allons, il faut lui pardonner, car véritablement je suis un indigne trompeur.

Dans cette disposition d'esprit, il demeura assez longtemps à côté de sa femme, et daigna presque excuser son absence, en lui faisant le récit de toutes les belles choses qu'il avait vues ou faites. Tout le pouvoir de Camille sur elle-même suffit à peine à lui faire garder le silence pendant les impudents récits de de Lubois. Elle crut avoir beaucoup gagné sur ses emportements, et s'être montrée généreuse envers son mari, en ne lui criant pas à chaque parole : Mensonge ! détestable mensonge ! L'imprudente ne vit pas qu'elle le laissait se dégrader vis-à-vis d'elle en l'écoutant, tandis qu'il ajoutait à tous les vices qu'elle avait à lui reprocher le dernier et le plus méprisable de tous, aux yeux d'une femme, le vice de la vanterie en fait de courage. Parce que dans les premiers mouvements de dégoût que lui inspira Alphonse par ses lâches fanfaronnades, elle ne reporta pas sa pensée sur l'homme qui venait de la secourir et qui avait donné tant de preuves de ce courage, elle oublia qu'un jour elle ferait cette comparaison, que Maurice grandirait à ses yeux de tout l'abaissement où descendait son mari.

Alphonse, piqué du peu d'effet qu'il produisait, se retira mécontent ; Camille demeura seule avec tout ce qu'elle avait de pensées confuses. Le lendemain, quand elle songea à l'explication qu'elle voulait avoir avec son mari, elle recula devant l'idée de lui dire en face : — Vous m'avez menti. C'est un sentiment commun à toutes les âmes élevées de ne pas oser trop humilier les plus coupables. Elles sentent qu'en leur montrant combien ils ont mérité tous les mépris, on peut leur arracher ce reste de pudeur qui les empêche de se parer de leurs vices. Camille ne voulut pas ramener cette scène où Alphonse, accusé d'avoir eu une maîtresse, avait hautement répondu que c'était vrai. — Mon Dieu, se disait-elle, si je lui disais ce que je sais, peut-être s'en vanterait-il... et alors... alors... je le mépriserais. Camille le méprisait déjà.

Elle passa ainsi tout un mois entre les douleurs de son incertitude sur la conduite qu'elle avait à suivre, et les souffrances très-vives de sa blessure: son mari, également occupé de ses affaires, qui devenaient difficiles et de ses plaisirs sans frein, la voyait à peine quelques minutes par hasard. Ce fut donc tout un mois de solitude pour Camille, où elle eut le loisir du jour pour penser tristement, les heures d'insomnie pour subir la pensée fiévreuse qui s'empare alors de nous. Ainsi, durant le jour, la conduite de Maurice, sa dernière parole, lui venaient à l'esprit: — Il m'aime, se disait-elle, il l'a dit; mensonge, ou plutôt calcul; il sait ma position, et veut en profiter. Cependant son accent était vrai. C'était le cri du torturé à qui son extrême souffrance desserre les lèvres, et qui laisse échapper sa plainte contre la volonté de son âme... Oui, il m'aime... Et puis, toute sa conduite à mon égard... Je n'en puis douter... il m'aime. Indigne amour! celui d'un homme mêlé à ces intrigues où mon mari se perd, celui d'un homme peut-être sans honneur!... C'est mon mari qui me l'a dit; s'il l'avait calomnié... rien ne m'assure qu'il m'ait dit vrai.. Il y a dans cet homme quelque chose de si élevé... Allons, que m'importe tout cela? qu'il m'aime ou ne m'aime pas, qu'il soit digne d'estime ou de mépris, je ne le reverrai jamais! jamais! .. Alors elle prenait un livre, lisait, et forçait son attention à s'attacher hors d'elle-même.

Mais quand venait la nuit, quand venaient ces heures fatigantes passées sur un lit brûlant et sans sommeil, alors l'image de Maurice se dressait à son chevet. Cette image la regardait fixement, elle lui répétait d'une voix lente et creuse ce mot: Je suis jaloux! elle lui tenait mille discours, elle lui disait: — Je t'aime; voilà longtemps que tu le sais, et tu l'as deviné au premier jour où tu me rencontras entre toi et ta rivale; tu l'as appris par tous ceux qui te disaient comment je prenais partout ta défense; tu l'as vu quand je t'ai soutenue dans ta course pénible... Je te l'ai dit... tu le sais, je t'aime... et toi, dans ton cœur, tu m'aimes aussi... tu te débats... tu cherches un asile, et tu n'en as plus... Viens, viens...

Et Camille alors se levait sur son séant pour échapper à cette fantastique interrogation, où elle-même se faisait ces questions sous la figure de Maurice; elle quittait son lit, ouvrait ses fenêtres en croyant refroidir sa pensée aux fraîcheurs de la nuit; elle s'inondait la tête et le visage, et, le corps glacé, elle essayait d'un sommeil où Maurice revenait encore.

Alors, c'étaient des rêves affreux... c'étaient les combats de juillet... c'était du sang où gisait son mari, où gisait Maurice, où elle tombait aussi, poussée par Césarine. Elle s'éveillait en sursaut, ne sachant où fuir la veille, où fuir le sommeil; alors, elle pleurait, et les larmes, cette sainte rosée du ciel, la calmant un peu, elle gagnait une heure de repos et d'oubli, et s'éveillait pour recommencer.

Son indisposition, qui, seule, eût été une souffrance aiguë, devint, parmi tous ces tourments, une maladie fâcheuse. Un mois suffit à maigrir Camille, à creuser ses joues et ses yeux. Souvent, et lorsqu'on lui remettait les cartes de visite laissées à sa porte, elle désira y trouver celle de Maurice. Ce n'était pas pour avoir une attention de lui, c'était pour avoir le droit de lui en vouloir; c'était pour trouver, dans cette hardiesse à se présenter chez elle, une sorte de déclaration qu'il espérait quelque chose de l'aveu qu'il avait fait; et devant cette espérance, Camille se fût trouvée forte; elle l'eût tournée en insulte pour sa vertu, elle se fût réfugiée dans son orgueil. Mais rien n'était venu; Maurice ne s'était pas présenté. Ce n'était pas lui qu'elle avait à combattre, c'était elle-même : la lutte était bien plus terrible.

Le matin du jour où Camizard avait redemandé ses fonds à de Lubois, Camille avait reçu la lettre d'Alicia qui lui annonçait son prochain retour, et celle d'Antoni qui lui envoyait le billet de Césarine. Elle pensait à l'usage qu'elle pourrait en faire maintenant, et avait pris à peu près la résolution d'attendre le retour d'Alicia pour se concerter avec elle, lorsque ses réflexions furent interrompues par une singulière visite. C'était celle de M. Launay. Le brave homme était entré bien plus embarrassé du regard impertinent du domestique qui l'annonça, que de l'accueil qu'il recevait de sa nièce.

— Quoi! c'est vous? lui dit Camille en lui tendant la main; combien je vous remercie de votre visite!

— Il n'y a pas trop de quoi, parce que je viens un peu pour vous demander un service.

— Je vous le rendrai, si cela m'est possible. Asseyez-vous, et causons.

— Je me serais bien adressé à votre mari, dit Launay; mais, outre que nous *n'accordons* pas ensemble, il aurait fallu lui dire des raisons que vous entendrez bien mieux.

— Voyons, répondit Camille, à défaut d'intelligence, je vous promets ma bonne volonté.

— D'abord, il faut que vous sachiez que Charles a quitté sa place d'inspecteur des postes que je lui avais obtenue, c'est-à-dire achetée; parce que, voyez-vous, il y en a un tas que le gouvernement voulait destituer de leur place, et qui ont donné leur démission moyennant *quibus*; si bien que j'en ai eu une pour Charles. Ça lui allait : toujours sur les grandes routes, il aime les chevaux, le train, il faisait les cent diables; mais, bernique, ça n'a duré qu'un mois; il a quitté, et voilà mes douze mille francs enfoncés. C'est honnête comme ça; mais c'est pas assez pour monsieur, et, sous prétexte qu'il sait que j'ai de l'argent comptant, il me persécute pour lui donner une dot.

— Il veut se marier? dit Camille, ce n'est pas si déraisonnable.

— De vrai; mais il veut épouser cette gueuse, cette... Pardon, mais c'est un père qui parle. Enfin, il veut épouser cette gueuse de Césarine.

— Césarine! dit Camille plus étourdie du nom que de l'épithète, oui, je me rappelle... vous en avez parlé cette nuit où...

— A propos, comment va votre pied?

— Vous voyez, je n'ai pas encore pu sortir.

— C'est y étonnant! vous êtes comme ce pauvre M. Maurice; vous devez savoir ça, qu'il s'est rompu un vaisseau en faisant un effort; je ne sais comment il m'a expliqué ça; enfin, toujours est-il qu'il n'est pas sorti depuis un mois.

D'où savez-vous cela? dit Camille en l'interrompant vivement, et tristement étonnée de cette nouvelle.

— Je le sais de lui-même ; c'est que, voyez-vous, j'ai été le voir...

En ce moment, on annonça Camizard qui, ayant appris de de Lubois l'indisposition de sa femme, venait savoir de ses nouvelles. Après les questions, les réponses, les plaintes d'usage, Launay continua :

— Comme je vous disais, j'étais allé chez M. Maurice, un peu pour le consulter sur ce qu'il connaît cette engeance de Césarine, et à cause que c'est lui qui a été son premier... et que c'est toujours une sorte d'autorité paternelle sur ces gueuses-là... Pour en revenir donc, j'étais allé chez M. Maurice un peu pour le consulter, et un peu aussi pour savoir de vos nouvelles.

— Des nouvelles de madame, chez M. Maurice ! dit Camizard étonné.

Camille parut interdite ; Launay le vit, et le conseiller d'État le remarqua ; l'oncle, voulant réparer la sottise qu'il croyait avoir faite, ajouta :

— De ses nouvelles, ou quelque chose comme ça, parce qu'enfin, à cause de ce qui est arrivé dans cette nuit du 29 juillet, je me suis dit : M. Maurice est un homme bien élevé, très-galant, qui aura été s'informer comment va le pied de ma nièce. Il me semble qu'il ne faut pas ricaner pour ça, monsieur, et que ce n'est pas plus bête qu'autre chose.

— Pardon, mon oncle, reprit Camille d'un air qui s'adressait plutôt à Camizard qu'à Launay ; c'est que monsieur ignore que c'est devant votre porte que je me suis blessée, et que c'est M. Lambert, que j'ai rencontré *très-par hasard*, qui a eu l'obligeance de me ramener.

— En effet, répliqua méchamment le conseiller d'État, je ne savais que ce que m'avait dit de Lubois. Le vrai sens que le ton donnait aux paroles était : Je n'en savais pas plus que votre mari, qui ne savait pas cela.

Camille éprouva une vive contrariété : s'expliquer, c'était s'excuser ; s'excuser, c'était craindre de paraître coupable ; se taire, ouvrait la carrière aux soupçons : elle espéra que Launay donnerait, tout en parlant, les éclaircissements qu'elle désirait sans vouloir les fournir elle-même, et elle le remit dans sa conversation.

— Oui, vraiment ; et imaginez-vous ma surprise quand je l'ai trouvé dans cet état : le pauvre garçon était pâle à faire frémir ; il crachait le sang, et ne pouvait se tenir sur ses pieds. J'allais lui demander de vos nouvelles, et c'est lui qui m'a demandé des vôtres. J'ai pas trop su que lui répondre ; c'est alors qu'il m'a conté qu'en voulant déranger une grosse pierre qui lui barrait le passage, il avait fait un effort si violent, qu'un moment après il était tombé par terre sans connaissance. C'est des passants qui l'ont ramassé et rapporté chez lui, et voilà un mois qu'il ne peut pas se remettre.

Camille écoutait tristement ce récit ; elle y trouva cependant une sorte de consolation ; elle fut heureuse d'apprendre que c'était par empêchement physique que Maurice ne s'était pas présenté chez elle, et non par une retenue qui eût attesté un si profond respect pour elle, au milieu de tant d'amour.

Elle préféra le savoir mourant : sentiment cruel qui ne pouvait naître dans l'âme de Camille que parce qu'elle avait grand besoin, sans doute, que cet homme ne fût pas plus qu'irréprochable. Elle ne le garda pas longtemps. Camizard avait trop bien regardé le visage de Camille pour ne pas y deviner quelque chose ; il voulut en savoir davantage.

— Et c'est M. Maurice, sans doute, qui vous a engagé à venir chez madame ?

— Lui ? reprit Launay, bien au contraire ; car, quand je lui ai dit que je voulais vous faire visite, il m'a dit qu'il suffirait d'envoyer qu'elqu'un ; et, comme j'ai répondu que je viendrais moi-même, il m'a ajouté d'un air singulier : — Ne dites à personne que je suis malade, à personne au monde, je vous en prie. On me croit absent ; le médecin m'a défendu de parler, de recevoir, et je ne veux pas être assiégé de visites. — Je suis parti sans vouloir l'ennuyer de mon affaire, car il avait l'air triste, et, si je vous ai parlé de tout ça, c'est que je pense que ce n'est pas vous qui irez le tourmenter.

— Et c'est en remuant une pierre que M. Lambert s'est donné cet effort ? dit Camizard.

— C'est tout simple, répliqua Launay, ces jeunes gens, ça ne doute de rien, d'autant qu'il y avait trois jours qu'il fatiguait ; il a voulu faire plus fort que lui, et v'lan, voilà comme arrive un malheur.

Camille venait d'apprendre d'où venait l'accident de Maurice ; elle en était cause ; cette cause, il la cachait ; cet accident, il voulait qu'elle ne le connût pas, car c'était pour elle seule sans doute qu'avait été faite à Launay cette recommandation de se taire vis-à-vis de tout le monde, et Camille se dit alors : — Pousse-t-il la générosité jusqu'à vouloir m'épargner d'être reconnaissante ? quelle âme est-ce donc que la sienne ? craint-il que je lui refuse même ce sentiment ? et n'ose-t-il s'en donner la certitude ? .. Malheureux ! qu'il doit souffrir ! et moi... ingrate. . !

Une larme vint au yeux de Camille trahir ces pensées : le regard du conseiller d'État l'y surprit : mais madame de Lubois ne put lui témoigner son mécontentement de cette indiscrète investigation, car Camizard détourna les yeux et dit à Launay :

— Et quelle est cette affaire pour laquelle vous alliez consulter M. Maurice ?

— Peut-être mon oncle ne veut le dire qu'à moi, dit vivement Camille, à qui le cœur bouillait de tout ce qu'elle devinait d'insolents commentaires sur sa conduite dans l'esprit de Camizard.

— Je comprends, fit Camizard en souriant, je me retire ; et, avec une salutation ironique, il se leva pour sortir.

— Oh ! mon Dieu ! non, monsieur, reprit Launay ; au contraire, vous êtes un homme d'affaires, vous me donnerez un bon avis, il s'agit tout simplement d'un placement d'argent.

Camizard s'arrêta à ce mot, l'œil et l'oreille ouverts, et reprit sa place. Camille se tut, voyant que son observation n'avait fait qu'accroître les soupçons de Camizard.

— Que ne vous adressez-vous a de Lubois ? dit Camizard ; il vous trouvera un placement solide, surtout s'il ne s'agit que d'une somme minime.

— Je ne sais si vous appelez minime une somme de deux cent cinquante mille francs.

La figure de Camizard s'épanouit : il lui sembla voir ses propres fonds aventurés lui revenir par les mains de Launay.

— C'est plus qu'il ne faut à de Lubois, dit imprudemment le conseiller d'État.

— Comment ? plus qu'il ne lui faut... reprit Launay.

— Oui, fit Camizard, en se reprenant ; oui, plus qu'il ne lui faut pour une opération où il y a cent pour cent à gagner, et dans laquelle vous pourriez vous intéresser.

— Merci des opérations ; je sais ce qu'il en coûte. Une bonne hypothèque, voilà ce qu'il me faut à moi. D'ailleurs, voyez-vous, je ne veux pas avoir d'argent libre ; quand ce gredin, je parle de mon fils, sait que j'ai des écus quelque part, il me cajole, il me tourne, et enfin il me tire toujours des sommes ; au lieu qu'une fois casés, bernique, il n'y a plus rien, et il s'en passera.

— Eh bien ! confiez vos fonds à de Lubois, dit Camizard, il les fera valoir pour son compte.

— Merci encore ! s'écria vivement M. Launay, je sais où il les ferait valoir. Je n'ai pas besoin qu'ils arrivent par M. de Lubois où je ne veux pas que mon gueux de fils les envoie.

— Mon oncle !

— Excusez, ma nièce, c'est une parole en l'air ; je ne dis rien contre personne, mais j'ai mon idée sur l'hypothèque.

— Eh bien ! dit Camille, j'en parlerai à mon mari ; il vous trouvera cela.

— Tout de suite, n'est-ce pas? parce que Charles est comme une âme damnée après moi. Je reviendrai vous voir demain.

Le vieux Launay sortit et Camizard se retira avec lui. Camille crut qu'il ne voulait pas avoir à s'expliquer avec elle sur ce qu'il pensait de sa rencontre avec Maurice. Elle se trompa : Camizard était dans ce moment préoccupé d'un bien autre intérêt. Il sortit donc avec Launay, et pendant qu'ils remontaient ensemble les boulevards, la conversation continua sur le sujet qu'ils traitaient avant. Camizard disait à Launay :

— Je suis désolé de ne pas avoir d'argent pour le prêter à de Lubois, d'autant que, quoiqu'il dépense beaucoup, il est au-dessus de ses affaires.

— Hum ! hum ! fit Launay.

— Et, d'ailleurs, je crois qu'il me donnerait une garantie qui vaut bien une hypothèque.

— Et laquelle?

— Mais... celle de sa femme.

— De Camille? Je ne sache pas qu'elle ait une fortune à elle, à moins qu'elle ne lui vienne du ciel.

— Et celle qui lui viendra de madame de Brémont? un héritage de soixante mille livres de rente!

— Bah!

— Vous ne le saviez pas, repartit Camizard d'un air étonné; puis il reprit : — Au fait, on n'en parle pas, à cause de la famille de madame de Brémont... mais le testament est fait... madame de Brémont est bien vieille... une santé délicate... je crois que madame de Lubois héritera plus tôt qu'elle ne voudrait... Adieu, monsieur... je suis votre serviteur.

Et, tandis que Launay poursuivait son chemin, Camizard retournait sur ses pas, regagnait la rue Godot-de-Mauroy, et montait dans le cabinet du notaire. Il en ferma soigneusement la porte et dit sans préambule :

— Écoutez, de Lubois, vous êtes gêné pour me rendre mes fonds...

— Moi! point du tout.

— Ne tergiversons pas : je veux vous sauver. Voici l'affaire qui se présente.

Tout aussitôt il l'expliqua à de Lubois; il lui dit les préventions de Launay, les insinuations qu'il lui avait adroitement glissées, et enfin la garantie qu'il supposait qu'on pourrait obtenir. Tant que parla Camizard, de Lubois le regarda, comme pour découvrir sa véritable pensée au fond de cette proposition. Ce n'est pas qu'elle lui répugnât, il la considérait au contraire comme un secours inespéré du ciel : mais il ne voulait pas se livrer a Camizard. D'ailleurs, le conseiller d'État, emporté par le désir d'être remboursé, avait trop vite joué, cartes sur table, le jeu des fripons avec Alphonse, vis-à-vis duquel il avait gardé jusque là toutes les apparences d'une rigide sévérité de principes. De Lubois sentait son avantage et ne voulait pas le perdre.

— En avez-vous parlé à ma femme?

Le conseiller d'État avait, de son côté, deviné la tactique de de Lubois, et ne lui permit pas de s'y tenir enfermé.

— Non, répondit-il : je ne lui ai pas parlé de la garantie qu'on peut lui demander, et sur laquelle Camille me consultera probablement pour apprendre ce que je sais des dispositions testamentaires de madame de Brémont.

— Et que lui direz-vous?

— Que je ne les crois pas valables.

Ceci voulait dire : Si vous ne faites pas l'affaire avec moi et pour moi, vous ne la ferez pas. De Lubois garda un moment de silence.

— C'est deux cent cinquante mille francs que veut placer Launay? reprit-il.

— Oui, il vous restera cinquante mille francs; et le bruit que je ferai de l'exactitude de votre remboursement peut prévenir beaucoup de demandes semblables à la mienne.

— J'y ai bien pensé, dit M. de Lubois toujours préoccupé; mais que dire à Camille?

— Est-ce qu'elle entend quelque chose aux affaires?

— Raison de plus : elle voudra des explications.

— On en donne ... Et puis, j'y pense... elle sera plus docile que vous ne croyez, car elle vous a déjà un peu trompé.

Il s'arrêta.

— Comment? fit de Lubois.

— C'est inutile à vous dire, reprit Camizard... Cependant... Oui, il faut que vous le sachiez... cela ferait un mauvais effet vis-à-vis de Launay, s'il paraissait y avoir des secrets entre vous et votre femme.

Et il lui raconta comment il avait appris que c'était devant la porte de Launay que Camille s'était blessée, et que c'était Maurice qui l'avait ramenée chez elle.

— Maurice!... s'écria de Lubois, Maurice!... dans la nuit du jeudi. Ah! c'était elle!

— Que voulez-vous dire? reprit Camizard tout surpris de l'exaltation de de Lubois.

— Rien, dit Alphonse... mais c'était elle... elle m'a reconnu... et lui... Oh! ce Maurice est un malheur pour moi... Je le hais, ce Maurice... Mais... elle... comment se fait-il?... il faut qu'elle me dise comment cela est arrivé.

— Où diable allez-vous? dit Camizard en arrêtant de Lubois .. vous aviseriez-vous d'être jaloux?

— Jaloux? moi, répliqua Alphonse, moi! et de qui? de M. Maurice? Ce n'est pas cela... mais je ne sais à quel propos ce monsieur s'est porté le censeur de toutes mes actions et le défenseur de ma femme, et il faut que je le trouve encore mêlé à cette circonstance...

— Mais qu'y a-t-il de si étonnant? il a rencontré Camille chez Launay.

— Mais comment Camille était-elle chez Launay?...

— Vous le saurez de lui-même; il revient demain, interrogez-le adroitement.

— Vous avez raison. Et quant à vos deux cent mille francs, ce sera pour après-demain.

— Oh! maintenant, dit Camizard, après-demain ou dans huit jours... il ne faut pas mettre le pistolet sous la gorge du brave homme.

— Vous devriez voir Camille pour la préparer adroitement, reprit de Lubois après un moment de réflexion.

— Entre nous, avec une femme comme elle, je crois que la franchise est préférable, une demi-franchise, s'entend. Avouez votre embarras, sans en dire les causes précises... La révolution de juillet a déjà endossé plus d'un billet protesté... elle peut se charger de difficultés dans vos rentrées.

— C'est possible. Mais je crois que plus ma demande sera dégagée de préparations, moins Camille y verra clair. Une proposition bien droite la surprendra mieux: j'y songerai. En tout cas, venez après-demain donc pour savoir ce que dira le bonhomme.

Les deux honnêtes gens se quittèrent sur ce mot de bonhomme, et de Lubois rêva aux moyens par lesquels il pourrait aborder Camille pour la faire pénétrer tout d'un coup dans le mystère de ses affaires dont il l'avait toujours tenue éloignée. Toutefois, le souvenir de Maurice perçait malgré lui à travers sa préoccupation intéressée. Il se rappelait tout ce qu'il avait dit à Camille sur ses propres exploits, et le froid silence avec lequel elle avait accueilli son récit; il se rappelait la manière dramatique et guerrière dont il était sorti de chez lui, fusil en main et sabre au poing, et l'heure et l'endroit où il avait été retrouvé. Camille avait-elle fait confidence de tout cela à Maurice? avait-il aussi à rougir devant cet homme? Enfin il se rappelait cette expression de Camille, dans la scène qui suivit le bal de Derby; ce mot: *Vous êtes un lâche!* que la colère lui dicta alors, que la nuit de juillet semblait avoir justifié. Ces réflexions allumaient dans l'esprit de de Lubois des mouvements de rage qui le faisaient se lever et s'écrier comme un fou.

Enfin, devenu plus calme, il se souvint qu'une affaire plus intéressante devait l'occuper d'abord, et il remit la satisfaction de sa haine contre Maurice après le succès de l'emprunt à faire au père Launay.

Nous ne dirions pas par quels moyens aisés un homme d'affaires habile put embarrasser la bonne foi d'une femme qui ne savait ce que c'est qu'un contrat, si nous ne devions rendre compte des motifs secrets qui dictèrent la détermination de Camille et la firent souscrire avec empressement aux désirs de son mari. Dans un amour dont le développement s'opéra par la puissance de la réflexion plutôt que par l'action directe d'un autre amour, qu'il nous soit permis de raconter comme fait ce qui souvent ne fut qu'une idée, mais ce qui fut plus puissant qu'aucun fait.

Nous avons laissé madame de Lubois lorsque Launay et Camizard la quittèrent ensemble. Elle était demeurée avec la lettre d'Alicia, avec celle d'Antoni, avec le récit de Launay, récit tout plein de Maurice. Ce fut alors que, restée seule en présence de cet homme absent, qui lui parlait bien plus haut de la solitude où il souffrait que s'il eût été à ses genoux; ce fut alors qu'elle prit son âme en suspicion et s'avoua qu'il lui fallait l'étayer de quelque courageuse résolution, car elle penchait vers des idées qui sont un abîme où périt l'honneur. Depuis un mois, elle discutait avec elle-même, elle se mentait, elle se dérobait sa pensée sous des accidents de fièvre, de maladie, de chagrin; enfin elle voulut se voir face à face, elle s'arracha le voile dont elle se couvrait le cœur, et s'interrogeant la parole haute, elle se répondit avec confusion :

— Je l'aime.

— Où le fuir? où me cacher? C'est un malheur de plus que vous m'avez envoyé, mon Dieu! je le subirai seulement et silencieusement; je mettrai la main sur ma blessure, pour que ni lui ni personne ne la voie; et je souffrirai jusqu'à ce que j'en meure ou qu'elle se ferme.

Voilà ce qu'était Camille; voilà ce qu'elle voulait, voilà ce qu'elle eût fait, s'il ne se fût trouvé près d'elle une puissance qui tua le gardien qu'elle avait mis à son cœur, qui brisa le sceau qu'elle avait elle-même apposé à son secret, qui rompit les liens dont elle avait enchaîné son orgueil.

Il faut le dire : l'indignation de Camille contre son mari n'était pas éteinte ; mais elle n'était plus active ; son opinion sur le compte d'Alphonse n'avait pas changé, mais elle ne désirait plus rien faire en vertu de cette opinion. Ce fut dans ces dispositions qu'Alphonse trouva Camille, lorsqu'il l'aborda pour lui parler de l'affaire Launay.

— Madame, lui dit-il en entrant chez elle, j'ai un service à vous demander.

— A moi, monsieur ? repartit Camille avec surprise, mais avec douceur.

— A vous ; il s'agit d'une chose qui jusqu'à présent ne vous a guère occupée ; il s'agit d'une affaire d'argent ; il s'agit beaucoup de ma fortune, et par conséquent de la vôtre. J'ai besoin de votre signature pour une affaire.

— Je suis toute prête à vous la donner, monsieur, repartit Camille, que je sois ou non intéressée dans cette affaire.

— Je vous remercie ; mais il faut que vous sachiez pourquoi j'en ai besoin. Votre oncle Launay est venu vous demander votre avis sur un placement de fonds.

— Oui, monsieur, et je devais vous en parler.

— C'est moi qui vous en parle. Dans ce moment, ces fonds me seraient utiles pour une entreprise d'un succès infaillible, et qui assurerait à jamais l'indépendance de notre fortune. Dans ma position, il ne me convient point de distraire de ce que je possède une somme si considérable pour en faire un usage commercial ; il me convient encore moins de l'emprunter, et je souhaiterais que ce fût en votre nom que se fît cet emprunt : c'est une affaire de convenance.

— Je comprends mal comment cela se peut. Je suis sans fortune, vous le savez, je ne possède rien, et...

— C'est une affaire de forme, et ma garantie répondra suffisamment pour vous, reprit de Lubois avec une légère impatience.

— Je ferai ce qui vous plaira, monsieur, quoique...

— Eh bien ! que voulez-dire ?

— Rien, oh ! rien.

L'idée que ce que lui proposait de Lubois pouvait être une tromperie était un moment venue à Camille ; mais elle l'avait aussitôt repoussée, craignant d'étendre jusqu'à la probité d'Alphonse des préventions qui ne devaient pas sortir de ses griefs d'épouse. Elle avait d'ailleurs plus d'un exemple de très-mauvais maris qui étaient des hommes fort probes; et puis, dans la disposition d'âme où elle était, Camille cherchait à se rattacher à son mari par quelque lien que ce fût. Elle l'avait essayé un mois avant, elle l'essayait encore. S'il n'était pas ce que j'ai cru, se disait-elle, je veux être pour lui plus qu'il n'a sans doute espéré. Qui sait? peut-être se laissera-t-il toucher à mon abnégation de tout droit sur lui, peut-être un mouvement de reconnaissance pour ce que je fais et que je pourrais refuser le ramènera-t-il à mieux vivre envers moi. Un pas, un seul pas qui nous rapproche, et je m'appuierai à lui pour me sauver.

De Lubois était demeuré embarrassé du facile consentement de Camille; il ne comprenait pas que tout ce qu'il avait de torts envers elle se fût si facilement effacé de son ame. Il s'était attendu à des refus qu'il aurait à dompter, et il lui dit d'un ton qui n'était pas sans émotion :

— Vous êtes généreuse, Camille, et vous m'apprenez aujourd'hui, plus que jamais, que je vous avais mal jugée.

— Monsieur, je ne mêle pas les chagrins de ma vie aux intérêts de votre fortune. La mienne, si j'en avais une, vous appartiendrait si vous en aviez besoin. Je vous le dis sans craindre que vous me répondiez que la générosité est facile en suppositions, parce que j'espère que vous croyez de moi ce que je crois de vous.

— Et vous avez raison, répliqua de Lubois sincèrement troublé. Je vous remercie de votre bonne opinion : celle-là... j'ai passé ma vie à la mériter... Cependant, je vous remercie, Camille. . je vous remercie.

Alphonse, en prononçant ces paroles, avait quelque chose d'ému dans la voix : était-ce honte de tromper ainsi Camille? était-ce remords de l'avoir méconnue? Madame de Lubois se persuada que c'était ce dernier sentiment; et elle suivit son mari des yeux pendant qu'il se promenait dans la chambre. Oh ! semblait-elle lui dire, revenez à moi... revenez à moi!

Sous l'empire de ce souhait, ses yeux devinrent humides; Alphonse le vit.

— Vous souffrez toujours beaucoup? lui dit-il.

— Moins, beaucoup moins, répondit-elle en souriant doucement.

— Pourquoi toujours demeurer seule? Vous ne recevez plus personne, repartit Alphonse d'un air d'intérêt.

— La compagnie d'une femme malade est peu intéressante..., et puis, je voulais vous demander une permission. Je crois que quelques semaines de séjour à la campagne rétabliraient tout à fait ma santé. Je puis aller chez ma marraine. Si vous y consentiez, vous me feriez grand bien.

Dans ce désir de Camille, il y avait un motif qui échappait à la pénétration d'Alphonse, et peut-être eût-il fallu le lui expliquer longuement pour le lui faire comprendre. C'est que les hommes manquent de ces délicats aperçus de la vie qui surprennent l'esprit des femmes et les trompent quelquefois, tant elles s'imaginent que nous voyons les choses comme elles. Outre que par cette absence Camille croyait échapper à sa préoccupation au sujet de Maurice, oubliant que ce n'était pas lui, mais elle qu'il fallait fuir, outre que son séjour chez madame de Brémont devait arrêter les suppositions de Camizard sur sa rencontre avec Maurice et sur le silence qu'elle avait gardé à ce sujet, Camille avait au fond de ses raisons une espérance qu'elle ne voulait pas discuter, de peur de la détruire. Elle pensait que si, ramené par ses bons procédés, Alphonse voulait renoncer à son intrigue avec Césarine, il le ferait bien mieux quand il aurait l'air de le faire lui-même. Sa vanité, d'après le calcul de Camille, n'aurait pas à craindre de paraître avoir cédé aux colères ou aux exigences de sa femme. Camille avait tant besoin qu'il redevînt pour elle un bon mari, qu'elle se retirait de la lutte, pour le laisser agir à son aise, le monde dût-il ne savoir gré qu'à lui de sa bonne résolution.

Si l'on considère ce qu'il y avait d'orgueil et de décision dans le caractère de Camille, et qu'on remarque le rôle auquel elle se résignait, on appréciera sans doute combien pour elle devait être menaçant le sentiment qui lui dictait sa nouvelle conduite. Ce sentiment la dominait tellement, qu'elle demandait à tout aide contre lui : à l'absence, à l'espoir d'un retour, à des idées qu'Alphonse ne soupçonnait même pas.

De Lubois lui répondit qu'il était prêt à souscrire à tout ce qui lui serait agréable, et il fut décidé qu'elle partirait dès que l'affaire de Launay serait conclue.

Grâce à l'adresse de de Lubois, à l'entremise de Camizard qui parut rencontrer Launay comme par hasard chez le notaire, l'emprunt projeté se fit comme il le voulut. Les piéges ne manquèrent pas à la bonne foi de Launay; plusieurs fois, le conseiller d'Etat eut l'air de s'échapper maladroitement sur les dispositions testamentaires de madame de Brémont; plusieurs fois il y eut des questions pleines d'intérêt faites sur la santé délabrée de la bonne dame. Camille elle-même en fut dupe, et le jour où elle s'apprêtait à partir pour la campagne, elle crut aller soigner sa marraine.

Ainsi donc, Camille, mariée séparée de biens avec son mari, venait d'emprunter, avec son autorisation, deux cent cinquante mille francs à Launay, garantis par M. de Lubois en cas de non-paiement de madame. Tout cela dura une semaine à peu près, au bout de laquelle Camizard fut remboursé, et Alphonse tenu pour un homme dont l'exactitude dans les affaires devrait servir de modèle à tous les jeunes gens. Camizard en parla dans le grand faubourg; il trouva même moyen de bâtir à ce propos un système tout entier sur ces caractères puissants et faibles à la fois, si rigides dans leur probité et si faciles dans leurs mœurs. Alphonse parut curieux à connaître à quelques belles dames d'outre-Seine, et le notaire reçut, à cette époque, des invitations dont il fit sottement parade en les laissant maladroitement tomber de sa poche dans quelques mauvaises coulisses.

II

RENCONTRE.

Le jour même où Camille signa le contrat avec Launay, elle monta en voiture et prit la route d'Orléans pour aller rejoindre madame de Brémont dans sa terre. Quelques heures après son départ, un domestique sans livrée apporta pour madame de Lubois un billet soigneusement cacheté, en recommandant qu'il ne fût remis qu'à elle seule. — Je m'en charge, répondit celui qui le reçut.

Comme la recommandation du commissionnaire ressemblait à celles dont on accompagne les lettres qui ne doivent pas être lues par *monsieur*, le domestique jugea plus prudent d'expédier la lettre à *madame* avec quelques cartons qui devaient lui être envoyés à la campagne, que de prier *monsieur* d'y mettre l'adresse du château de madame de Brémont. Dans tous les cas, ce billet, eût-il été remis à Camille au moment où elle partait, serait arrivé trop tard pour prévenir le malheur auquel il voulait obvier; le retard qu'il subit et qui, par diverses circonstances, dura près de quinze jours, ne fit qu'éloigner l'explication qui en résulta, et peut-être eût encore été plus fâcheuse si elle avait eu lieu sur-le-champ.

Camille arriva chez madame de Brémont et fut reçue à bras ouverts et avec toutes les commisérations imaginables. Madame de Lubois avait quitté son mari sans regret, quoique avec tristesse. L'idée que cette séparation de quelques semaines lui serait fatale l'avait longtemps poursuivie. Mais l'espérance qu'elle avait basée sur cette séparation la rassura peu à peu. C'est le propre des imaginations fortes de faire abonder les bonnes raisons à l'appui de ce qu'elles supposent possible; il en arrive qu'au bout de quelque temps elles regardent comme assuré ce dont elles doutaient en commençant. Ainsi, lorsque Camille entra dans le château de madame de Brémont après un jour de route, elle s'était convaincue qu'Alphonse profiterait de son absence pour rompre avec Césarine. Ses procédés avec Camille, depuis le jour où elle avait consenti à l'emprunt, lui en étaient un garant. Sans doute, il n'était pas revenu complétement à ses devoirs, mais ses paroles, quoique réservées, étaient pleines d'intérêt. Plusieurs fois, comme elle ne pouvait encore quitter que difficilement sa chambre, il lui avait demandé la permission de dîner près d'elle : il n'était pas sorti la veille de son départ; il en était résulté pour Camille une distraction d'elle-même. Le soin d'une conversation difficile à tenir dans des limites convenables l'avait occupée tant qu'Alphonse avait été présent, et elle avait moins pensé à Maurice.

Dès son arrivée, madame de Brémont interrogea Camille sur la manière dont elle vivait avec son mari.

— J'espère, lui dit Camille; il est déjà bien meilleur pour moi. Je crois qu'il se repent.

— Ce n'était pas le moment de le quitter; il fallait le maintenir dans cette bonne disposition.

— Au contraire, un mot qui eût pu lui faire croire que j'en voulais tirer avantage l'eût peut-être rendu à sa fatale passion; vous savez comme il craint de paraître dominé. Je l'ai laissé à lui-même, et je suis sûre que, s'il ne revient pas à moi, du moins il quittera cette fille.

— Je suis ravie de ce que tu me dis là, mon enfant, d'autant qu'à part les torts qu'il a envers toi, c'est un charmant garçon que ton mari, un homme d'ordre. On avait un peu jasé sur son compte; Camizard a été à Paris, et il m'a écrit, il y a quelques jours, qu'il s'était assuré par lui-même que jamais ses affaires n'avaient été en si bon état. C'est que Camizard lui avait confié deux cent mille francs; eh bien! ton mari les lui a rendus rubis sur l'ongle, à l'instant même où on les lui a demandés.

— Deux cent mille francs! dit Camille; et quand les lui a-t-il rendus?

— Il y a huit jours

— Huit jours...

Elle réfléchit. — Ce n'est pas cela, se dit-elle.

Madame de Lubois avait tout de suite fait en sa pensée le rapprochement du remboursement de Camizard et de l'emprunt de Launay. Mais Launay n'avait versé ses fonds que la veille, et Camizard était remboursé depuis huit jours. Elle s'accusa de prévention contre son mari.

— Mais que disait-on, reprit-elle, que disait-on contre Alphonse?

— Oh! que veux-tu? c'est un peu sa faute... il a été se mêler dans cette bagarre de juillet .. ça n'a pas plu parmi ses clients; un notaire héros, on ne voit ça que de ce temps-ci... il aurait dû penser à sa clientèle... Mais ça s'oubliera, pourvu qu'il ne recommence pas... C'est très-bien d'être brave; quand on est notaire, on garde ça pour soi.

Pendant que madame de Brémont parlait ainsi, Camille

était sur les épines. Ces éloges du courage de son mari lui rappelaient trop cruellement la vérité, et cette vérité, elle eût voulu se la cacher à tout prix : dans les dispositions nouvelles où elle se trouvait, elle avait besoin d'oublier les torts d'Alphonse.

Quoique Camille marchât avec assez de facilité, elle ne pouvait faire de longues promenades; elle ne quitta donc pas le château et le parc de madame de Brémont durant la première semaine de son séjour. Quelques visites de voisinage vinrent à peine interrompre sa solitude; car on peut dire qu'avec sa marraine, elle était comme seule; Camille avait acilement pris cette habitude d'entendre parler sans écouter, et de répondre sans penser, habitude qu'on contracte bientôt quand on demeure avec des bavards.

Toutefois, elle se trouvait bien de la campagne : le centre de sa vie, le cœur, n'était pas moins douloureux; mais elle n'en souffrait pas tant. Lorsqu'on vit enfermé dans une chambre, la douleur qui s'échappe de vous semble se heurter aux murs, et rebondit au cœur. Mille objets, qui sont autant de témoins de votre vie de tous les jours, vous la renvoient. Dans les vastes prairies, sous les longues allées du parc de madame de Brémont, la douleur de Camille s'épandait au dehors, et semblait se perdre et se fondre dans l'espace et dans l'atmosphère; c'était un air qu'elle saturait de tristesse, dans lequel elle marchait, mais qui ne lui déchirait point la poitrine. Il en est ainsi du son d'un instrument et du feu d'un foyer, dont l'un bruit avec fracas en se répercutant aux mille échos d'une enceinte sonore, dont l'autre s'irrite et devient cuisant en se réfléchissant aux parois d'une fournaise. Jetez-les sous le ciel, le son s'adoucit en fuyant dans l'espace, le feu ne fait que tiédir l'air au milieu duquel il brûle.

L'image de Maurice revenait encore à Camille, mais elle n'avait plus ce caractère ardent, impérieux, qui la faisait trembler; elle le voyait pâle, triste, résigné, dévoré d'un amour muet, et qui n'avait que des regards et des paroles qui demandaient pitié.

On ne pense pas, sans doute, que madame de Lubois n'eût pas souvent reconnu combien sa conduite envers Maurice manquait aux habitudes de la plus simple politesse : souvent elle avait cherché dans les exigences du monde un prétexte pour s'autoriser à s'informer de la santé de Maurice; mais le dernier mot de leur entrevue se dressait toujours à l'encontre de ce qu'elle eût osé faire ; ce mot, *Je suis jaloux*, interdisait à Camille le moindre intérêt pour celui qui l'avait prononcé. Il faut le dire aussi, Camille était rassurée sur la vie de Maurice; elle n'avait cependant aucun renseignement certain sur lui; mais elle était trop tranquille pour qu'il fût mort. Quelque cri sinistre se serait élevé en elle, s'il avait succombé; il y aurait eu de sombres présages qui l'eussent avertie; il serait arrivé malheur dans la nature, si un tel malheur fût arrivé à Camille. Inexplicable et sainte intelligence de l'amour, douce et vénérable superstition qu'il faut garder, ou plutôt qu'il faut avoir à son insu ! Camille ne s'expliquait pas cela, mais elle l'éprouvait; elle s'était dit une fois, la main sur son cœur, et en le trouvant sans inquiétude sur Maurice :

— Je sens qu'il vit.

Les jours se chassaient, et leur uniformité, cette lime inaperçue qui use à la longue les plus âpres sentiments, avait déjà adouci la sensation aiguë des douleurs de Camille. Un soir qu'elle était demeurée dans le parc, seule et presque heureuse de ne plus se sentir si malheureuse, elle entendit des voix qui l'appelaient : elle se hâta de regagner la maison.

— Ma chère enfant, lui dit madame de Brémont dès qu'elle l'aperçut, voici une invitation de M. de Marquoy, qui demeure à une lieue d'ici, à ce beau château qu'on voit de la terrasse du potager; il m'engage à dîner pour demain : veux-tu y venir?

— Il n'est pas question de moi dans cette invitation, répondit Camille.

— Pardon, madame, dit un domestique qui attendait une réponse, le général m'a dit de venir inviter madame de Brémont de sa part, puis il m'a ajouté : Je la crois seule; mais si elle a quelqu'un au château, qu'elle nous amène tout son monde. C'est la fête du général, madame, il y aura un feu d'artifice; on s'amusera beaucoup.

— Si tu ne veux pas venir, je ne te laisserai pas seule ici, reprit madame de Brémont.

— En ce cas, je vous accompagnerai, répondit Camille, quoique ma santé...

— Au contraire, ça te distraira un peu. Lucien, dis au général que je serai chez lui demain à deux heures.

— Bien précises, parce qu'on doit aller dans la forêt.

— C'est bien... A propos, annonce-lui la visite de madame... non... je veux lui en faire la surprise; dis-lui seulement que je n'irai pas seule.

Le domestique repartit; Camille interrogea madame de Brémont sur le général de Marquoy.

— C'est un bonhomme, répondit madame de Brémont, qui vit d'ordinaire à la campagne, plus serviable que complimenteur, plus franc que poli.

— On le voit. Cette manière d'inviter sans écrire...

— Ah! c'est que voilà le difficile. C'est un ancien cadet qui, à l'âge de douze ou treize ans, s'est échappé du séminaire où il était. Pendant quelques années on le crut mort. Un beau jour on le retrouva mousse sur un navire marchand; on le fit rentrer au séminaire; trois jours après, il avait disparu pour se faire soldat. On l'a laissé où il était, et c'est lui qui est arrivé où il est. Du reste, bonhomme, familier, se vantant à tout propos d'avoir fait sa fortune, et d'être devenu général sur le champ de bataille, comme un vrai paysan à l'entendre et à le voir, on aurait toutes les peines du monde à deviner qu'il est d'une excellente famille.

— Et quelle espèce de gens voit-il?

— Mais... tout le monde du voisinage, à peu près.

— Ce sera une cohue que cette fête, à ce que je crois.

— Le soir, peut-être; mais nous ne serons que huit ou dix au dîner. Je suis charmée que tu viennes; je suis sûre que tu feras la conquête du général; tu te feras belle.

— Ce sera difficile; les cartons que j'attends depuis plus de quinze jours ne sont pas arrivés: mais à la campagne on est toujours bien.

— Quand on est comme toi!

— Ah! ma marraine, quelle galanterie?

— C'est une réminiscence... Tiens, c'est un mot de Camizard, un jour qu'il me surprit en négligé de... Tu comprends bien qu'on dit ces choses-là à toutes les femmes.

— A toutes les femmes comme vous, ma marraine.

— Me voilà payée en ma monnaie... c'est bon, petite... vous êtes méchante; mais tu es belle comme un amour... Hum! si tu voulais être raisonnable...

Elles causèrent ainsi quelque temps, et rentrèrent dans leurs appartements. Le lendemain à une heure, elles montèrent dans le coupé de madame de Brémont, et se mirent en route pour le château de M. de Marquoy. Au bout d'une heure de marche, la voiture entra dans une longue allée; elle y était à peine engagée, qu'elle s'arrêta à un cri bruyant et joyeux, poussé par un gros homme qui sortit du taillis.

— Bravo! bravo! voilà qui est sublime : la première arrivée! bravo, ma voisine.

— Bonjour, monsieur de Marquoy, répondit madame de Brémont en descendant de voiture, permettez-moi de vous présenter ma filleule.

Le vieux général considéra Camille avec des yeux réjouis.

— Est-elle mariée, cette belle filleule-là?

— Mais oui, c'est madame de Lubois.

— Tant pis... tant pis...

— Pourquoi donc?

— C'est que je vous l'aurais tout de suite demandée en mariage.

Et il se mit à rire d'un gros rire content.

— Je te l'avais dit, Camille, que tu ferais la conquête du général.

— C'est une bonne fortune, répondit Camille en souriant, dont je dois remercier ma bonne étoile; car je ne sais en quoi je l'ai méritée.

Le général se posa devant Camille en la considérant de la tête aux pieds.

— Eh bien, je vais vous le dire : voyez-vous ça? ajouta-t-il en montrant ses cheveux blancs, vous méprisez ça, vous autres jeunes têtes, c'est pourtant une fort belle chose.

— Et fort respectable, dit madame de Brémont.

— C'est pas ça, reprit le général du ton d'un instructeur qui commande un peloton, c'est pas ça; c'est qu'avec ça, voyez-vous, continua-t-il en tirant encore ses cheveux blancs, je peux vous dire : — Madame, vous êtes la plus belle femme que j'aie jamais vue.

Camille sourit.

— C'est qu'avec ça, je puis vous dire que pour des yeux comme les vôtres, j'aurais fendu la tête à mon meilleur ami.

Camille rougit.

— Que, pour voir la pointe de vos cheveux, je me serais tenu sur le bout de mes orteils durant trente-six heures.

Camille ne put s'empêcher de rire.

— Que pour des dents comme ça... sacrebleu!... j'aurais...

— Général! fit madame de Brémont.

— C'est juste, c'est juste, reprit M. de Marquoy en se donnant un air malin; quand on jure devant madame, ce ne peut être qu'un amour éternel.

Et il rit encore en se bourrant le nez de tabac. Il en offrit à madame de Brémont.

— En prenez-vous?

— Quelquefois, dans la tabatière des autres, répondit madame de Brémont en prisant.

La tabatière était ornée d'un magnifique portrait de l'Empereur : Camille demanda à le voir pour se faire une contenance pendant cette singulière conversation.

— Vous êtes bien gai aujourd'hui, mon voisin, reprit madame de Brémont.

— C'est que j'ai du chagrin qui me met en colère.

— Et contre qui, mon Dieu?

— Contre un *coquin de neveu* qui s'avise d'être malade, et malade de quoi? malade d'amour...

— Il faut le marier.

— Excellent remède, je le sais... mais, en fait de mariage, c'est comme vous pour le tabac; il en prend... quelquefois... dans la tabatière des autres.

— Est-ce un Marquoy, votre neveu?

— Ni Marquoy, ni marquis; c'est le fils de ma sœur cadette, qui a préféré épouser un riche bourgeois que de se faire religieuse; c'est le fils de ma sœur Lambert.

— Lambert! dit Camille en s'arrêtant et en laissant tomber la tabatière, qui se brisa sur le pavé de l'avenue au bout de laquelle on était déjà arrivé.

— Ma tabatière! s'écria le général avec violence et en la ramassant... c'est l'Empereur qui me l'avait donnée.... s...

la voilà en morceaux... Pardieu! il faut être bien gauche...

— Pardon, monsieur, fit Camille, bouleversée à la fois du nom qu'elle venait d'entendre et de sa maladresse; pardon... c'est un éblouissement... c'est... le cœur qui m'a tourné... Oh! ma marraine, permettez-moi de me retirer.

— Mais, mon Dieu! comme vous voilà pâle et tremblante!... reprit M. de Marquoy, pardon, pardon, je suis un peu brutal... je vous ai dit des choses... ça n'a pas le sens commun, j'en ai dix de plus belles... ce n'est rien.

Mais Camille pâlissait de plus en plus, elle chancelait.

— Assieds-toi, mon enfant... Mon Dieu! tu te troubles pour rien... Mon pauvre général, que voulez-vous? elle a tant souffert!

— Mais la voilà qui s'en va tout à fait... Hé! Louise... Lucien, tout le monde, cria le général à tue-tête... de l'eau! du vinaigre!...

On était à quelques pas du château, plusieurs personnes accoururent; Maurice en était. A l'aspect de Camille défaillante et soutenue par le général, il sembla pétrifié.

— De l'eau, du vinaigre... Eh bien! qu'est-ce que tu fais, comme une statue?...

— Madame de Lubois, murmura Maurice.

Camille rouvrit les yeux et l'aperçut; elle se leva avec effort du banc où elle était.

— Ma marraine, dit-elle, permettez-moi de retourner au château, je me sens mal, très-mal.

— Non, pardieu pas, dit le général; vous ne partirez pas en cet état... S..... tabatière, ajouta-t-il en achevant de la briser tout à fait sur le pavé, c'est elle qui en est cause...

Camille n'avait pas la force de se soutenir; les domestiques avaient apporté un fauteuil où on la plaça.

— Allons, toi, aide-moi à la porter au salon. Maurice s'avança.

— C'est pas toi, c'est Lucien... as-tu envie de te remettre sur le flanc... te voilà aussi, toi, pâle comme un mort... Mon Dieu! quelles poules mouillées que tous ces jeunes gens!

Aussitôt, aidé de deux domestiques, il transporta madame de Lubois dans un vaste salon où on lui fit respirer des sels dans un flacon qu'avait été chercher Maurice. Elle se remit un peu.

Elle essaya de parler.

— Non, dit le général, taisez-vous... Vous allez demander à partir, et vous me feriez trop de chagrin... Tenez, vous devez comprendre ça d'un vieux soldat comme moi : l'Empereur me l'avait donnée cette tabatière, j'y tenais à cause de lui... je vous ai dit des mots désagréables... eh bien, voyons, ne soyez pas fâchée... je vous demande pardon...

— Ce serait à moi à m'excuser, dit Camille, mais je n'ose plus.

— Et vous ne parlez plus de partir, n'est-ce pas?

— Non, dit Camille gravement, je ne veux pas avoir l'air de fuir...

— A la bonne heure, dit le général en se frottant les mains. — C'est ta faute aussi, reprit-il en s'adressant à Maurice qui écoutait pensif : je parlais de toi au moment où l'accident est arrivé... ça m'avait mis de mauvaise humeur, et quand j'ai vu ma pauvre tabatière à terre... Mais en voilà assez... Ah! qu'est-ce qui nous vient là?... c'est, ma foi, Lauffray avec sa femme et ses filles; je reconnais sa voiture. Venez avec moi, ma voisine, nous allons aller au-devant d'eux.

Camille se leva.

— Non, c'est à madame de Brémont que je parle; demeurez ici avec ce nigaud de Maurice qui s'avise aussi d'être malade...Vous ne valez pas mieux l'un que l'autre; ah! ma voisine, ce n'est pas de notre force, nous les enterrerons tous.

Et, ce disant, il entraîna madame de Brémont dans le jardin, et laissa Camille et Maurice en présence. Camille était assise dans le fauteuil sur lequel on l'avait portée au salon, et jouait, les yeux baissés, avec le flacon de sels qu'elle tenait : Maurice était debout devant elle, tous deux pâles et souffrants de leur maladie, tous deux oppressés de leur cœur. Maurice le premier interrompit le silence embarrassant qui était entre eux.

— Sur mon honneur, madame, lui dit-il, j'ignorais que vous fussiez chez madame de Brémont.

Camille releva la tête et répondit froidement :

— Pourquoi me dites-vous cela, monsieur?

— C'est que vous pourriez peut-être croire que cette invitation de mon oncle est un piége que je lui ai suggéré pour vous attirer ici, et...

— Un piége, monsieur! en quoi? reprit Camille du même air glacé : vous êtes chez votre oncle, je suis chez ma marraine; nous nous rencontrons parce qu'ils se voient, c'est la chose la plus simple du monde.

— La plus simple du monde, en effet, dit Maurice avec quelque amertume; je n'y avais pas pensé, madame.

Ils gardèrent encore le silence. Camille, en levant les yeux, vit Maurice qui s'était assis et qui appuyait sa tête dans ses mains... il était dans cette position où elle l'avait déjà vu une fois: cette circonstance lui revint en souvenir; elle en eut peur, elle prit une résolution forte, elle voulut en finir avec Maurice. La reconnaissance qu'elle devait à cet homme pesait sur son cœur : il lui sembla que, cette dette une fois payée, elle deviendrait libre envers lui. Elle osa parler la première de cette nuit du 29 juillet.

— Je dois vous paraître bien peu polie, lui dit-elle, de ne pas vous avoir encore remercié du service que vous m'avez rendu, et qui a failli vous devenir si fatal.

— O mon Dieu! répondit Maurice en souriant amèrement et après une longue aspiration, comme s'il eût voulu faire peser tout l'air de l'atmosphère sur son cœur pour le refouler au fond de lui-même, ô mon Dieu! madame, cela n'en vaut pas la peine : moi-même je suis bien coupable : j'ai oublié de vous demander quelles avaient été les suites de votre accident.

— J'en ai beaucoup souffert, monsieur.

— Oui, dit Maurice en se levant pour marcher dans le salon, et se donner un air indifférent, tandis que sa voix frémissait malgré lui; oui, c'est une chose fort douloureuse que ces blessures cachées, et dont on n'a guère pitié, parce qu'il n'y a ni plaie ouverte ni fracture apparente. Soi-même on se trompe sur le danger de ces douleurs, on sent une légère atteinte, on s'imagine que cela ne sera rien, on néglige d'y porter remède, on se fie à ses forces, on va, on va toujours, et puis le mal s'étend, le cœur s'endolorit, il souffre au moindre contact, se brise au plus léger effort; tout le heurte, le blesse, l'irrite; un mot, un regard, un silence : enfin, c'est une souffrance insupportable, sourde, continue, qu'on voudrait déchirer pour la faire saigner et pleurer; mais on n'ose pas, on se tait; et, s'il arrive que l'excès du mal vous arrache un cri, on demande pourquoi on se plaint, on...

Maurice se tut tout à coup; Camille, qui l'écoutait la tête et les yeux baissés, ne sachant comment arrêter cette exaltation d'idées qui, de la douleur physique, avait passé à la douleur morale, Camille se levait pour sortir; Maurice le vit et, se reprenant, il ajouta froidement :

— Vous devez savoir cela, vous, madame, qui avez mal au pied ?

Camille ne répondit pas, et s'avança vers le jardin. Maurice ajouta doucement :

— Mais vous êtes guérie, à ce que je vois, je vous en félicite.

Camille était sur la porte du salon, elle s'arrêta et recula avec terreur.

— Monsieur, dit-elle soudainement, monsieur, voila M. Camizard.

— Eh bien ! dit Maurice.

— Eh bien ! monsieur, reprit Camille en regardant Maurice fixement, qu'allons-nous dire ?

— Et à qui, madame?

— Mais à tout le monde; M. Camizard sait que c'est vous qui m'avez sauvée dans cette affreuse nuit.

— Il le sait ?

— Oui, monsieur, il le sait, et nous avons eu l'air de ne pas nous connaître !... Que va-t-on penser maintenant?

— Rien qui doive vous alarmer, madame. Je puis faire taire M. Camizard, si cela est nécessaire. Mais ce qui arrive est la chose la plus simple, comme vous disiez : nous nous sommes vus une fois dans un salon, une autre fois dans la nuit ; on peut s'oublier aisément quand on se connaît si peu. Vous m'avez oublié; moi, je ne vous ai pas reconnue; la maladie vous a beaucoup changée, cela est facile à comprendre.

— Ah ! oui, c'est cela, dit Camille vivement, je dois être bien changée, bien pâle... c'est que j'ai beaucoup souffert, moi aussi.

Camille sortit tout à fait du salon, et Maurice la suivit. Ils allèrent ensemble au-devant des nouveau venus. Camizard s'avança vers Camille :

— Je suis arrivé il y a une heure au château : j'ai su que vous étiez ici, et je me suis permis de venir vous y chercher; le général m'excusera.

— Comment donc ! je vous en remercie.

— Et moi aussi, ajouta Camille, c'est un jour de surprises, car j'ai eu le bonheur de rencontrer ici M. Lambert que je n'avais pas encore trouvé l'occasion de remercier du service qu'il m'a rendu, vous savez, monsieur Camizard ?

— Comment ! vous vous connaissez? reprit le général.

— Oui, vraiment, mon oncle, j'ai eu l'honneur de rencontrer madame de Lubois dans le monde.

— Et tu as été assez maladroit pour ne pas la reconnaître tout de suite?

— C'est qu'un costume de bal ressemble si peu à un habit de campagne, reprit Maurice en souriant; et d'ailleurs, je crois que madame a été un peu malade. Puis il ajouta avec cet air de galanterie banale auquel le plus indifférent se croit obligé envers les femmes : Je ne dirai pas à madame qu'elle était plus belle, mais elle l'était autrement.

Camizard avait écouté pour saisir une intonation étudiée, quelque chose qui mentît au sens des paroles, mais Maurice avait parlé fort naturellement. Camille avait écouté de même et avait répondu par un demi-sourire et une inclination de tête convenables : il se rassura. Ainsi qu'Alphonse, Camizard avait appris de Launay comment était arrivée l'aventure de la nuit du 29. C'était un hasard qui avait réuni Camille à Maurice : ce que Charles avait dit d'Alphonse avait même expliqué à Camizard le silence de Camille. Le conseiller d'État rejeta un moment ses soupçons.

Cette journée, s'il fallait en écrire tous les détails, s'il fallait en reproduire les mille émotions, demanderait un trop minutieux examen; il faudrait être à la fois dans le cœur de celui qui parle et de celui qui écoute, et il serait presque besoin d'un commentaire sur l'intention de chaque parole dite et sur la manière dont elle fut écoutée et comprise; et puis, en vérité, qu'est-ce, à côté des passions foudroyantes qu'on fait palpiter aux yeux du public, que cette torture muette de deux cœurs, dont l'un s'impose la gaieté facile, l'aisance, la bonne grâce, avec le désespoir dans l'âme, et dont l'autre, tout plein d'un sentiment qui le déborde, se tient clos et comprime avec effort sa parole, ses gestes, jusqu'à son attention.

Maurice, le fougueux jeune homme qui avait promené sa jeunesse parmi ces conquêtes faciles qui sont du domaine de toute une génération, Maurice croyait au dédain glacé de madame de Lubois : pour elle, il pensait n'être que l'homme dont la parole légère avait ruiné son bonheur ; un étranger qu'une fois elle avait rencontré dans un salon de mauvaises mœurs, une autre fois dans un café de bas étage, presque habitué de ces mauvais lieux. — C'est ainsi, disait-il, qu'on me juge. — Pour le comprendre, pour deviner ce qu'il y avait d'élevé dans l'esprit et dans le cœur de cet homme, il eût fallu que madame de Lubois eût intérêt à le voir, et Maurice ne lui supposait pas cet intérêt ; un seul témoignage de ce qu'il valait pouvait être offert à madame de Lubois : c'était son respect pour elle.

Ce respect, Maurice, dans toute autre position, pouvait le montrer par des attentions timides et réservées. Après ce qu'il avait dit à madame de Lubois, ce ne fut pas ainsi qu'il essaya de le lui prouver. Selon ce qu'elle m'a dit, poursuivait-il, nous devons être aux yeux de tous comme des gens qui se rencontrent pour la première fois, qui n'ont rien à cacher du passé, rien à redouter de l'avenir ; trop d'assiduité la fatiguerait, trop d'indifférence pour une femme si belle serait remarquée. Je marcherai sur la crête de ce précipice ; je serai ce que j'aurais été si je ne l'aimais pas .. je lui parlerai avec aisance le langage complimenteur du monde ; je jouerai avec cette beauté qui me brûle, je n'éviterai pas ces regards qui me pénètrent, j'écouterai en souriant cette parole qui me déchire, je lui répondrai comme si je ne lui avais rien dit, peut-être alors elle me remerciera.... si elle me comprend.

Ce qu'il avait résolu, il le fit de toute la puissance d'une volonté qui ne pliait devant aucune douleur ; il le fit si bien, que Camille s'en étonna un moment, qu'un moment elle s'en alarma. Crainte égoïste et cruelle, qui voulait que cet homme gardât son amour, en se réservant de paraître le dédaigner ! Comment se fait-il que la passion ait quelquefois les exigences de la coquetterie ? Pourquoi Camille fut-elle un moment blessée de ce que Maurice était si souverainement maître de lui ? Mais quelle pitié prit la place de cette crainte, de cette exigence, lorsque Camille vit tout l'effort que ce rôle coûtait à Maurice ! Beaucoup d'hommes l'ont joué en leur vie ; mais quel est celui qui ne l'a pas outré ; celui qui, pour n'être pas triste, ne s'est pas fait une joie bruyante ; qui, pour ne pas être silencieux, n'a parlé que juste et à propos? Bien peu, sans doute, et aucun peut-être aussi bien que Maurice. Il fallait le besoin de voir qu'avait Camille, il fallait la soif de se mêler à l'âme de cet homme qui tenait l'âme de Camille, pour remarquer un éclair de pâleur sur le front, un tressaillement dans le sourire; un reflet de désespoir dans le regard, pour juger que cet homme brûlait sous l'épiderme, criait sous sa parole, pleurait au dedans de ses yeux. Et lorsque Camille fut sûre de ce qu'il étreignait de douleurs en lui, ce fut son tour de poser la main sur son cœur, pour l'étouffer, pour ne pas crier à cet homme : — Assez... allez-vous-en... allez pleurer à l'aise ; assez, taisez-vous, souffrez en silence... assez... ne riez pas, déchirez-vous la poitrine. Mais un regard, un mot qui eût dit cela, c'eût été de la pitié, et de la pitié, elle ne devait pas en avoir ; elle ne savait pas que Maurice l'aimait, elle l'avait oublié, elle s'en souciait peu ; elle était indifférente, et par conséquent devait être cruelle... Camille fut tout cela tout un jour ; car ce fut ainsi durant la course dans la forêt, ainsi durant le dîner, ainsi durant le bal qui le suivit.

Mais que cette journée eut cependant de puissants résultats sur le cœur de Camille ! En effet, on n'aime pas un homme parce qu'il a telles bonnes qualités, tels talents ; mais quand on l'aime, avec quelle joie on découvre tout ce qu'il a de supérieur et de distingué ! Comme Camille écouta avec un charme qui n'était qu'à elle tous les récits frivoles et graves que Maurice fit à la compagnie, durant la promenade dans la forêt ! comme elle lui sut bon gré de connaître le nom de chaque ruine, les fastes de chaque village tous semés de grandes pages de guerre, les légendes d'ici, l'histoire de là-bas. Puis, au retour au château, elle aima sa façon de faire les honneurs de la table de son oncle, sa politesse attentionnée et peu tyranique, ses gaies excuses sur son abstinence, sur la maladresse d'un domestique , ce complet savoir-vivre qui, à lui tout seul, est une distinction.

Enfin, le soir, quand vint le bal, sa complaisance à tenir un piano, sa supériorité à le manier, son dévouement à jeter de gais refrains au bout de ses doigts que crispait la douleur; tout cela lui parut noble et bon, quand on disait à Maurice que c'était bien aimable et bien complaisant; et lorsqu'il s'oublia dans les accords mesurés d'une valse, et que, laissant la note écrite pour la musique qu'il avait en lui, il fit frémir les touches, jeta des plaintes sur ce rhythme léger, ralentit la joie des danseurs, brisa la mesure d'accords déchirants, et qu'averti tout à coup par un — Eh bien ! vous nous oubliez, — crié par une voix impatiente, il reprit sa marche par un galop bruyant, rieur, étourdissant, et précipita les danseurs avec une furie de désespoir qui éclatait en notes dansantes et joyeuses ; oh ! qu'alors Camille le plaignit ! Puis quand d'une voix haletante, les cheveux épars, le front humide, une belle danseuse vint lui dire : — Ah ! c'est bien drôle, cette transition de la valse au galop... Où vend-on ce morceau?... Je veux l'acheter... — Camille fut près de se lever et de dire : — Il m'appartient.

Un moment après, éclata le feu d'artifice ; tout le monde s'y précipita en s'enveloppant de châles, de fichus ramassés au hasard. Camille, que sa faiblesse avait empêchée de danser, demeura la dernière au salon, assise dans un angle obscur, à moitié cachée par la draperie d'un rideau. Maurice était encore assis derrière le piano. Deux fois il se leva pour sortir, deux fois il retomba sur son siége. Enfin il se mit debout et marcha vers la porte sans voir Camille. En passant devant la cheminée, il s'arrêta devant la pendule, et d'une voix défaillante laissa tomber ces deux mots : — Encore une heure....

— Non, dit Camille en se levant soudainement, nous allons partir tout de suite.

Maurice la regarda.

Etait-ce pitié de sa torture qu'elle avait devinée, et à laquelle elle voulait enfin mettre un terme? ou bien, avait-elle pris ce qu'il venait de dire pour un de ces ennuis vulgaires qu'on débarrasse volontiers d'une présence fatiguante, et avait-elle répondu une parole piquée à une expression impolie ? Maurice était fatigué de douleur : il crut que c'était pitié et lui en fut reconnaissant; pris à l'improviste par ce sentiment, il oublia un moment le rôle qu'il avait joué toute la journée.

— En vérité, dit-il, madame, je vous remercie... vous êtes bonne...

Sa voix était si altérée, que Camille vit bien qu'il ne s'était pas trompé sur son intention : et, si légère que fût cette consolation, elle craignit de la lui laisser. Oh ! si elle n'eût combattu que pour repousser Maurice, si ce n'eût été elle-même qu'il fallait vaincre en même temps, si elle n'eût brisé son propre cœur en déchirant celui de cet homme, c'eût été une bien épouvantable cruauté que la réponse de Camille... Elle ramassa toutes ses forces, et lui dit en souriant :

— En vérité, monsieur, voilà une franchise de malade qu'une malade seule peut excuser.

Elle n'était pas à la porte du salon qu'elle eut horreur d'elle-même.

— Ah ! je suis sans pitié... se dit-elle. Oh ! je vais retourner lui demander pardon... lui tout dire aussi...

Elle s'arrêta... La pensée de sa position lui revint au cœur. Elle avait trop de droits à être coupable pour oser faire une faute... Elle s'éloigna tout à fait du salon ; Maurice était trop près. Elle alla se joindre à la foule, elle prit le bras de Camizard ; elle l'écouta, elle lui parla... elle rit... Malheureuse !

Quand ils rentrèrent dans le salon, Maurice y était encore assis à la place où était Camille. Sa tête pendait sur son épaule appuyée à l'angle de la croisée ; il voulut se lever, il ne put pas. Le général le vit. Maurice était si pâle, qu'il courut vers lui :

— Eh bien ! qu'as-tu, toi aussi ?...

— Rien, la fatigue, la chaleur.

— C'est une malédiction ! Mesdames, un flacon, des sels !

— Je dois avoir le vôtre, général, dit Camille en cherchant dans son sac.

— Oui, dit le général, celui de Maurice.

— Celui de M. Maurice ? reprit Camille en serrant le flacon dans sa main.

Une de ces pensées qui durent un éclair, et sur lesquelles les femmes jouent leur vie, lui passa dans le cœur ; elle rejeta le flacon dans son sac, et ajouta :

— Je ne l'ai pas.

Maurice défaillait ; Camille, éperdue, oubliant qu'un regard pouvait la deviner, s'approcha de lui, et lui dit tout bas :

— Je le garde.

Aveu arraché à l'âme, et qui eût réveillé l'âme de Maurice, s'il l'eût entendu.

Il n'entendit pas, il était tout à fait évanoui. Cet accident dispersa la fête.

III

SUITE D'UNE FÊTE.

Quel fut le plus désespéré des deux durant les heures qui suivirent? Maurice peut-être? Non. Revenu à lui, on l'emporta dans sa chambre, et on lui laissa le silence et l'obscurité ; mais Camille eut à endurer une heure encore la conversation de madame de Brémont et de Camizard ; conversation qui courait au hasard sur tous les détails de cette journée, et qui passait à chaque instant sur le cœur de Camille.

C'est un supplice que j'ai vu souffrir une fois : c'était un proscrit couché sous la planche mobile d'un parquet, dans une grange immense où jouaient une foule d'enfants; ils allaient, sautaient, bondissaient, faisant ployer la planche sous leurs pas, l'appuyant sur la poitrine, sur le visage du malheureux.

Mais ces enfants ne savaient pas le mal qu'ils faisaient ; Camizard devina bientôt celui qu'il faisait souffrir.

Madame de Lubois, pressée au fond de cette voiture entre madame de Brémont et le conseiller, avait plusieurs fois tressailli au nom de Maurice. Camizard l'avait senti, et plusieurs fois il renouvela l'expérience. Trompé toute la journée par l'aisance de Maurice et le calme de madame de Lubois, son attention avait été réveillée par la tardive venue de Camille au feu d'artifice, par sa gaieté forcée; il l'avait observée, et, lors de l'évanouissement de Maurice, il avait vu son geste quand elle avait rejeté le flacon au fond du sac, il avait entendu sa parole; il savait tout; il voulait une preuve; madame de Lubois sentit la main de Camizard se glisser sur son genou.

— Que faites-vous? dit vivement Camille.

— Pardon, nous sommes si pressés, c'est quelque chose qui me blesse.

Il tenait le coin du sac.

— Pardieu! c'est un flacon.

— C'est celui de M. Lambert, j'en suis sûre, dit madame de Brémont; c'est bien maladroit à toi de ne pas l'avoir trouvé, donne-le-moi, je le lui renverrai demain matin.

Le rendre, ô misère! Camille s'en était fait un si précieux trésor! Et que leur avait fait cette pauvre femme, pour lui arracher ainsi le cœur?

— Le voici, ma marraine, dit cependant Camille.

Mais madame de Brémont avait entamé une histoire sur la famille Marquoy, et elle ne tendit pas la main pour prendre le flacon. Camille le garda. Elle craignit d'abord de le remettre où Camizard l'avait surpris : et, comme un enfant qui dérobe, elle le glissa dans son sein.

Quelques gouttes du vinaigre qu'il renfermait s'en échappèrent et brûlèrent la peau délicate de Camille. Elle se plut à cette douleur. C'était comme une expiation. — Maurice, disait-elle en elle-même, Maurice, je souffre... je souffre; moi, je souffre pour avoir quelque chose de toi.

On arriva au château de madame de Brémont.

Lorsque Camille se retira dans son appartement, elle entendit à peine sa femme de chambre qui lui remit des cartons et des lettres qui étaient arrivés pour elle dans la journée. Elle se fit déshabiller avec rapidité; puis, une fois seule, elle respira.

Elle recommença sa journée, la reprit minute à minute. Ce fut d'abord avec joie. La conversation de Camizard et de madame de Brémont l'avait tellement séparée de Maurice, qu'elle se trouva heureuse de le revoir. Chaque inflexion de sa voix, chaque geste, chaque parole, elle remit tout en scène devant elle, et, pour la première fois, dans sa solitude, elle laissa cette image de Maurice s'asseoir à côté d'elle; elle lui parla... elle le regarda avec amour, lui répondit avec passion, lui dit tout bas : — Oui, Maurice, je t'aime, je t'aime, je t'aime !

Elle tenait dans ses mains le flacon de Maurice, elle le serrait, l'étreignait sur son cœur, le couvrait de baisers... elle était folle... folle d'amour...

Mais tout ce délire tomba à cette réflexion : Et lui ?... lui, il est seul aussi ; mais avec quelle pensée, quel souvenir ! Que j'ai été froide, cruelle, impitoyable !... Et elle prit Maurice en pitié, pleura sur lui, imagina qu'il devinerait aussi qu'elle n'avait joué qu'un rôle... Elle espéra qu'il sentirait aussi battre sous sa froideur l'amour qui la brûlait, comme elle avait senti pleurer le sien sous sa gaîté : et puis encore une autre pensée suivit celle-là : Oh ! qu'il ne le sache pas, mon Dieu, qu'il ne le sache jamais... J'ai été ce que je devais être, froide, impassible... il en a souffert... j'en souffre bien aussi, moi... J'ai bien d'autres douleurs... que lui !... J'ai fait une faute en gardant ce flacon, demain je le rendrai à ma marraine... Camizard le demanderait, il a les yeux ouverts sur moi... Et de quel droit ? pourquoi ?... Pourquoi ? parce que je suis malheureuse. De quel droit ? du droit que je suis une femme faible... Voilà comme sont les hommes... Oh ! il n'eût osé s'enquérir ainsi de ma conduite quand mon mari était encore mon protecteur ; eussé-je été coupable, il ne l'eût pas osé. Et mon mari, oh ! comme je l'ai oublié aujourd'hui. Cependant j'espérais en lui... et peut-être pendant que moi je le sépare de mon avenir, il y revient à ce moment... Il me doit quelque reconnaissance maintenant... Ne fût-ce que ce sentiment, il en est capable, il le sent pour madame de Brémont, il ne me le refusera pas. O mon Dieu ! faites qu'il en soit ainsi... Oui ! c'est là que doit être mon espérance, c'est là qu'est mon salut. C'est de ce côté que je dois chercher mon avenir, triste, isolée peut-être, mais innocent... de ce côté que je dois tourner toutes mes pensées... Il me faut ce courage... je l'aurai... Allons... il m'est venu des lettres de Paris aujourd'hui... je ne les ai pas même regardées... il y en a peut-être de lui... il faut le voir... il faut les lire...

Elle défit le paquet de lettres qu'on lui avait remis ; mais il n'y en avait aucune de l'écriture de son mari, quelques-unes étaient des billets d'invitation ; deux seulement étaient cachetées avec un soin particulier : une qui paraissait un billet de quelques lignes, l'autre lui semblait une missive fort longue. La première d'une main inconnue à Camille, l'autre de l'écriture de madame Drancy. Une sorte d'effroi fit que Camille repoussa la lettre d'Adèle, elle ne voulut pas la lire... Sans s'expliquer les raisons précises de cet effroi, elle gardait cette impression vague, que toujours cette femme avait été un messager de mauvaises nouvelles. Camille prit donc seulement le billet qu'elle ne connaissait pas, et en rompit l'enveloppe. Comme elle l'avait prévu, il ne renfermait que quelques lignes. Elle les lut :

« Madame,

» Un ami qui voudrait vous faire échapper aux piéges dont vous êtes entourée a été instruit, par hasard, de l'emprunt que cherchait à faire M. de Lubois, et de l'engagement qu'il veut vous faire contracter. Pour votre repos, pour votre honneur peut-être, ne prenez aucune décision sans avoir consulté madame de Brémont. »

La lettre n'était pas signée.

Camille, à cette lecture, demeura d'abord étonnée ; elle ne comprit pas tout de suite ce que cela pouvait vouloir dire. Elle la lut encore, la relut une troisième fois, et à chacune, l'un des mots de cette lettre venait l'étonner, la frapper d'un nouveau coup. Elle lisait ainsi :

Un ami qui voudrait vous faire échapper aux piéges dont vous êtes entourée...

Des piéges ! quels piéges ?... La présence de Maurice au château de son oncle ? serait-ce un jeu joué ?... Camizard en serait-il complice ?... veut-on me compromettre pour avoir le droit de tout faire ensuite sans que je puisse me plaindre ?... Lisons...

A été instruit, par hasard, de l'emprunt que veut faire M. de Lubois...

Un emprunt !... l'emprunt de Launay, sans doute... Il ne s'agit pas de moi, de ce que je puis éprouver : c'est d'affaires qu'il s'agit. Elle continua :

De l'engagement qu'on veut vous faire contracter.

C'est cela.

Pour votre repos, pour votre honneur peut-être...

Mon repos! J'ai donc engagé mon repos? Mon honneur! J'ai donc engagé mon honneur? Serait-ce par un acte qui manque à la probité?

Ne prenez aucune décision sans avoir consulté madame de Brémont.

Il est trop tard.

Que voulait dire cette lettre?

Vainement Camille lui cherchait un sens; son inexpérience des affaires ne lui montrait aucun danger précis et les lui faisait craindre tous. Cette coupe de douleur qu'il lui fallait boire allait-elle se mêler d'une nouvelle amertume, d'un plus cruel poison? N'est-ce plus seulement l'épouse abandonnée, la femme qui brûle d'une passion qu'elle renferme en soi, qui aura à souffrir? L'honneur, la probité, ces vertus d'homme si délicates chez les femmes, seraient-ils aussi compromis? Par un mouvement instinctif et emporté, madame de Lubois prit la lettre d'Adèle : il lui sembla que ce devait être le commentaire du billet; elle l'ouvrit et la lut tout d'un trait, sans en détacher les yeux ni pour s'écrier ni pour pleurer.

Elle voulait tout savoir.

Voici ce qu'elle lut :

« Ma chère amie,

» C'est très-drôle, très-spirituel, très-amusant, ce que tu viens de faire ; mais on ne choisit pas ses amis pour de pareils traits. Antoni m'a tout conté ; il est niaisement sacrifié, le pauvre garçon ! il a eu Césarine, il t'en a donné la preuve; et puis, quand il avait droit de demander le prix des mauvais traits que tu veux jouer à ton mari, tu fais la malade et tu pars pour la campagne, pour y rejoindre ton *héros de Juillet*, M. Maurice Lambert. C'est bien un peu la faute de ce pauvre Antoni : il fait du roman en paroles, Maurice le fait en actions; c'est, du reste, une rencontre tout à fait dramatique que celle du café Launay, et Maurice est autrement adroit que mon pauvre frère. Je rirais de tout cela et je t'en féliciterais, si ce pauvre Antoni n'en était vraiment au désespoir ; il veut t'écrire pour te demander la lettre de Césarine. N'a-t-il pas voulu aller chercher querelle à Maurice, quand il a su qu'il était à la campagne avec toi ? Je l'en ai empêché à grand'-

peine : Antoni est brave ; mais Maurice est un ferrailleur qui a l'habitude des duels, et qui ne se fût point fait scrupule de donner un coup d'épée pour toi à Antoni, comme il a fait autrefois à ton cousin Launay pour les beaux yeux de Césarine. Qu'est-ce donc que ce cousin Launay ? personne ne te le connaissait. Du reste, c'est lui qui a donné tous les détails de ta rencontre avec Maurice ; il a raconté tout cela à Césarine qu'il veut absolument épouser. Sais-tu que ce serait fort plaisant de te voir la cousine de mademoiselle Catherine Tochon ? Cependant je crois peu au succès du *cousin ;* ton mari règne plus que jamais, c'est un amour furieux. La calèche et les chevaux qu'il vient de donner à Césarine sont d'une élégance et d'une richesse inouïes. Elle écrase tout le monde au bois. On en est fort scandalisé. On se demande où ton mari prend tout cet argent. Je te conte tout ceci, parce que je crois que tu ne te soucies plus guère de ce qu'il fait, et qu'après tout ce serait une excuse, si tu en avais besoin, au parti que tu t'es décidée à prendre. Où en es-tu avec Maurice ? Prends garde, c'est un homme fort dangereux. J'ai appris sur son compte des choses très-graves ; il paraît qu'il a fait un tour infâme à Alicia. Je n'ai pu savoir précisément ce que c'est, parce qu'il ne se vante guère de ces sortes de choses, et qu'Alicia est la prude la plus consommée de la terre. A l'entendre, elle sort du berceau. Pauvre petite ! Du reste, je t'approuve fort de ce que tu as fait faire à ton mari : on dit qu'il vient de placer deux cent cinquante mille francs sur ta tête ; c'est une bonne précaution par le temps qui court et avec la conduite qu'il mène. Ce n'est pas une fortune ; mais si un malheur arrivait, c'est une ressource ; tu aurais de quoi vivre. Voilà huit jours que je veux t'écrire et qu'Antoni me tourmente pour voir ma lettre ; je lui en montrerai l'adresse et lui dirai que j'ai mis tout ce qu'il me débite d'extravagances. Réponds-moi un mot pour lui, que je puisse lui faire lire. Un peu de pitié pour ce pauvre garçon ; il ne faut pas tout donner à M. Maurice. L'avenir est douteux, et M. Lambert n'est pas renommé pour la durée de ses passions. Toutefois, reviens vite, l'hiver promet d'être charmant, et maintenant que tu as enfin compris que le désespoir est la plus triste des vengeances, tu auras un succès immense. J'espère que ceci est d'une amie. Mais je ne suis point jalouse : tu es plus belle que moi, je suis trop *honnête femme* pour t'en vouloir. A propos, comment madame de Brémont s'arrange-t-elle de M. Lambert ? ses visites doivent un peu la désorienter ; mais il est homme à lui faire croire qu'elles sont pour elle... et toi aussi, *sournoise !*... Mais la campagne a tant de liberté ; les longues promenades excusent si bien les longues absences ! Je m'en fais une idée ravissante. C'est un sentiment que je n'ai jamais éprouvé. L'amour aux champs, dans de grands bois, des rendez-vous près d'une fontaine, un grand parc, par où on peut rentrer par-dessus les murs, un vieux château avec de longs corridors où on attend, où on écoute ; sais-tu que c'est délicieux ! Nous autres pauvres femmes de Paris, nous en sommes réduites à l'émotion de la *porte fermée :* c'est bien trivial. Mais tu as du bonheur en tout. Adieu, bonne chère Camille ; je suis heureuse de te savoir heureuse, je t'aime d'oser l'être ; je ne plains que ce pauvre Antoni. Mais l'avenir est long, et peut-être un jour ; qui sait ?... Allons, je suis une folle. Je lui ferai entendre raison. — Adieu encore. Je t'embrasse...

ADÈLE DRANCY. »

« *P. S.* Ménage Camizard. »

Qu'est-ce que la foudre qui éclate à vos pieds ? votre père qui tombe mort à côté de vous ? un spadassin qui vous crache au visage ? un ami qui vous dénonce ? un fils qui lève la main sur vous ? Tout cela, c'est une douleur, un effroi, inattendus, poignants, atroces. Mais cette lettre, cette lettre ! mon Dieu ! c'était partout qu'elle frappait à la fois, partout qu'elle enfonçait ses lignes frivoles comme autant de poignards. Camille l'avait lue sans s'arrêter ; une seule des horreurs qu'elle y découvrit aurait suffi à la rendre folle ; leur multiplicité la sauva.

Elle ne sut à quoi s'en prendre, sur quoi pleurer, de quoi s'indigner ; une confusion horrible d'idées, de douleurs, de colères, la tint immobile.

C'était comme un danseur que mille mains appellent dans une ronde tournoyante, et qui reste à sa place, n'en pouvant saisir aucune, tant elles passent vite.

Oh ! quel dénouement à cette journée ! quel Maurice on offrait à Camille, après le Maurice qu'elle avait cru voir; après la conduite qu'elle avait tenue vis-à-vis de lui, quelle conduite on lui supposait! après l'espoir qu'elle avait reporté sur son mari, quel affreux retour il lui offrait; après le service qu'elle croyait lui avoir rendu, quelle précaution on en faisait pour elle!

On dit que la romancerie moderne est sanglante, qu'elle n'aime que les poignards ou les poisons. Oh! laissez-lui les poignards! laissez-lui les poisons, armes bienfaisantes et rapides qui tuent d'un coup, poussées par les passions féroces du moyen âge : les horreurs, les voilà; voilà celles de nos mœurs, celles de notre siècle; car cette lettre, cette lettre a été écrite et lue.

Et Camille! que pourrons-nous vous dire de Camille? comment saisir tout ce choc de cris de désespoir qui lui broyèrent l'âme durant deux heures qu'elle demeura immobile à sa place? immobile, usant, dans ces deux heures, plus de forces de sa jeunesse, plus de jours de sa vie, que dans une longue suite d'années! car à chaque malheur il faut son jour : c'est sa pâture; il le dévore, il l'arrache à l'existence, il la décharne, la boit, l'absorbe, et l'on se demande après pourquoi meurent ces têtes blondes et ces visages roses qui n'ont que vingt ans; on cherche le vampire qui les emporte dans la tombe : ce vampire, c'est le monde.

Après ces deux heures d'atonie douloureuse, Camille se leva, prit une plume, écrivit quelques lignes pour madame de Brémont, sortit doucement de sa chambre, alla réveiller le cocher, fit atteler sa voiture, et, à une heure, elle courait, avec une rapidité effrayante, sur la route de Paris, poussant les postillons de son or qu'elle semait aveuglément... — Paris! Paris! disait-elle, il faut que je sois ce matin à Paris!

IV

DERNIÈRE TENTATIVE.

Malgré la rapidité de sa course, Camille n'arriva à Paris que vers dix heures du matin; elle se fit conduire rue Godot, et, en descendant de voiture, elle monta sur-le-champ dans le cabinet de son mari. Il était fort occupé à travailler, et releva la tête avec vivacité en entendant entrer brusquement chez lui, sans qu'on se fît annoncer. L'aspect de Camille, pâle, défaite, et dont les yeux fiévreux s'attachèrent d'abord sur lui, le troubla; il pressentit un orage. Dans l'impossibilité de l'éviter, il se résolut à le soutenir audacieusement, de quelque côté et pour quelque motif qu'il vînt, et dit à Camille, d'un air sévère :

— Qui vous amène ici, madame?

— Le voici, répondit-elle : veuillez m'écouter froidement, comme je vous parlerai.

Elle s'assit, et se posa bien en face d'Alphonse, comme pour mieux adresser ses paroles. Il y avait dans toute sa tenue un calme résolu, une dignité sérieuse, qui rendirent de Lubois attentif.

— Monsieur, reprit Camille, notre situation a quelque chose de particulier que vous n'avez peut-être jamais remarqué. Orphelins tous deux, nous devons à madame de Brémont la position où nous sommes. Mais dans le cas où un malheur viendrait nous y atteindre, nous n'avons ni l'un ni l'autre un refuge pour nous mettre à l'abri, une famille pour nous accueillir et nous protéger. Bien plus, si, avant que le malheur ne fût arrivé, il nous suffisait d'un bon conseil pour le prévenir, aucun de nous n'a un ami, un frère, un parent qui ait le droit de le lui donner. Votre femme eût pu vous tenir lieu de ces amis qui vous manquent; il y a entre elle et vous des dissentiments qui vous la feraient repousser : cependant elle vient... Je viens, parlons droit, je viens vous dire : il n'y a plus ici ni femme jalouse, ni épouse abandonnée; il n'y a plus ni orgueil blessé, ni cœur ulcéré : il y a devant vous un homme, un ami, un frère, qui a des choses graves à vous dire : voulez-vous l'écouter ainsi ?

De Lubois ne répondit pas.

— Le voulez-vous, monsieur? reprit Camille.

— Vous voyez bien, madame, que je vous écoute.

Le ton dédaigneusement résigné d'Alphonse annonçait à madame de Lubois qu'il cédait, plutôt parce qu'il ne savait encore comment se soustraire à cet entretien, que parce qu'il désirait l'entendre. La résolution de Camille était prise; elle continua :

— Vous marchez à votre ruine, monsieur, vous marchez à votre déshonneur.

— Ah ! c'est ça, fit de Lubois en ricanant : très-bien, merci. Et, tournant le dos à sa femme, il se remit à écrire.

— Écoutez-moi, monsieur, lui dit Camille avec autorité; écoutez-moi, ou dans cinq minutes je retourne à Brémont, et je dis à ma marraine tout ce que vous ne voulez pas entendre.

De Lubois regarda sa femme, espérant qu'une fois encore son air de menace l'intimiderait; mais il reconnut que c'était un parti sérieusement pris : il se mordit les lèvres avec rage, et répondit :

— Continuez.

— Je vous le répète, monsieur, ce n'est pas une femme qui vous parle, ce n'est pas votre femme, c'est votre frère, votre ami : je vais plus loin, c'est votre associé : quelque sujet que j'aborde, quelques expressions que j'emploie, n'y voyez que le langage d'un étranger, d'un ami, dont le cœur n'a plus à souffrir de ce qui est arrivé. Sur mon honneur, je vous jure qu'il en est ainsi.

— Ah ! bon Dieu ! fit Alphonse en haussant les épaules, dépêchons, madame, je n'ai plus le temps d'écouter les petits drames que vous arrangez dans votre tête, parlez droit comme vous disiez tout à l'heure.

— Soit, dit Camille, qui avait espéré que la sincérité de sa démarche se ferait jour à travers toutes les préoccupations d'Alphonse, et qui, outrée de l'impudence de ses petits airs, se résolut à donner à cette scène le sérieux qu'elle méritait, quoi qu'il pût lui en coûter; soit, dit-elle. Et d'abord, vous m'avez menti, à moi, sur l'emploi des deux cent cinquante mille francs que vous m'avez fait emprunter; vous avez menti à mon oncle sur la validité de la garantie que vous m'avez forcée de lui offrir.

— A qui parlez-vous de ce ton, malheureuse ? s'écria de Lubois en s'avançant vers sa femme.

— A vous, monsieur ! et prenez garde d'élever trop la voix : nous sommes à deux pas de votre étude, on peut vous entendre et moi aussi; je parlerai bas, si vous voulez m'écouter comme vous le devez. Je vous répète que ce n'est plus une femme qui vous parle.

— Eh bien ! dit de Lubois, faites vos sermons aux meubles.

— Si vous sortez de cette chambre, dans cinq minutes je repars pour Brémont; la voiture et les chevaux m'attendent.

Rien ne peut exprimer l'étonnement et la rage d'Alphonse à cette calme et implacable déclaration; il s'arrêta sur la porte, et les paroles manquant à tout ce qu'il avait de furieux dans le cœur, il s'assit devant Camille, les dents serrées, le visage bouleversé, et la considérant en face, comme pour la tenir à la portée de sa main, comme prêt à s'élancer sur elle au moment où elle aurait outre-passé les bornes de sa patience. Camille continua :

— Ce que vous avez fait là, monsieur, est une faute qui ne deviendra pas un crime, tant que le secret en restera entre nous, et si vous avez le courage de la réparer. Il vous reste encore bien des moyens : le premier, c'est d'abolir dans notre maison ce luxe ruineux auquel je me suis imprudemment prêtée. Le second, c'est de ne pas en entretenir, hors de chez vous, un plus fatal, car il mine à la fois votre fortune et votre considération.

— Nous y voilà ! répondit Alphonse, comme déchargé d'un terrible fardeau; voilà où devait aboutir tout ce grand édifice de phrases et d'injures. Eh bien ! non, madame, je ne le ferai pas; vous devriez, ce me semble, être assez persuadée de ma volonté à ce sujet, pour ne pas aller ourdir à la campagne des projets qui reposent sur des calomnies, et qui vous ont été suggérés par une personne que je ne veux pas nommer, mais dont je finirai par faire taire les propos; prenez-y garde, madame.

— Je ne sais de qui vous voulez parler, monsieur; il n'y a personne qui m'ait suggéré cette démarche; quant à l'avis qui m'a éclairée, le voici, monsieur, vous pouvez le lire.

Elle lui présenta le billet anonyme qu'elle avait reçu à la campagne.

De Lubois prit le billet, le parcourut; et après un moment de silence, il le jeta sur les genoux de Camille.

— Ah çà! madame, lui dit-il froidement, ou vous avez perdu l'esprit, ou ceci est d'une effronterie sans exemple; vous m'insultez, et, — je réponds à ce prétendu frère, à cet ami, à cet homme d'honneur qui veut me sauver, — vous m'insultez par les plus odieuses suppositions, et vous m'apportez en preuve une lettre...

— Qui n'est pas signée, n'est-ce pas?... mais qui, jointe à la circonstance du remboursement de M. Camizard, prouve...

— Non, madame, non, reprit rapidement Alphonse qui voulait éviter d'être convaincu, il ne s'agit pas de signature, il s'agit que vous m'apportez une lettre de M. Maurice Lambert, qui lorsqu'il vous l'a remise pour me venir jouer cette comédie, n'a pas même pris le soin de déguiser son écriture.

— Cette lettre est de M. Lambert? dit Camille en la reprenant avec vivacité et la parcourant des yeux... sur mon honneur, monsieur, j'ignorais...

— Allons donc!

— Je vous jure...

— Allons donc!

— Je vous proteste...

— Allons donc, madame, vous ne le saviez pas, n'est-ce pas? Mais vous me prenez donc pour un enfant? mais véritablement, si vous ne me faisiez pitié, si je n'excusais pas des raisons d'exaltation qui tiennent à votre caractère, si je n'excusais pas, dis-je, l'insolence et la folie de vos accusations, pensez-vous que je vous eusse permis de me les dire? pensez-vous que je ne les eusse pas prévenues, et que je n'eusse pas puni le misérable qui vous aide à me calomnier? Mais je la garde cette lettre, et, puisqu'il l'a écrite, il m'en rendra compte.

— Faites donc, monsieur, s'écria Camille, outrée de voir tourner contre elle une démarche qu'elle considérait comme le dernier effort que son devoir pût lui inspirer, faites; et, puisque vous êtes si jaloux de votre honneur, demandez compte aussi de cette lettre à celle qui l'a écrite.

Et elle lui jeta la lettre que Césarine avait écrite à Antoni, et que celui-ci lui avait livrée.

Alphonse la prit et la lut.

« Beau chéri, tu m'as quittée hier tout soucieux, et tu n'es pas revenu aujourd'hui. Je comprends ta susceptibilité, mon amour; mais tu es un enfant : en quoi A.. peut-il te rendre triste? n'as-tu pas été amoureux de sa femme? et n'oubliais-tu pas qu'il était son mari? Eh bien! c'est mon mari aussi. Il n'y a d'amant que celui qu'on aime; et toi, je t'aime comme on n'a jamais aimé. Viens ce soir à minuit, j'aurai renvoyé A... Dans tous les cas, demande Rose, et monte par le petit escalier comme avant-hier. A ce soir, mon ange, mon amour; je suis folle de penser que tu es à moi, à moi seule, n'est-ce pas? car je suis jalouse aussi... Tu te justifieras ce soir. Viens, viens. »

— Elle n'est pas signée non plus, dit Camille, quand elle eut jugé que de Lubois devait avoir fini la lettre; mais vous connaissez aussi cette écriture-là?

— Cette écriture, dit Alphonse en serrant la lettre avec un tremblement convulsif; cette écriture...

Il se mit à regarder la lettre en se promenant.

— C'est bien la sienne, n'est-ce pas?

— Cette écriture, madame, dit de Lubois d'un ton de sombre triomphe, je ne la connais pas.

— Ah! s'écria Camille indignée, vous mentez.

— Je ne la connais pas, vous dis-je, reprit de Lubois pâle de colère, je ne la connais pas; et l'infâme qui vous a livré cette lettre, à un prix que je devine, vous a trompée, madame.

— Monsieur, monsieur, reprit Camille dans un désordre inexprimable, soyons calmes, soyons sincères; ne me repoussez pas ainsi. Nous nous perdons tous deux; vous ne le voyez pas, vous! Ne m'ôtez pas le peu de raison qui me reste pour nous sauver. Cette lettre est de votre maîtresse, vous le savez bien : celle-ci est de M. Maurice : je l'ignorais, je vous jure. Mais il importe peu; et je ne vous aurais montré ni l'une ni l'autre, si vous aviez voulu me comprendre et voir ce qui est vrai. Laissez-moi rasseoir mes idées; car je voulais vous parler froidement, avec raison... vous ne l'avez pas voulu. Vous ne savez que m'insulter... et je m'oublie aussi; j'oublie qu'il y va de votre honneur et du mien... Ecoutez.... écoutez-moi...

Elle s'arrêta un moment pour essuyer les larmes qui remplissaient ses yeux, pour rassurer sa voix tout à fait éplorée. De-Lubois se remit devant son bureau, accoudé sur un bras, la tête dans une main, et tordant de l'autre la lettre de Césarine.

— Parlez, madame, parlez, lui dit-il. — Oh! je saurai qui, murmurait-il entre ses dents; puis il ajouta : Parlez.

— Vous avez emprunté deux cent cinquante mille francs à mon oncle pour rembourser M. Camizard. Ne me démentez pas, monsieur, c'est vrai. Fallait-il cela pour vous sauver? Eh bien! je m'estime heureuse d'avoir pu vous être utile, même au prix d'une tromperie. Mais à présent, réfléchissez : un jour viendra où il faudra rendre aussi cet argent; comment le pourrons-nous?... La plus stricte économie y suffira peut-être, si vous voulez... Je voulais vous la demander ailleurs, et je vous la demande encore. Croyez-moi, monsieur, je suis plus indulgente que vous ne pensez pour la tyrannie d'une passion comme la vôtre. Je dois vous le dire même : si, pour vous, elle eût été un bonheur exclusif, si cette personne qui vous est si chère vous eût rendu l'amour que vous avez pour elle, je l'aurais subi sans murmurer. Je le sais, monsieur; je le sais maintenant : la raison est une frêle barrière contre l'amour... Je sais qu'il nous pénètre à notre insu, qu'il nous commande contre notre volonté, qu'il peut nous entraîner, malgré notre résistance : et sincèrement, plus sincèrement que vous ne croyez peut-être, je vous plains, monsieur, et je vous excuse... Mais enfin... elle ne vous aime pas; elle vous trompe... Oh! croyez-moi... je ne suis ni fière ni heureuse de cet avantage... je ne veux ni vous en faire souffrir, ni vous en humilier... Cependant je l'invoque, comme l'invoquerait votre père, sans amertume, sans triomphe, puisqu'il peut vous pousser à revenir à une conduite plus digne de vous... C'est pour vous, monsieur; tout cela, c'est pour vous... Vous voyez que je ne vous parle pas de moi!... Moi, je ferai ce que vous voudrez; je resterai ici, chez moi, seule, sans voir personne. Je m'exilerai au fond d'une campagne... sans même un enfaut avec qui pleurer... Je ne compterai plus dans votre vie, et je me croirai heureuse le jour où se tairont les bruits fâcheux qui déjà nous attaquent tous deux dans notre fortune et dans notre honneur.

De Lubois était devenu soucieux; l'accent résigné de Camille l'avait surpris sans l'attendrir. Sa douleur ne lui inspirait pas de pitié; mais elle l'avertissait de la gravité de sa situation : il réfléchissait profondément. Enfin, après un assez long silence, il dit à Camille :

— Renvoyez votre voiture, madame, et veuillez me laisser une heure... Rentrez chez vous : dans une heure, vous aurez ma réponse... Nous pouvons nous entendre encore, madame... dans une heure...

Camille se leva, et sortit. Elle était moins alarmée; elle avait vu la préoccupation de son mari : c'était un indice qu'il mesurait enfin l'abîme vers lequel il marchait.

Camille était de cette nature extrême qui, lorsqu'elle agit en vertu de ses droits, les exige avec une rigidité que rien ne fait fléchir, mais qui, au moment où elle se décide à la résignation et à la générosité, les pousse jusqu'à leurs dernières délicatesses. Pour elle, c'était un parti grave et sérieux qu'elle venait de prendre; peu soucieuse des moyens, mais du but où elle tendait, elle ne demanda pas à Alphonse un retour soudain qui eût coûté à sa vanité, un retour qui eût semblé une humiliation pour lui, un triomphe pour elle, une obéissance à un ordre; n'eût-ce été que la soumission d'une raison égarée à une raison supérieure, elle ne voulait pas la lui imposer : — Qu'il se garde, aux yeux du monde, l'honneur de ses résolutions, se disait-elle en se retirant; même, que vis-à-vis de moi il passe comme s'il agissait de son propre mouvement, tant mieux. S'il se sauve et me sauve avec lui... ne devrai-je pas lui en être encore reconnaissante?...

Nous n'avons rien dit des émotions qui brisèrent le cœur de Camille durant le trajet d'Orléans; mais on aura pu toutes les deviner, en voyant à quoi avait abouti ce rapide voyage. Camille, qui n'accusait plus, mais qui plaignait l'homme qu'égarait sa passion, avait dû trouver au fond de son propre cœur des sentiments bien impérieux pour concevoir la folie de de Lubois.

V

COMÉDIE.

Cependant de Lubois, demeuré seul, relut la lettre de Césarine, et sortit aussitôt pour se rendre chez elle. La passion de de Lubois pour cette femme, nous ne dirons pas son amour, était soutenue par ce qu'il y a de plus irritant dans ces sortes de liaisons. C'était un défi perpétuel jeté à la séduction des mille adorateurs qui entouraient Césarine, et dont Alphonse s'imaginait être toujours sorti vainqueur : c'était en même temps une résistance au blâme des hommes sages, résistance que les esprits égarés prennent pour du caractère; c'était encore une punition infligée à l'orgueil de Camille, punition que de Lubois traduisait en indépendance, et, au besoin, en autorité qui sait se faire respecter.

Dans de pareilles dispositions, ce qu'on peut faire pour la femme qui vous les inspire dépasse de beaucoup ce dont on serait capable pour la femme qu'on aime. C'est qu'alors on est soi-même en jeu, et qu'on met à ce qu'on appelle son amour toutes les violences et tout l'aveuglement de la vanité et de l'égoïsme.

En expliquant ainsi la folie de de Lubois, nous n'avons pas prétendu analyser toutes les causes de ces liaisons sans pudeur ni véritable amour, dont cependant il existe tant d'exemples; nous avons essayé d'indiquer comment elles subissent des exigences et acceptent des conditions que refuseraient toute passion sincère, tout amour qui ne serait qu'amour.

Alphonse arriva chez Césarine, la rage dans l'âme. Ce n'était pas ce sentiment forcené de la jalousie qui ronge le cœur et dévaste la raison, à la seule pensée qu'un autre a ému la voix qui vous a dit : Je t'aime; qu'un autre a dévoilé la femme dont on pense seul au monde posséder les mystérieuses beautés; qu'il a entendu les mêmes paroles d'amour, les mêmes cris de passion; qu'il l'a tenue aussi palpitante, éperdue, heureuse, dans ses bras. Cette jalousie était inconnue à Alphonse, et, à vrai dire, il est difficile de l'éprouver pour une femme dont la beauté commerciale, quelle que soit sa valeur, a été pesée comme une pièce de monnaie au trébuchet de beaucoup de propriétaires.

La colère d'Alphonse avait une autre source : c'était d'avoir été joué, ou, pour mieux dire, d'avoir été pris pour dupe : à cette colère s'ajoutait cette circonstance d'être dupe aux yeux de Camille. Dans ce moment, il eût pardonné à Césarine *un caprice* pour un crocheteur, s'il avait été seul à le savoir. Mais le rival à qui on écrivait des lettres et qui montrait sans doute ces lettres à tout le monde, et les livrait en outre à Camille, ce rival était un crime qui ne méritait pas de pitié, qui n'obtiendrait pas de pardon.

M. de Lubois, en entrant chez Césarine à l'improviste, la trouva se roulant comme un chat sur les coussins d'un divan, et roulant sa voix dans son gosier en trilles aériens, en gammes éclatantes, riant, chantant, bondissant ; elle se pliait et se repliait, flexible, ténue et frêle comme un corps qui semble à bout de ses forces, mais au milieu duquel brûle un foyer d'ardeurs et de voluptés qui flambe par les jets d'une voix puissante et nerveuse. Césarine était joyeuse ; on ne peut pas dire que ce fût de cœur ; ces natures de femmes ne vivent point par là : elles ont une organisation animale qui s'influence surtout d'air et de chaleur, et s'attriste et s'épanouit par les nerfs. Les nerfs de Césarine frémissaient à l'épiderme, avides de mouvements, de cris, de sensations. Quand elle aperçut de Lubois, elle courut à lui :

— Bonjour, bonjour, bonjour, bojour, bjour, bjour, lui dit-elle en lui faisant des petites mines gracieuses. Tu es gentil, gentil, gentil, gtil d'être venu. Je ne joue pas ce soir ; allons dîner quelque part, allons courir les boulevards... Veux-tu venir ?... je vais m'habiller !

— Non, dit sèchement Alphonse.

— Qu'est-ce que tu as, quésque-ta, quéque-ta ? répondit-elle en lui prenant les deux mains et en le balançant au mouvement d'une ronde. Tu as l'air d'un loup-garou, d'un rhinocéros, d'un croque-mort ; tu as l'air d'un pair de France, tu es tout bête. Embrassez-moi... embrassez votre amour, gros notaire.

— Assez de folies, dit de Lubois, j'ai à vous parler sérieusement.

— Do ré mi fa sol la si, do ré mi fa sol la si do doooooo, fit Césarine en montant cette double gamme comme une fusée et faisant vibrer sa voix sur l'ut aigu avec un éclat magnifique, puis elle redescendit les deux octaves chromatiquement sur ces paroles improvisées :

— Va te promener, mon cher ami, va te promener, mon cher ami, va te prom...

— Césarine, dit de Lubois sévèrement, j'ai à vous parler, finissons.

— Eh bien! qu'est-ce que vous me voulez, avec votre air d'ours?

— Je veux vous demander à qui vous avez écrit cette lettre.

— Ça! dit Césarine en la prenant. Elle la déplia, la lut en chantonnant et la jeta sur le parquet en répondant joyeusement :

— Je sais pas.

Et elle se jeta sur son divan dont elle lança les coussins au plafond avec ses pieds.

— Césarine. reprit de Lubois avec colère, voulez-vous m'écouter?

— Ah çà! répondit-elle, qu'est-ce que vous me voulez avec votre chiffon de papier? Je n'ai qu'un pauvre jour de gaîté et vous venez m'embêter... Tenez, mon cher, j'en ai assez de vos scènes ; si vous n'êtes pas content, prenez une béarnaise et allez voir à Saint-Sulpice si je chante vêpres.

— Tout cela est fort bon, mais je veux savoir à qui vous avez écrit cette lettre.

— Qu'est-ce que ça vous fait? c'est une lettre d'*ancien*, ça ne vous regarde pas.

— Ah! ceci est un peu fort, nous allons voir la date.

— Put! fit-elle en continuant ses gambades, je parie qu'il n'y a pas de date.

— En effet, il n'y a ni date ni adresse.

— Brrit, des adresses! sous enveloppe, mon cher; l'enveloppe ne dit pas ce qu'elle renferme et le poulet ne dit pas à qui il est adressé.

— Cependant, dit Alphonse en lui montrant la lettre, cette initiale, cet A?

— Eh ben! cet A, c'est Auguste, Alfred, Armand, Adolphe, Alonzo, Alonzo, c'est Alonzo.

— Césarine, tout cela peut vous paraître fort gai; mais cette lettre a été écrite depuis peu, ce papier est trop frais?

— Est-ce que vous croyez, reprit aigrement Césarine, qu'on jette mes lettres aux ordures, ou que mes amours aient les mains sales?

— Ah! vous avez juré de me mettre en fureur; répondez-moi, Césarine, et trêve de plaisanteries. Ceci est plus sérieux que vous ne pensez... Si c'est une lettre... *ancienne*, dites-moi à qui elle est adressée.

— Ma foi, mon cher, je n'en tiens pas registre.

— Césarine, finissons... Cette initiale A doit aider votre mémoire.

— Il y a un A... un A, fit-elle en se grattant le front; un A, répéta-t-elle en devenant sérieuse. Donnez-moi cette lettre.

Elle l'examina.

— Qui vous a remis cette lettre?

— Cela n'y fait rien.

— Cela fait beaucoup, au contraire; c'est une femme qui vous l'a remise?

— Non.

— C'est votre femme!

— Non.

— Si! c'est elle; ne mentez pas; ce n'est que pour elle que Maurice a pu consentir à me faire ce trait.

— Maurice! répéta de Lubois, cette lettre a été écrite à Maurice?

— Oh! il y a longtemps.

— Maurice, répéta de Lubois en ressaisissant la lettre et en la commentant mot à mot. Puis il reprit :

Qu'elle ait été écrite à Maurice, je n'en sais rien; mais qu'il y ait longtemps qu'elle a été écrite, j'en doute ; à défaut de chiffres, les circonstances disent la date. Eccutez!

Il lut :

« N'as-tu pas été amoureux de sa femme et n'oubliais-tu » pas qu'il était son mari? Eh bien A..., est aussi mon mari »

— Quelle était cette femme dont Maurice avait été amoureux, et dont le mari qui était aussi *votre mari*, portait un nom qui commençait par un A?

— Ah! dit Césarine d'un air profondément désolé, ah! Maurice a juré ma perte, et il réussira.

— Césarine, quelle était cette femme?

— Eh! mon Dieu, répondit Césarine avec éclat, c'était madame Drancy, laissez-moi en repos.

— Madame Drancy, et cet A veut sans doute dire Drancy, reprit-il en haussant les épaules.

— Cet A. reprit Césarine avec emportement, cet A, cet A, cet A veut dire Auguste, Auguste, Auguste, qui était le nom de Drancy alors comme aujourd'hui, comme il le sera demain, comme il le sera dans cent ans.

Et, sans prendre garde à l'étonnement d'Alphonse, elle se rejeta sur son divan en criant :

— Ah! que je suis malheureuse!

Pendant ce temps, Alphonse, relisant attentivement la lettre, disait à chaque mot :

— En effet... en effet. Puis il s'écria avec un mouvement de rage qui certes ne se rattachait pas à l'explication de Césarine, mais à un sentiment plus éloigné : Mais cet homme a donc été l'amant de toutes les femmes?

— Cela s'expliquerait mieux en disant que madame Drancy a été la maîtresse de tous les hommes. Mais il est certain que lorsqu'il en veut une, serait-ce la vôtre! il...

— Césarine!... s'écria de Lubois, taisez-vous sur ce chapitre, répondez-moi franchement; songez qu'il y va peut-être de mon honneur, peut-être de la vie d'un autre, car j'aurai raison de cette infâme perfidie. Cette lettre a été écrite à Maurice?

— Ah! s'écria Césarine, allez-vous recommencer? Je vous ai dit plus que je ne voulais. prenez que je n'ai rien dit.

— Au contraire, j'ai besoin que ce que vous m'avez dit soit vrai; mais je crains que le besoin de vous justifier ne vous ait portée à me tromper.

— Eh bien! reprit Césarine en s'emportant tout à fait, prenez que je vous ai trompé; ça vous plait à croire, croyez-le... On veut que vous me quittiez. on trame de petits complots, on vous mène par le nez... Eh bien, laissez-vous faire... Si j'étais à votre place, j'irais remercier ma femme de m'avoir si bien averti. Il y a longtemps que je vous l'ai dit pour la première fois, elle veut vous faire obéir : elle n'y a pas réussi par la violence, elle y met de la ruse. Vous n'êtes pas de force à lutter contre elle. Finissez-en tout de suite.

— Césarine, il me semble que cette lettre valait bien que j'exigeasse une explication.

— C'est possible ; mais la vie que vous faites me devient insupportable. Toujours des soupçons, des scènes, des explications absurdes : je ne me suis pas donnée à vous pour une vestale, vous saviez à quoi vous en tenir ; ça vous allait, mais vous n'avez pas le courage de vouloir ce que vous voulez... Quand on est fait comme ça, mon cher, on reste sous les cotillons de sa femme, et on lui demande la permission de manger des confitures.

— Césarine, je vous préviens que ces façons de parler me déplaisent, et qu'il ne faudrait pas les renouveler souvent pour...

— Pour que vous me quittiez? faites-le donc! Vous me rendrez un grand service ; car, moi, je n'en ai pas le courage, et comme je vois bien qu'il faut que tout ceci finisse, j'aime mieux que ce soit tout de suite... A présent qu'il s'offre à moi un parti...

— Un parti?

— Oui, un mariage qui peut me rendre indépendante.

— Quel mariage? reprit Alphonse avec une inquiétude plus alarmée qu'amoureuse.

— Vous le savez bien, c'est... *votre cousin;* il est riche, son père a une très-belle fortune, et une fois que Charles saura où elle est placée, il saura bien se la faire rendre. D'ailleurs, le père Launay baisse ; il a eu une attaque d'apoplexie il y a quatre jours. Il peut mourir d'un moment à l'autre, et je n'ai pas envie de refuser toujours mon bonheur pour la vie que vous me faites.

— Mais c'est un garnement que ce Charles.

— C'est un homme qui fait ce qu'il veut... et c'est une qualité que j'estime avant toutes les autres.

Alphonse était fort embarrassé : quelque chose l'alarmait plus qu'il n'eût voulu. Césarine crut que c'était jalousie, et certes elle se trompait grandement. Cependant il s'approcha doucement de Césarine, et lui dit en souriant et d'un ton de reproche :

— Tu ne m'aimes donc plus, Césarine?

Elle le regarda avec un air de menace boudeuse.

— Est-ce que vous m'aimez, vous? Venir me faire une scène?... Aujourd'hui je comptais sur une si bonne journée; et me voilà toute triste maintenant.

— Que faut-il faire pour te consoler?

— Etre bien gentil, répondit Césarine en minaudant; d'abord ne plus penser à cette lettre et me la rendre.

— Volontiers, maintenant je n'en ai plus besoin; et tu ne penseras plus à ton Charles?

— Est-ce que j'y ai pensé?

— Pourtant, tout à l'heure...

— Que veux-tu? quand on se croit délaissée, on se rattrape où l'on peut.

Alphonse appliqua cette réflexion à une autre que Césarine, et cet aphorisme de morale usuelle venant à lui formuler clairement les motifs de crainte qui l'obsédaient malgré lui, il pensa à Camille qui était véritablement délaissée, elle; puis, voulant quitter Césarine au plus vite, il l'embrassa, et reprit :

— Tu ne veux plus rien?

— Si, mon bon chéri; il faut venir dîner avec moi, me louer une loge à l'Opéra, et m'y mener ce soir... Nous irons dans MA voiture.

— Adieu, je t'enverrai un bouquet.

— Adieu, amour. Et elle l'embrassa avec un transport charmant.

La porte n'était pas fermée que Césarine s'écria avec un geste indicible :

— Ah! vieille scie d'homme, va!

Presque aussitot la femme de chambre, confidente, complice ou associée, comme on voudra, entra dans le salon, et dit d'un air de curiosité :

— Eh bien! madame, qu'est-ce qu'il a dit?

— Tiens, il l'a gobé.

— Sans M. Drancy, comment vous en seriez-vous tirée?

— Bah! Auguste est bon enfant.

Si M. Antoni n'avait pas dit la chose à sa sœur, et si madame Drancy ne l'avait pas dite à son mari qui vous a prévenue, vous auriez été tout de même prise.

— Crois-tu qu'elle l'ait fait pour m'obliger? Madame Drancy croyait me brouiller aussi avec Auguste.

— Le fait est qu'il a été bien bon enfant, comme vous dites, par rapport à M. Antoni; car enfin...

— Par exemple! pour ce qu'il me donne, je ne pourrais pas avoir un caprice, ça me paraît juste; d'ailleurs, il m'avait mise au défi, il était averti, il l'a eu.

— Mais ce M. Antoni, est-il serin!

— Pas si serin; il me semble qu'on ne lui a pas demandé les vingt-quatre travaux d'Hercule... Et puis, vois-tu, Rose, il est beau comme un amour... Il était si drôle!... il était si bête... si tu savais! Je n'ai jamais été comme ça, moi.

— Le fait est que je comprends peu comment madame de Lubois préfère l'autre.

— Bah! elle ne préfère personne. C'est à moi qu'elle en veut; je lui rendrai la monnaie de sa pièce, à madame la vertu.

— Il me semble que vous avez assez bien commencé en disant que c'était M. Maurice qui lui avait donné cette lettre...

— Elle n'est pas au bout! Ah! la dame se charge de me procurer des amants pour qu'ils lui donnent mes lettres. Eh bien! elle a réussi assez bien; qu'en dis-tu? Je ne l'ai pas fait mentir, c'est bien la lettre d'un amant qu'elle a eue.

— Oui; mais si elle dit qu'elle ne la tient pas de M. Maurice, si M. Maurice dit que ce n'est pas lui qui la lui a donnée?

— Qu'est-ce que ça fait? Est-ce qu'ils l'avoueraient, si c'était vrai?

— Non.

— Eh bien! en disant vrai, ce sera comme s'ils mentaient.

Cette sublime et profonde réponse, où la vérité dite par un innocent était si bien mise de niveau avec le mensonge soutenu par le coupable, mit fin au dialogue de Césarine et de sa femme de chambre.

Qu'on nous pardonne de l'avoir rapporté dans sa nue crudité; mais il nous a paru enfermer en quelques répliques l'explication de la scène qui venait d'avoir lieu, et la manière dont Césarine avait été informée des projets de madame de Lubois. Avertie par madame Drancy de l'indiscrétion d'Antoni, elle avait assez habilement préparé sa défense et l'avait exécutée avec un talent qui eût donné le change à un plus *roué* qu'Alphonse. Quant à la lettre sans date et sans adresse, c'était tellement l'*A-B C* du métier, qu'elle ne s'était pas même donné la peine de le cacher.

Quelque portée qu'eût en général le dernier mot que Césarine dit à sa femme de chambre, elle ne soupçonnait pas toutefois celle qu'il pouvait prendre, appliqué à la position de Camille. Césarine était informée de la présence de Maurice dans le voisinage de madame de Brémont ; elle savait qu'Alphonse s'en était montré irrité, qu'il les soupçonnait d'être d'intelligence, et que par conséquent il ne verrait qu'un mensonge dans les dénégations de Camille. Césarine en était triomphante ; mais elle se fût crue bien plus assurée de sa victoire, si elle avait su l'incident de l'avis anonyme. Cependant toutes ces combinaisons matérielles furent sur le point de s'évanouir devant un nouvel incident ; et si le résultat demeura le même, malgré cette circonstance, c'est qu'il était une conséquence nécessaire du caractère et de la position fausse des personnages de ce drame, quelque obstacle qu'y vinssent apporter des événements accidentels. Nous pensons que la scène suivante en sera la preuve.

VI

LES LETTRES.

De Lubois retourna chez lui : l'heure qu'il avait demandée à sa femme était depuis longtemps écoulée. Les inquiétudes de Camille sur la résolution que prendrait Alphonse commençaient à devenir sérieuses, lorsqu'il parut dans sa chambre. Elle jeta sur lui un regard rapide pour essayer de deviner dans quels sentiments il revenait. L'impassible froideur du visage d'Alphonse lui laissa toutes ses alarmes. Lorsqu'il entra, elle était debout; il lui fit signe de s'asseoir, prit un siége et se plaça en face d'elle. Il demeura ainsi quelque temps sans parler, la considérant fixement, soit qu'il éprouvât cette impatience des yeux, qui à certains moments voudrait ouvrir le crâne de celui qu'on considère, comme on ouvre les pages d'un livre fermé pour lire ce qu'il renferme, soit qu'il fût embarrassé de la manière dont il entamerait l'explication qu'il désirait avoir. Enfin il se décida à parler, et commença en ces termes :

— Camille, j'ai beaucoup réfléchi à ce que vous m'avez dit ; et, de même que vous m'avez parlé sincèrement, je vais vous parler à cœur ouvert. Ne voyez donc plus dans mes paroles aucun désir de vous blesser ou de vous blâmer : il y a des choses dont je parlerai, parce qu'elles sont et que je dois nécessairement les raconter ; mais, je vous le répète, excusez mes termes, s'ils ne sont pas toujours aussi inoffensifs que je voudrais. Tout est douloureux aux cœurs blessés. C'est la faute de notre position ; ce n'est pas la nôtre.

Ce long préambule alarma Camille, et la rassura en même temps. D'un côté, elle ne prévoyait pas où Alphonse voulait en venir ; de l'autre, elle estimait comme un pas immense d'avoir amené son mari à traiter solennellement la question qui les divisait.

— Je suis prête à tout entendre, monsieur, lui dit-elle ; je vous écoute.

— Vous m'avez dit des choses bien graves, madame, reprit de Lubois ; de nouveaux sentiments vous ont rendue plus indulgente envers moi ; cette indulgence m'a plus peiné que vos emportements. Vous avez compris, m'avez-vous dit, jusqu'où peut aller la tyrannie d'une passion qui nous domine... Camille, vous éprouvez donc aussi cette passion ?

Aux premières paroles de son mari, Camille tressaillit comme un malade dont on touche la blessure, puis elle écouta, les yeux baissés, le front rouge, le cœur frappant sa poitrine à coups redoublés.

Elle ne s'attendait pas à voir scruter ainsi des sentiments qu'elle croyait enfouis dans le plus profond de son cœur. Elle se tut. Alphonse continua :

— Ai-je mal compris vos paroles ? me suis-je trompé ? je

m'en rapporte à vous, à votre probité, je vous le demande : me suis-je trompé?

Camille, toujours les yeux baissés, ne répondait pas. Elle était trop honnête femme pour nier; elle était trop orgueilleuse et trop innocente à la fois pour faire l'aveu d'un sentiment qui n'était qu'un malheur de plus, mais qui semblait devenir une faute, posé comme le faisait de Lubois.

— N'avez-vous rien à me répondre, madame? reprit de Lubois.

— Monsieur, dit Camille avec une douloureuse dignité, il est bien triste, je vous jure, de n'avoir aucun témoignage sacré à invoquer. Le rire a désarmé l'innocence de son plus souverain protecteur; mais dussiez-vous en rire, monsieur, j'atteste le ciel que je suis pure, que je n'ai pas une parole de ma vie à me reprocher.

— Je l'espère, madame, dit de Lubois; mais permettez-moi de vous faire observer (et je ne veux point récriminer), permettez-moi de vous faire observer que votre retour à des sentiments moins emportés pourrait, si je voulais être rigoureux, me sembler plutôt dicté par votre intérêt que par le mien.

Il y avait quelque chose de vaguement vrai dans ce que venait de dire Alphonse; Camille le sentit, et répondit humblement :

— Cela se peut, monsieur; aussi vous ai-je parlé pour moi comme pour vous. Je vous ai dit : Sauvons-nous; et si, pour obtenir votre secours, il faut absolument que je m'humilie tout à fait à votre autorité, je vous dirai : Sauvez-moi.

La voix de Camille avait graduellement baissé en prononçant cette dernière phrase. De Lubois reprit la parole sur ce ton bas et lent dont Camille avait parlé, et lui dit presque avec pitié :

— Vous l'aimez donc, madame :

— Je l'aime, monsieur.

Ces mots tombèrent de la bouche de Camille avec des larmes qui tombèrent de ses yeux, avec sa tête qui tomba sur sa poitrine, avec son orgueil qui tomba de son âme. De Lubois tressaillit, un sourire cruel sillonna ses lèvres, et son regard posé sur le front humilié de Camille eût voulu être d plomb pour lui peser sur la tête et la courber encore plus bas. C'était quelque chose de ce rire cruel dont il l'avait frappée le jour où il la dépouilla de tous ses voiles de femme pour l'insulter ; mais cette fois c'était son cœur qu'il venait de mettre à nu pour lui infliger ses nouveaux mépris.

Qu'on prenne Camille comme elle était, orgueilleuse, fière, innocente, et qu'on la voie agenouillant ainsi sa noble résistance devant l'indigne conduite de son mari, et l'on reconnaîtra peut-être que c'était une haute et sincère vertu que celle qui l'animait... Oh! quelle récompense trouva cette complète abnégation, de la part de celui qu'elle implorait si noblement ! Après un assez long silence, de Lubois continua :

— Vous l'aimez, madame, et vous osez me le dire.

— J'ose vous le dire, répondit Camille en relevant ensemble la voix, les yeux et la tête, mais toujours d'un ton résigné; j'ose vous le dire parce que je ne le lui ai pas dit, à lui.

— Je vous crois, madame ; je veux vous croire, répondit de Lubois en se levant ; mais qu'est-ce que cela prouve ? cela prouve-t-il que c'est pour moi que vous venez ? C'est, en vérité, une vertu bien singulière que la vôtre, madame : vous vous sentez atteinte à votre tour d'un amour puissant qui vous domine et vous maîtrise; vous ne voulez pas y succomber, je le crois, car il y a en vous une passion plus puissante que cet amour : c'est l'orgueil. Vous voulez demeurer sur votre piédestal... c'est bien, c'est beau, c'est honorable même ; ou plutôt, ce serait tout cela, si vous ne me trompiez pas, madame.

— Moi vous tromper! reprit tristement Camille; en quoi vous ai-je trompé, mon Dieu !

— Oh ! vous ne le savez pas, n'est-ce pas ? vous manquez trop de mémoire, en vérité, pour que je ne vous le rappelle pas. Il y a quelques heures, madame, vous ne me teniez pas le même langage qu'à présent ; il y a quelques heures, vous m'avez abordé la voix haute et l'air menaçant, et vous m'avez insolemment posé entre la nécessité d'entendre vos injures et celles de me voir dénoncer à votre marraine comme un homme perdu de dettes et de triponneries.

— O monsieur !...

— Vous l'avez fait, madame; c'était pour me sauver, disiez-vous, et qui ne l'eût cru à ma place, en voyant ce que vous osiez pour cela? Eh bien, non, ce n'était pas vrai, c'était vous qu'il fallait sauver, vous, déjà coupable dans votre âme, et sans force pour résister ; vous qui veniez vous rattacher à moi, mais qui n'abdiquiez pas votre orgueil après avoir douté de votre vertu.

— Vous avez raison, s'écria Camille avec une expression de désespoir indicible, c'est moi qu'il faut sauver : eh bien! soit, c'est moi. Je suis sans force, c'est vrai... c'est vrai, monsieur. Quand je l'ai vu s'évanouir de douleur devant moi... j'ai cru mourir... mon cœur a été près d'éclater... je vous le dis sincèrement à présent... Eh bien! oui, j'ai eu tort de vous traiter comme je l'ai fait... je m'en repens, je vous en demande pardon... Mais sauvez-moi, monsieur, au nom du ciel, sauvez-moi.

— Et comment voulez-vous que je vous sauve, moi?

— Vous ne m'avez donc pas comprise, monsieur? reprit Camille stupéfaite, et qui voyait douloureusement s'enfuir tout ce qu'elle avait mis d'espérance en cette explication.

— Très-bien, madame : vous avez dans le cœur une affection qui vous fait honte, et pour vous en garantir, il faut que j'en brise une dont je suis fier, dont je suis sûr, du moins, madame; car celle-là n'est ni menteuse ni hypocrite ; celle-là n'invente pas des lettres supposées pour se donner le droit de m'injurier.

— Je vous ai dit, monsieur, répondit avec une persévérante résignation Camille, qui se trompa sur la lettre à laquelle Alphonse faisait allusion, et pensa qu'il s'agissait de l'avis anonyme sur l'emprunt de Launay ; je vous ai dit que j'ignorais que la lettre dont vous parlez fût de M. Lambert.

— Mensonge! répondit de Lubois dont la colère, longtemps contenue, commença à gronder ; mensonge pour celle-là comme pour l'autre ; mais je parle de cette lettre par laquelle vous avez calomnié une femme plus honnête que vous, en vérité ; car elle ne ment point bassement ; je parle de cette lettre écrite à un amant ; vous ne saviez pas non plus à qui elle était adressée ?

— Je ne vous ai pas dit que je l'ignorasse.

— Vous saviez donc qu'il y a plus de quatre ans qu'elle était écrite ?

— Il y a quinze jours.

— Écrite à M. Maurice, il y a quinze jours !

— M. Maurice ?...

— Oui, madame, reprit de Lubois avec un mépris railleur, à M. Maurice que vous aimez, dont la douleur vous fait mourir et qui vous l'a donnée sans doute en retour de votre tendre intérêt ; c'est de lui que vous la tenez.

— C'est de M. Antoni, répondit Camille toujours calme, si le désespoir peut l'être ; toujours maîtresse d'elle-même, si on l'est quand on pense à mourir.

A son tour de Lubois demeura stupéfait. Par un mouvement qu'il n'eut pas le temps de raisonner, il chercha partout sur lui cette lettre qu'il n'avait plus ; et se laissant aller à la rage qu'il éprouvait à la fois, du nouveau soupçon que Camille venait de lui donner, de l'impossibilité où il était de le vérifier, et surtout de l'avantage que sa femme venait de prendre, il se retourna vers elle, et lui dit avec un accent furieux :

— Vous mentez encore... vous mentez... prouvez-moi ce que vous dites, je veux une preuve !..:

— Une preuve, monsieur ! en ai-je d'autre que cette lettre ?...

— Eh bien ! je vous répète que vous mentez...

— Ah ! s'écria Camille en se frappant le front, malheureuse !... Puis, comme éclairée d'une soudaine illumination : Vous voulez une preuve... en voici une.

Et elle arracha de son sac la lettre d'Adèle, et la donna à son mari. Le flacon de Maurice roula sur le tapis sans qu'elle s'en aperçût.

De Lubois prit la lettre et la lut. Jamais silence si douloureusement absolu ne renferma un dialogue plus éloquent. A chaque ligne, de Lubois relevait les yeux sur sa femme, et à chaque fois le doigt de Camille renvoyait le regard sur la page, comme pour lui dire : Voyez ! lisez !

— Eh bien ! ai-je menti, monsieur ? dit Camille avec un air de prière soumise qui attestait combien cette femme se sentait attachée à son dernier lien, et combien elle le ménageait avec un soin particulier, comme le malheureux réduit à sa dernière once de pain.

Quand la lecture fut finie, la lettre tomba des mains de de Lubois : il était livide, il avait les dents serrées, les poings contractés ; de sourds murmures sortaient de sa poitrine. Enfin tout cet orage éclata.

Oh! c'est trop... c'est trop! s'écria-t-il. Avez-vous votre raison, madame ?

— Je ne sais en vérité, si je l'ai perdue : je vous vois encore plus irrité ; ne devais-je donc pas me défendre de votre accusation ? et n'avez-vous pas vu dans cette lettre...

— J'y ai vu, reprit violemment de Lubois en arrêtant Camille au moment où elle allait ramasser la lettre ; j'y ai vu que vous vous étiez mise à prix pour obtenir une ignoble dénonciation contre une femme qui a pu me tromper peut-être... mais dont il me plaît de tout souffrir... J'y ai vu que vous avez joué un niais, et que vous avez été en rire avec un libertin ; que vous m'avez rendu la fable de tout Paris ; qu'il n'est point d'infâmes propos qu'on ne tienne sur mon compte, point de ridicule auquel vous ne m'ayez livré ; et quand vous vous êtes déshonorée, et que le scandale de votre conduite vous épouvante, vous venez me dire tragiquement : Sauvez-moi ; j'aime cet homme, je l'aime. Sont-ce vos amours avec M. Antoni qui vous ont appris ces belles scènes de drame, et vos amours avec M. Maurice qui vous ont donné l'impudence de les jouer ?... Il suffit, madame, il est temps que je prenne un parti

Camille dans le premier mouvement de sa douleur, ne s'était souvenue que de la phrase où madame Drancy lui parlait des plaintes de son frère. Surprise tout à coup par les reproches de son mari, elle se rappela tout ce que cette lettre renfermait d'odieuses suppositions ; mais, forte de cette conviction d'innocence qui se croit partagée par tous, parce qu'elle nous domine, elle répondit :

— Oh ! vous ne croyez pas un mot de ces indignités ; vous ne croyez pas un mot de cette lettre.

— Comme il vous plaira, madame, répliqua de Lubois en ricanant : ou je croirai tout, ou je ne croirai rien. Si elle ment pour vous, elle ment pour une autre ; si elle dit vrai, elle dit vrai pour toutes deux.

— Toutes deux! répéta madame de Lubois avec un dégoût triste et humilié, voilà la plus infâme injure que vous m'ayez dite.

Elle se leva essuyant quelques larmes, et reprit d'une voix altérée, mais soumise.

— Quoi qu'il en soit, restons-en là. J'étais venue sincèrement à vous; vous m'avez repoussée. Je saurai trouver en moi seule l'appui que je vous demandais. Cependant, après ce qui vient de se passer entre nous, je suppose que vous me permettrez de retourner chez ma marraine.

Sans doute... pour m'y dénoncer comme un homme ruiné et sans probité ?

— Non, monsieur, je ne vous dénoncerai pas. Chaque pas que je fais me perd; chaque parole que je prononce me tue... Mais, de grâce, laissez-moi retourner à Brémont.

— Vous ne retournerez pas près de votre amant, madame.

Camille se recula de quelques pas, et mesurant son mari des yeux, elle lui dit en éclatant en sanglots :

— Chassez-moi tout de suite, monsieur; c'est un parti pris sans doute. Tenez, véritablement cela vaut mieux... Oh! vraiment ne nous dégradons pas davantage, vous a me dire de pareilles choses, moi à les entendre. Assez d'insultes, assez, monsieur; assez, par pitié!

La vérité, dit de Lubois à moitié incertain, et qui ne continuait à être injurieux que par la vanité de ne pas céder; la vérité est-elle une insulte?

— Le croyez-vous? reprit soudainement Camille avec éclat, le croyez-vous?

— Quoi?

— Croyez-vous que cet homme soit son amant?

Certes, de Lubois ne le pensait pas; mais ce funeste entraînement de rendre en injures gratuites les reproches fondés que Camille ne lui adressait plus, mais que sa présence élevait contre lui, l'emporta encore une fois, et il répondit :

— Je le crois.

— Ah! Dieu soit loué! s'écria Camille avec un ton de triomphe inouï.

— Pourquoi cela?

— Parce que c'est vrai.

— Vous vous vantez, madame, vous n'oseriez.

— Je n'oserais! Ah! vous verrez.

— Ce n'est donc pas vrai?

— Ce le sera!

— Vous n'oserez.

— Oh!

— Vous n'oserez.

— Et pourquoi?

— Parce que je vous le défends, parce que si vous revoyez jamais cet homme, cet homme que j'exècre, que je tuerais si je le tenais...

— Il vous est donc bien odieux? Eh bien! moi, je l'aime!

— Madame!

— Je l'aime : il est bon, il est noble, il est brave... il est brave, lui.

— Vous voulez donc que je vous tue?

— Vous n'oseriez pas!

— Je n'oserais! dit de Lubois s'approchant de Camille et en levant les deux mains sur elle.

Elle le regardait encore : ses dents claquaient avec terreur, son corps frissonnait; alors, ouvrant ses bras à la mort, comme à son dernier espoir, elle s'écria avec un cri déchirant et en présentant sa poitrine :

— Osez donc! osez donc! Ne voyez-vous pas que c'est ce que je vous demande?

Il fit encore un pas, mais quelque chose de dur et de poli qui se trouva sous son pied le fit glisser, et il tomba sur un genou, épouvanté de ce qu'il venait d'entendre et du désespoir où il avait poussé Camille : car, il l'avait bien vu cette fois, ce n'était point bravade ni orgueil que sa résistance, c'était la douleur du torturé qui mord son bourreau pour se faire achever tout de suite.

Il demeura quelque temps dans cette position, tandis que Camille, épuisée, était renversée sur un divan. Cet accident laissa à Alphonse cette minute de réflexion qui manque souvent à l'homme pour le sauver du crime. L'effroi de son emportement s'empara du cœur d'Alphonse; et, par une succession rapide d'idées, il attacha bientôt ses regards et ses réflexions sur le frêle objet qui l'avait arrêté : c'était un flacon de cristal. Il le ramassa; et, s'étant relevé, il le tourna longtemps dans ses mains en le regardant; puis, se laissant aller sur un fauteuil, car la colère avait aussi abattu ses forces, il reprit en montrant le flacon à Camille :

— Voilà, madame, ce qui vous a peut-être sauvé la vie, et qui m'a sauvé un crime.

Camille, qui l'entendait sans le comprendre, car elle n'avait point vu ce qui avait fait trébucher Alphonse; Camille leva lentement les yeux; mais lorsqu'elle vit le flacon de Maurice dans les mains de son mari, une nouvelle terreur s'ajouta à la terreur qui la tenait, un froid plus glacial au froid qui lui serrait le cœur; elle resta immobile, droite, les yeux fixes et ouverts sur le flacon, tandis qu'Alphonse ajoutait lentement :

— Je le garderai... madame; il me sera un éternel souvenir de ce qui vient de se passer.

Camille frémit involontairement.

Enfin de Lubois se leva en disant :

— Pensez-y, madame, et voyez à quoi tiennent la vie et l'honneur!

Puis, quand il sortit, Camille s'affaissa sur elle-même en disant :

— Je suis perdue!

Le nom de Maurice Lambert était gravé sur le bouchon d'or du flacon.

VII

DÉSESPOIR.

Il ne faut pas penser que de Lubois fût assez aveuglé par les mensonges de Césarine pour ne pas être convaincu qu'il avait été trompé; mais, par une de ces inexplicables contradictions du cœur humain, ce n'était point à elle qu'il en voulait, ce n'était pas Césarine qu'il rendait responsable de son infidélité. Camille, qui avait poussé Antoni à posséder Césarine, Camille, qui l'avait forcé, lui Alphonse, à reconnaître qu'il était le jouet de cette fille et l'objet des moqueries de tout le monde, Camille lui semblait bien plus coupable. Certes, il comptait bien ne pas laisser Césarine impunie; mais plus tard, lorsque Camille ne pourrait plus supposer que c'était elle qui en était la cause. D'ailleurs, cette preuve de l'infidélité de Césarine était demeurée entre lui et Camille : et personne, pas même Césarine, ne savait qu'il eût la certitude d'avoir été trompé.

— Je passe pour dupe, se disait-il, soit, mais je ne céderai pas.

Dans cette disposition, il continua à vivre avec Césarine comme s'il eût cru à sa justification. Cela lui réussit comme il l'entendait. Quelques personnes connaissaient l'aventure d'Antoni et de Césarine, et la part que madame de Lubois y avait prise; mais en voyant la quiétude d'Alphonse et la continuation de sa liaison avec sa maîtresse, chacun pensa que madame de Lubois n'avait pas osé s'en servir vis-à-vis de son mari, et celui-ci trouvait à cette supposition de la crainte qu'il inspirait un triomphe d'orgueil qu'il préférait de beaucoup à paraître savoir les infidélités de Césarine, surtout par le moyen de sa femme.

D'un autre côté, une haine profonde pour Lambert irritait la rage d'Alphonse contre Camille. Toujours Maurice lui avait été déplaisant, maintenant il lui était devenu odieux.

En outre de ces torts, Camille avait une solennité de tenue et de sentiments qui dominait de Lubois. Tant qu'il demeurait vis-à-vis d'elle dans les termes d'une discussion grave, elle y pouvait et osait tout dire, et la conviction qu'en avait Alphonse était le plus souvent la première cause des violences où il se laissait aller pour échapper à cet empire. Ce résultat sera infaillible toutes les fois que, dans une union légale, ce sera la femme qui aura les vertus et les principes austères de l'homme, et que celui-ci cependant aura l'amour et l'orgueil de son autorité de mari. Pour la faire respecter, il s'adressera à tous les moyens. S'il a quelque esprit, il recourra à la raillerie outrée et dégradante pour imposer silence aux graves conseils d'une épouse; s'il arrive qu'elle ait, autant que lui, de cet esprit qui blesse et souffle du poison sur la blessure, il tentera les menaces et les injures; si la femme ne s'en laisse pas intimider, il pourra s'oublier jusqu'aux violences physiques pour obtenir cette domination qu'il veut et qui lui échappe.

Si nous avons suffisamment indiqué dans les premiers chapitres de ce livre la progression de cette lutte, on doit voir, par la dernière scène que nous venons de retracer, qu'Alphonse était à peu près arrivé à l'extrême ressource des hommes égarés. Un mot, un pas de plus, et c'était par des brutalités qu'il faisait taire Camille.

Mais cette scène n'avait pas commencé avec violence; elle avait eu un moment l'allure d'une explication calme et presque solennelle, et, pendant ce moment, Camille avait fait à son mari un aveu que celui-ci frémissait de colère d'avoir entendu. Comme la plupart des esprits petitement impérieux, il dégageait les positions de toutes les circonstances qui les devaient modifier, et, les remettant dans l'assiette où elles auraient dû être, il s'irritait de ce qu'on avait osé lui montrer de la résistance.

Ainsi tout ce qui s'était passé entre lui et Camille était comme non avenu, et il se demandait comment sa femme avait poussé l'audace jusqu'à lui avouer son amour pour un autre, comment il avait eu la faiblesse de le supporter; et, partant alors de son droit de mari, comme s'il n'en avait pas altéré la puissance par son inconduite, il s'excitait à des résolutions encore plus violentes pour le faire triompher.

Nous nous trouvons engagé dans une analyse de sentiments trop communs, et en même temps trop difficiles à bien apprécier dans leurs causes, pour qu'il ne nous soit pas permis de tenter quelques comparaisons explicatives qui les rendent plus intelligibles.

Sans vouloir mettre sur la même ligne les événements d'une vie privée et les circonstances de la vie politique, on peut dire que les mêmes excès s'y commettent par les mêmes raisons.

Que de fois, après une faute qu'il a commise, un gouvernement, qui veut maintenir l'autorité de la loi, s'étonne de la résistance qu'il éprouve, et s'engage dans une succession de mesures violentes dont l'issue lui sera funeste tôt ou tard; c'est, et qu'on nous pardonne la comparaison, c'est que, comme de Lubois, le pouvoir oublie qu'il a désarmé cette autorité de sa plus grande force, celle d'un exercice équitable.

Ainsi, dans la petite sphère de son autorité, de Lubois se disait : — Je suis le mari, je suis le maître, c'est donc une insolente révolte que la lutte de ma femme envers moi, — oubliant qu'il était le mari infidèle, le maître déshonoré.

Cette raison sera peut-être encore une lumière jetée sur la cause des violences de de Lubois. Il avait fait taire Camille sur presque toutes ses douleurs ; mais l'aveu qu'il avait entendu, et qui, médité en secret, lui était devenu la plus vive insulte qu'il eût reçue, était resté sans châtiment. Il avait annoncé qu'il prendrait un parti, mais il lui fallait une occasion. Il ne pouvait pas, aux yeux du monde, aller raconter son entretien avec Camille, et dire : — La femme qui m'a osé dire cela en-face est indigne de moi. — Ce n'est point de cette manière qu'on fait une action telle que celle que méditait Alphonse ; il fallait encore une fois que la lutte s'animât et devînt active pour prendre une résolution, et l'occasion ne s'en présentait point.

En effet, depuis son retour de la campagne, depuis cette dernière tentative où elle avait placé sa dernière espérance, madame de Lubois avait gardé vis-à-vis de son mari un silence résigné. Après avoir tout essayé pour sortir de la cruelle situation où elle se trouvait, Camille en était revenue à cette abnégation d'elle-même qu'elle avait résolue après la scène du bal de Derby, et dont les méchants conseils de Camizard et les imprudents conseils d'Alicia l'avaient détournée. L'expérience avait prouvé à madame de Lubois que tous ses efforts pour se tirer de l'abîme où elle était engagée n'avaient fait que l'y précipiter plus avant. Ceci est encore vrai dans les grands intérêts politiques, comme dans les petits intérêts privés ; chaque résistance pousse le gouvernement à un excès. Cette corrélation, en vérité, nous frappe tellement, que nous osons dire que de Lubois jetait sans cesse des appels à la résistance de Camille pour la perdre dans le combat qu'il voulait faire renaître, comme le pouvoir aiguillonne le mécontentement public par mille vexations pour avoir occasion de se servir de sa force contre les partis qui le gênent.

Ainsi Camille avait reçu de son mari l'ordre de ne plus

recevoir aucune des personnes qu'elle avait habitude de voir; ainsi il lui avait été ordonné de cesser toutes relations avec Maurice, comme si ces relations eussent existé; ainsi mille reproches amers de ce qui, au dire de de Lubois, s'était passé à la campagne étaient adressés à Camille avec une ironie et une brutalité qui devaient lui faire élever la voix pour sa défense. Qu'elle eût essayé cette défense par un mot, et de Lubois s'en fût emparé pour lui en faire un crime; mais Camille n'avait plus rien à sacrifier, et elle se soumettait sans murmurer. Que lui importait le monde? elle en était séparée par le malheur. Et Maurice, désirait-elle le revoir? Non, assurément: le devoir les séparait encore plus.

Et cependant combien la passion qu'elle avait pour lui était puissante, si puissante qu'elle avait des superstitions de faiblesse et d'enfant. Qui n'a pas aimé sourira peut-être en apprenant que Camille s'était fait de Maurice une fatalité qui devait la perdre ou la sauver; qui n'a pas eu les folles imaginations de l'amour se moquera, si nous lui disons que ce flacon de cristal qui avait fait trébucher Alphonse, était pour Camille une des preuves de cette fatalité. Ce flacon, qui avait appartenu à Maurice, c'était encore Maurice qui, comme une puissance surnaturelle, s'était placé entre elle et son mari et l'avait protégée.

Poursuivrons-nous encore une fois dans toutes leurs fluctuations ces mouvements du cœur de Camille qui, dans sa solitude, lui faisaient une vie si agitée. Ce serait trop pour nous; mais Alphonse voyait cette vie à deux que Camille menait à elle seule; il la voyait dans les longues rêveries de sa femme, dans ses yeux rouges de larmes, dans sa pâleur fiévreuse; il voyait que Maurice avait passé par là, et sa rage s'en exaspérait. Après avoir tout défendu à Camille, il trouvait odieux de ne pouvoir lui défendre de penser. Cette liberté lui semblait une usurpation insupportable. Alors, ne pouvant l'atteindre dans le silence où elle se renfermait, ne pouvant porter sa main jusqu'au cœur et jusqu'à la pensée par delà la poitrine et par delà le crâne, il restreignit et étouffa autant que possible ce dernier droit de vie de Camille.

Alicia était arrivée; sa première visite avait été pour madame de Lubois. Alphonse était présent quand elle vint, et l'occasion d'une nouvelle tyrannie lui fut offerte; tant que dura la visite d'Alicia, il resta entre elle et sa femme comme une digue entre deux cœurs trop pleins et prêts à s'épancher l'un dans l'autre. Puis, lorsqu'il fut prouvé à Alicia que sa patience à prolonger sa visite ne vaincrait pas l'obstination de de Lubois à la rendre inutile et qu'Alicia se retira, Alphonse se leva pour sortir après elle, et dit à Camille :

— Je vous ordonne de commander à vos domestiques de fermer votre porte à cette femme.

Jusqu'à ce moment, Camille n'avait pas deviné la cause cachée des rigueurs de de Lubois; aussi avait-elle montré une soumission si absolue, qu'il désespérait de la prendre en défaut. Dans cette dernière occasion, il fut sur le point de réussir à la faire résister; et peut-être eût-il obtenu ce qu'il désirait, si l'emportement précipité qu'il montra n'avait enfin averti Camille des véritables intentions de son mari. A cette injonction d'Alphonse, Camille n'avait répondu qu'en répétant le mot dont de Lubois s'était servi pour parler d'Alicia.

— Cette femme... avait-elle dit.

— Cette femme... oui, cette femme, il me plaît de l'appeler ainsi... il me plaît qu'elle ne remette plus les pieds chez moi.

— C'est ma seule amie, monsieur.

— Vous résistez... Fût-ce votre sœur, fût-ce votre mère, je ne veux pas que vous la revoyiez.

Camille se tut. De Lubois avait espéré une objection.

— Je ne le veux pas... et cela doit vous suffire... répéta-t-il avec une colère qui ne cherchait qu'un prétexte à s'animer.

Il attendit encore pour que Camille lui demandât une raison de cette volonté, et pour qu'il pût lui répondre une injure; elle garda encore le silence. De Lubois reprit :

— Vous m'avez entendu, je suppose?

— Oui, monsieur.

— Et vous n'en tiendrez compte, peut-être?

— J'obéirai.

De Lubois quitta l'appartement, moins satisfait du mal qu'il avait fait à Camille, qu'irrité de ce que sa soumission l'avait empêché de lui en faire davantage, et quelques semaines se passèrent ainsi. Camille avait donné l'ordre aux domestiques de dire à Alicia, toutes les fois qu'elle se présenterait, qu'elle n'était pas visible. Cette réponse faite tous les jours à Alicia finit par l'alarmer sérieusement, et elle prit la résolution de pénétrer dans ce mystère de réclusion.

Avant de voir comment elle y arriva, jetons un regard en dehors de la vie personnelle de Camille.

Les affaires de de Lubois, qu'il avait cru sauver par l'emprunt fait à Launay, périclitaient de plus en plus. Son exactitude apparente à rembourser n'avait pas arrêté une résolution qui était une tactique de parti. Les demandes qui suivirent celle de Camizard ne furent dictées par aucune méfiance contre de Lubois ; mais elles ne l'embarrassèrent pas moins, et la gêne devenant bientôt apparente, les exigences devinrent de même plus impérieuses.

De Lubois en était arrivé à cet inexplicable vertige de l'homme qui se ruine et qui s'excite à surenchérir encore sur toutes les fautes qui l'ont ruiné. C'est une vérité trop vraie et trop commune pour avoir besoin d'être expliquée. Le jour où il renvoyait sans le payer un client qui venait lui réclamer vingt mille francs, il donnait une parure à Césarine; le matin qu'il avait subi dans son cabinet les reproches injurieux d'un créancier, il se pavanait le soir dans quelque loge de l'Opéra. Il osait ce qui jusque là lui avait paru inexcusable : il se montrait publiquement avec Césarine, il l'accompagnait au spectacle, il la promenait, il passait sa vie chez elle. Etait-ce besoin de bruit, abandon d'une position qu'il n'avait plus la force de sauver? Qu'importe? c'est le cours naturel de toute ruine. Et, par une conséquence habituelle aux torts qu'on a seul, de Lubois les rejetait sur une autre.

C'était Camille qui était coupable de tout, Camille dont l'affreux caractère l'avait poussé à bout, Camille qui l'avait perdu. Il la prenait en haine, il la maudissait, il eût voulu la fouler aux pieds ; et, s'égarant chaque jour davantage, il lui reprochait, comme le plus extrême et le plus insultant de ses torts, la résignation qu'elle montrait.

Ce malheur qui s'amassait contre Camille dans le cœur de son mari n'était pas le seul qui la frappât. Si l'on se rappelle la lettre d'Adèle et le point où en étaient arrivés les propos du monde sur le compte de madame de Lubois et de Maurice, on doit juger quel développement ils prirent quand on sut son retour précipité, et qu'on vit la réclusion à laquelle elle était condamnée.

Son mari, disait-on, avait surpris des preuves incontestables de sa liaison avec Maurice.

Et cela n'était point douteux; et sur cette certitude, chacun discourait à sa manière. Les uns trouvaient de Lubois bien doux de s'en tenir à une correction si paternelle; d'autres, de ceux qui savent ajouter une interprétation odieuse à la plus odieuse chose, prétendaient qu'il s'en tenait là, parce que Maurice n'était pas un homme à qui l'on pût donner facilement une leçon, et que si le mari se vengeait seulement de sa femme, c'est qu'il avait peur de l'amant. Il ne faut pas oublier que tous ces propos étaient excités par une bouche habile à souffler la calomnie.

Depuis que madame Drancy avait perdu l'espérance de faire une *sœur* de Camille, elle était devenue sa plus détestable dénonciatrice, et c'était avec toutes les douleurs possibles qu'elle racontait la *faute* de Camille et le désespoir qu'elle éprouvait de la voir si complétement compromise.

Tout cela perdait Camille dans l'opinion, et la perdait encore plus auprès de son mari. Ces imputations de faiblesse et de lâcheté n'avaient pas vainement bourdonné aux oreilles de de Lubois; mais il était dans une position telle, qu'il ne pouvait les faire taire. En effet, il savait l'innocence de Camille, et eût été fort embarrassé d'aller demander raison à Maurice d'une offense quelconque. Mais on comprend que, dans cette position, Alphonse ne cherchât qu'un prétexte pour éclater; et plus ce prétexte lui manquait, plus il se réservait de le saisir au vol.

Les choses en étaient là, lorsque madame de Brémont revint à Paris avec Camizard; ce retour les aggrava encore. Madame de Brémont avait appris tous les bruits qu'on avait fait courir sur le séjour de Camille à la campagne. Le conseiller d'Etat s'était chargé de cette adroite dénonciation. Le premier mot en parut odieux à madame de Brémont.

— Comment osent-ils dire une pareille infamie? avait-elle répondu; Camille n'a pas quitté le château sans moi. Jamais ce M. Maurice n'y a mis les pieds.

— Ce n'est pas non plus ce qu'on dit, repartit Camizard; mais vous savez comme la calomnie est habile. On parle de longues promenades faites durant le jour, de rendez-vous dans les bois, de mystérieuses entrevues..... peut-être la nuit..... Je ne puis vous dire tout ce qu'on suppose, les moyens par lesquels on raconte que vous avez été trompée; enfin on va jusqu'à assurer que si je n'étais arrivé chez Marquoy, ils auraient feint de ne pas se connaître du tout.

Ces insinuations et beaucoup d'autres ne furent pas dites ainsi et de suite : Camizard laissa à chacune un temps de repos pour porter fruit. L'histoire du flacon emporté par madame de Lubois fut adroitement rappelée.

Malheureusement les habitudes de Camille à la campagne répondaient à ces suppositions. Tous les jours elle sortait seule et demeurait absente des heures entières : tous les soirs elle se retirait de bonne heure. Enfin la journée passée à Marquoy ne laissait aucun doute sur l'intelligence; le flacon mystérieusement gardé, aucune incertitude sur la passion. Ainsi, lorsque madame de Brémont retourna à Paris, sa présence, qui semblait devoir apporter à Camille le seul témoignage qui pût la défendre victorieusement, lui amena une accusation qui acheva de l'accabler. Madame de Brémont n'alla point voir sa filleule, et la condamnation de Camille se formula dans cette phrase sans appel :

— C'est tout à fait fini, sa marraine même ne la voit plus.

Le jour où Camille apprit que madame de Brémont était à Paris, elle en fut instruite par son mari, qui lui expliqua l'abandon où sa marraine la laissait par l'indignation qu'elle éprouvait de sa conduite au château. Malgré sa résignation, Camille en marqua tant d'étonnement et de douleur, que son mari lui répondit en ricanant :

— Est-ce que cela vous trouble beaucoup? si vous vous trouvez mal, j'ai chez moi un flacon excellent pour ces sortes de pâmoisons.

A ce mot, Camille se tut, en reconnaissant la main d'où partait ce dernier coup. Camizard se vengeait de l'épigramme qui avait repoussé ses prétentions.

C'en était fait : Camille n'avait plus la force de lutter; elle courba la tête : l'idée même d'en appeler à sa marraine, l'idée de se défendre ne lui vint pas à l'esprit; elle se voyait perdue, et n'eût pas jeté la main en avant pour s'attacher à un fil qui eût pu retarder sa chute. Mise sur le chevalet de la torture morale, elle en était venue à ce point d'affaissement où le questionné avoue tout ce qu'on veut. Il est possible que, si à ce moment on lui eût demandé si Maurice était véritablement son amant, elle eût répondu : Oui. Tout s'éteignait en elle, le soin de sa propre dignité lui semblait même superflu : elle pleurait devant ses domestiques.

Elle s'était fait une dernière espérance, celle de mourir bientôt ; mais l'énergie qui, dans les premiers moments, lui avait inspiré des pensées de suicide s'était perdue aussi. Une seule chose vivait en elle, c'était son amour pour Maurice. — La veille de ma mort, se disait-elle, la veille de ma mort, je lui écrirai. On laissera bien approcher un prêtre de mon lit, et, s'il n'ose se charger d'un aveu écrit, si son devoir le lui défend, je lui confierai mon âme pour qu'il la lui redise.

C'était là le bonheur qu'elle caressait, et tous ses jours se passaient à faire sa lettre et sa confession dans son cœur, et chaque jour elle en faisait une nouvelle, quelquefois voulant dire à Maurice toutes les palpitations de son âme une à une ; d'autres fois ne voulant lui envoyer qu'un mot : Je t'aimais.

Peut-être eût-elle fini par succomber à cette lente consomption de la douleur solitaire, si la maladie qui avait retenu Maurice à la campagne se fût prolongée plus longtemps. Mais il arriva à Paris.

Comme le vaisseau qui du chantier se précipite dans les flots et les émeut au loin, de même Maurice ne rentra pas dans le rayon de l'existence de Camille sans qu'elle en eût une impression. Le jour même, son mari eut un ton plus sombre et plus colère envers elle ; le lendemain elle vit entrer chez elle Alicia et Camizard.

En voyant Alicia, Camille crut sortir de prison ; en voyant Camizard, il lui sembla que c'était comme avec le bourreau. Cette image, peut-être prétentieuse pour l'écrivain qui raconte, fut celle qui vint à l'esprit de Camille. C'est que rien ne poétise la forme des idées comme la solitude, rien ne les grandit comme le malheur. Le jour qui amena cette entrevue de Camille et d'Alicia fut la source d'une révolution trop grande dans la vie de madame de Lubois, pour que nous n'en racontions pas toutes les circonstances.

La veille de ce jour, Maurice avait couru chez Alicia dont

la maison se trouvait dans la même rue que la sienne, et son oncle, qui l'avait accompagné à Paris, avait été forcé de l'y aller chercher, après l'avoir attendu près de trois heures. Lorsque M. de Marquoy fut introduit chez mademoiselle Vanini, il la trouva pleurant devant son neveu qui paraissait lui avoir parlé longuement. Sans deviner le sujet de leur entretien, il jugea qu'il devait être bien grave, car en sortant Maurice dit sévèrement à Alicia :

— Je compte sur vous.

— Je ferai ce que vous voulez, avait-elle répondu d'un ton soumis.

Le lendemain, Alicia de son côté alla chez Camizard, et ce fut à la suite d'une longue visite que tous deux montèrent dans la voiture du conseiller d'Etat, et se rendirent chez madame de Lubois. Les remarques qu'on avait déjà faites sur l'espèce d'obéissance de Camizard envers Alicia auraient eu matière à s'exercer, en cette circonstance, si l'on avait pu voir l'air de dépit avec lequel le conseiller d'Etat semblait accompagner sa pupille et la sécheresse avec laquelle celle-ci lui imposait sa volonté.

— Te voilà ! s'était écriée Camille en s'élançant vers son amie ; comment se fait-il?...

Elle s'arrêta en voyant Camizard.

— Tu me demandes, dit Alicia, comment il se fait que j'ai pénétré jusqu'à toi ; tu dois en remercier mon tuteur.

Camille salua le conseiller d'Etat, sans lui dire un mot ; elle se méfiait d'un bonheur qui lui arrivait sous sa protection.

— Maintenant, dit celui-ci, je demande à madame de Lubois la permission d'aller causer un moment d'affaires avec son mari.

— Allez, monsieur, répondit Camille, allez....

Alicia fit un signe particulier à son tuteur qui lui répondit par un sourire contraint. Il sortit, et laissa les deux amies ; dès qu'elles furent seules, elles se précipitèrent dans les bras l'une de l'autre, et sans dire une seule parole, elles pleurèrent longtemps ensemble, se serrant les mains, se regardant avec désespoir. Enfin Alicia rompit ce silence plein de confidences, et l'entretien suivant eut lieu, coupé de larmes, de sanglots, de réticences, entrant de plein saut dans les idées ;

l'entretien de deux cœurs qui se comprennent et qui s'aiment.

— Ecoute, Camille, prends courage... J'aime mieux tout te dire, quoiqu'il me l'ait défendu. C'est lui qui m'a envoyée ici.

— Maurice?

— Oui, Maurice ; il est arrivé.

— Il doit bien souffrir.. Il était si malade!...

— Il t'aime... tu ne l'aimes pas, voilà ce qui le tue.

— Je ne l'aime pas! s'écria Camille ; et que veut-il donc, mon Dieu?

Alicia la regarda en pâlissant, et lui dit à voix basse et lente :

— Il croit que tu ne l'aimes pas...

— Il a raison... Je ne dois pas l'aimer ; il ne le sait pas... il ne le saura jamais...

— Oh ! je le lui dirai...

— Alicia... tu ne le feras pas...

— Tu veux donc qu'il en meure?...

— J'en meurs bien, moi.

— Je me tairai, dit Alicia avec un singulier accent.

Elles gardèrent toutes deux le silence, toutes deux en larmes, mais l'une d'elles pleurant de douleurs différentes, et qui la brisaient ensemble. Cependant elle fut la plus forte ; elle reprit, c'était Alicia :

— Camille, il m'a envoyée pour te voir... pour t'offrir sa protection.

— Sa protection... je ne puis l'accepter, et d'ailleurs à quoi servirait-elle?

— Tu le vois, elle m'a déjà fait entrer ici.

— Mais par quel moyen?

— Dispense-moi de te le dire... Plus tard, quand j'aurai accoutumé mon cœur à cette nouvelle idée... Je te le raconterai... plus tard... pas aujourd'hui... Oh! il ne me manquerait plus que cela...

— Qu'as-tu donc, Alicia?

— Rien, rien... Ecoute... cette protection, je te l'ai offerte en son nom... mais c'est la mienne que tu acceptes. Il m'avait défendu de te parler de lui. Il m'avait dit seulement : — Si, dans la conversation que vous aurez ensemble, il lui échappe de me maudire, de souhaiter mon départ de France... je m'exilerai... si c'est ma mort qu'elle désire...

— Oh! le malheureux!

Toutes deux pleurèrent encore...

— Mais que veut-il que je fasse?

— Que tu le sauves, que tu te défendes.

— Et comment? Il ne sait donc pas...

— Il sait que tu es innocente.

— Son témoignage ne fera que m'accuser.

— Ce n'est pas le sien qui te défendra.

— Et lequel?

— Celui de Camizard.

— C'est mon ennemi.

— Je le crois; il a été aussi le mien, et aujourd'hui il fait ce que je veux.

— Mais à quoi servira à présent le témoignage même de Camizard?

— Il peut ramener ta marraine. Madame de Brémont revenue et te protégeant ouvertement, les autres se tairont. Et si enfin les affaires de ton mari le forçaient à quitter Paris, tu auras un asile à la porte duquel s'arrêtera la calomnie.

— Que dis-tu? les affaires de mon mari...

— On les dit fort dérangées.

— Mon Dieu! encore ce malheur!

— Tu ne t'y attendais pas!

— Je m'attends à tout.

— Alors, ne t'étonne de rien, ni de la douceur de ton mari, ni de la servilité de Camizard...

— Mais dis-moi au moins comment...

— Je ne puis te répéter qu'une chose, il fera ce que je voudrai.

A peine Alicia avait-elle prononcé ces derniers mots, que Camizard rentra avec de Lubois.

— Comment, ma chère Camille, dit Alphonse aussitôt, j'apprends que vous avez fait fermer votre porte à mademoiselle Vanini : c'est mal. Madame de Brémont est à Paris, et vous n'êtes pas allée la voir : c'est inexcusable.

L'avertissement d'Alicia n'avait pas suffi pour lui faire espérer un changement si subit dans les manières de son mari. Elle regarda Alicia avec étonnement; mais celle-ci voulut éprouver jusqu'à quel point Camizard avait rempli ses instructions.

— En vérité, dit-elle, je trouve que Camille ne se ressemble plus; elle est devenue tout à fait sauvage. Ordonnez-lui donc aussi de venir voir ses amies; moi, par exemple.

— Le lui ordonner, répondit de Lubois, ce serait ôter toute valeur à ses visites; c'est à Camille à juger ce qu'elle doit faire.

— J'irai voir Alicia, si vous le voulez bien, dit Camille d'un ton si soumis et si implorant, d'un ton d'un enfant qui demande grâce si douloureusement qu'Alicia en fut cruellement surprise : mais cela ne toucha ni le cœur de Camizard, ni celui d'Alphonse, l'un calleux d'immoralité raisonnée, l'autre cuirassé de débauche vaniteuse. Ce ne fut donc pas par pitié qu'Alphonse répondit :

— Je vous approuve tout à fait.

Ce ne fut donc pas par un motif de joie sincère que Camizard lui dit :

— Je vous félicite de cette bonne résolution.

— Je vous demande donc la permission d'emmener Camille tout aujourd'hui et sur-le-champ.

De Lubois fit un geste de refus; mais Camizard s'empressa de dire :

— Cela ne peut qu'être agréable à Alphonse, qui gémit de voir la retraite à laquelle madame de Lubois se condamne.

Un regard d'Alicia envoya à Camille le commentaire de cette intervention. Ce regard voulait dire :

— Tu vois, il obéit.

Alphonse s'empressa de céder. Pour la première fois depuis bien longtemps, Camille s'habilla et sortit. Madame de Lubois et Alicia allèrent ensemble se promener à travers la campagne; elles suivirent les allées les plus sombres du bois de Boulogne; puis, arrivées à un endroit écarté, elles quittèrent leur voiture et marchèrent lentement dans un de ces sentiers bordés d'arbres verts, sérieux et lugubres. On était au mois d'octobre; la nature était froide et grise, le soleil pâle, les arbres dépouillés; sa liberté fut triste à Camille.

— Qu'as-tu donc! lui disait Alicia. Pourquoi, lorsque l'espoir devrait te reprendre au cœur, pourquoi pleures-tu encore ?

— Je ne sais pas... Je ne puis te dire que ce que je fais aujourd'hui me sera fatal ; ma vie est finie, ma destinée marquée... J'ai découvert une chose, c'est que je porte en moi une maladie sûre... Je n'ai plus rien à craindre... Dans quelques mois tout sera fini, et pourtant j'ai peur... j'ai froid... j'ai le cœur serré...

— Pense à Maurice.

— Alicia, dit Camille en arrêtant son amie et en fixant sur elle un regard fiévreux et presque égaré; Alicia, quel est cet homme ?

— Maurice !

— Oui... Maurice... je ne le connais pas... je ne le connais que parce que je l'aime... Mais lui... sa vie, son passé.. ce qu'il est est, ce qu'il a été... je n'en sais rien.

— Oh ! c'est à peu près ce que sont tous les hommes... une jeunesse qui a fait éclat par des folies... un amour de toutes les mauvaises renommées dont il s'est vite fatigué... Rien, en vérité, rien d'extraordinaire dans sa vie, si ce n'est lui-même ; rien, si ce n'est d'avoir vécu, lui... comme tout le monde a vécu.

— Mais toi, Alicia, comment l'as-tu connu ?

— Moi? je t'ai promis de te le dire plus tard... plus tard...

— Alicia... tu l'as aimé.

— Moi, dit Alicia en souriant avec un effort qui échappa à madame de Lubois, me crois-tu capable d'aimer un homme qui ne m'a jamais aimée, — et qui ne m'aimera jamais? murmura-t-elle tout bas.

— Ah ! s'écria madame de Lubois avec joie... il ne t'a jamais aimée, n'est-ce pas ?... Merci, tant mieux.

— Non, il ne m'a jamais aimée.

Et, pendant que madame de Lubois accueillait cette assurance avec joie, Alicia détourna la tête pour essuyer une larme.

— Oh ! reprit Camille après un long silence... je ne dois plus le voir ; n'est-ce pas, Alicia, que je ne dois plus le voir ?

Alicia ne répondit point, et elle ne remarqua pas l'incohérence des paroles de Camille.

— Oh ! je te comprends bien, ce serait un crime, une

faute, maintenant que je l'aime... Non, je ne dois plus le voir... et pourtant je suis bien malheureuse!

Alicia avait aussi une douleur qui la poignait; elle se tut encore.

— C'est que si je le voyais... je serais perdue... Je suis perdue, c'est vrai..., mais enfin je suis innocente... Au lieu que si je le voyais... Et puis, qui sait ce qui pourrait arriver?... Mon mari ne demande qu'un droit pour se venger... et alors... Non, non, je ne le verrai plus.

Alicia écoutait ces tristes divagations du cœur de Camille; mais elle n'avait pas la force d'y répondre; elle n'avait que celle de pleurer. Camille se tut à son tour, et elles continuèrent à s'enfoncer silencieusement dans les plus sombres allées du bois. Au détour d'un sentier, elles entendirent un bruit étrange qui les arrêta tout à coup : c'était le bruit du fer criant sur le fer, le bruit d'une épée sur une épée... Elles se serrèrent l'une contre l'autre Camille devint tremblante d'une terreur plus grande que celle que pouvait lui inspirer l'horreur d'un combat.

— Eloignons-nous, dit Alicia.

— Non... non... dit Camille tout à fait égarée; non, je veux voir... je veux voir...

Alicia essaya de l'entraîner.

— Laisse-moi donc voir, dit Camille en faisant un pas.

Le bruit cessa.

— Il y en a un de mort... dit Camille avec un ton si extraordinaire, qu'il fit frémir Alicia.

— Oh! reprit Alicia, éloignons-nous...

— Mais non, je te dis que je veux voir...

Elle s'enfonça dans le taillis. Un moment après, trois hommes portant deux épées passèrent et s'éloignèrent rapidement; un moment après, une voiture arriva, et deux hommes, sortant d'un endroit écarté, y portèrent un jeune homme frappé à la poitrine, pâle, les yeux fermés, mort peut-être. Camille, l'œil tendu, les regardait avec une affreuse curiosité, tandis qu'elle retenait près d'elle Alicia dont elle serrait le bras avec une force extraordinaire :

— Vois-tu... vois-tu, disait-elle tout bas; vois-tu... c'est ainsi que ça finit quand une femme a un amant... C'est Maurice qu'ont vient de tuer...

— Maurice!... s'écria Alicia en regardant le blessé dont elle avait détourné les yeux. Mais ce n'est pas lui...

— Je ne te dis pas que ce soit lui... mais voilà ce qui arrivera... Vois-tu... ces gens-là viennent de se battre pour une femme... et je suis sûre que c'est le mari qui a tué l'amant... je suis sûre que je ferais tuer Maurice... Alors je ne veux pas le revoir... Alors je ne le reverrai... je ne...je ne... Qu'as-tu à me regarder comme ça ?

— Camille!... s'écria Alicia en l'entourant de ses bras.

Camille se mit à rire.

—J'ai envie de leur demander pourquoi ils se sont battus...

Elle fit un pas; la voiture était partie.

— Camille, dit Alicia qui ne voulait pas lui montrer l'effroi qu'elle lui inspirait. Camille, rentrons... je suis fatiguée.

Le soir, madame de Lubois fut prise d'une fièvre violente. Le médecin appelé, et à qui Alicia fit une complète confidence, déclara que la solitude et la réflexion continue dont elle est accompagnée avaient produit une irritation du cerveau qui menaçait Camille de folie, si on ne l'arrachait à sa vie habituelle. Il lui fut ordonné de sortir tous les jours, d'aller dans le monde, de voir ses amis. On ne craignait pas de faire cette consultation devant Camille. Elle répondit tristement :

— Quels amis? quel monde?

— Qu'importe? dit Alicia; tu viendras avec moi...

Dès lors Alicia se voua à la santé et à la raison de Camille.

Quand ce n'est pas un accident inattendu, un événement foudroyant qui brise la raison d'un choc violent, quand c'est la pensée qui la tue... c'est lentement qu'elle échappe... On dirait que chaque fibre du cerveau se rompt à son tour... Ce sont d'abord les longues distractions, les silences persévérants, puis la concentration de toutes les forces vitales sur la seule faculté qui reste sensible, et qui finit par se briser aussi par ces excès de tension.

Camille était arrivée à ce point; elle voyait son malheur partout. Ce duel, elle se l'était appliqué; tout ce qui se passait, elle le ramenait à sa situation. Alicia, secondée des conseils du médecin, chercha tous les moyens de *distraire* Camille. Ce mot employé physiologiquement ne signifie pas ce qu'on veut lui faire dire. En médecine, distraire, ce n'est pas tuer la sensation là où elle est trop vive, c'est faire vivre par les organes qui s'atrophient, c'est porter la vie aux endroits d'où elle s'est retirée ; et, comme il n'y a pour chaque existence qu'une dose de vitalité, ce qu'on en donne à une autre perception soulage celle qui l'a tout absorbée. C'est sans doute ce qui a fait dire à une femme de beaucoup d'esprit, en parlant de l'amour : — Le cœur n'oublie pas, il remplace.

Dans ce système de raisonnement, Alicia chercha un moyen d'occuper l'âme de Camille ; elle espéra le trouver en lui donnant l'amour de cet art qu'elle-même adorait. Mais, avant d'agir sur la pensée par la pensée, il fallait affaiblir par les fatigues du corps celle qui dominait le cœur. Alicia se voua encore à cette guérison. Ce projet formé le soir même, Alicia voulut le mettre à exécution le lendemain. Médecin plus habile, ou mieux instruit que celui qui croyait juger l'état de Camille, la main sur l'artère de son bras, Alicia avait mis la main sur son cœur, et elle comprenait que chaque jour perdu rendait la guérison plus incertaine.

Dès le lendemain, elle arriva de bonne heure chez Camille ; elle la fit lever malgré sa faiblesse, et l'emmena ; elle la conduisit à pied à travers Paris. Elle prétexta qu'elle avait oublié d'écrire un mot, et la força à faire la longue course qui sépare la rue Godot-de-Mauroy de la rue de Varennes. Arrivée chez elle, Alicia força Camille à remettre avec elle son atelier en ordre. Elle lui parla peinture, gloire, jalousie d'artiste. Puis, quand elle vit la complaisance de Camille épuisée, elle se trouva avoir une affaire au Panthéon, une statue à voir chez un artiste... elle força Camille de la suivre... elle la fit souffrir des pieds, elle la laissa avoir froid, se plaindre de douleurs aiguës... elle fut sans pitié pour le corps, parce qu'elle voulait sauver l'âme.

Le lendemain encore, après une nuit accablée, Camille vit Alicia revenir. Il fallait encore sortir. Camille résista ; on l'avait détournée de sa manière habituelle de souffrir. L'accablement de la fatigue lui avait procuré des moments d'un lourd sommeil... Ce n'était que depuis quelques heures qu'elle avait pu se remettre à penser à son aise, à retourner sa douleur dans sa blessure ; c'était sa vie, sa joie ; elle s'y plaisait.

Elle trouva Alicia importune ; mais Alicia ne tint compte

ni des refus, ni des impatiences; elle exigea, elle voulut, et Camille la suivit encore; et Alicia la ramena encore le soir dans sa maison, tellement brisée de fatigue, que, lorsqu'elle la quitta, le sommeil avait déjà gagné madame de Lubois. Huit jours ainsi, sans cesse, sans relâche, sans repos, Alicia fit souffrir à Camille cette vie de dures fatigues qui absorbe toutes les forces, et qui ôte à l'humanité pauvre et laborieuse cette subtilité de sensations dont l'humanité riche est si fière, et qu'elle ne doit qu'à son oisiveté; comme si la Providence avait voulu, en donnant aux heureux de ce monde une faculté plus étendue de souffrir et de souffrir des moindres choses, venger le misérable des privations auxquelles la pauvreté le condamne.

Certes, cette semaine n'avait apporté qu'un bien faible soulagement aux douleurs de Camille, mais elle avait eu un résultat plus puissant, elle avait prouvé que son désespoir pouvait se distraire de lui-même. C'est l'imperceptible mieux du malade, fil délié auquel il attache l'espoir d'une complète guérison.

Mais que de ménagements, que de persévérance pour qu'un accident ne vînt pas détruire le peu qu'on avait gagné, et déterminer une rechute d'autant plus profonde et plus dangereuse! . . . .

Durant les huit jours qui s'étaient écoulés, Alicia n'avait pas prononcé le nom de Maurice; sa présence dans la vie de Camille lui était seulement attestée par les manières plus polies de son mari et par le servile empressement de Camizard. Quelque chose d'inattendu prouva encore plus à madame de Lubois qu'il y avait autour d'elle une protection aussi puissante qu'invisible. Une lettre de Madame de Brémont lui fut remise. Camille n'eût point su que Camizard avait reçu l'ordre de ramener la vieille dame, qu'elle eût reconnu la pensée qui avait dicté cette lettre.

Elle disait que madame de Brémont, sans croire *positivement* aux bruits fâcheux qui couraient sur le compte de Camille, avait espéré que sa filleule viendrait la voir pour se justifier. Elle supposait que la crainte seule avait arrêté madame de Lubois, mais qu'elle n'avait qu'à se présenter chez sa marraine, et qu'elle trouverait une mère et non un juge.

Camille montra sa lettre à Alicia qui l'engagea à se rendre

sur-le-champ chez sa marraine. Camille s'y rendit, mais ne la trouva point : c'était un contre-temps.

Alicia donna ce nom à un malheur préparé avec une habileté fatale. Contente de voir obéir Camizard, elle s'imagina, parce qu'il obéissait avec empressement, que l'autorité qu'il subissait ne lui était pas insupportable. Elle ne savait pas que le tigre couche sur le ventre au moment où il veut s'élancer sur sa proie ; que l'esclave ne se courbe jamais si bas que quand il veut frapper son maître ; et si nous-mêmes nous n'avons pas mis à nu la pensée de Camizard, c'est pour qu'il garde aux yeux de nos lecteurs cet aspect obséquieux et désintéressé qui le faisait se glisser dans la vie des autres, comme un être presque insignifiant, c'est pour qu'ils puissent juger, le jour où il lèvera le masque, ce que renferment de hideuse corruption, d'implacable cruauté, ces hommes à manières douces, élégantes, timorées, que la société stigmatise à peine du nom d'hommes adroits ; que beaucoup appellent des hommes fins, et qui sont, il faut dire le nom, les prototypes de toute lâche scélératesse.

Le jour même où Camille reçut la lettre de madame de Brémont, Camizard avait fort indifféremment envoyé à Alicia sa loge à l'Opéra, et Alicia avait résolu d'y conduire Camille.

On jouait *la Muette de Portici*.

A cette époque, on doit s'en souvenir, *la Muette de Portici* était presque une pièce politique. Alicia se fût bien gardée de conduire Camille à un théâtre où des passions de cœur eussent été en scène. Pour Alicia, la Muette était une pièce où le peuple se révolte : rien de plus. Quelque sagacité de cœur qu'eût Alicia, elle ne savait pas qu'il est des moments de la vie où le cœur se prend aux choses les plus étrangères. Elle mettait trop sur le compte d'un commencement de folie les étranges paroles de Camille au bois de Boulogne, lors du duel dont elles avaient été presque témoins. Enfin toutes deux se rendirent le soir à l'Opéra.

La salle de l'Opéra est un carré dont les angles opposés à la scène sont coupés par une diagonale enfermée entre deux colonnes ; dans l'espace de cette diagonale se trouve une loge de chaque côté de la salle.

La loge de Camizard était une première située entre ces colonnes et faisant le coin de gauche. Nous entendons par côté de gauche celui qui est à la gauche du spectateur, regardant la scène.

Ce qu'on appelle loges d'avant-scènes, au lieu d'être, comme les loges du fond, parallèles au théâtre, lui sont perpendiculaires et le bordent de chaque côté. Ce sont des loges profondes.

A partir de ces avant-scènes commence le balcon, qui se trouve assez reculé pour que les spectateurs qui y sont placés, surtout s'ils ne sont pas sur le premier rang, ne puissent voir ceux qui occupent les avant-scènes qui sont du même côté qu'eux.

Qu'on nous pardonne cette description tant soit peu technique : elle est tout à fait indispensable à l'intelligence du récit qui va suivre.

Dans une ville qui a vingt-quatre théâtres ouverts tous les soirs, et qui fournit des curieux à tous ces théâtres, il est bien difficile que le drame de la vie réelle ne marche pas quelquefois chez les spectateurs, côte à côte du drame qui se joue sur la scène. Assurément nous préférerions avoir à renfermer dans un salon étroit l'expression des passions qui s'agitèrent le soir dans la vaste salle de l'Opéra ; mais nous sommes forcé de prendre la vie comme nos habitudes l'ont faite, et les salles comme les architectes les font.

Quand Camille et Alicia entrèrent à l'Opéra, la salle était déjà pleine de spectateurs ; une seule loge était complétement vide ; c'était l'avant-scène située à droite, loge vaste et profonde, mais qui n'avait pas encore ce luxe de tenture que lui a donné depuis la mode furieuse de l'Opéra.

Camille et Alicia, de la place où elles étaient, au fond et à la gauche de la salle, pouvaient voir parfaitement les personnes qui se plaçaient sur le devant de l'avant-scène de droite ; mais, comme en même temps elles étaient très en arrière de cette loge, leurs regards ne pouvaient pénétrer jusqu'au fond.

Le spectacle commença.

VIII

SCÈNE A L'OPÉRA.

Le début de l'ouverture de la *Muette*, qui procède par un cri âcre et prolongé de tout l'orchestre, dans lequel les trompettes et les cors vibrent de toute leur puissance, fit tressaillir Camille, bien qu'elle l'eût entendue souvent : en effet, son âme et ses nerfs, tendus par le malheur, s'impressionnaient avec une facilité dont elle-même s'étonna. Cependant elle accueillit avec joie cette nouvelle sensation et elle s'y abandonna. La musique la pénétrait comme un fluide ténu et impalpable, pareil à l'électricité : le sentiment que Camille éprouva ressemblait à un bonheur irritant. Toutefois elle s'y plut : depuis longtemps elle avait si peu vécu de sensations extérieures, qu'en les retrouvant, il lui sembla retrouver quelque chose de cette Camille passée, heureuse et forte, maintenant presque perdue et morte.

Elle se livra sans défense à la musique et se laissa balancer aux mélodies charmantes des danses du commencement de la pièce. Ces danses n'étaient pas un bal, c'était un spectacle, elle ne les voyait que des yeux. Cette douce occupation, ce délassement de pensée, Camille le garda jusqu'au moment où parut la muette, cette fille de la grève de Naples, poursuivie avec fureur par les soldats Espagnols. Camille suivit attentivement l'expression mimique de cette passion sans voix : elle eut d'abord un sourire de pitié pour la pauvre fille oubliée, puis elle écouta tristement quand le geste raconta qu'elle avait été retenue captive. Mais lorsque l'actrice, appuyant sa main sur son cœur, eut à crier, de l'œil, du visage et du geste : — J'aime!... Camille dit tout bas en souriant :

— Pauvre femme!

— Tu la plains! dit Alicia qui observait Camille.

— Oh! non, répondit Camille en regardant toujours la

scène ; non. Je plains cette actrice qui s'agite pour exprimer ce qu'elle ne sent pas.

— Elle est muette, reprit Alicia, elle ne peut dire : Je l'aime ! avec l'accent qu'y mettrait la voix.

— Mais la voix vient pour dire cela, reprit Camille, la voix vient quand on le sent. Je serais muette, moi, qu'il me semble que je parlerais.

Un profond soupir sortit du cœur de Camille, et elle évita le regard d'Alicia.

Le moment de la prière ramena Camille à sa scrupuleuse attention ; elle suivit le mouvement du chant religieux, en devenant plutôt attendrie que triste ; puis lorsque chacun se mit à genoux, Camille baissa doucement la tête comme pour s'incliner, et murmura tout bas avec une expression de regret :

— Je n'ai jamais prié, moi !

Aussitôt un vif mouvement s'opéra sur le théâtre, dans la salle, dans le cœur de Camille, dans celui d'Alicia.

Sur le théâtre, c'était la muette reconnaissant son amant qui vient de se marier.

Dans la salle, ce fut le bruit insolent que fit une femme qui vint se placer avec fracas dans la loge vide, aux avant-scènes.

Dans le cœur de Camille absorbée par le spectacle, ce fut l'intérêt de la scène, qui lui fit dire : — Trompée aussi !

Dans celui d'Alicia, ce fut terreur ; car elle avait reconnu Césarine dans la femme qui avait fait tout ce bruit.

Qu'il nous soit permis de le dire, la scène était posée partout, sur le théâtre et dans la salle : les luttes fictives et réelles allaient commencer. Puisse-t-il nous être donné de les reproduire dans leur ensemble et leurs détails, et puisse notre bonne intention faire excuser la forme que nous prenons pour arriver à ce but !

Lorsque le premier acte fut fini, Camille détourna ses yeux de la scène, et ne les y reporta point. Alicia, qui estimait comme un bonheur que Camille n'eût point vu Césarine, essaya d'empêcher qu'elle ne la reconnût, d'abord en fixant près d'elle l'attention de Camille, et bientôt en l'entraînant elle-même hors de la salle. Dès ce moment, affectant un ennui qui n'était qu'un véritable effroi, elle dit à Camille :

LOGE DE CAMILLE.

— Est-ce que le spectacle te plaît ?

— Mais oui vraiment ; jamais l'Opéra, jamais cette pièce même ne m'a paru si intéressante.

C'est qu'elle l'écoutait avec le cœur.

— Je ne sais, reprit Alicia, si c'est fatigue ou fâcheuse disposition, mais je n'y prends aucun intérêt ; si tu veux, nous ne demeurerons pas jusqu'à la fin.

— Comme il te plaira ; mais qu'est-ce que tu regardes donc si attentivement ?

— Moi ? rien. J'ai la tête qui me bat, je me sens mal.

Alicia aussitôt se retourna vers le fond de la loge ; car, en ce moment, Césarine attachait insolemment sa lorgnette sur la loge où était madame de Lubois ; et, non contente de cette attention acharnée, elle la désignait du doigt en paraissant la montrer à une ou plusieurs personnes cachées dans le fond de son avant-scène. Alicia avait vu ce manége et en avait été indignée ; mais peut-être n'eût-elle pas été maîtresse de cacher cette indignation, si elle avait pu entendre les paroles de Césarine.

LOGE DE CÉSARINE.

— Les deux intimes sont en face. Abandonnées dans leur grande loge, elles me font l'effet de deux roses fanées, oubliées dans un vase. Votre femme est horriblement changée, mon cher.

— Elle est fort malade, répondit Alphonse.

— Et votre pupille, Camizard (Camizard et Alphonse occupaient le fond de la loge), votre pupille est mise comme une marchande de bas. Regardez... Bon ! voilà qu'elle nous tourne le dos.

LOGE DE CAMILLE.

— Comment, tu souffres à ce point, Alicia ? Eh bien, nous allons sortir.

Alicia voulut se lever ; mais elle aperçut au carreau de la loge un visage qui la fit se retourner encore plus vivement du côté de la salle. C'était celui de Maurice.

— Qu'as-tu donc? reprit Camille; est-ce que tu ne veux plus partir?

— Tout à l'heure, répondit Alicia.

LOGE DE CÉSARINE.

Qu'est-ce qu'elle a donc, votre pupille? elle se tourne et se retourne comme un tonton : on dirait qu'elle est assise sur un fagot d'épines.

LOGE DE CAMILLE.

— Mon Dieu! Alicia, que tu parais inquiète!

— Cela va se passer, c'est que je souffre.

LOGE DE CÉSARINE.

— Ça se calme, fit Césarine.

— Regarde-t-elle par ici?

— Oui!

— Ma femme.

— Non.

— Et ma pupille?

— Non plus; elle fait admirer le lustre à madame de Lubois.

— Vous ont-elles vue?

— L'artiste m'a vue, j'en suis sûre.

— Ne vous montrez donc pas, Alphonse, dit Camizard.

Le second acte commença, Alicia et Camille se retournèrent vers le théâtre.

LOGE DE CAMILLE.

— Ah! dit Camille, il y a quelqu'un dans l'avant-scène. Une femme...

— Cette décoration est fort belle, répliqua Alicia.

— On ne l'a jamais remarquée.

— Sans doute, on préfère le clinquant, le faux effet d'une perspective chargée d'accidents à cette plage unie, à cette mer calme.

— C'est la première fois que je te la vois admirer... Mais quelle est donc cette femme aux avant-scènes qui nous regarde tant?

Un bruit d'applaudissement fit regarder Camille sur la scène : c'était Mazaniello qui entrait en scène.

— Nourrit est excellent dans ce rôle, dit Alicia avec une

attention marquée : il chante sa barcarolle avec un feu... Tu ne l'as pas entendu depuis la révolution?

— Non.

— Il produit un effet prodigieux.

— C'est assurément quelqu'un de notre connaissance, dit Camille qui regardait dans la loge de Césarine.

— Ce bruit est insupportable, reprit Alicia comme avec humeur ; on ouvre et ferme les portes à ce théâtre sans précaution.

Une porte s'était en effet fermée brusquement au balcon.

— Tu as raison, dit Camille indifféremment... Mais cette femme... à sa tournure... n'est-ce pas?...

— C'est Maurice, s'écria Alicia soudainement.

— Maurice!... lui... où?...

— Qui vient d'entrer au balcon.

Camille y jeta un regard rapide, baissa sa lorgnette, et le cœur battant, la respiration oppressée, elle détourna ses regards de ce côté de la scène.

LOGE DE CÉSARINE.

— Voyons, Césarine, ne regardez pas ainsi madame de Lubois.

— Ah çà, monsieur le conseiller d'État, est-ce que c'est un soleil, qu'on ne puisse le contempler?

— Si elle le remarquait...

— Bah! elle est trop attentivement occupée du spectacle avec son intime.

— Césarine, fit de Lubois, si ce n'est pour vous, que ce soit pour moi...

— Vous êtes excellent encore... elle me veut tant de bien, votre chère épouse!... Prenez garde que je ne la blesse en la regardant... Tenez, voilà qu'elle lorgne...

— Vous a-t-elle reconnue?

— Je ne crois pas, la voilà qui regarde à côté.

— Où donc?

— De notre côté, en arrière, au balcon...

— Oui, fit Camizard, c'est quelqu'un qui est entré avec assez de bruit.

— Mais ce n'est pas quelqu'un de connaissance, répondit Césarine. Madame de Lubois se détourne.

— Silence ! cria-t-on du parterre.

La barcarolle de Mazaniello allait commencer, et l'on sait qu'à cette époque elle était encore en vénération à l'enthousiasme patriotique du parterre.

LOGE DE CAMILLE.

Camille, tremblante de l'arrivée de Maurice, disait tout bas à Alicia :

— Nous sortirons quand tu voudras.

— Quand tu voudras.

Camille fit un mouvement pour se lever et remua sa chaise.

— Silence donc! s'écria le parterre en se tournant vers la loge.

Camille resta assise en voyant l'attention fixée sur elle.

LOGE DE CÉSARINE.

— Il paraît que votre femme est bien gaie ce soir, dit Césarine ; elle trouble le spectacle.

La barcarolle commença ; Camille essaya de concentrer son attention sur le théâtre.

Au refrain du premier couplet, à ce moment où la colère du peuple murmure en chansons sur la plage de Naples, Camille se reporta au spectacle plus vrai et plus puissant dont elle avait été témoin. Puis, par une invincible pente de rapprochement qui va des choses aux hommes, de l'acteur qui personnalisait sur le théâtre la révolte napolitaine, Camille passa à l'homme qui avait le mieux représenté pour elle la révolution qu'elle avait vue. Le regard de madame de Lubois suivit la marche de sa pensée, et, de Nourrit qui chantait avec énergie son appel au peuple, il se porta sur Maurice qui un moment avait été le vrai peuple, et le rencontra debout, appuyé au fond du balcon, les yeux attachés sur elle. Camille vit qu'il la regardait; mais quelque chose de distrait même dans ce regard fixé sur elle, lui laissa assez d'assurance pour qu'elle osât le regarder à son tour. Qu'il était pâle et triste! qu'il y avait d'affaissement dans cet abandon de son corps appuyé au mur! comme il semblait demander grâce ! comme c'était aussi une âme brisée, un cœur désolé !

LOGE DE CAMILLE.

— Alicia, tu n'as rien dit à Maurice, n'est-ce pas?

— Tu me l'avais défendu.

— Oh! tu as bien fait.

Camille détourna les yeux, le regard de Maurice était demeuré immobile.

LOGE DE CÉSARINE.

— Dites donc, Camizard, madame de Lubois regarde bien attentivement à côté de nous.

Camizard glissa un œil entre Césarine et le bord de la loge.

— C'est quelqu'un qu'elle ne connaît pas.... on dirait qu'elle demande son nom à Alicia.

Tout cela se passait dans la même minute d'un bout à l'autre de la salle. La barcarolle continuait; le public, s'animant à ce chant de liberté, ajoutait le chœur de ses mille voix aux chants des pêcheurs napolitains; Camille se sentit prendre par cet enthousiasme qu'elle avait eu.

— Oh! se dit-elle, quel noble élan que celui d'un peuple vers ces grandes idées! comme il doit sentir cela, lui qui a risqué sa vie à cette lutte!...

Et son regard alla chercher encore Maurice; son regard le rencontra encore immobile, inattentif; rien ne lui arrivait de ce délire populaire.

— O mon Dieu! qu'a-t-il?... il doit bien souffrir!...

La main de Maurice se porta à ses yeux, et ce geste sembla montrer une larme qu'il en arrachait.

— Malheureux! malheureux! dit tout bas Camille.

Et, par une pitié qu'elle n'avait pas eue autrefois, elle fit une légère inclination, comme pour lui dire, sous le prétexte d'une salutation ordinaire :

— Je vous vois...

Ce mouvement de Camille sembla éclairer le regard de Maurice, il ne salua pas, mais il releva son visage si plein d'étonnement, de joie craintive, de bonheur auquel il n'osait croire, que Camille renouvela sa légère salutation.

— Oui, disait-elle ainsi, je vous vois... oui...

LOGE DE CÉSARINE.

— C'est quelqu'un de la connaissance de Madame de Lubois, fit Césarine, car elle le salue.

— Qui est-ce?

— Je ne puis voir, une femme probablement, car elle lui a fait un petit salut d'amitié.

LOGE DE CAMILLE.

— Camille, veux-tu que nous partions? disait Alicia.

— Oh! pas encore.

— Je souffre horriblement, Camille.

— Viens donc, Alicia!...

Camille, près de se lever, jeta un regard sur Maurice.

— Oh! ne fuyez pas. Ah! laissez-moi vous voir, disait le visage suppliant de Maurice... Il y a si longtemps que je ne vous ai vue... Oh! demeurez... demeurez...

— Encore un instant, Alicia, dit Camille.

— Oh! tu me fais peur, Camille.

— Pourquoi?

— Ne regarde pas Maurice ainsi.

— Eh bien, non : mais... je n'ose te le dire, Alicia; mais... voilà si longtemps que je ne me suis senti le cœur heureux!

LOGE DE CÉSARINE.

— Décidément, mon cher, c'est une correspondance établie entre votre femme et quelqu'un... Je veux voir.

— Non, Césarine, ne vous faites pas remarquer; ne vous penchez pas hors de la loge...

— Ma foi, dit Césarine après avoir essayé d'apercevoir le fond du balcon, je ne puis y atteindre; mais il paraît que l'intelligence est bien arrangée... — Silence! cria le parterre.

Césarine se rassit.

La pièce continuait, et déjà la muette avait confié à son frère qu'elle avait été séduite, oubliée, emprisonnée, poursuivie; déjà les soldats espagnols venaient pour l'arracher d'entre ses mains... et Mazaniello, déjà sûr de la complicité de tout le peuple, affectait une chanson indifférente.

LOGE DE CAMILLE.

— Oh! dit Camille en souriant, c'est ainsi pourtant lorsque l'on s'entend. — Oui, dit Alicia, quand on est déjà coupable, c'est ainsi. Camille sortons...

— Pourquoi? — Sortons.

— Mais quelle est donc cette femme qui nous regarde?

— Camille, sortons, dit Alicia avec inquiétude.

— Mais qu'as-tu donc?

— Rien... mais sortons... reprit Alicia avec une impatience marquée.

Camille la regarda d'un air surpris.

La loge s'ouvrit.

— Pardieu, mes belles dames, je vous ai vues toutes seules dans votre loge, dit M. de Marquoy en entrant, et je viens vous demander un coin d'hospitalité; car je suis là-bas, debout, dans un couloir d'amphithéâtre.

— Bien volontiers, monsieur dit Camille, car nous sommes tout à fait solitaires.

Et toutes deux se tournèrent vers le fond de la loge pour causer avec M. de Marquoy.

LOGE DE CÉSARINE.

— Ah! fit Césarine, voilà probablement le monsieur à la correspondance.

— Qui est-ce? dit de Lubois.

— Je ne le connais pas, fit Césarine : un gros homme, vieux, décoré.

Camizard glissa encore son regard furtif entre la colonne et Césarine.

— Mais c'est Marquoy.

— M. de Marquoy, dit Alphonse avec surprise, l'oncle de Maurice?

— Oui.

— C'est drôle, dit Césarine, le voilà qui continue le télégraphe avec le balcon.

LOGE DE CAMILLE.

— Que fait donc là-bas cet imbécile de Maurice? disait le vieux général; il y a de la place ici... il ne voit rien, ce niais-là... pas moyen... Dans l'entracte j'irai le chercher...

— Nous allons partir, dit Alicia alarmée de la proposition.

— Pas avant le troisième acte, fit le général ; ils vont chanter la *Marseillaise* au lieu du finale... Ça fait un effet d'enfer... Est-ce que vous l'avez déjà entendue? — Pas moi, dit Camille.

— Il faut voir ça... il faut voir ça. — Il a l'air d'une borne, là-bas, ce Maurice; regardez donc.

Il fallut bien regarder.

LOGE DE CÉSARINE.

Ce coin est bien intéressant, à ce qu'il paraît, dit Césarine; on y regarde sans cesse. Ah ! voilà qu'on salue encore.

En effet, Maurice, pour faire cesser les signes un peu trop accentués de son oncle, avait pris le parti de saluer ; Camille et Alicia avaient répondu ; tout paraissait fini. Le troisième acte de la pièce commença.

LOGE DE CAMILLE.

— Que faites-vous ? dit Alicia à M. de Marquoy qui s'agitait de toutes manières au fond de sa loge.

— Eh bien, je lui fais signe de venir.

— Non, dit vivement Alicia.

Le regard de Maurice semblait demander si ce bonheur lui était permis.

— Fais signe que non, dit tout bas Alicia à Camille.

Celle-ci obéit, et un mouvement de tête imperceptible arrêta Maurice à sa place.

LOGE DE CÉSARINE.

— Voilà la pantomime qui recommence; mais à qui donc en a-t-on dans ce coin ? l'un appelle, l'autre fait signe que non.

— Qui appelle?

— Eh bien, ce monsieur... cet oncle de Maurice; et votre femme fait de petits signes de tête comme ça, comme pour dire : Ne venez pas.

A ce moment, Maurice croisa les mains comme quelqu'un qui implore.

Camille fit glisser sa main jusqu'à son cœur, et l'y laissa appuyée.

LOGE DE CÉSARINE.

— Ah çà! mais ça devient touchant, une main sur le cœur; il ne manque plus que de s'envoyer des baisers.

LOGE DE CAMILLE.

Maurice au geste de Camille avait laissé éclater un mouvement de joie si vif, que madame de Lubois porta son doigt à ses lèvres en signe de silence.

LOGE DE CÉSARINE.

— Les voilà... dit Césarine. — Quoi? dit de Lubois.

— Des baisers...

— Des baisers! dit Camizard.

— Oui, ma foi, que madame de Lubois envoie au correspondant du balcon. Pardieu, je veux en avoir le cœur net.

Elle se pencha tellement hors de sa loge, que ce mouvement frappa beaucoup de personnes, ainsi que Camille. Tous les regards se portèrent de ce côté, et madame de Lubois reconnut Césarine. Dans le même instant indivisible, elle vit cette femme qui l'avait perdue, et comprit qu'elle avait été observée et devinée; elle se recula dans sa loge avec terreur, tandis que Césarine reprenait sa place en disant:

— Je m'en doutais, c'est le beau Maurice.

— Maurice! s'écria de Lubois en pâlissant de rage.

Toute la haine qui bouillonnait en lui éclata à ce nom; tout le foyer de ses passions s'alluma d'un coup, et rompit tous les cercles qui lui entouraient le cœur.

— Maurice! répéta-t-il; Maurice! c'est impossible.

Toujours dans le même instant, Maurice, étonné du geste de Camille et de la terreur qui s'était peinte sur son visage, semblait demander quelle en était la cause.

Et en même temps un mouvement de tête de Camille lui répondait:

— Là, elle est là, mon ennemie; là... à côté de vous, regardez-la.

Et Césarine répondait à de Lubois:

— Pardieu! toute la salle le voit. Voyez plutôt vous-même.

Et en même temps encore, Maurice, cédant au geste et à la terreur de Camille, de Lubois, à l'invitation de Césarine et à la colère qui l'exaspérait, l'un se pencha hors du balcon pour voir dans l'avant-scène, l'autre se pencha hors de l'avant-scène pour voir dans le balcon, et ils se rencontrèrent face à face, le mari d'un côté, l'amant de l'autre. Ce fut un regard de mort qu'ils échangèrent.

Camille, l'œil fixé sur cette scène, vit ce double mouvement et reconnut son mari; elle vit ces deux visages qui semblaient s'être heurtés et défiés : alors une peur folle la prit, l'égara, lui ôta ce qui lui restait de raison; elle poussa un cri, et, s'élançant hors de sa loge :

— Oh! je suis perdue! dit-elle.

A ce cri, à cette fuite, Maurice, emporté par sa passion, quitta le balcon pour courir au secours de madame de Lubois.

M. de Lubois sortit de sa loge pour insulter Maurice.

Tous ces mouvements, ce cri, les portes violemment ouvertes, avaient attiré l'attention : on avait regardé, on s'était levé.

Maurice et Camille se rencontrèrent vers le milieu du couloir. Maurice prenait la main de Camille pour la rassurer.

— Qu'avez-vous à dire à cette femme? lui cria avec une colère furieuse quelqu'un qui la lui arracha. C'était de Lubois qui se plaça entre Maurice et Camille.

Camille, à cette nouvelle et plus terrible apparition, recula tremblante, folle, éperdue; elle poussa un nouveau cri et se précipita dans l'escalier en fuyant et en criant :

— Sauvez-moi!... sauvez-moi!

Pendant ce temps, Maurice menaçait de Lubois du même regard de rage que celui-ci lui lançait.

— Que voulez-vous, monsieur? lui disait-il.

— Je vous veux... que vous êtes un misérable et elle une infâme!...

— Plus bas, dit Maurice.

Il regarda près de lui... mais Camille n'y était plus.

Déjà les loges s'étaient ouvertes; on accourait. Alicia, plus éloignée, eut peine à fendre la foule.

— Où est-elle?... où est Camille?...

— Je ne sais, dit Maurice ; elle s'est enfuie. Courez, courez, je vous en prie, sauvez-la.

Alicia descendit.

— Oui, courez, dit de Lubois ; qu'elle ne rentre pas chez moi... qu'elle n'y rentre pas, l'infâme, je la chasse.

— Vous êtes un lâche, dit Maurice.

— Nous verrons, monsieur, dit de Lubois, demain.

— Soit.

— Je serai chez vous.

— Soit.

— Au point du jour.

— Soit.

— Courez donc aussi après elle.

Il lâcha la main de Maurice qui, à son tour, s'élança dans l'escalier.

Pendant ce temps, le vieux Marquoy avait percé la foule, et s'était approché de de Lubois.

— C'est donc à mon neveu que vous en voulez ? lui dit-il le toisant.

— Oui, fit de Lubois, toujours pâle et tremblant de rage ; et si ce n'est pas un lâche...

— Oh ! pas de ces mots-là, s'il vous plaît ; je réponds de lui.

— Tant mieux ; j'aurai sa vie, ou lui la mienne.

— Rien que ça ! eh bien, je puis vous dire que la sienne est dure à arracher.

— Eh bien ! il me tuera.

— Vous faites bien de vous en consoler tout de suite, répliqua Marquoy en s'en allant.

Quelques amis l'entourèrent pendant que de Lubois regagnait la loge de Césarine.

— Voyons, c'est pour demain, n'est-ce pas, qu'ils se sont donné rendez-vous ?

— Pour demain...

— Où ça ?

— Chez votre neveu.

— J'y serai.

Camizard était resté dans un coin ; il ne parlait pas, il pensait.

— Enfin l'un de ces deux hommes va me débarrasser de l'autre, se disait-il. Tous deux me faisaient obstacle. Maurice ! il tient un secret qui peut me perdre : il me fait obéir par la voix d'Alicia qui sans cela n'oserait s'en armer. De Lubois ! c'est toujours un rempart entre sa femme et moi ; elle n'est pas encore assez isolée et perdue dans ce monde, pour que je puisse lui dire : Prenez ma main pour vous soutenir. Oh ! s'ils pouvaient périr tous deux !

Et ces réflexions faites, il rentra à son tour dans la loge de Césarine pour aiguillonner la colère de de Lubois, et la rendre mortelle à lui-même ou à Maurice.

Pendant ce temps, qu'est-ce que faisaient Camille, Alicia, Maurice ?

Camille, éperdue, folle, s'était échappée de l'Opéra, le front nu, vêtue de mousseline sous une pluie froide. Un moment elle avait couru devant elle sans voir, sans entendre, parlant, pleurant, criant. Déjà les passants s'arrêtaient ; bientôt les passants la suivirent.

— Arrêtez cette femme ! elle est folle, criait-on ; arrêtez !

Ces voix étrangères semblaient à Camille la voix de son mari qui la poursuivait, qui la maudissait, qui l'appelait infâme. Elle aperçut une voiture ouverte, un fiacre : elle s'y précipita.

— Menez-moi, menez-moi tout de suite, dit-elle ; partez, partez, menez-moi.

— Où, madame ? dit le cocher.

— Quelque part, répondit Camille avec égarement.

— Chez vous ?

— Non, non... pas chez moi ; il me tuerait.

— Mon Dieu ! calmez-vous, madame. Où voulez-vous aller ? reprit le cocher que le désordre de Camille apitoya.

Camille sembla faire un effort sur elle-même pour rassembler ses idées... Elle demeura un instant la main appuyée sur son front, et répondit comme quelqu'un qui a ramassé tout ce qu'il possède et qui le jette à l'importun qui le lui demande.

— Menez-moi chez Alicia.

— L'adresse ?

— Rue de Varennes.

— Le numéro ?

— Quel numéro ?

— Celui de la rue de Varennes.

Camille regarda le cocher en face; déjà ses souvenirs étaient épuisés, et, comme si elle eût senti une main qui lui eût arraché la mémoire, elle répondit d'un ton consterné :

— Je ne sais pas.

— Je trouverai, dit le cocher.

Il monta sur son siége, et partit avec rapidité.

Pendant ce temps, Alicia s'informait à la porte de l'Opéra, au contrôleur, aux domestiques assemblés sous le vestibule, par où était passée une femme en cheveux, en robe blanche.

Les uns disaient : Par ici; les autres : Par là. Camille, pensa Alicia, sera rentrée chez elle, il faut y aller. Elle fit avancer une voiture, et se rendit rue Godot-de-Mauroy. On n'avait pas vu madame de Lubois. Alicia attendit quelques minutes. L'idée qu'elle avait pu aller chez madame de Brémont lui vint aussitôt. Elle se fit conduire chez madame de Brémont. Elle trouva la vieille dame seule et lui raconta la scène de l'Opéra. Madame de Brémont n'en revenait pas; elle accusait tout le monde. Elle ne trouva pas une plainte pour Camille.

De son côté, Maurice s'était informé, et n'avait appris que deux choses, traduites en termes de ceux qui empoisonnent la douleur :

D'abord : Qu'une femme criant comme une folle avait passé ;

Ensuite : Qu'une autre femme criant encore plus l'avait demandée, et avait couru après elle.

Maurice monta dans son cabriolet, et passa chez un ami pour lui dire d'être chez lui le matin, au point du jour ; il ne trouva pas le premier. Il fallut aller chez un second, chez un troisième. Le malheur ne fait jamais les choses à demi. Rien ne manque aux détails des douleurs qu'il jette sur ses prédestinés : c'est un génie qui n'oublie rien.

Pendant ce temps, Camille atteignait la rue de Varennes. Dire que, durant ce trajet, Camille eut des réflexions atroces, des cris de désespoir, ce serait supposer qu'elle pouvait penser. Elle ne pensait pas : son cerveau était lié de fer et immobile comme le condamné qu'on a enchaîné de tous ses membres.

A l'entrée de la rue de Varennes, la voiture s'arrêta. Le cocher descendit de son siége, et demanda le numéro.

— Quel numéro? dit Camille qui ne savait plus ni où elle allait ni où elle était.

— Le numéro de mademoiselle Alicia?

— Je ne sais pas.

Le cocher vit qu'il ne pouvait rien espérer de la folie de cette dame; il frappa à une porte, et demanda mademoiselle Alicia; ce n'était pas là. Il alla plus loin : ce n'était pas là. Il alla encore plus loin : ce n'était pas encore là. Il frappa à vingt portes : ce n'était nulle part.

Il revint à la voiture.

— Je ne trouve pas, madame, dit-il; essayez de descendre pour voir si vous reconnaîtrez la porte.

— Oui, dit Camille d'une voix ferme et résolue qui semblait résulter d'un esprit calme, mais qui n'était déjà plus que l'accent d'une insensibilité sans raison et sans souvenir; oui, je descends.

Elle descendit et montra du doigt la première porte qu'elle vit. Elle dit :

— Voilà la porte.

Le cocher y frappa, tandis que Camille s'assit sur une borne. La pluie qui tombait des toits en larges gouttes inondait sa tête et trempait ses vêtements... elle ne la sentait pas.

— Madame, dit le cocher en revenant près de Camille immobile, le portier m'a répondu que ce n'était pas là.

— Ah! fit Camille après avoir regardé le cocher fixement, ah! elle me chasse aussi; c'est bien... c'est bien...

— Mon Dieu!... fit le cocher, c'est le portier qui m'a dit...

— C'est bien!... Elle sourit et reprit avec l'accent d'un enfant qui va faire un conte :

— Une fois...

— C'est le portier, dit le cocher, qui m'a dit que ce n'était pas là : vous vous trompez.

Elle baissa la tête, et reprit froidement :

— C'est bien, c'est bien... Une fois, voyez-vous...

— Madame... madame, revenez à vous... cette dame ne vous refuse pas sa porte; seulement ce n'est pas là qu'elle demeure.

— C'est bien, c'est bien.. Une fois, voyez-vous, j'avais un

chapeau neuf et une robe neuve... la pluie me surprit... Eh bien! pour sauver mon chapeau et ma robe, des étrangers m'ouvrirent leur porte... Eh bien! aujourd'hui que j'ai le cœur tout trempé et tout froid, ma seule amie me chasse, c'est bien... c'est bien...

Le cocher restait debout... immobile; il regardait cette jeune et belle femme, assise sur une borne de la rue, avec sa fraîche toilette de fête, ruisselante sous la pluie qui l'inondait, folle, éperdue, et qui semblait ne pas devoir trouver d'asile pour se mettre à l'abri du froid et de l'insulte; et pendant ce temps, Camille riait en balançant la tête et en répétant sans cesse : C'est bien... c'est bien...

C'est ainsi que la folie arrive, quand le cerveau, acharné sur une pensée, s'y heurte et s'y brise sans cesse. Malgré son ignorance, le cocher frémissait à ce mot sans cesse répété et toujours du même accent.

— Madame, écoutez-moi, disait-il.

— C'est bien, elle me chasse, répondait Camille; Alicia me chasse... c'est bien,

Et ils demeurèrent, lui debout, elle sur sa borne; enfin le cocher allait implorer l'hospitalité de la première maison venue, lorsque le bruit d'un cabriolet qui roulait avec impétuosité et l'éclat des lanternes qui l'éclairaient lui donnèrent quelque espérance; il courut au-devant du cabriolet en appelant au secours.

— Qu'y a-t-il? dit le maître de la voiture.

— Hélas! monsieur, répondit le cocher, une pauvre dame folle... je ne sais pas... voyez, elle est là.

Maurice, car c'était Maurice qui demeurait près d'Alicia et qui rentrait chez lui; Maurice descendit de sa voiture. Averti par un cri du cœur que c'était Camille, il courut à elle; il la vit assise sur la borne, toujours sous la pluie, toujours insensible, toujours répétant :

— C'est bien... c'est bien.

Il ne l'entendit pas d'abord et s'écria :

— Grand Dieu! que faites-vous là?

— Je suis bien, très-bien, repartit Camille du même ton insensé.

Camille! cria Maurice, Camille!

— C'est bien, dit-elle encore.

Maurice frémit, s'approcha d'elle et lui dit doucement en lui prenant la main :

— Venez, Camille, venez chez votre amie, venez chez Alicia.

— Alicia, reprit Camille avec un amer sourire qui annonçait que ce nom avait réveillé en elle, sinon un souvenir, du moins une sensation. Alicia m'a chassée, je ne veux pas y aller.

Maurice, épouvanté de ce langage de Camille, de cet état de folie, contre lequel toute parole vient se briser impuissante et sans écho, Maurice ajouta encore :

— Non, Alicia ne vous a point chassée ; venez Camille, suivez-moi.

— Alicia m'a chassée, vous dis-je, Alicia est jalouse, Alicia aime Maurice, je le sais maintenant.

La raison de Camille était tout à fait perdue. Maurice la prit dans ses bras pour l'enlever de la borne où elle restait.

— Ne me tuez pas ! se prit-elle à crier, je ne l'aime pas... Grâce, grâce... ne me tuez pas.

Chose horrible ; il fallait l'emporter à une assez grande distance, employer la force, et Camille poussait des cris affreux en se débattant, en s'arrachant le visage. Maurice, éperdu à son tour, ne sachant que faire, que devenir, frappa à sa porte qui était à quelques pas, et transporta Camille chez lui, aidé de son domestique et du cocher.

Entré chez lui, il la déposa sur un divan. Là, Camille fut prise d'une crise nerveuse si violente, qu'elle échappait aux mains de Maurice et de deux domestiques, se roulant, se frappant la tête aux angles des meubles, essayant de se déchirer le visage, poussant des cris où il n'y avait plus un mot prononcé. Cette crise la sauva, le corps prit la souffrance de l'âme. Puis, lorsque ses forces furent épuisées, cette agitation cruelle qui la brisait s'apaisa peu à peu, et de légers tressaillements annoncèrent seulement combien elle avait souffert, combien sa vie avait été près de se rompre. Sitôt que Maurice la vit plus paisible, il envoya chercher Alicia, et demeura seul avec Camille. Mais bientôt, dans l'anéantissement où elle était tombée, une autre souffrance sembla l'atteindre. Aucune ne devait lui manquer !

Au tremblement nerveux qui l'avait agitée, succéda un

tremblement glacé... Camille, anéantie et immobile, murmurait sourdement entre ses dents qui claquaient :

— Oh! j'ai froid... j'ai froid...

La vie a de pauvres et désolantes misères!

Maurice alluma un grand feu près duquel il plaça Camille. Mais la chaleur ne suffisait pas à ranimer ce corps glacé sous des vêtements mouillés, et Camille, les yeux fermés, se serrant sur elle-même, répétait avec un plus triste accent de misère :

— J'ai froid... j'ai froid...

Parmi toutes les douleurs qui brisaient aussi Maurice, cette faible plainte de Camille lui poignait le cœur, comme le cri de l'enfant qui dit : J'ai faim.

— J'ai froin, disait-elle, j'ai froid.

Ce mot plaintif et désolé torturait Maurice. Il eût pu le faire cesser ; il eût pu donner à Camille le secours qu'il eût donné à une étrangère, qu'il eût donné à une sœur... il ne l'osa pas; il n'osa pas dépouiller de ses vêtements cette femme qu'il aimait; il n'osa pas déposer dans son lit cette femme qu'il avait perdue. Cela lui eût semblé un sacrilége, un viol. Il la regardait, éperdu, troublé, pendant qu'elle murmurait sourdement :

— J'ai froid... j'ai froid...

Peut-être l'eût-il laissée ainsi; mais, lorsque la chaleur du feu eut pénétré les premiers vêtements et qu'il s'en échappa une vapeur qui bientôt enveloppa Camille, elle fit un effort et murmura avec l'accent d'un enfant qui pleure :

— Ah! que vous me faites mal!

— Misérable! s'écria Maurice, je la tue

Et oubliant alors ses pieuses craintes, ne voyant plus Camille que près de mourir, il arracha ces vêtements qui la glaçaient, et sans la voir, sans la toucher, sans voir, sans toucher Camille, ne soutenant et ne sauvant plus qu'un corps qui souffrait, qu'une femme qui avait froid, il la plaça dans son lit.

Un alourdissement de tout son corps et de toute son âme s'était emparé de Camille; sans dormir, elle ne se sentait plus; une bienfaisante insensibilité détendit le paroxysme de sa douleur, et sa vie et sa raison, un moment ébranlées, durent à ce moment de repos de ne pas se rompre tout à fait. Maurice la contemplait, cette femme! et, se rappelant le premier jour où, d'un mot, il troubla toute sa vie, il se demanda si ce n'était pas une fatalité qui l'avait amenée là où elle était, innocente devant Dieu, coupable devant les hommes, arrivée au dernier degré de ce qu'ils appellent l'infamie; chassée de la maison conjugale et couchée dans le lit d'un étranger.

Je me suis dévoué à la protéger, pensa Maurice, et je la protégerai.

Cette réflexion lui rendit le souvenir. Jusques à quand? reprit-il. Et si demain je succombe dans ce combat, que fera-t-elle, abandonnée sur cette terre? — Il demeura un moment immobile, le temps de prendre une résolution : cette résolution, qui ne lui demanda qu'une minute, emportait la mort avec elle; et il se dit : — Je la sauverai. Certes, il y avait quelque chose de singulièrement noble en cet homme qui fut si longtemps à oser arracher un vêtement à cette femme, et qui n'eut besoin que d'une minute pour lui donner sa vie et sa fortune, car c'était sa vie et sa fortune dont il allait disposer.

Il s'éloigna du lit, se plaça devant une table et se mit à écrire.

Pendant qu'il écrivait, l'affaissement qui avait longtemps tenu Camille dans l'insensibilité disparut doucement. Le sentiment de son être lui revint douloureux et confus. Elle se sentit vivre, mais brisée, rompue, sans s'expliquer encore d'où lui venaient ces vives souffrances qui lui déchiraient le corps... Elle ouvrit les yeux et ne reconnut rien de ce qui l'entourait. Elle se souleva un peu et vit au fond de la chambre inconnue où elle se trouvait un homme assis devant une table... Cet homme écrivait, cet homme pleurait, car à chaque phrase, sa main portée à ses yeux y venait essuyer une larme. Camille referma les yeux, comme pour faire cesser la vision qui l'obsédait... puis elle les rouvrit encore, comme si la vision avait dû disparaître... mais elle revit la même chambre inconnue. Alors elle se leva sur son séant.

Ce mouvement appela Maurice, il accourut près du lit. Camille regardait encore autour d'elle. Ce regard n'avait pas cette agitation inquiète qui dénote la folie délirante et vagabonde qui la tenait un instant auparavant; il avait cette fixité qui annonce toute absence de souvenir du passé et la stupéfaction du présent. Camille n'était pas folle. Elle se demandait si elle était folle. Tant de fois elle avait vu dans ses rêves fiévreux l'image de Maurice, debout au pied de son lit, interroger sa pensée et lui dire : Tu m'aimes ! — qu'elle doutait que ce ne fût pas encore un de ses rêves d'autrefois; en même temps elle se sentait éveillée, et ce double sentiment de rêve et de veille l'épouvantait : ses traits prirent une expression d'effroi indicible. On sentait que c'était d'elle-même qu'elle avait peur ; que cette impuissance de s'expliquer ce qu'elle voyait allait lui rendre son délire, Maurice s'en aperçut, et, sachant le pouvoir d'une telle impression sur une raison déjà attaquée par tant de douleurs, il préféra lui donner le désespoir réel de sa position. Il trembla de la laisser souffrir plus longtemps cette dangereuse incertitude de l'être, où la pensée, tirée en tous sens, finit par se déchirer, et ne laisse au malheureux qui n'a pu échapper à ce supplice que quelques lambeaux de raison, qui ne sont plus alors que les heures lucides d'une cruelle folie.

— Madame, lui dit-il, vous êtes chez moi.

— Chez vous ! dit Camille en se jetant vers le fond du lit... chez vous... moi chez vous... moi ici... moi !

—Madame, reprit-il en l'interrompant d'un air froid et grave, vous vous êtes enfuie du théâtre de l'Opéra au moment où vous avez reconnu M. de Lubois : dans votre trouble, vous avez voulu aller chez mademoiselle Vanini; la douleur vous a égarée, vous n'avez pu indiquer au cocher de votre voiture la demeure de votre amie. Vous avez frappé à vingt portes qui n'étaient pas la sienne : la violence bien concevable de votre désespoir vous a égarée encore plus. Vous avez pensé qu'elle vous avait refusé sa maison ; et, en rentrant chez moi, je vous ai trouvée sur une borne de la rue, souffrant la pluie sans la sentir. Une crise nerveuse tellement violente vous a saisie, que j'ai dû vous donner sur-le-champ les plus prompts secours. Je vous ai transportée ici ; vous êtes chez moi.

— Chez vous !...

— Oui, madame.

— Chez vous. . répéta Camille... Je n'ai donc plus d'autre asile, mon Dieu ! et...

Elle se regarda dans ce lit; une honte douloureuse la saisit; elle baissa les yeux et dit d'une voix où tout son désespoir passa : Chez vous! et dans votre lit!

— Madame, dit froidement Maurice, tandis que son cœur vibrait dans sa poitrine, madame, je n'ai pas dû vous laisser mourir... je dois compte de votre vie à Dieu, je dois compte à Dieu de toute vie menacée et que je puis sauver... J'ai essayé de vous sauver, voilà tout.

Camille se tut. Honteuse, parce qu'elle comprenait déjà où elle était; elle regardait cependant autour d'elle avec inquiétude : on voyait qu'elle cherchait un souvenir dans sa mémoire, et sa mémoire n'obéissait pas. Cependant cette manière droite et franche de dire la vérité à madame de Lubois avait dissipé cette divagation de l'âme qui la fait se heurter et se briser aux obstacles qu'elle rencontre. Sans pouvoir retrouver le souvenir qu'elle appelait, Camille avait le sentiment de l'inconvenance de sa présence chez Maurice. Elle s'arrêta à cette pensée, ne pouvant remonter plus loin, et lui dit :

— Vous comprenez, monsieur, vous comprenez que je ne puis rester ici.

— Je le comprends, madame.

— Envoyez chercher Alicia.

— J'ai déjà pris ce soin.

— Je vous remercie.

Par cette manière de procéder, la position présente de Camille se trouva si nettement posée, qu'elle remonta facilement à la cause première de sa venue dans ce lieu; une fois qu'elle eut dépassé le moment affreux où sa raison lui avait failli, elle se retrouva en face d'événements qui l'avaient saisie et prise au corps, pendant qu'elle voyait et sentait encore... et, soudainement comblée de souvenirs, elle s'écria avec terreur : — Ah! je me rappelle, M. de Lubois vous a provoqué.

Maurice voyait trop bien qu'il ne fallait qu'une incertitude à ce souvenir, pour qu'il ébranlât encore la raison qui l'avait ressaisie; il préféra la vérité, et il répondit :

— Oui, madame, M. de Lubois m'a provoqué.

— Il vous a provoqué : et que ferez-vous?

— Ce qu'il voudra.

— Et s'il veut se battre! s'écria Camille.

— Je me battrai.

— Vous voulez tuer mon mari, reprit-elle avec un accent si sombre, qu'il alarma encore Maurice.

— Votre mari me tuera peut-être, répondit-il.

— Non, dit-elle en se reculant avec effroi, vous le tuerez.

— Votre mari me tuera.

— Pourquoi?

— Je ne me défendrai pas.

— Vous vous laisserez tuer?

— Oui.

Camille le regarda avec étonnement, mais ce n'était plus celui d'une intelligence qui ne comprend pas le sens des mots; c'était l'étonnement d'une femme qui ne comprend pas la raison de ce qu'on lui dit.

— Vous vous laisserez tuer? reprit-elle.

— Oui.

— Vous voulez mourir?

— Oui.

— Et pourquoi, mon Dieu... voulez-vous mourir?

— Faut-il que je vous le dise? il s'arrêta et reprit : — C'est une faveur que vous pouvez m'accorder, madame; c'est la dernière parole que vous entendrez de moi... la promesse que je viens de vous faire, je la tiendrai.

— Mais pourquoi vouloir mourir! répéta-t-elle, car cette résolution lui paraissait si inexplicable, qu'elle absorbait toute autre pensée.

Vous êtes donc bien malheureux, pour vouloir mourir? reprit-elle encore.

— Je le deviendrai encore plus en vivant.

— Et pourquoi, monsieur?

— Parce que je vous aime, madame.

Camille baissa les yeux et s'enveloppa plus étroitement dans la toile qui la couvrait, pendant que son cœur battait d'une crainte confuse à cette parole. Honteuse, troublée, elle semblait vouloir fuir le regard de Maurice; il s'en aperçut et continua du même ton grave, résigné et en même temps si résolu, qu'il imposa à Camille :

— Laissez-moi vous expliquer ce mot, madame; ce n'est pas un aveu que je vous fais, si je l'ai prononcé, c'est que seul il explique ma pensée. Ne prenez pas non plus cette résolution de mourir pour une de ces vaines parades d'un amour désespéré, qui menace de la mort parce qu'il est dédaigné ; ce n'est pas cela, madame. Je vous aime, vous ne m'aimez pas... Certes, c'est affreux; mais j'aurais pu vivre avec cette douleur... Les espérances de l'amour ne sont pas les seules qui fassent vivre le cœur d'un homme. Je vous aime, madame, je vous aime assez pour jurer que si j'avais pu vivre encore, aucune femme ne vous eût jamais remplacée dans mon cœur ; mais les ambitions de la gloire et de la politique me restaient encore... Je les aime aussi, madame. Toute ma jeunesse, quelle qu'en ait été la fougue, n'a pas été épuisée en plaisirs stériles; j'ai dans le cœur quelque courage, dans l'esprit quelque force, dans la parole quelque puissance, dans l'avenir une belle place à prendre. L'amour est une sainte chose pour moi, madame; mais la patrie, la gloire, l'avenir, la liberté sont aussi de saintes passions auxquelles je n'eusse pas manqué de foi. Aujourd'hui, madame, aujourd'hui, reprit-il d'un ton accablé, tout m'est devenu impossible.

Camille, à ce langage si nouveau, si grave, avait relevé les yeux sur Maurice ; elle l'écoutait, surprise, ne sachant où il voulait en venir, mais dégagée, par son accent solennel, de cette crainte qui prend toute femme aux premières paroles d'un amant, et qui devait assurément la troubler plus qu'une autre, dans la position où elle était.

— Impossible! répéta-t-elle avec un étonnement inquiet; impossible, et pourquoi impossible, monsieur ?

— Vous allez voir, madame... Hier mon amour ne faisait mal qu'à moi; aujourd'hui il vous a atteinte ; et, si je ne l'efface de ce monde, il vous perdra aussi sans retour. Une querelle a eu lieu entre moi et M. de Lubois, une querelle publique; une rencontre est nécessaire : cette rencontre entre gens qui ne jouent pas le duel sera mortelle à l'un de nous deux.

Camille resta immobile, tremblante, attachée à la parole sévère de Maurice qui demeurait froid, résolu, impassible devant elle. Il continua :

— Je suppose que je voulusse me défendre et que M. de

Lubois succombât : que serais-je aux yeux du monde? que serais-je aux vôtres? Aux yeux du monde, je serais l'adroit spadassin qui a tué le mari de la femme qu'il a déshonorée; à vos yeux je serais l assassin de l'homme dont vous portez le nom.

Camille commença à le comprendre : une froide douleur s'empara d'elle. Maurice continua :

— Aux yeux du monde, il y aurait sur ma vie une tache d'infamie, qui me serait reprochée tout haut ou tout bas dans toutes les carrières que je voudrais tenter; il y aurait sur mes mains une tache de sang qui souillerait tout ce que je dois encore faire pour vous. Car votre justification est la seule réparation que je puisse vous offrir, et vous serez justifiée, madame. Mais, moi vivant, je ne puis dire sur vous un mot qui ne vous accuse... Mort, et mort de la main de votre mari, j'aurai une parole sainte et croyable.

Camille se troubla tout à fait; déjà son cœur, redevenu intelligent, comprenait cette âme faite à la hauteur de la sienne, et qui lui offrait sans faste une réparation dont la mort était le premier gage.

— Qu'espérez-vous d'une parole? s'écria-t-elle; eh! mon Dieu! que fera une parole?

Maurice étendit la main vers la table où il écrivait, et répondit avec quelque émotion, car sa voix grave frémissait malgré lui :

— Cette parole sera écrite et jurée, madame; elle proclamera votre innocence; la tombe est un creuset où tout s'épure : cette parole en sortira sacrée : elle fera croire à la vérité payée de la vie; peut-être fera-t-elle dire aussi que je vous aimais; mais on saura que vous ne m'aimiez pas... Cela suffira, madame... Il n'y aura plus que moi de coupable; l'on vous rendra ce que vous méritez de respect... Vous m'accorderez peut-être ce que je mérite de pitié.

— Mais moi, s'écria Camille, croyez-vous que j'accepte même mon honneur au prix qu'il doit vous coûter... au prix de votre vie?

—Oubliez-vous qu'elle est perdue, reprit Maurice avec une douloureuse impatience, qu'elle est dans cette alternative de fer d'être déshonorée en tuant, ou de périr pour être honorée? Oubliez-vous que je vous aime, et qu'eussé-je la lâcheté d'accepter une vie dégradée, je n'aurais pas même la consolation de vous la donner? car vous ne m'aimez pas.

— Et si je vous aimais... dit Camille en le regardant fixement, si je vous aimais... reprit-elle en tremblant en elle-même du mot qu'elle osait prononcer.

Maurice la regarda. Camille était pâle, — pâle de peur, pensa-t-il. Elle était confuse : confuse de son mensonge, se dit Maurice; et il n'osa croire à cette expression soudaine et hardie de Camille; il ferma les yeux comme pour ne plus voir une si vaine expérance, et répondit en souriant amèrement :

— Si vous m'aimiez?... oh! quelle froide et folle supposition! Vous n'avez pas pensé à ces mots, en les disant. — Si vous m'aimiez, reprit-il en s'exaltant, si vous m'aimiez, Camille! continua-t-il, la pâleur sur le visage... — si vous m'aimiez, ce serait encore plus affreux.

Camille se recula avec effroi, tant il y avait de douleur dans le visage de Maurice.

— Si vous m'aimiez, reprit Maurice d'une voix sourde et profonde... je n'aurais peut-être plus la force de mourir... si vous m'aimiez, je le tuerais.

— Non, oh! non, s'écria Camille dont la résolution tomba à ce mot et dont les larmes éclatèrent.

— Je le tuerais, Camille; et quand je l'aurais tué, reviendrais-je à vous pour vous dire : — Aimez-moi encore, pour vous dire : —Maintenant nous sommes libres, nous pouvons nous aimer en paix sur la tombe de votre mari?

— Horreur! s'écria Camille en cachant sa tête, horreur!

Maurice, que son émotion avait emporté, marcha avec rapidité dans la chambre, en laissant s'échapper de profondes exclamations; mais en voyant les sanglots qui s'amassaient dans le cœur de Camille, il se contint, s'imposa silence, parut se calmer, reprit sa parole assurée, s'approcha de Camille et lui dit doucement et presque en souriant :

— Mais c'est une folie, madame, rien de cela n'arrivera, car vous ne m'aimez pas, et cela vaut bien mieux.

— Quoi? vous le tueriez, dit Camille, les sanglots dans la voix, les larmes dans les yeux, les mains croisées, qui demandaient grâce... quoi! vous le tueriez!

— Il faudrait donc mourir, reprit Maurice ému de nouveau, il faudrait mourir aimé de vous!... mourir quand ce serait l'heure de vivre!

Camille se leva sur son séant, et, le regard perdu, égaré, elle lui dit d'une voix frémissante :

— Et vous n'aimeriez pas mieux cela?

— Camille! s'écria Maurice.

— Tu n'aimerais pas mieux savoir que je t'aime et mourir ensemble?

— Camille! répéta Maurice tremblant dans sa joie.

— Ensemble, reprit Camille, ensemble; veux-tu mourir ensemble?

— Camille! répéta Maurice à qui tout autre mot manquait.

— Oui! mourir ensemble, car je t'aime, entends-tu, je t'aime.

— Camille, s'écria Maurice en tombant à genoux devant elle... Oh! Camille, dis-tu vrai?

— Oui, je dis vrai, reprit Camille, dont la respiration était haletante... oui, je t'aime... oh! je puis te le dire souvent : il y a si longtemps que ce mot bat dans ma poitrine, qu'il la brisait. Je t'aime... Maurice, je t'aime, laisse-moi te dire ce mot pour toutes les fois qu'il m'est retombé sur le cœur.

Et, posant ses mains sur la tête de Maurice, elle répétait ce mot : — Je t'aime! avec une sainte exaltation, comme un matelot perdu sur la mer, et qui voit enfin la rive et le salut, et crie à genoux : Terre... terre... terre... Le cœur de Maurice, gonflé de joie, craignait de parler, de ne plus entendre ce mot qui l'enivrait. Enfin il dit à Camille, en la regardant et pendant qu'elle le regardait :

— Ainsi tu m'aimes depuis longtemps?

— Depuis plus longtemps que toi.

— Je t'aime du premier jour où je t'ai vue, Camille.

— Maurice, je t'aime du premier jour où je t'ai vu.

— Et maintenant c'est pour toujours...

A peine elle avait prononcé ce mot, Toujours! que le souvenir de ce qui s'était passé entre M. de Lubois et Maurice, et de la résolution de celui-ci, vint pour ainsi dire couper court à l'avenir de ce mot si long...

— Toujours! s'écria Camille; mais demain, bientôt, tout à l'heure, vous vous battez.

— Non, reprit Maurice en souriant, le désespoir m'avait égaré. Je vous ai dit des choses folles, en vérité; mais que d'affaires pareilles se sont arrangées !...

— Arrangées... dit Camille, et comment?

— Ma parole, et c'est celle d'un homme d'honneur, suffira à M. de Lubois, pour lui prouver que vous êtes innocente....

— Pouvez-vous la lui donner maintenant? dit Camille tristement, en avez-vous encore le droit? Regardez où je suis, et rappelez-vous ce que je viens de dire.

— Camille, le regrettez-vous?

— Non, Maurice; mais vous aviez raison, ce n'est qu'un malheur de plus, car il est de ma destinée de les épuiser tous.

Au moment où Camille prononçait cette parole, elle ne supposait pas qu'il pût y avoir encore des douleurs pour elle, des douleurs auxquelles elle ne s'attendait pas; elles lui vinrent comme une réponse du sort. Camille parlait encore, qu'Alicia entra vivement dans la chambre.

Alicia, comme nous l'avons dit, après avoir couru chez Camille, avait cru la trouver chez madame Brémond ; ne l'y ayant pas rencontrée, elle était retournée encore chez Camille, et l'avait encore attendue; Camille n'ayant pas reparu, Alicia était rentrée dans sa maison. Le domestique de Maurice l'y attendait; il lui raconta en quelques mots comment son maître avait *ramassé* dans la rue une pauvre dame qui paraissait folle. Ce récit avait à l'instant expliqué à Alicia l'inutilité de sa poursuite et l'asile que Camille était venue lui demander; elle était donc accourue chez Maurice. Accompagnée du domestique, elle avait pénétré sans bruit dans l'appartement, et, marchant tout droit vers la chambre où se trouvait Camille, elle en avait ouvert la porte avec vivacité. Mais à peine Alicia eut-elle fait quelques pas dans cette chambre, qu'elle s'arrêta comme clouée à sa place par une force invisible. Elle devint pâle, ses traits se contractèrent, un léger tremblement agita ses lèvres, et elle promena de Maurice à Camille, de Camille dans le lit de Maurice, à Maurice près de Camille, un regard sombre et lent, un regard qui interrogeait avec désespoir. Camille crut comprendre l'expression de ce regard, et tendant les bras à Alicia, elle lui cria :

— Alicia!... Alicia! je suis innocente.

Mais celle-ci laissa tomber tout à coup sa tête sur sa poitrine, répondit d'une voix sourde :

— Et moi, je suis perdue.

— Perdue, répéta Camille, frappée d'une terreur indicible, perdue!

— Voilà donc, continua Alicia, voilà donc ma récompense, Maurice? voilà comment vous tenez les serments que vous m'avez faits !...

Des serments! s'écria Camille en s'élançant hors du lit, des serments! il t'a fait des serments, dit-elle à Alicia qui restait droite et immobile, des serments qu'il a trahis?

Alicia ne répondit pas.

— Tu l'aimais? dit Camille en la regardant de ses yeux ardents.

Un mouvement de tête d'Alicia répondit : Oui.

— Et il t'aimait aussi? reprit Camille avec un accent désolé.

Alicia ne répondit pas et tomba sur un siége.

— Camille... dit Maurice en s'approchant d'elle.

— Ne me touchez pas! s'écria Camille en reculant, ne me touchez pas, vous êtes un infâme!

— Camille, vous vous trompez...

— Oh! s'écria Camille dans un état d'exaltation inouïe, sortez, sortez... Puis elle reprit : Mais vous êtes chez vous, c'est à moi de sortir.

— Madame... s'écria Maurice en l'arrêtant, où voulez-vous aller dans cet état?...

— Ne me touchez pas, reprit Camille avec une nouvelle violence, ne me touchez pas, ou je me brise le crâne sur ce marbre...

Maurice la laissa s'échapper. Camille aperçut ses vêtements qui étaient restés sur le divan, les prit et se rhabilla, tremblante, éperdue, folle... Alicia était immobile sur son siége. Maurice, silencieux, regardait le désespoir de Camille, n'osant lui adresser une parole, de peur de l'irriter plus qu'elle ne l'était.

Camille rattachait ses vêtements avec une sorte de fureur, et, pendant ce temps, de sourdes exclamations s'échappaient de sa poitrine.

— Ils s'aimaient... oh! ils s'aimaient, murmurait-elle... Infamie! ils s'aimaient.

Alicia, qu'une effroyable douleur avait atteinte aussi, douleur dont le secret n'était qu'entre elle et Maurice, Alicia sembla se remettre; elle se leva en chancelant et s'approcha de Camille.

— Tu te trompes... lui dit-elle d'une voix entrecoupée, tu te trompes.

— C'est vous qui m'avez trompée... répondit Camille en la repoussant. Laissez-moi, laissez-moi tous deux...

— Camille! dirent-ils ensemble en voulant la calmer.

— Je vous dis de me laisser... s'écria-t-elle. Je vous méprise!

En prononçant ces derniers mots, Camille s'était enveloppée de son châle, et avait croisé ses bras sur sa poitrine mal couverte; elle marcha vers la porte pour sortir...

— Mais où allez-vous? lui cria Maurice.

— Chez mon mari, monsieur, lui répondit Camille en le retenant de son regard résolu, chez mon mari, lui dire la vérité.

Et, passant fièrement devant lui, elle sortit de la maison de Maurice.

A peine eût-elle quitté la chambre, que Maurice dit amèrement à Alicia :

— Alicia! Alicia! vous m'avez perdu.

— Non, dit Alicia, qui se méprit au sens des paroles de Maurice, et qui crut qu'il s'agissait de son désespoir d'avoir perdu Camille, non, je vous la rendrai.

Elle n'entendit pas les dernières paroles de Maurice qui répondit froidement :

— Il est trop tard.

Maurice sortit également de chez lui La fuite de Camille ne l'épouvantait pas; il y avait dans son air trop de détermination pour craindre un acte de désespoir; mais à cette heure avancée de la nuit, elle pouvait faire de fâcheuses rencontres, elle courait risque d'être insultée.

En peu d'instants il l'aperçut devant lui, marchant avec rapidité; il la suivit à une distance où elle ne pouvait ni l'entendre ni le voir. La route qu'elle avait choisie dit assez à Maurice qu'elle avait repris sa raison; la manière rapide et ferme dont elle marchait lui montrait que son énergie lui était revenue. Elle suivit la rue de Varennes jusqu'à son extrémité, prit la rue de Bourgogne, traversa la place du Palais-Bourbon, longea la chambre des députés et arriva sur le pont de la Concorde. Maurice la suivait de loin, toujours guidé, malgré la nuit, par la blancheur des vêtements qui se dessinaient dans l'ombre. Camille, qui jusque là avait marché résolûment, s'arrêta tout à coup : Maurice s'arrêta aussi, la croyant fatiguée. Mais, lorsqu'à la lueur du réverbère il l'aperçut regardant autour d'elle, comme quelqu'un qui a peur d'être surpris dans ce qu'il va faire, Maurice, épouvanté, se mit à courir vers le pont; il comprit qu'une pensée de suicide, excitée par l'occasion et la facilité de l'accomplir, s'était présentée à Camille. En entendant les pas d'un homme, Camille écouta un moment et reprit sa marche avec une nouvelle rapidité. Elle traversa la place Louis XV, la rue Royale, gagna la rue Godot-de-Mauroy, et rentra chez elle. Quand Maurice l'y vit en sûreté, il retourna chez lui. Alicia n'y était plus. Maurice reprit la lettre qu'il avait commencée, et écrivit jusqu'au jour.

IX

RUINE.

Nous l'avons dit au commencement de ce livre, les premières atteintes du malheur étonnent, saisissent, égarent et poussent à des résolutions extrêmes : plus tard, elles accablent et anéantissent le cœur, mais elles l'habituent à la souffrance; plus tard encore, il arrive un temps où elles le pressent avec rapidité, sans lui donner aucun de ces violents désespoirs qui éclatent aux premiers jours : l'âme reçoit alors ces derniers coups comme des hôtes accoutumés. Enfin, vient le moment où l'on se fait joie et orgueil de sa misère, où l'on se présente comme un but à ses flèches, où l'on s'étale pour n'en point perdre une seule; moment où l'on se dit que l'on veut voir jusqu'au bout, où l'on trouve curieux de compter sur soi les blessures qu'on peut recevoir avant de mourir. C'est un défi jeté au sort, et il est rare que, lorsqu'on est arrivé à ce courage, le sort ne recule pas.

Toutefois Camille n'en était pas encore là. Dans cette carrière douloureuse qu'elle avait à parcourir, elle n'avait atteint que cette habitude de douleur qui lui donnait la force de la supporter. D'ailleurs, elle avait pris une nouvelle résolution vis-à-vis de son mari, et tout parti pris porte en soi un élément d'énergie qui soutient l'homme, même dans les positions les plus désespérées. Mais elle ne devait pas y séjourner longtemps, et bientôt le malheur, la frappant à coups redoublés, lui devait donner cette soif orgueilleuse de la vertu qui semble crier au destin : — Encore, encore, je serai plus forte que toi. Le moment n'était pas éloigné pour elle de dire avec toute sa raison ce qu'elle répétait dans sa folie de la veille :

— C'est bien... c'est bien.

Qu'il nous soit permis maintenant de précipiter notre récit, comme se précipitèrent les événements qui en sont le sujet.

Lorsque Camille fut rentrée dans sa maison, elle apprit que son mari n'avait pas reparu. Elle ne douta point qu'il ne fût allé passer chez Césarine cette nuit qui devait précéder un combat peut-être mortel.

— C'est juste, se dit-elle, c'est là qu'il aime, c'est là qu'il a des adieux à faire, du courage à prendre. C'est pour moi qu'il se bat, ou plutôt c'est pour son nom que je porte, mais sa femme ne lui est plus rien. Attendons.

Elle attendit.

Le jour vint, les heures se passèrent : elle attendit. Sa maison se rouvrit ; les domestiques reparurent dans l'appartement. Elle entendit les clercs de son mari arriver à l'étude ; tout se remua autour d'elle, indifférent comme si la vie du maître de cette maison n'eût pas été en jeu. Déjà Camille n'en était plus à se désespérer de ces circonstances autrefois si poignantes ; elle se disait : — Voilà la vie comme elle est faite... il faut la prendre ainsi.

Bientôt la journée s'avança, et n'apporta aucune nouvelle. Toutefois, Camille n'avait pas cette inquiétude active qui s'informe, qui marche, qui voudrait courir dehors. C'est qu'elle était dans une de ces alternatives où le malheur est des deux côtés ; sa pensée restait clouée à une de ces idées fixes où souffrir semble la seule destinée possible, et où l'on attend, sans oser faire même un choix dans son malheur, tant il semble qu'on ait abdiqué sa vie pour la livrer au hasard qui en voudra disposer. Entre Maurice et son mari, elle était comme une victime impassible qui dit : — Voyons lequel de vous deux sera mon bourreau? — et qui n'a pas même ce soin d'elle-même, de crier : — Hâtez-vous.

Cependant le devoir parlait encore plus haut en son cœur qu'elle ne le pensait. Quoique la vie de son mari ne pût être pour elle qu'une nouvelle source de malheur, elle espérait qu'il échapperait au combat; mais, par une contradiction plus naturelle qu'on ne pense, elle n'eût pas voulu que ce fût par la générosité de Maurice : Maurice ne méritait plus d'être généreux envers elle. Alors elle se persuadait qu'il ne le serait pas ; mais alors aussi son mari pouvait périr, et elle demeurerait avec la responsabilité de sa mort ! Camille revenait donc à penser que Maurice l'épargnerait; elle se souvenait qu'elle l'en avait cru capable; et ce souvenir lui rappelait l'aveu de son amour, elle s'indignait, elle s'écriait : — Comme il m'a trompée! comme Alicia m'a trompée aussi.

Toutes ces idées lui couraient dans l'esprit ; mais, dans la douleur serrée et universelle dont elle était complétement prise, elles n'excitaient aucune douleur particulière; elle souffrait tant de tout son être, que ses pensées lui étaient indifféremment douloureuses.

Enfin un violent coup de sonnette lui annonça l'arrivée de quelqu'un. Elle se leva et attendit. Sa femme de chambre lui remit un billet de la part de mademoiselle Vanini. Camille le prit, le regarda avec un sourire amer ; puis, le rendant à la femme de chambre, elle fit répondre :

— Dites à mademoiselle Vanini que je n'ai rien à recevoir d'elle, et tenez-vous pour avertie que je n'y serai jamais si elle se présente.

Après cette décision prise avec la rapidité et l'irréflexion qui est le propre des cœurs résolus à se séparer de toute espérance, elle demeura encore seule, se disant :

— Que pouvait-elle m'écrire? des excuses, une explication. Quelle explication? Elle aimait Maurice, elle n'a pas eu la franchise de me le dire, elle s'est jouée de moi, elle m'a poussée à ma perte... Tant mieux, qu'elle soit heureuse, je lui laisse son amant.

Un nouveau bruit l'arracha à cette pensée, et bientôt après Camizard entra. Il y avait dans sa physionomie quelque chose de sombre et de joyeux qui la rendait terrible. Camille le regarda en face comme pour lire la vérité sur son visage. Camizard tira lentement un papier de sa poche, et le remit à Camille.

— C'est une lettre de votre mari, lui dit-il.

— Il vit! s'écria Camille.

— Oui.

— Dieu soit loué!

Elle ouvrit la lettre, elle n'enfermait que ce peu de mots écrits à la hâte :

« J'ai puni votre amant. Pour des raisons que vous apprendrez trop tôt, je quitte Paris; nous ne nous reverrons jamais. »

Camille releva les yeux sur Camizard, et rencontra le regard fatal dont il semblait l'embrasser et l'étreindre.

— Que veut dire ce billet?... dit Camille tremblante; M. Lambert?...

— M. Lambert, dit froidement Camizard, a été atteint d'une balle à la poitrine.

— Il est mort! s'écria Camille en pâlissant.

— On espère le sauver, repartit Camizard.

Camille se sentit une joie au cœur : ce n'était pas celle de la vie de Maurice, c'était celle d'un remords de moins; elle échappait à l'affreuse responsabilité de la mort d'un homme.

Il se fit un long silence entre madame de Lubois et Camizard. Enfin, Camille, rassurée sur la vie de son mari et sur celle de Maurice, et demeurée seule dans son malheur, pensa à ce qu'elle devait y faire. Le mot *j'ai puni votre amant* ne lui avait pas été poignant comme insulte gratuite. Passer pour la maîtresse de Maurice était une fatalité dont elle avait pris son parti. Le fait que ce mot sembait exprimer l'avait seul fait tressaillir. Elle reprit le billet et le relut : « Pour des raisons que vous apprendrez trop tôt, je quitte Paris; nous ne nous reverrons jamais. »

— Je comprends cette phrase, monsieur, dit Camille: elle

m'ordonne, en termes dont M. de Lubois a eu la générosité d'exclure toute brutalité, elle m'ordonne de sortir de chez lui.

— Vous vous trompez, madame, dit Camizard, il est inutile que vous quittiez une maison où votre mari ne peut plus rentrer.

— Et pourquoi? reprit Camille.

— M. de Lubois est ruiné, madame : la ruine d'un notaire ne ressemble en rien à celle d'un négociant; il est impossible qu'elle ne naisse pas d'actes ou d'opérations que les fonctions de sa charge lui interdisent, et M. de Lubois a bien fait de quitter Paris où sa liberté était menacée.

— Il est en fuite! dit Camille.

— Oui, madame.

Si ce n'eût été l'atonie qui s'était emparée de Camille, ce malheur, arrivé soudainement pour s'ajouter à tant d'autres, eût peut-être encore excité en elle des transports de larmes, de cris, de gémissements. Elle l'accepta sans murmurer. On a beaucoup dit que le cœur est comme un vase qu'emplissent de grands malheurs, et qui ne déborde que lorsque le sort lui jette la dernière goutte qu'il ne peut contenir, si petite qu'elle soit; on peut reconnaître que cela est vrai, tant que le cœur et le vase sont entiers : mais il semble aussi qu'il arrive un moment où le cœur se déchire comme le vase se fêle, si bien qu'on peut y verser le malheur sans relâche. Le vase qui fuit sans cesse et le cœur qui pleure toujours ne débordent pas avec fracas : ainsi Camille. La nouvelle de la fuite de son mari ne fut pour elle que comme un détail de plus du supplice qui lui était réservé. Il faut le dire, elle ne pensa pas à lui ; le malheur a un égoïsme aussi : il garde toutes ses forces pour souffrir ; il n'en a plus à dépenser en pitié.

— Ainsi donc, il est ruiné, monsieur? dit Camille.

— Ruiné! répondit Camizard.

— Et peut-être déshonoré!

— Les tribunaux n'ont point prononcé, répliqua le conseiller d'Etat.

— Et moi, monsieur, qu'ai-je à faire?

— Vous, madame, il faut que vous dominiez assez votre douleur pour assurer votre avenir. La fuite de votre mari vous laisse sans fortune ; il faut que vous sauviez ce que vous pourrez des débris de la sienne.

— Je le ferai pour lui, monsieur, dit Camille, pour lui : quant à moi, je n'ai besoin de rien. Mais j'ignore encore par quels moyens je puis encore mettre quelque chose à l'abri.

— Pardonnez-moi, madame, d'entrer dans de si honteux détails, mais vous avez des bijoux, une riche argenterie; il faudra mettre tous ces objets en sûreté. Ils deviendraient une ressource pour vous, ou plutôt pour lui.

— Je ne pense pas, dit Camille, que ce soit un acte qui manque de probité?

— Il n'est aucun des créanciers de votre mari qui, le sachant, ose s'en plaindre : toute humanité n'est pas morte au cœur des hommes... Et peut-être, ajouta le conseiller d'Etat d'une voix émue, aurez-vous à reconnaître qu'il vous reste plus d'amis que vous ne pensez, et de plus dévoués.

— Je sais que madame de Brémont, répondit Camille, est revenue de ses préventions contre moi, peut-être aussi mon oncle Launay.

Camizard détourna les yeux d'un air embarrassé. Camille lui dit en souriant amèrement :

— Me trompé-je, monsieur, et l'un et l'autre sont-ils de ceux que je dois effacer du nombre de mes espérances?... Dites... dites sans crainte, monsieur ; à l'heure où je suis, il faut que je sache sur quoi et sur qui je peux compter.

— Hélas ! madame, fit Camizard, le cœur humain a de tristes secrets... Certes, madame de Brémont est un modèle de bienfaisance et de vertu, mais peut-être peut-on craindre que, trompée par votre mari dont la fuite la menace d'une perte de plus de quatre cent mille francs, elle ne fasse rejaillir sur vous, bien injustement sans doute, un peu de la colère qu'elle en éprouve, et je n'oserais vous affirmer que son accueil...

— C'est bien ! dit Camille, n'y pensons plus. Je suis sortie, monsieur, d'une classe que j'ai trop oubliée, mais où la famille est restée sainte, et la générosité facile, parce-qu'elle n'est pas calculée. Le frère de ma mère, que j'ai négligé dans ma fortune, recevra peut-être sa nièce dans sa misère.

— Hélas ! madame, reprit encore Camizard d'un ton qui paraissait si sincèrement peiné que Camille en fut presque émue, malgré sa fatale et sombre résignation, j'aime à croire qu'il eût oublié, plus tôt que madame de Brémont, que M. de Lubois l'avait aussi ruiné; mais il a eu cette consolation, du moins, de croire laisser une fortune à son fils.

— Il est mort! s'écria Camille; mon pauvre oncle... que j'ai ruiné, moi... car j'ai été complice de cette infamie.

Camizard se pinça les lèvres avec dépit.

— De ce vol, ajouta Camille en le regardant.

Camizard se remit comme s'il était parfaitement étranger au reproche de Camille et lui dit :

— Et malheureusement vous en êtes responsable; sur une espérance alors bien fondée vous avez pris des engagements...

— Que je ne puis tenir.

— Mais pour lesquels nous pourrez prendre tels arrangements qui vous libéreraient plus aisément que vous ne croyez, si vous daigniez confier le soin de vos affaires à un homme qui fût votre ami.

— A vous peut-être? dit Camille.

— A moi, répondit Camizard, si vous vouliez comprendre, en rappelant vos souvenirs, qu'il y a eu toujours en mon cœur un dévouement dont la cause a dû se taire, et ne parlera jamais, à moins que vous ne le permettiez.

— Comme je refuse le dévouement, dit froidement Camille, la cause m'en devient assez indifférente pour que je veuille l'ignorer.

Camizard répondit par un sourire qui semblait dire : — Nous verrons.

C'était le mot prononcé à haute voix par Césarine et accompli par elle dans tout ce qu'elle pouvait de mal. Ce mot, le conseiller d'Etat venait de le prononcer à son tour, et certes, quoiqu'il ne l'eût pas dit tout haut, il se proposait de le mieux tenir encore que Césarine n'avait pu le faire. Camizard sortit, et Camille demeura seule.

L'état de Camille ne peut mieux se comparer qu'à celui d'un marin, en butte à toutes les fureurs de la mer, sur un vaisseau qui fait eau et va en dérive; en proie à la faim qu'amène l'orage, aux menaces d'un équipage révolté, aux horreurs d'une lutte où sa vie a été dix fois près de tomber sous le poignard, où il a vu périr près de lui quelques amis sur lesquels il comptait, et qui, enfin, est jeté à la côte d'une île déserte, sans provisions, sans armes, sans abri. Certes, ce malheur n'est pas moins atroce que celui qui vient de cesser, mais il est calme; il ne procède plus par cris, par secousses violentes, par déchirements; et jusqu'à ce que vienne la faim, il y a un moment de silence où le cœur du délaissé se repose de la fatigue de ses tortures actives.

Ce fut de même pour Camille : sa vie battue d'une tempête où elle avait failli périr; sa vie en butte à tous ces combats du monde qui lui disputait et lui arrachait son honneur, comme un aliment dont il a faim; sa vie venait de faire naufrage dans l'abandon de tous : île déserte aussi parmi les cent mille âmes de la population, aussi déserte que l'île inconnue du marin, où la mort peut venir sans qu'on s'inquiète de vous; et cependant Camille, comme le marin, eut un moment de calme, un moment où elle goûta le repos de son nouveau malheur. Rien ne se ruait plus autour d'elle : plus d'insulte de mari, plus de défense contre elle-même et contre un amour qui avait été trahi, plus d'inquiétudes sur la foi de ses amis : tout était anéanti, abîmé, perdu. On l'avait jetée à la rive, et demeurée seule, elle se coucha sur sa grève; et, comme le marin abandonné, elle eut un moment où elle put se dire : A demain d'autres douleurs.

Dans la position où elle était, elles ne se firent pas longtemps attendre : chaque jour amena les siennes. En peu de temps, Camille vit la ruine la saisir et la dépouiller avec une impassibilité et une vitesse effrayantes. La charge de son mari fut vendue; son riche mobilier saisi, et chacun des créanciers, madame de Brémont en tête, s'arracha jusqu'au dernier sou les débris de cette fortune. Nul ne pensa que le banqueroutier qu'il invectivait laissait derrière lui une femme à qui il manquerait un asile dans quelques jours, et quelques jours encore après, du pain.

C'est alors que Camille apprit ces horribles douleurs de la misère, qui vous atteignent dans les plus misérables détails. Alors elle vit entrer chez elle des huissiers qui vinrent inspecter un à un chacun des meubles de sa maison; elle apprit ce que la loi réserve aux malheureux ruinés : un lit et une chaise. Il se trouva des créanciers affamés qui avaient peut-être le droit d'être sans pitié, car ils demeuraient aussi sans ressources ; il s'en trouva qui pénétrèrent dans ces appartements, à la suite de leurs huissiers, et dont elle entendit la voix insulter au luxe qu'ils étalaient et le lui reprocher à elle Alors aussi, elle eut à supporter l'insolence des domestiques qui lui demandaient compte de tout le passé par leurs réclamations. Ceux-là savent de si cruelles choses, ceux-là disaient : Si, au lieu d'acheter des robes de soie, on m'avait payé, je ne demanderais rien ; si, au lieu de nourrir des chevaux, on ne m'avait pas fait perdre mon pain, c'eût été plus humain, c'eût été plus honnête. On leur répondait que la loi leur assurait le paiement de leur créance avant toutes autres ; ils le savaient, ils prenaient les précautions nécessaires pour cela, mais ils se plaignaient tout haut cependant.

C'est si beau d'être insolent après avoir obéi. Parlez-moi de l'esclavage : quand il est fatigué de ses fers, il les brise et tue. La domesticité se redresse, injurie et danse sur son maître vivant ; la domesticité dégrade bien plus l'homme que l'esclavage.

Par cette résignation, dont nous avons essayé de dire les causes, Camille ne recula devant aucune de ces tortures ; elle voulut épuiser la coupe, pour avoir le droit bien incontestable de disposer de son avenir, et la lie qu'elle trouva au fond ne l'étonna pas, si amère, si dégoûtante qu'elle fût, tant elle s'y était préparée.

C'était le dernier jour où la ruine, consommée sur le papier légal estampillé par la loi allait se consommer matériellement. Pour un homme qui a la connaissance des affaires, tous ces actes déposés à votre porte, au nom de la loi, et qui vous déclarent dépouillé de tout ce que vous possédez, sont d'affreux avertissements de ce qui va bientôt s'achever ; et cependant, à l'heure de l'exécution, il en est peu qui puissent en supporter l'aspect ; ils fuient, ils échappent au tableau de leur propre ruine ; ils se cachent, s'ils ont un asile : Camille n'en avait pas. Quand toutes les formalités judiciaires furent épuisées, le jour où l'exécuteur civil doit ôter au condamné ses habits de riche qui ne lui appartiennent plus, et lui mettre son vêtement de failli et de misérable, ce jour cruel arriva. Dès le matin, Camille entendit venir dans la maison des hommes chargés de la démeubler. Elle entendit de sa chambre, où elle était enfermée, les meubles emportés, les coups de marteaux qui arrachaient les tableaux des murs, les tentures des fenêtres, les tapis des parquets, les glaces des cheminées. Elle écoutait tous ces bruits avec une singulière avidité; elle écoutait les gais propos des ouvriers qui se racontaient leurs joies de la veille au cabaret; elle distinguait la voix de l'huissier qui, la liste de saisie à la main, faisait l'appel de chaque objet, accusant d'infidélité la femme du failli, quand un vase de porcelaine ou un flambeau avait été dérangé de sa place, et ne se trouvait pas à la minute. Tous ces bruits tournaient autour de la chambre de Camille; ils frappaient à sa muraille et ébranlaient sa porte. On forçait les armoires, on comptait les piles de linge, les paires de draps. On allait emporter sur la place du Châtelet la toile où elle avait dormi; Camille, enfermée seule dans sa chambre, en rougissait.

Cependant elle restait encore : on n'avait pas encore pris sa chambre, et elle attendait que l'exécuteur y pénétrât; elle voulait voir toute sa spoliation, elle ressentait ce besoin d'être éprouvé, jusqu'au bout qui prend le malheureux et dans lequel il se réjouit. Ce dernier coup lui fut épargné, mais pour lui revenir plus sensible, pour lui revenir si poignant, qu'il fut près de dépasser les forces qu'elle avait préparées pour le supporter.

L'heure était avancée, on n'entendait plus rien dans l'appartement, tout était emporté, les murs étaient nus. Déjà chaque domestique était venu à son tour, un paquet sous le bras, dire adieu à *madame* et lui rappeler exactement le montant des gages qui lui étaient dus, jour par jour, centime par centime; chacun, l'un après l'autre, avait insolemment proposé à cette femme à qui l'on venait de tout prendre, de voir s'il ne lui avait rien pris, et de visiter ses malles. Ils lui avaient demandé des certificats de bonne conduite, ils lui avaient mis la plume à la main, ils les lui avaient dictés. Camille avait écouté, Camille avait écrit, Camille avait obéi; elle s'y était complu, elle songeait même que ce n'était pas tout ce que pouvait le sort contre elle, elle se trouvait ménagée. Pour ce qui lui restait à faire de sa vie, il semblait qu'elle n'eût pas accumulé toutes les bonnes raisons de mourir, et elle exprimait cette attente avec une sorte de dérision, en disant à chaque chose :

— Est-ce tout? est-ce tout? — La voix de Camille n'avait jamais vainement invoqué le malheur : on eût dit qu'il était toujours au guet derrière elle, et qu'à son premier cri il accourait comme un fidèle compagnon.

Tout était désert, Camille était seule dans son appartement démeublé ; elle s'y promenait avec une satisfaction fatale : mais lorsqu'elle rentrait dans sa chambre, qui avait été respectée, elle disait : — Mais ils ont eu encore quelque pitié, ce qu'on appelle des égards ; on m'a laissé un lit pour dormir, des bijoux pour vendre et manger ; si, en sortant d'ici, je vais droit à la rivière pour m'y précipiter, on dira que j'avais encore de quoi vivre quinze jours, un mois, un an : on dira que je meurs parce que je ne puis me passer de luxe ; il faut qu'on dise que je suis morte parce que je ne pouvais me passer de pain. Personne n'a donc droit à ceci, ou bien on a eu pitié de moi ; on s'en vantera sur mon cadavre. Non, non, il faut que je lègue au monde ma mort comme il me l'a faite, inévitable, nécessaire, forcée comme celle du meurtrier qu'on mène à l'échafaud. Oh ! le plus affreux serait d'avoir ainsi souffert, pour ne pas avoir un droit assez patent de mourir. J'aurai donc tous les malheurs.

Camille s'exaltait à cette pensée : après s'être irritée contre le malheur qui venait, elle s'irritait contre le malheur qui manquait. Camille était une de ces âmes qui veulent leur destinée complète, de quelque manière qu'elle tourne. Tant qu'elle l'avait espérée honorable, elle l'avait défendue avec acharnement pour la garder ainsi ; mais lorsque cette destinée s'était faite malheureuse, il la lui fallait malheureuse avec excès.

Comme elle pensait à tout cela, la sonnette de la porte vibra.

Voilà ce que j'attendais, pensa Camille, et elle se prépara à quelque nouveau malheur.

Camille n'avait pas encore pris l'habitude de son abandon ; elle ne sortit pas de sa chambre. La sonnette retentit avec plus de violence et avertit Camille qu'il ne restait plus personne pour la servir. Elle se leva et alla ouvrir la porte. C'étaient un homme et une femme qui se présentèrent ; la femme entra ; l'homme, à l'aspect de Camille, s'enfuit et s'échappa dans l'escalier. La femme était Césarine, l'homme était Charles Launay. Césarine lui cria, pendant qu'il descendait l'escalier :

— Va donc, imbécile, je n'ai pas besoin de toi pour avoir justice.

Camille, à l'aspect de Césarine, était demeurée immobile ; elle appelait, elle attendait le dernier coup de sa mauvaise fortune, sa dernière insulte; mais elle était plus exaucée qu'elle ne voulait. Camille en face de Césarine! Jamais le cri d'Oreste remerciant la fatalité de sa persévérance, n'eût été plus vrai et plus profondément jeté, si l'étonnement n'avait tenu Camille aussi muette qu'immobile.

— Ça vous étonne de me voir, madame, lui dit Césarine, et pourtant vous devriez vous douter de ce qui m'amène; après avoir ruiné mon mari, vous pouviez bien vous attendre que ça ne se passerait pas comme ça.

Camille regardait Césarine avec une curiosité indicible : un sourire presque joyeux illuminait son visage, et, sans répondre à Césarine, elle murmura en elle-même :

— Oh ! c'est beau ceci, je ne l'aurais pas imaginé, moi, c'est beau ; il faut que cet exemple soit donné au monde, il le faut. Si cette femme n'était pas venue danser sur ma ruine, il aurait manqué un trait à ma vie; le voici, le voici ! Je veux qu'il se dessine bien complet... Allons, voilà plus que je n'avais espéré.

Après ce monologue de sa pensée, Camille répondit d'une voix dont le calme étonna Césarine :

— Entrez chez moi, madame, il y a encore de quoi s'asseoir, vous vous expliquerez plus à votre aise.

Et du geste elle lui indiqua le chemin ; Camille la regarda entrer, elle tenait toujours la porte entr'ouverte ; au moment où elle allait la fermer, Camizard parut.

— Quoi ! vous aussi ? reprit Camille avec un étonnement satisfait; entrez, monsieur, vous avez sans doute quelque chose à me demander. Ne monte-t-il personne après vous ? puis-je fermer ma porte?

— Sans doute, dit Camizard, surpris du ton extraordinaire de Camille.

— Alors venez, monsieur, repartit Camille, il y a ici quelque chose de curieux à voir; et elle l'introduisit dans sa chambre, où Césarine s'était installée, inspectant chaque meuble de l'œil.

— Je crois, dit Camille en entrant, je crois que vous vous connaissez, et qu'il est inutile que je vous présente l'un à l'autre. Veuillez vous asseoir tous deux ; madame, je vous écoute.

Césarine parut fort embarrassée. Camizard demeurait stupéfait de la présence de Césarine.

Camille les regardait tous deux, elle le dominait de son œil étincelant; elle riait.

— Eh bien! madame, que me voulez-vous? dit Camille à Césarine qui gardait le silence.

— Ma foi, dit Césarine en reprenant son effronterie à deux mains, ce n'est que justice que je réclame ; je serais bien bête de me gêner.

— Faites attention à qui vous parlez, Césarine, dit Camizard, et tenez-vous pour dit que je ne souffrirais pas vos impertinences.

— Ah! c'est comme ça? dit Césarine qui ne demandait qu'un peu de contradiction pour s'emporter; eh bien! je vais vous dire tout ce que j'ai sur le cœur. Il me semble que, quand on a payé le droit de se plaindre deux cent cinquante mille francs, on peut bien en user.

— Deux cent cinquante mille francs! reprit Camille véritablement surprise cette fois, parce qu'elle ne comprenait pas.

— Deux cent cinquante mille francs que vous avez empruntés, vous, au père de mon mari, et que vous devez à celui-ci.

— Au père de votre mari.

— Eh oui! à votre oncle Launay, que je croyais riche quand j'ai consenti à épouser son fils, et qui le serait véritablement, si vous ne l'aviez pas ruiné.

— Ruiné!... répéta Camille frappée de terreur par cette accusation qu'elle prévoyait devoir peser sur sa tombe; ruiné! répéta-t-elle encore.

— Oui, madame, ruiné; et je viens vous demander comment vous comptez me rendre mes deux cent cinquante mille francs : voilà tout.

— Vous rendre deux cent cinquante mille francs? s'écria Camille; moi! Mais, monsieur, dit-elle, pâle et bouleversée, et en s'adressant à Camizard, mais cette somme, ce n'est pas moi qui la dois, c'est mon mari.

— Votre mari? reprit Césarine, votre mari n'a plus le sou... et, après tout, vous avez signé, et vous paierez.

— Moi! s'écria encore Camille; moi, vous payer, et comment?

— Comme vous voudrez. D'ailleurs, si vous le voulez bien, ce n'est pas ça qui vous embarrasse; vous l'avez encore, cet argent; depuis deux mois tout n'est pas disparu, et, enfin, c'est pour vous qu'on a emprunté cette somme.

— Pour moi? dit Camille en regardant Camizard.

— Eh, oui! reprit Césarine, pour la placer sur votre tête, et vous faire une fortune aux dépens de votre parent : c'est connu : j'en appelle à monsieur Camizard.

— Qu'en dites-vous, monsieur? reprit Camille avec une ironie désespérée; qu'en dites-vous? n'est-ce pas moi qui ja ruiné madame?

— J'ignore absolument, répondit Camizard d'un ton glacé, ce que M. de Lubois a fait des fonds qu'il a empruntés à M. Launay.

— Vous l'ignorez! répéta Camille stupéfaite.

— Je l'ignore, répliqua Camizard d'un ton si digne et si froid, que Camille resta confondue devant l'impudence assurée de cette dénégation.

— Et sans doute, c'est moi qui en ai profité? reprit-elle; c'est moi qui les possède, moi qui en suis responsable?

— Je n'ai point dit, madame, repartit Camizard, que vous en ayez profité; mais il est certain que vous en êtes responsable.

Camille considéra l'un après l'autre Camizard et Césarine : Camizard qui, sur ces deux cent cinquante mille francs, en avait pris deux cent mille, Césarine dont le luxe avait absorbé le reste. Elle se tut un moment, puis elle finit par s'écrier :

— Et il n'y a personne ici pour voir cela! Alors elle se leva, et, avec une énergie extraordinaire, elle ajouta :

— Eh bien! on le verra; je vivrai pour cela, reprit-elle poussée par cette pensée fixe d'étaler son malheur aux yeux du monde; puis elle ajouta avec une froide dignité : — Madame, vous pouvez m'attaquer devant les tribunaux, ici je ne vous connais pas; sortez.

— Prenez-y garde, dit vivement Camizard, les tribunaux vous condamneraient.

— Eh! mon Dieu, c'est déjà fait, reprit Césarine. Croyez-vous que nous nous soyons endormis? tous les jugements sont obtenus, même celui de prise de corps; mais ça me répugne de faire mettre une femme en prison, et surtout une cousine.

— En prison, moi! en prison! s'écria Camille éperdue. Camille dont ce mot renversa toutes les idées, et qui se vit menacée d'un malheur qui avait échappé à ses prévoyances les plus exaltées; en prison, répéta-t-elle, moi, et par vous!

Cela n'ira point jusque là, dit Camizard; vos amis préviendraient un tel malheur; et, d'ailleurs, la loi vous donne un moyen de l'éviter, en abandonnant à madame tout ce que vous possédez...

— Tout ce que je possède, reprit Camille, qu'elle le prenne, tout, le voilà; vous le voyez, tout est dans cette chambre; je ne sais si je possède ce qui est ici, mais on me le laisse : prenez-le. Tout... emportez tout... je n'en demande rien, rien... je n'ai besoin de rien. Tout ceci vous appartient, madame, prenez-le. Oh! reprit-elle en levant les yeux au ciel et en croisant les mains, maintenant c'est assez, assez, mon Dieu... assez... je ne devais pas vous braver... Pitié, pitié... laissez-moi mourir.

Elle tomba sur une chaise, abîmée dans la douleur qui l'avait encore une fois vaincue.

— Voyons, voyons, dit Césarine, ne vous désolez pas comme ça.

Elle s'approcha de Camille qui se recula avec dégoût; Césarine n'y prit point garde.

— Ah çà! dit-elle à Camizard, qu'est-ce que vous nous avez donc dit, à l'assemblée des créanciers, que madame de Lubois avait des valeurs considérables, des rentes sur l'État, des diamants?...

— Ah! dit Camille en se levant, M. Camizard vous a dit cela, madame?

— Il n'y a pas de doute; est-ce que sans cela je serais venue vous tourmenter? Tenez, au fond je suis bonne enfant, moi, et puisque vous n'avez plus que cette chambre, gardez-la; allez, je ne veux pas vous mettre sur le pavé : je puis bien vous donner ça.

Camille s'avança vers Camizard, et lui dit d'un ton où régnait une amère exaltation :

— Monsieur Camizard, vous entendez : mademoiselle Césarine me fait l'aumône; n'avez-vous rien à me donner aussi, monsieur ?

— Peut-être, dit Camizard d'une voix sombre et basse. Puis il ajouta :

Césarine, laissez-nous, je me charge de votre affaire ; il faut que je parle à madame de la part de sa marraine.

— Je vous quitte, dit Césarine.

Elle se prépara à sortir :

— Attendez, lui dit Camille; attendez, madame.

Elle sortit de sa chambre, la ferma à clef, et dit à Césarine :

— Tout ce qui est ici vous appartient, madame; prenez cette clef.

— Je ne veux pas, je n'en ai pas besoin.

— Prenez, répondit Camille d'un ton calme: j'aurais honte d'habiter cette chambre qui vous appartient. Ce que vous avez touché me brûlerait; je me sentirais souillée de ce que vous avez regardé; je ne veux pas mourir de l'air que vous avez respiré. Prenez et sortez, car ici, dans ce salon où il n'y a rien, vous êtes chez moi. Prenez et sortez.

— Ah ! c'est comme ça, fit encore Césarine; merci... c'est bien, à votre aise; nous verrons si vous ferez longtemps la fière.

Césarine prit la clef, s'éloigna, et Camille demeura seule avec Camizard.

— Eh bien, monsieur, qu'avez-vous à me dire de la part de madame de Brémont ? êtes-vous chargé de quelque aumône de sa part ?

— Madame, répondit Camizard avec détermination, et comme un homme qui donne enfin issue aux sentiments qui l'oppressent depuis longtemps, voyez où vous êtes; pensez à ce que vous allez devenir, et écoutez-moi : ce n'est ni une aumône, ni une espérance vaine que je viens vous offrir; c'est la considération, c'est la fortune que vous avez perdues; c'est...

— Ah! monsieur, lui dit Camille, n'allez pas plus loin ; épargnez-vous toutes les phrases que vous avez arrangées pour me faire votre déclaration. Vous voulez me demander d'être votre maîtresse, et, à ce prix, vous me réconcilierez avec ma marraine, vous me referez riche, vous me rouvrirez les portes du monde : n'est-ce pas ce que vous avez à me dire ? Eh bien, à cela j'ai à vous répondre: — Je ne veux pas.

— Mais que prétendez-vous devenir? s'écria Camizard.

— Oh! dit Camille en souriant, je ne suis pas embarrassée de moi, j'ai un asile.

— Un asile ! reprit Camizard.

— Un asile qui ne me manquera pas, monsieur.

— Oubliez-vous les menaces de Césarine ?

— J'ai été folle de les craindre, monsieur ; où je vais j'échapperai à la prison.

— Madame, madame, dit Camizard, j'ai peut-être été l'instrument de tout ce qui vous arrive : réfléchissez à ce que j'ai osé faire, et reconnaissez que tant de persévérance est la preuve d'un amour qui vous poursuivra partout.

— Eh bien! monsieur, vous lutterez avec le protecteur que j'ai choisi.

— Quel qu'il soit, reprit Camizard, je vous arracherai à lui.

— Vous essaierez, monsieur, dit Camille.

— Madame, faites-y attention.

— Monsieur, je suis attendue ailleurs, reprit Camille, il faut que je sorte, laissez-moi.

— Soit, nous nous reverrons, madame.

— Vous me reverrez, dit Camille.

Camizard sortit à son tour, et Camille resta seule enfin dans l'appartement désert qu'elle avait habité si longtemps. La journée était finie et le jour tombait. Bientôt Camille descendit de son appartement et quitta sa maison: elle ne s'aperçut pas qu'elle était suivie. Un quart d'heure après, elle rentra ; elle portait un paquet enveloppé dans son mouchoir : elle monta chez elle et s'y enferma.

X

ADIEUX.

A monsieur le commissaire de police.

« Je suis sortie de chez moi pour aller chez le bijoutier qui est dans la rue Caumartin; je lui ai vendu mon anneau de mariage; il m'en a donné trois livres dix sous. Je suis alchée chez l'épicier; j'ai acheté une livre de chandelle, qui m'a coûté quatorze sous; de là je suis entrée chez la fruitière où j'ai acheté pour seize sous de charbon, un boisseau. Je suis retournée chez l'épicier, j'avais oublié de prendre un briquet phosphorique que j'ai payé six sous. J'ai repassé chez la fruitière pour y prendre un fourneau en terre; je l'ai payé douze sous. Je suis revenue sur le boulevard, et j'ai longtemps cherché un papetier; un cocher de fiacre m'en a indiqué un rue des Capucines. Je suis allée chez lui, j'y ai pris deux cahiers de papier à lettre du prix de trois sous chacun; deux plumes, quatre sous; une bouteille d'encre de six sous; des pains à cacheter, un sou. J'avais pensé à acheter un soufflet, mais je n'avais plus que cinq sous; on les trouvera sur ce papier que je déposerai dans un coin de cette chambre. Je soufflerai moi-même le charbon. Avec ce qui restera de papier et d'allumettes, il prendra feu aisément; je me suis mise dans le boudoir qui est près de mon salon. Il est très-petit, et sera bientôt rempli par la vapeur... Je souffrirai moins. — Je n'ai ni chaises ni tables, et je me suis assise par terre, pour écrire sur mes genoux les lettres que je mettrai sur le marbre de la cheminée, et que je prie qu'on remette exactement aux personnes à qui elles sont adressées. Je viens de visiter la cheminée, elle a une trappe, je l'ai fermée.

» Je suppose que ces détaisl dont on pourra vérifier l'exactitude, suffiront pour que l'on n'accuse personne de ma mort.

Je viens d'entendre sonner sept heures à la pendule de ma chambre... Je mettrai au bas de ce papier l'heure où j'allumerai le charbon. »

A madame de Brémont.

« Sur mon âme, qui va bientôt paraître devant Dieu, je meurs innocente. Je vous remercie de tout ce que vous avez fait pour moi. Si c'est un crime que je commets en me tuant, Dieu m'absoudra sans doute, puisqu'il ne m'a pas donné la force de supporter davantage ma vie. Si quelqu'un me calomnie encore devant vous, n'oubliez pas que je suis à une heure où l'on ne ment plus. Soyez heureuse.

» CAMILLE DE LUBOIS. »

A monsieur de Lubois.

« Monsieur,

» Je meurs innocente du crime dont vous m'avez publiquement flétrie. Cependant ne vous faites aucun reproche de ma mort; un malheur qui n'est pas votre ouvrage a dépassé d'un coup tout ce que j'avais de forces. Les chagrins que vous m'avez donnés sont de ceux que beaucoup de femmes acceptent aisément; je vous les pardonne, quoiqu'ils m'aient brisée. Maintenant votre vie vous appartient; faites-la meilleure qu'elle n'a été. Les devoirs du mariage étaient trop pesants pour vous, je vous en dégage; ils étaient aussi devenus trop lourds pour moi, et je les jette à terre. Il y a des hommes plus malheureux que vous qui ont racheté leur passé, faites comme eux. Adieu. Je ne suis pas injuste: parmi les longues années de notre union, il y en a eu beaucoup d'heureuses; je l'atteste ici-bas et je le répéterai à Dieu! Qu'elles témoignent pour vous devant lui et devant les hommes. Une erreur de votre part et trop d'emportement de la mienne vous ont amené au malheur et moi à la mort. Oubliez-moi: je n'ose vous demander de me pardonner d'avoir perdu votre vie: une autre peut-être vous eût sauvé. Je ne me plains pas, vous avez encore trop à souffrir; vous avez à vivre: j'ai la meilleure part de notre destinée : je meurs. Laissez-moi vous remercier encore de mes premières années de mariage. Vous avez été bon, noble, généreux pour moi ; vous m'avez prise, moi, pauvre orpheline, pour me faire riche, heureuse, et considérée. Cela a duré sept ans ; sept ans, c'est une large part de bonheur. Mon Dieu, comment tout cela s'est-il évanoui ? Si vous voulez me croire sur parole, consolez-vous, car je vous jure que nous ne sommes pas les plus coupables de notre malheur... Je ne puis rien vous dire de plus... je n'ai pas le courage d'écrire une dénonciation sur ma tombe. Ce n'est point à ceux qui meurent de maudire ; il ne faut pas que la vengeance ait rien à reprocher à leurs cendres ; j'espère que ma discrétion fera respecter les miennes. Vous savez bien que je n'ai plus que ma résignation qui me protège ; elle sera complète... il y a un nom que je ne prononcerai pas. Si vous rentrez jamais en France, ne revenez pas à Paris ; ma tombe vous y porterait malheur... Adieu encore. Sur mon âme, je ne vous hais pas... et je prierai Dieu pour vous. »

A mademoiselle Vanini.

« Alicia,

» Je t'écris, parce que je meurs, et que je te plains. J'ai été injuste et barbare envers toi. Depuis le jour où j'ai appris, par le cri qui t'est échappé, que tu aimes Maurice, j'ai refusé de te recevoir. Ce n'est pas haine contre toi, c'est pitié pour moi. Je l'aimais tant, que te voir, toi qu'il a aimée, et que sans doute il aime encore, m'eût fait plus de mal que tu ne peux l'imaginer ; et, en vérité, ce n'était pas la peine de m'infliger cette nouvelle douleur... Tu sais, toi, que j'ai assez souffert. Pourquoi m'a-t-il aimée ? Voilà le malheur des hommes qui jouent avec le cœur des femmes corrompues ; ils s'imaginent que c'est de même partout... ils ont un mot qui est affreux : avoir une femme... ils poursuivent ainsi celles qu'ils ne connaissent pas et les perdent... Je ne puis pas jurer que si j'eusse vécu, je ne me fusse pas donnée à Maurice... Je serais devenue sa maîtresse, j'aime mieux être morte. Que ceci ne te blesse pas ; tu n'es pas une pauvre femme comme moi, tu as un nom et un talent qui te protègent ; Maurice n'est qu'un ami qui t'a trahie... Une femme comme je suis n'a de protecteur que l'amour qu'elle inspire; quand il s'en va, elle reste nue... Je comprends ton courage, s'il t'a trompée ; tu vaux encore autant que lui : moi, abandonnée, je serais ce qu'est Adèle, ce que sont tant d'autres... Il faut avoir leur âme pour vivre ainsi, je préviens le malheur de mourir avec un remords. Toi, pauvre enfant, que vas-tu devenir ? pourquoi n'as-tu pas été plus confiante ? je te l'aurais ramené, tu l'aimerais en paix, et peut-être l'image de votre bonheur m'aurait fait vivre. Si tu savais ce qu'il y a de force dans le bonheur qu'on a donné, il remplit l'âme d'un saint orgueil; tu as voulu le tenter pour moi, que l'avenir t'en récompense !... Tu as dû bien souffrir, pauvre sœur... je t'ai dit si souvent que je l'aimais : comme je t'ai torturée ! mais tu m'as déjà pardonné, je meurs en paix avec toi, n'est-ce pas ?... J'ai une chose à te temander ; mais avant d'aller plus loin, il faut que je lui écrive la lettre que tu lui remettras sans la lire... S'il te la cache, ne l'aime plus ; s'il te la montre, il méritera que tu l'aimes... Je suis sûre qu'il te la montrera : c'est un homme qui est assez noble pour comprendre un devoir. Je t'écrirai à toi la dernière, car en pensant à ce que je veux te demander, je sens les larmes qui me gagnent et je ne puis pleurer que sur ta lettre... et c'est à toi que je dois mon dernier adieu. Attends... je vais lui écrire... »

A monsieur Maurice Lambert.

« Monsieur,

» Depuis le jour où vous m'avez donné asile, voici les seuls mots qui m'aient parlé de vous : « Madame, j'ai puni votre amant. » Vous devinez qui a pu me les écrire. Plus tard des informations prises à votre porte m'ont appris que vous étiez hors de danger ; c'est tout ce que je sais, tout ce que j'ai voulu savoir. Deux fois vous avez bravé la mort pour moi : c'est trop pour une femme qui ne peut vous en être reconnaissante. Cependant c'est assez pour me prouver que vous êtes de ces hommes qui osent faire ce qu'ils croient un devoir. Il vous en reste un à accomplir, c'est de consoler Alicia de ma mort... elle vous aime... aimez-la. Tout ce qui peut flatter l'orgueil d'un homme, elle le possède ; tout ce qu'une âme comme la vôtre peut exiger de dévouement et d'amour, elle vous le donnera. Si vous m'avez aimée, et je le crois, ce n'a été qu'une erreur de votre générosité; vous m'avez le premier appris le malheur qui me frappait, et qu'un accident pouvait me révéler à chaque minute, et vous vous êtes voué à le réparer, comme si vous l'aviez causé. C'est en quoi vous m'avez aimée. Du repentir et de la pitié, voilà tout. Regardez bien dans votre cœur et vous verrez que je vous ai dit vrai. Eh bien ! s'il en est ainsi, accordez-moi la réparation que je vous demande à l'heure de ma mort, tenez les serments que vous avez faits à Alicia, j'ignore ce qu'ils sont : mais elle y comptait, voilà tout ce que je sais. Je ne vous trace pas une règle de conduite, je ne vous dis pas : — Epousez-la ; en vérité, au moment où j'en suis, je ne sais si le bonheur est dans l'accomplissement de ce que le monde appelle une légitime union. Vous êtes dotés tous deux d'une indépendance de position et d'idées qui peut faire braver les coups auxquels je succombe... Faites ce qu'elle voudra... je vous en prie. Sincèrement, je vous le jure, elle vous aime autant que je vous aimais... c'est ma sœur d'âme et de pensée... je sais tout ce qu'elle pourra pour vous, j'en juge par moi... Recevez ses serments par ma bouche, vous y croirez ; accueillez la prière que je vous fais, elle vous deviendra sainte... aimez-la et pleurez-moi... Pleurez-moi... je vous aurais tant aimé, moi aussi... Qu'importe? sauvez mon Alicia... Je suis assise par terre pour vous écrire ceci, je vais me mettre à genoux pour prier Dieu que vous m'exauciez. »

Suite de la lettre d'Alicia.

« Je viens de prier pour toi, Alicia ; tu seras heureuse, j'en suis sûre, j'en ressens la conviction, j'ai le cœur calme. Je viens d'entendre sonner dix heures... la rue est solitaire... la nuit est profonde; il faut que je me hâte de t'adresser ma dernière prière... Ce que je vais te demander est bien terrible et bien bizarre..... mais tu le feras..... C'est presque une folie..... mais je suis si misérable, que je cherche un moyen de me libérer de mes engagements sur cette terre. Voici ce que c'est : Tu feras huit tableaux pour moi... huit beaux tableaux, entends-tu? avec ton admirable talent. Je vais t'en dire les sujets. Le premier, ce sera le moment où Maurice dit, devant moi et sans me connaître, que Césarine est la maîtresse de mon mari. Le second, ce sera la scène du bal de Derby, quand Maurice était appuyé à la console... Tu l'as vu, tu t'en souviens... Pour le premier, il te dira lui-même quelle figure j'avais... quel effroi j'éprouvai. Le troisième sera le moment où il m'a portée près de ma porte, dans la nuit du 29 juillet; pour celui-là encore, il te fournira ses souvenirs. Le quatrième (il te mènera chez son oncle pour voir les lieux), c'est quand il s'évanouit et que je garde son flacon. Le cinquième, tu l'as vu, c'est le moment où je me sauve de l'Opéra. Le sixième, c'est quand il me ramassa sur la borne de la rue. Le septième, ce sera quand tu es entrée dans sa chambre et que tu m'as vue dans son lit... Le huitième, que tu ne verras pas sans doute, ni lui non plus, sera le moment où on ouvrira ma porte et où je serai étendue morte sur le parquet.. Je vais t'en donner une idée.. Mon mouchoir, où j'ai enveloppé le charbon, est dans un coin. J'ai une robe de soie grise.... Mes lettres seront sur la cheminée, il n'y a que la tienne que je garderai à la main... Tu vois cela... n'oublie rien, ni les plumes ni l'encre par terre! enfin que ce soit bien et vrai, tu comprends? Quand tu auras fait ces tableaux, tu les mettras en loterie... à un aussi haut prix que possible..... et puis tu donneras tout cet argent à Charles Launay et à sa femme à qui je dois beaucoup. Je donne ce que je peux... ma vie et ma mort à peindre. Si ma vie à vivre eût valu ce prix, je l'aurais gardée pour m'acquitter... N'est-ce pas que ce n'est point une idée trop folle... Alicia ? Mon Dieu, voilà onze heures qui sonnent : comme le temps passe!..... Je vais tout préparer, et puis je tâcherai de t'écrire encore quelques mots. »

Un instant après, Camille était sur ses genoux, et penchée en avant, appuyée sur ses mains, elle soufflait le charbon qu'elle avait arrangé dans son réchaud. Sa porte s'ouvrit; Alicia entra.

XI

AMITIÉ.

Camille se redressa au bruit que fit Alicia, et demeura immobile à la regarder.

Il y eut un moment de silence.

— Pourquoi es-tu venue ? lui dit-elle froidement.

Pour te parler, répondit Alicia avec la même froideur. Je savais que tu voulais mourir, et, avant que tu meures, j'ai quelque chose à te dire.

Elles se regardèrent toutes deux, toutes deux pâles et résolues, sans larmes dans les yeux, ni sanglots dans la voix, froides de cœur et de corps comme le mourant qui touche à la tombe.

— Comment es-tu entrée ? dit Camille.

— J'ai fait forcer ta porte.

— Pourquoi n'as-tu pas sonné?

— Parce que tu étais femme à te précipiter par la fenêtre et à te briser sur le pavé, si tu avais été avertie qu'on venait te sauver.

— Tu as donc bien compris qu'il faut que je meure ? Pourquoi donc es-tu venue ? Toujours ! reprit Camille en se relevant, faut-il que toujours il me vienne plus de douleurs que je n'en ai compté ! Est-ce que tu espères me sauver?

— Je sais trop qu'il n'y a aucun moyen de prévenir un suicide bien décidé, pour l'espérer ; mais tu meurs dans l'ignorance. Je serais complice de ta mort, si je t'y avais laissée.

Elles se regardèrent encore comme deux lutteurs en présence. C'était un calme désolant, une discussion glacée là où il semble qu'eussent dû éclater les cris et le désespoir. Camille appuya ses regards sur les yeux d'Alicia, comme pour éprouver s'ils étaient de vérité pure, et reprit :

— Faut-il que je croie à ce que tu me diras, Alicia ?

— Il faut que tu y croies... Camille.

Les deux jeunes femmes étaient restées debout dans le boudoir de Camille; l'odeur du charbon, qui déjà s'enflammait, se faisait sentir. Alicia, la première, en parut suffoquée.

— Ouvre cette fenêtre, dit-elle à Camille, et si tu persistes dans ta résolution, je te jure, sur mon honneur, que je la fermerai sur nous?

— Sur nous! dit Camille. Es-tu venue pour mourir aussi?

— Pour mourir ou pour vivre, Camille! selon ce que tu décideras. Ce ne sera pas la peine de me chasser, si tu veux mourir; il y a place ici pour toutes deux, et tu ne me refuseras pas un coin de ce parquet.

— Alicia! repartit Camille, Alicia! tu ne peux mourir.

Elle ouvrit la fenêtre, et plaça le fourneau dans la cheminée dont elle leva la trappe.

— Me crois-tu moins de courage qu'à toi? dit Alicia.

— Non, mais il te reste quelque chose à faire... Tiens, Alicia, voilà ce que je t'écrivais.

Alicia lut la lettre d'un bout à l'autre. Son âme qu'elle avait roidie et tenue ferme pour aborder Camille à l'unisson d'un cœur qui prépare froidement sa mort, son âme fléchit, se brisa à chaque phrase, et, lorsqu'Alicia arriva aux dernières lignes de la lettre, ses pleurs ruisselaient sur le papier, ses sanglots étranglaient sa voix... Camille, aussi demeurée droite et impassible jusque-là, s'attendrit de la voir s'attendrir, pleura de la voir pleurer; et quand Alicia, après avoir fini la lettre, la laissa tomber, et lui tendit les bras, Camille s'y précipita, et toutes deux pleurèrent longtemps le cœur contre le cœur. Le paroxysme de leur résolution était tombé; elles étaient redevenues deux faibles femmes malheureuses qui s'aimaient et qui souffraient ensemble. Enfin Camille retrouva la première un peu de cette force qui l'avait si longtemps soutenue, et dit à Alicia :

— Tu vois bien qu'il faut que tu vives, Alicia, j'ai encore besoin de toi.

— Si ce n'est que cela, répondit Alicia, un autre tiendra tes engagements; lis.

Elle remit un billet de quelques lignes à Camille.

« Alicia, courez chez Camille; Charles Launay, pris d'un remords de sa faiblesse, vient de me prévenir que Césarine avait poussé le crime jusqu'à aller faire une scène à Camille pour l'argent que son mari a emprunté à M. Launay. Cette malheureuse veut dépouiller madame de Lubois du peu qui lui reste... Charles n'ose lui résister. Courez, dites à Camille que sa dette sera payée par vous, que toutes les précautions sont prises... Arrangez tout comme vous voudrez... Elle n'en entendra jamais parler... Courez : quoique je sache qu'elle paraît assez tranquille, je n'ose penser jusqu'où pourrait la pousser ce dernier et épouvantable malheur. »

— Il t'a envoyé cette lettre à l'instant, dit Camille.

— Il y a deux heures, reprit Alicia. Quand je suis venue, on m'a refusé ta porte ; quand j'ai dit enfin ce que je craignais, on a parlé de l'enfoncer... Je t'ai dit pourquoi je ne l'ai pas voulu... Il a fallu aller chez un magistrat, il a fallu avoir l'ordre d'ouvrir, il a fallu un ouvrier... Il a fallu briser la serrure sans bruit.

— Et tu as pensé à tout cela, Alicia, dit Camille en lui prenant les mains.

— Maurice m'accompagnait.

— Maurice ! s'écria Camille avec terreur ; Maurice ! est-ce qu'il est ici ?

— En sortant de chez son banquier, où il avait emmené Charles Launay pour assurer sa dette, il m'a retrouvée à ta porte, disputant avec les gens de la maison qui ne voulaient pas me laisser monter ; il m'a accompagnée partout, et s'est retiré quand il t'a vue vivante ; car je lui ai répondu de toi ; et, dans une heure... il quitte Paris, il quitte la France, et va en Italie.

— Il t'abandonne aussi.

— Tu te trompes, Camille ; Maurice ne m'abandonne pas, il ne m'a jamais aimée.

— Oh ! tu me trompes.

— Veux-tu m'écouter ?

— Tu me trompes.

— Ecoute-moi. Te souviens-tu du jour où j'ai promis de te raconter mes malheurs, s'il le fallait, pour te donner du courage ?... Eh bien ! je vais te les dire. Camille, je sortis du pensionnat quelques mois avant toi : mon tuteur me loua un appartement dans le faubourg Saint-Germain, et plaça près de moi une vieille parente. Je ne te dirai pas les mille soins assidus dont il m'entoura, les flatteries qu'il me prodiguait, son obéissance à tous mes caprices, et ces libertés de débauché que mon inexpérience attribuait à sa familiarité paternelle : l'art qu'il mit à m'enlacer fut horrible. La femme qui me servait de tante était d'une grossièreté que je haïssais, et il avait si bien fait que je trouvais heureux, lorsqu'il venait tous les soirs, qu'elle nous laissât seuls tous les deux. Cela fut plus long que tu ne penses : avant que Camizard me parlât de ses espérances, il me laissa le temps de m'accoutumer au luxe qui m'entourait, de m'en faire un besoin ; il sait, lui qui a passé sa vie dans toutes les corruptions, que le besoin de conserver ce qu'on a est bien plus impérieux que le désir d'acquérir ce qu'on n'a pas. Enfin, un jour, il me dit qu'il m'aimait! C'est une passion de tigre que celle de cet homme... souple et rampante tant qu'elle s'approche inaperçue de sa proie, féroce et vindicative dès qu'elle veut lui échapper.

— Oh! je le sais, dit Camille qui écoutait avidement Alicia.

— Tu le sais? reprit Alicia. Eh bien! s'il t'a parlé d'amour après t'avoir poussée sans doute dans un abîme sans autre issue que l'infamie, tu dois penser quelle fut mon épouvante lorsqu'il me dit ce qu'il voulait. Imagine-toi mon effroi lorsque je le repoussai avec indignation et qu'il me jura qu'il fallait être à lui ou perdue, et qu'il me laissa brisée dans l'âme de ces paroles, brisée de fatigue d'une lutte infâme. Le soir vint, son affreuse complice rentra. Songe que c'était mon premier malheur! je ne la soupçonnais pas ; elle me consola, elle me promit de ne plus me quitter ; elle me combla de soins presque maternels... et ce ne fut que le lendemain que je me rappelai combien sa figure était livide quand elle me présenta un verre d'eau qu'elle m'avait préparé. A peine je l'avais bu, que je m'endormis... Camille, tu parles de malheur et de mourir ; tu parles d'insultes et de crimes... eh bien! Camille... moi, je m'endormis innocente et pure, et je m'éveillai flétrie et déshonorée.

— Déshonorée! s'écria Camille.

— Déshonorée dans le sommeil, sans défense, sans pouvoir appeler ni Dieu, ni les hommes, ni moi-même, ni la mort à mon aide. Déshonorée, entends-tu!... Et quand je rouvris les yeux, je rencontrai le visage de Camizard qui riait sur le mien.

— Infamie! s'écria Camille.

— Oui... infamie, répéta Alicia que ces souvenirs bouleversaient dans l'âme ; c'est une infamie, un crime que les lois punissent du bagne, mais à condition que la victime viendra étaler devant les tribunaux son déshonneur et sa flétrissure... à condition qu'elle rentrera dans la société pour y être montrée du do gt et poursuivie de joyeux demi-mots et d'équivoques grossières... Je le savais, ou plutôt je le sus ; il me le dit... Il m'étala froidement l'aspect de mon avenir parti de cette heure de déshonneur... et, après m'avoir flétrie, il me laissa avec l'effroi de ma vengeance... Je ne me vengeai pas.

— Oh !... s'écria Camille ! oh ! malheureuse Alicia ! et moi, moi, où étais-je alors ?

— Huit jours après tu te mariais ; huit jours après j'étais au bal de tes noces, à côté de mon bourreau, et je riais avec lui, et je te voyais heureuse, et je me disais : — Voilà l'avenir qu'il m'a perdu : jamais je ne mettrai sur mon front cette blanche couronne de mariée... Va, j'ai bien souffert aussi, Camille ; mais je n'ai jamais pensé qu'il fût juste de mourir pour le crime des autres. Infâme de cœur et souillée, j'aurais pu tromper quelque honnête homme ! je ne l'ai pas voulu, et je me suis dit : — Je vivrai seule et par moi seule. — Si je ne suis pas un peintre en renom, je le dois à ce malheur ; Camizard m'a remis mon existence à porter avec un fardeau de plus que n'avait l'orpheline ; mais l'orpheline n'a pas fait comme toi. A dix-huit ans, car je n'avais que dix-huit ans, car j'étais belle aussi, tu t'en souviens, belle à faire l'amour d'un homme, bonne aussi à faire son bonheur ; eh bien ! à dix-huit ans, je ne désespérai pas de la vie, j'en arrachai une espérance, voilà tout... et cependant ce n'est pas là mon plus affreux malheur.

— Quoi ! s'écria Camille, tu as eu d'autres douleurs plus poignantes ?...

— Oui, plus poignantes.

— C'est encore un crime, sans doute, qui te les a données.

— Non, Camille, ce fut plus affreux, ce fut l'honneur qui me les imposa.

— Mon Dieu ! que vas-tu me dire ? reprit Camille à qui le cœur manquait de penser qu'Alicia avait si longtemps souffert seule et sans se plaindre.

— Ecoute, dit Alicia Je commençai alors ma carrière de peintre, et je trouvai partout des hommages que je repoussai avec une froideur qui me fit plus d'ennemis que tu ne penses. Parmi tous les hommes que je rencontrai, il se forma une sorte de ligue contre moi; c'était une tâche que chacun se donnait de me séduire et de me perdre. On dirait que la vertu des femmes est importune aux hommes : il n'est séductions, lâchetés, infamies, qu'ils n'emploient pour l'égarer, et puis il n'est mépris et outrages dont ils ne l'accablent... Mourir, parce-qu'ils sont infâmes, oh! ce serait faire une trop belle part au crime; il faut vivre pour oser le mépriser; il faut vivre pour oser être heureux...

— Heureux! s'écria Camille.

— Heureux; oui... oui, Camille... j'ai espéré être heureuse... J'aurais pu l'être, je puis l'être encore.

— Ah! tant mieux, tant mieux, s'écria Camille; ah! si je pouvais t'y servir, Alicia!... Mais enfin qu'avais-tu donc espéré?

— Le voici, le voici, reprit Alicia en essuyant quelques larmes et en rassurant sa voix. Parmi tous ces hommes qui me poursuivaient de leur amour, l'un d'eux me parut digne du mien, de celui que j'avais à lui offrir. C'était en lui une indépendance d'idées, un mépris des lois du monde, des rigueurs de salon, des proscriptions de pruderie, qui me rassurait; c'était en même temps une puissance de vouloir, une audace, un courage à porter ses opinions les plus exaltées et ses actions les plus folles qui me charmaient, qui me prirent, qui me soumirent à lui... Je l'aimai. O Camille! qu'il y a dans le cœur d'endroits par où l'on peut souffrir! Si tu savais, dans tous les longs détails d'un amour longtemps poursuivi, ce que j'eus à supporter : lorsque cet homme me demandait à genoux ma vie pour en faire la sienne, ma vie si pure, disait-il, si tu savais comme je pleurais en moi! Il y a de ces tortures qu'on n'imagine pas quand on ne les a pas subies. Lorsqu'il me serrait la main, lorsqu'il croyait avoir beaucoup osé de la porter à ses lèvres, lorsqu'il s'empressait de rassurer ma rougeur qu'il croyait si innocente... que j'avais de désespoir dans l'âme, car je le trompais!... Lui, noble, jeune, beau, amoureux, et qui m'offrait sa vie, il se faisait un remords d'alarmer une femme qui avait dormi dans les bras d'un autre... et pourtant je l'aimais, je l'aimais comme une folle. Si j'avais été pure de corps comme d'âme, je lui aurais dit : Je suis à toi... je suis à toi ! mais je n'osais pas... cependant je l'aimais ; il fallait en finir, mourir ou me donner... Je voulus être honnête envers lui ; il le fut cruellement envers moi. Un soir, que Dieu me donne la force de te le raconter, un soir, il était près de moi, amoureux, implorant, à genoux. Je pleurais aussi, et je tremblais... Veux-tu être à moi ? me disait-il ; veux-tu être à moi ? — Oui, lui dis-je, Maurice.

— C'était Maurice ? s'écria Camille en reculant.

— Oui, c'était Maurice.

— O mon Dieu ! fit Camille en tombant à genoux et avec une expression de nouveau désespoir qui montrait qu'une espérance était entrée dans son âme, comme Alicia dans sa tombe, et que cette espérance s'en allait encore...

— Oui, c'est Maurice... à qui je ne voulais pas me donner, sans qu'il sût ce que j'étais... sans lui avoir avoué qu'il n'aurait pas le premier battement de mon âme. Oh ! tu parles de souffrir... mais, mon Dieu, que dirais-tu, si tu avais eu à subir comme moi ce silence d'une demi-heure qui suivit mon aveu, silence où je voyais ma vie passer et se débattre dans les pensées qui obscurcissaient le front de Maurice ? Tu parles d'avoir souffert ; mais, mon Dieu ! tu serais morte dix fois... toi, s'il t'avait dit avec son visage implacable et impérieux :

— Alicia, je serai ton ami jusqu'à la dernière goutte de mon sang... Je ne puis pas être ton mari ; je ne le pourrais être qu'à une condition, ce serait de tuer Camizard, et encore son souvenir se coucherait-il entre toi et moi dans notre lit nuptial. Je verrais dans la nuit son rire insultant qui me dirait : — J'ai tenu ta femme entre mes bras... — Non, c'est impossible. Quant à celui qui, après ton aveu, osera être ton amant, il doit se sentir le pouvoir de t'aimer tant que le cœur lui batira, et moi...

— Toi, toi, m'écriai-je, tu ne m'aimes donc pas ainsi ?

— Non, me dit-il, je suis coupable, je t'ai mal jugée, je t'ai crue une femme comme tant d'autres, plus rusée seulement, plus habile que tant d'autres, et j'ai voulu lutter avec toi. J'ai voulu faire ce que j'ai fait pour tant d'autres.

— Ah! lui répondis-je alors, c'est ce que je viens de te dire qui te fait me mépriser.

— Non, me répondit-il du même ton sombre et résolu; pour cela, pour cet aveu, je t'estime; pour cet aveu, je t'aimerais, si je pouvais t'aimer comme tu le mérites. Ecoute-moi, Alicia, tu es trop forte pour moi, et moi trop impérieux pour toi; il te faut un amant qui soit l'esclave de ta supériorité; je veux être le maître de celle que j'aimerai, et ce ne sera que devant sa faiblesse que je me ferai esclave. Nous avons un pacte plus sacré à faire entre nous... Nous pouvons être amis... Voulez-vous être mon amie, Alicia?

Je l'aimais tant, que j'acceptai. Il le fut, mon ami; il l'a été: mes succès, il les a vantés, il les a produits; il a été le héros de mon nom, ne pouvant me donner le sien; mon honneur, il l'a fait respecter; ma vie, il l'a rendue riche, il l'a arrachée dès le lendemain de ce jour à la misère qui la menaçait. Le lendemain, il m'écrivait: « Ma sœur, je vous envoie ce qui vous appartient dans ce que je possède. »

— Mais, s'écria Camille haletante et en se relevant, ces serments qu'il t'a faits!

— L'insensé m'avait juré de ne jamais aimer une femme qui valût mieux que moi; il m'avait dit que l'amour ne serait plus qu'un jeu de sa vie, et que notre amitié le dominera t toujours de toute la hauteur de sa sainteté; et voilà en quoi il m'a trompée, en t'aimant: il aime mieux ton amour que mon amitié.

— Alicia, Alicia, dit Camille en sanglotant; ah! dis-tu vrai? m'aime-t-il ainsi?

— Camille, lorsqu'il me forçait à menacer Camizard de son crime pour qu'il te défendît contre ton mari et madame de Brémont, il achetait ton repos au prix de ma douleur.

— Et tu te sacrifiais ainsi, pauvre sœur?

— Oui, parce qu'il était près de moi pour me soutenir; mais, lorsque j'ai été surprise tout à coup par ta présence chez lui, et que je t'ai vue presque dans ses bras, alors j'ai senti que j'avais gardé une espérance au fond de l'âme, une espérance vague, incertaine, une espérance d'être aimée un jour, qui s'est enfuie de mon cœur au moment où je l'ai accusé, et qui maintenant n'y rentrera jamais, car je sais à quel point il t'aime, aujourd'hui qu'il a scellé son amour de son sang.

— Que dis-tu? Ah! c'est ce fatal duel qui nous sépare. N'est-il pas l'homme qui a voulu tuer mon mari?

— Quoi! tu ne sais donc rien? s'écria Alicia.

— Rien... rien... Mais qu'a-t-il donc fait?

— Ce qu'il t'avait promis, il l'a tenu... Avant d'aller s'exposer à la rage de ton mari, il avait attesté ton innocence; il avait fait plus, Camille, et, quoique ceci ne soit rien pour une âme comme la tienne, il faut que tu le saches. Assuré qu'il était qu'après sa mort tu n'aurais plus un protecteur, il t'avait léguée à son oncle, à M. de Marquoy, et sa fortune devait te revenir par les mains de ce vieillard. C'était un engagement pris par l'un et par l'autre. Le seul qu'il n'eût pas dit tout haut, parce qu'il n'eût pas trouvé de complices pour le lui laisser tenir, c'était de ne point se défendre contre ton mari.

— Il ne s'est point défendu?

— Comment! s'écria Alicia, tu ne le sais pas? Trois fois ton mari l'a ajusté longuement et à son aise... trois fois la balle de Maurice s'est enfoncée à terre et à ses pieds... Enfin, à la quatrième, il a été frappé... aussi assassiné qu'on peut l'être quand on se laisse tuer.

— Oh! le malheureux, le malheureux! s'écria Camille.

— Eh! penses-tu, poursuivit Alicia, que s'il n'avait été étendu sur son lit où il se mourait, tu eusses eu à souffrir toutes les horreurs qui t'ont frappée?... Il ne les savait pas, Camille... il te croyait protégée par madame de Brémont, il ignorait ta résolution; son oncle ne voulait pas la lui dire, et moi, je ne l'osais pas. Tant qu'il ne pouvait pas se lever pour te secourir, lui dire ce que tu souffrais... c'eût été le tuer.

Camille sanglotait et pleurait en écoutant Alicia.

— Et maintenant, reprit celle-ci, voici la lettre qu'il t'écrit, et où il te demande de vivre.

— Donne, ah! donne, répondit Camille en essuyant ses yeux pleins de larmes.

Elle lut à haute voix la lettre suivante qu'elle entrecoupait de ses exclamations éplorées ;

« Camille,

» Il ne faut pas que vous mouriez. Le suicide n'est que le droit du crime et celui de la misère. Il n'y a que le remords et la pauvreté qui soient insupportables. Vous êtes innocente, et l'amitié d'Alicia vous épargnera des douleurs pour lesquelles vous n'auriez aucune force... »

— Ton amitié, dit-il?

— Oui, répondit Alicia, c'est en mon nom qu'est passé le contrat qui te libère envers Césarine.

— Mon Dieu! mais je ne puis, je ne veux pas...

— Continue.

« Qu'un tel sacrifice de sa part ne vous paraisse pas trop grand. Je puis vous dire, moi, ce qu'elle n'oserait vous dire, ce qu'elle aurait honte de calculer devant vous : le prix que lui coûte votre repos, quelque grand qu'il soit, attaque à peine la fortune considérable que lui ont acquise ses talents. Acceptez-le... »

— Jamais, ah! jamais, s'écria Camille.

— Tu oublies que c'est moi qui te sauve, que c'est une femme, ton amie, reprit Alicia... Je ne t'ai pas dit que je lui avais juré de te le faire croire.

— Et il l'a espéré! dit Camille. Oh! de lui, je ne le puis... de lui, que je verrais tous les jours, oh! j'aurais honte d'être ingrate... honte d'être reconnaissante... c'est impossible... Je lui ai dit que je l'aimais... Je ne puis plus accepter.

— Continue.

« Rien, Camille, rien, je vous le jure, ne vous importunera plus en ce monde. Ma vue, la vue d'un homme à qui vous avez dit, dans un moment d'égarement et par pitié pour lui, sans doute, à qui vous avez dit que vous l'aimiez, sa vue, sa présence ne vous reprocheront plus un aveu auquel il ne croit plus. »

— Il n'y croit plus! dit Camille.

— Non... mais continue.

« Je quitte la France cette nuit; je vous laisse avec ma

sœur : vivez pour elle, et ne lui apprenez pas à me maudire. »

— Quoi! s'écria Camille, il part, sans doute le désespoir dans le cœur!

— Oui, dit Alicia, il part, et depuis deux jours un testament est déposé chez son oncle; ce testament, dont celui-ci a rompu le cachet malgré sa sainteté... ce testament dispose de toute sa fortune en ta faveur; ce testament dit qu'il te prie à genoux du fond de sa tombe de ne pas refuser de Maurice mort ce que tu refusais de Maurice vivant.

— Et il part... répéta Camille avec désespoir; il part!

— Non, tu vois bien qu'il va mourir loin, bien loin, pour que sa mort même ne te touche pas, perdue qu'elle sera dans quelque obscur village d'Italie.

— Et tu ne l'as pas arrêté! s'écria Camille.

— Camille, reprit Alicia, ce n'est pas pour moi qu'il voudrait vivre.

— Je te comprends.., répondit Camille, je te comprends.
— O mon Dieu!... s'écria-t-elle après un moment de silence.

— Que crains-tu?... dit Alicia qui l'avait comprise.

— Mais le monde, le monde me salira encore; il dira que je me suis vendue.

— N'as-tu pas assez perdu ta vie pour cette vaine crainte du monde? et quelle injure le monde t'a-t-il épargnée?... Laisse-le dire, le monde est un lâche, il n'injurie que ceux qui le craignent, il ne crache au visage que de ceux qui ne le foulent pas aux pieds.

— Mais toi, Alicia; toi, tu aimes aussi Maurice?

— Je l'ai aimé, Camille, et je ne suis plus que sa sœur.

— Oh! tu en mourrais... dit Camille en regardant Alicia avec doute et désespoir.

— Camille, reprit Alicia, rappelle-toi à cette heure suprême ce que je t'ai dit autrefois... Je suis libre, moi, je suis forte, j'ai pris aux hommes leur place et leur sceptre. Je leur dispute leur gloire et leur puissance; je me sens une mission d'enseigner aux femmes comment elles peuvent s'affranchir du joug de leur protection; encore quelques années, et, quand je serai l'artiste le plus célèbre de mon époque, si la fantaisie m'en prend, je choisirai un mari ou un amant, comme ils choisissent une femme ou une maîtresse pour avoir une esclave... Maurice avait raison : je suis trop forte pour lui, il est trop impérieux pour moi; il veut protéger et moi aussi; nous ne sommes que deux amis.

— Alicia, jure-moi que tu vivras.

— Je te le jure ici où tu avais préparé ta mort. Je te le jure devant Dieu auquel je crois.

— Eh bien donc, reprit Camille avec une exaltation mêlée de joie et de martyre, achevons notre sacrifice, toi, celui de ton cœur, moi, celui de mon honneur... Viens... viens... et que Dieu, que tu as invoqué, nous donne la force d'être heureuses.

Elles sortirent et quittèrent la maison que madame de Lubois avait habitée pendant huit ans de mariage. La voiture dans laquelle elles montèrent les conduisit rue de Varennes. Elle s'arrêta d'abord devant la maison d'Alicia, et Alicia en descendit seule. Elle alla ensuite jusqu'à la porte de Maurice, et Camille en descendit à son tour. Elle frappa à la porte qui fut lente à s'ouvrir, comme pour l'avertir que c'était sa vie qu'elle allait donner. Camille monta, et, après avoir sonné, elle demanda à un domestique qui lui ouvrit, si son maître était visible.

— Je vais le savoir, répondit le domestique en cherchant à pénétrer le voile dont Camille s'était enveloppée.

Il entra chez son maître, et lui dit qu'une dame inconnue voulait lui parler. Maurice, occupé à écrire, entendit à peine et donna ordre d'introduire la dame. Quand Camille fut entrée dans cette chambre où elle avait, de toutes ses douleurs, souffert la plus vive, où elle avait douté de Maurice, elle releva son voile.

— Camille! Camille!... s'écria Maurice, vous, vous ici... que venez-vous me demander?

Camille lui tendit la main, et avec un sourire triste et doux, un regard confiant et serein, elle lui répondit :

— Je viens vous demander si vous voulez m'emmener en Italie avec vous.

XII

CONCLUSION.

Nous n'avons, pour notre part, aucune moralité à tirer de cette histoire. Les romanciers sont gens, comme on sait, qui corrompent la société et qui la calomnient. A l'un des critiques les plus distingués de notre époque, qui a imprimé cette accusation contre la littérature, l'auteur de ce livre disait : Croyez-vous que, s'il était possible, à l'heure qu'il est, d'ouvrir la porte d'un salon où se trouvent vingt personnes, et de mettre à nu l'histoire de ces vingt personnes dans tous ses détails et dans toutes ses époques, — et nous ne disons pas un salon donné, un quartier donné, une classe donnée, nous disons un salon, un quartier, une classe quelconque,— croyez-vous qu'il ne s'y rencontrât pas plus de vices, plus de hontes, plus d'infamies que dans le roman le plus immoral.

Le critique répondit : — Oui.

Si chacun de nos lecteurs veut se faire à lui-même la même question, et y répondre franchement ; s'il veut bien regarder autour de lui, il faudra qu'il reconnaisse que, dans le monde qu'il a traversé, il a trouvé mille fois de plus odieuses histoires que celle que nous venons de raconter. Eh bien ! nous laissons ce monde tel qu'il est fait, nous lui laissons à tirer la moralité du roman.

Cela se passa quelques mois après le départ de Camille et de Maurice ; c'était dans les Tuileries, par une belle journée de janvier, froide et sèche, par une de ces journées où les femmes vont promener, dans ce jardin, leurs riches toilettes d'hiver, leurs manchons et leurs fourrures.

Madame Drancy se promenait au bras de son mari, convoyée de chaque côté de deux ou trois beaux qui ricanaient en caressant leur barbe sous leur menton, leur cravate sous leur barbe. On fit rencontre de Camizard. Madame Drancy marcha droit à lui, et, l'abordant avec toutes les démonstrations d'amitié et de coquetterie imaginables ;

— Mon Dieu ! lui dit-elle, que je suis charmée de vous rencontrer ! J'ai bien des félicitations à vous faire : vous avez été nommé député... on vous a rendu enfin justice.

Je vous remercie de votre intérêt. On a bien voulu me tenir compte de trente ans de services voués à la France seule, et d'une conduite politique qui n'a jamais transigé avec les vrais principes.

— Et puis, ajouta Drancy, votre nomination est bonne, en cela qu'elle prouve combien les électeurs commencent à comprendre que la moralité d'un homme doit entrer dans ses titres à la confiance du pays. Nous avons assez de ces brouillons politiques, qui ne se recommandent que par des opinions extrêmes; il nous faut des hommes sages qui rassoient la société sur des bases solides de religion et de morale.

A propos, reprit Adèle, à propos de religion, vous avez eu le malheur de perdre madame de Brémont.

— Helas ! oui, dit Camizard, le chagrin qu'elle a éprouvé de la conduite de de Lubois et surtout de celle de Camille.

— Qui l'eût dit ? répliqua Adèle; cette pauvre Camille !

— Je ne sais pas, reprit Drancy, j'en ai toujours eu mauvaise idée; aussi je la voyais à peine; elle faillit compromettre Adèle.

— Que veux-tu ? repartit madame Drancy, c'était une amie, une camarade de pension. J'espérais que de bons conseils...

— Qui saluez-vous donc là ? dit Camizard qui avait à volonté la vue courte ou perçante.

— C'est madame Launay.

— Ah ! Césarine ! n'est-elle pas avec votre frère ?

— Oui. C'est une très-aimable petite femme, bien rangée, un charmant ménage. Antoni est tout à fait de leurs amis. Adieu, monsieur Camizard, je vous quitte; j'aperçois madame Launay qui me fait signe; nous dînons ensemble... Je vais la rejoindre.

— Un mot, fit Drancy. N'y a-t-il pas parmi les propriétés que vous a laissées madame de Brémont, par son testament, une petite maison près de Corbeil, avec quelques arpents de jardin ?

— Oui, oui, la Maison-Rouge.

— C'est cela. Eh bien! si vous n'y tenez pas et que vous vouliez-vous en défaire, je m'en arrangerai peut-être. Je suis un peu las du bruit de Paris, je veux me retirer et vivre en patriarche.

— Nous en causerons quand vous voudrez, dit Camizard. Vous serez le voisin d'Alicia; elle a une propriété charmante au bord de la Seine, où elle vit fort retirée.

— Hé! hé! les proverbes sont la sagesse des nations, ajouta un monsieur beau, de ceux qui entouraient madame Drancy : Quand le diable fut vieux, il se fit ermite.

— Je crois bien, reprit Adèle qu'il y a autant de chagrin que de sagesse dans sa retraite. Camille, après tout, lui a joué un tour indigne. Alicia aimait Maurice depuis plus de sept ou huit ans. Ils faisaient presque ménage ensemble, demeurant porte à porte..

— Ça ne sera pas si long avec madame de Lubois, reprit le même monsieur beau; une femme exigeante, impérieuse : il en sera bientôt fatigué. Il a fallu toute la patience d'Alicia qui lui passait toutes ses aventures. Mais madame de Lubois, je ne lui en donne pas pour six mois.

— Bon Dieu! que deviendra-t-elle? reprit Adèle d'un ton piteux.

— Pardieu! reprit le beau en piochant agréablement la terre du bout de sa canne, elle deviendra ce que tant d'autres sont devenues... une femme entretenue.

— Eh mais! fit Drancy, il me semble qu'elle n'est pas autre chose.

Sur ce mot, on se salua et on se sépara.

Et maintenant qu'on nous permette, à nous, d'écrire, à côté de ce jugement, la parole du Christ au jardin des Oliviers :

Qui sine peccato est vestrûm primus in illam lapidem mittat.

« Que celui de vous qui est sans péché jette la première pierre à cette femme. »

FIN.

TABLE

Pages.

PREMIÈRE PARTIE.

CHAP. I. — Exposition 1
— II. — Le Bal 37
— III. — Suite d'un bal 52
— IV. — Amitiés 74
— V. — Morale 99
— VI. — A quoi sert un amant 117
— VII. — Révolution 125

DEUXIÈME PARTIE.

CHAP. I. — Une affaire 155
— II. — Rencontre 174
— III. — Suite d'une fête 191
— IV. — Dernière tentative 199
— V. — Comédie 206
— VI. — Les lettres 214
— VII. — Désespoir 223
— VIII. — Scène à l'Opéra 244
— IX. — Ruine 274
— X. — Adieux 291
— XI. — Amitié 297
— XII. — Conclusion 309

FIN DE LA TABLE.

COLLECTION MICHEL LÉVY.

Volumes parus et à paraître. — Format grand in-18, à 1 franc.

vol.

A. DE LAMARTINE.
Les Confidences. . . 1
Nouv. Confidences. . 1
Touss. Louverture. . 1

THÉOPH. GAUTIER
Beaux-arts en Europe 2
Constantinople. . . 1
L'Art moderne. . . 1
Les Grotesques. . . 1

GEORGE SAND
Hist. de ma Vie. . 10
Mauprat. 1
Valentine. 1
Indiana. 1
Jeanne. 1
La Mare au Diable. . 1
La petite Fadette. . 1
François le Champi. 1
Teverino. 1
Consuelo. 3
Comt. de Rudolstadt 2
André. 1
Horace. 1
Jacques. 1
Lettres d'un voyag. 1
Lélia. 2
Lucrezia Floriani. . 1
Pêche de M. Antoine 2
Le Piccinino. . . . 2
Meunier d'Angibault. 1
Simon. 1
La dern. Aldini . . 1
Secrétaire intime. . 1

GÉRARD DE NERVAL
La Bohême galante. 1
Le Marq. de Fayolle. 1
Les Filles du Feu. . 1

EUGÈNE SCRIBE
Théâtre (ouv. comp.) 20
Comédies. . . . 3
Opéras 2
Opéras comiques.. 5
Comédies-Vaudv.. 10
Nouvelles. 1
Historiettes et Prov. 1
Piquillo Alliaga. . . 3

HENRY MURGER
Dern. Rendez-vous. 1
Le Pays Latin. . . 1
Scènes de Campagne 1
Les Buveurs d'Eau. 1
Les Amoureuses. . . 1
Propos de ville et propos de théâtre. 1
Vacances de Camille. 1
Scènes de la Bohême 1
Sc. de la Vie de Jeun. 1

CUVILLIER-FLEURY
Voyag. et Voyageurs. 1

ALPHONSE KARR
Les Femmes. . . . 1
Encore les Femmes. 1
Agathe et Cécile. . 1
Pr. hors de mon Jard. 1
Sous les Tilleuls. . 1
Sous les Orangers. . 1
Les Fleurs. . . . 1
Voy. aut. de mon jard. 1
Poignée de Vérités.. 1
Les Guêpes. . . . 6
Pénélope normande. 1
Trois cents pages . 1
Soirées de Ste-Adresse 1
Menus-Propos . . 1

vol.

Mme B. STOWE
Traduct. E. Forcade.
Souvenirs heureux. . 3

CH. NODIER (Trad.)
Vicaire de Wakefield.. 1

LOUIS REYBAUD
Jérôme Paturot . . 1
Paturot-République. 1
Dern. des Commis-Voyageurs. . . . 1
Le Coq du Clocher. 1
L'Indust. en Europe 1
Ce qu'on voit dans une rue. 1
La Comt. de Mauléon. 1
La Vie à rebours. . 1

FRÉDÉRIC SOULIÉ
Mémoires du Diable. 2
Les Deux Cadavres. 1
Confession Générale. 2
Les Quatre Sœurs . 1
Au jour le jour . . 1
Marguerite. — Le Maître d'École. . 1
Le Bannier. — Eulalie Pontois. . . 1
Huit jours au Château 1
Si jeunesse savait . 2

Mme É. DE GIRARDIN
Marguerite. . . . 1
Nouvelles. 1
Vicomte de Launay. 4
Marq. de Pontanges. 1
Poésies complètes. . 1
Cont. d'une v. Fille. 1

ÉMILE AUGIER
Poésies complètes. . 1

F. PONSARD
Études Antiques. . 1

PAUL MEURICE
Scènes du Foyer. . 1
Les Tyrans de Village 1

CH. DE BERNARD
Le Nœud gordien. . 1
Gerfaut. 1
Un homme sérieux. . 1
Les Ailes d'Icare . . 1
Gentilhom. campagn. 2
Un Beau-Père. . . 2
Le Paravent . . . 1

HOFFMANN
Trad. Champfleury.
Contes posthumes. . 1

ALEX. DUMAS FILS
Avent. de 4 femmes. 1
La Vie à vingt ans. 1
Antonine. 1
Dame aux Camélias. 1
La Boîte d'Argent. . 1

LOUIS BOUILHET
Melænis. 1

JULES LECOMTE
Poignard de Cristal.. 1

X. MARMIER
Au bord de la Newa 1
Les Drames intimes. 1

J. AUTRAN
Milianah. 1

FRANCIS WEY
Les Anglais chez eux 1

vol.

PAUL DE MUSSET
La Bavolette. . . . 1
Puylaurens. . . . 1

CÉL. DE CHABRILLAN
Les Voleurs d'Or. . . 1
La Sapho 1

EDMOND TEXIER
Amour et finance. . 1

ACHIM D'ARNIM
Trad. T. Gautier fils.
Contes bizarres. . . 1

ARSÈNE HOUSSAYE
Femmes c. elles sont 1
L'amour comme il est 1

GÉNÉRAL DAUMAS
Le grand Désert. . 1
Chevaux du Sahara. 1

H. BLAZE DE BURY
Musiciens contemp.. 1

OCTAVE DIDIER
Madame Georges. . 1

FÉLIX MORNAND
La Vie arabe. . . 1

ADOLPHE ADAM
Souv. d'un Musicien. 1
Dern. Souvenirs d'un Musicien. . . . 1

J. DE LA MADELÈNE
Les Âmes en peine. 1

MARC FOURNIER
Le Monde et la Coméd. 1

ÉMILE SOUVESTRE
Philos. sous les toits 1
Conf. d'un Ouvrier. 1
Au coin du Feu. . 1
Scèn. de la Vie intim. 1
Chroniq. de la Mer. 1
Dans la Prairie. . . 1
Les Clairières. . . 1
Sc. de la Chouannerie 1
Les derniers Paysans 1
Souv. d'un Vieillard. 1
Sur la Pelouse. . . 1
Soirées de Meudon.. 1
Sc. et rec. des Alpes. 1
Les Anges du Foyer. 1
L'Échelle de Femm. 1
La Goutte d'eau. . 1
Sous les Filets . . 1
Le Foyer Breton. . 2
Contes et Nouvelles. 1

LÉON GOZLAN
Châteaux de France. 2
Notaire de Chantilly 1
Polydore Marasquin 1
Nuits du P.-Lachaise 1
Le Dragon rouge. . 1
Le Médecin du Pecq 1
Hist. de 130 femmes. 1
La famille Lambert. 1
La dern. Sœur Grise. 1

THÉOPH. LAVALLÉE
Histoire de Paris. . 2

EDGAR POE
Trad. Ch. Baudelaire.
Histoires extraordin. 1
Nouv. Hist. extraord. 1
Aventures d'Arthur Gordon Pym. . . 1

vol.

CHARLES DICKENS
Traduction A. Pichot.
Neveu de ma Tante. . 2
Contes et Nouvelles. 1

A. VACQUERIE
Profils et Grimaces. 1

A. DE PONTMARTIN
Contes et Nouvelles. 1
Mém. d'un Notaire. . 1
La fin du Procès. . 1
Contes d'un Planteur de choux. . . . 1
Pourquoi je reste à la Campagne. . . 1

HENRI CONSCIENCE
Trad. Léon Wocquier.
Scèn. de la Vie flam. 2
Le Fléau du Village 1
Les Heures du soir. 1
Les Veillées flamand. 1
Le Démon de l'Argent 1
La Mère Job. . . . 1
L'Orpheline. . . . 1
Guerre des Paysans. 1

PAUL DE MOLÈNES.
Chroniques Contemporaines 1

DE STENDHAL
(H. Beyle.)
De l'Amour. . . . 1
Le Rouge et le Noir. 1
La Chartr. de Parme. 1

MAX. RADIGUET
Souv. de l'Amér. esp. 1

PAUL FÉVAL
Le Tueur de Tigres. 1
Les dernières Fées. 1

MÉRY
Les Nuits anglaises. 1
Une Hist. de Famille. 1
André Chénier. . . 1
Salons et Sout. de Paris 1
Les Nuits italiennes. 1

ÉDOUARD PLOUVIER
Les Dern. Amours. 1

GUST. FLAUBERT
Madame Bovary. . . 2

CHAMPFLEURY
Les Excentriques. . 1
Avent. de Mlle Mariette 1
Le Réalisme. . . . 1
Prem. Beaux Jours. 1
Les Souffrances du profess. Delteil. . 1
Les Bourgeois de Molinchart. . . . 1
Chien-Caillou. . . 1

XAVIER AUBRYET
La Femme de 25 ans. 1

VICTOR DE LAPRADE
Psyché. 1

H. B. RÉVOIL (Trad.)
Harems du N.-Monde. 1

ROGER DE BEAUVOIR
Chev. de St-Georges. 1
Avent. et Courtisanes 1
Histoires cavalières. 1

GUSTAVE D'ALAUX
Soulouque et son Emp. 1

F. VICTOR HU[GO]
(Traducteur.
Souv. de Shakspe[are]

AMÉDÉE PICH[OT]
Les Poètes amour[eux]

ÉMILE CARR[EY]
Huit jours sous l[']
quateur. . .
Métis de la Sava[ne]
Les Révoltés du P[ara]

CHARLES BARB[ARA]
Histoir. émouvant[es]

E. FROMENT[IN]
Un Été dans le Sah[ara]

XAVIER EYM[A]
Les Peaux Noires
Femmes du N.-Mo[nde]

LA COMTESSE [DASH]
Les Bals masqués
Le Jeu de la Rei[ne]
L'Écran. . .
Le Fruit défendu.

MAX BUCHON
En Province. . .

HILDEBRAND
Trad. Léon Wocq[uier]
Scè. de la Vie holla[ndaise]

AMÉDÉE ACHA[RD]
Parisiennes et P[ro]vinciales
Brunes et Blond[es]
Les dern. Marquis
Les Femmes honnê[tes]

A. DEBERNA[RD]
Le Portrait de la M[ar]quise. .

CH. DE LA ROU[NAT]
Comédie de l'Amo[ur]

MAX VALREY
Marthe de Montbr[un]

A. DE MUSSE[T]
GEORGE SA[ND]
DE BALZAC et
Le Tiroir du Diabl[e]
Paris et les Parisie[ns]
Parisiennes à Par[is]

ALBÉRIC SECO[ND]
A quoi tient l'Amou[r]

Mme BERTON
(Née Samson.)
Le Bonheur imposs[ible]

NIDAR
Quand j'é. Étudia[nt]
Miroir aux Alouette[s]

ÉMILIE CARLE[N]
Trad. M. Souvest[re]
Deux Jeunes Femm[es]

LOUIS ULBACH
Les Secrets du Dia[ble]

F. HUGONNET
Souvenirs d'un Ch[ef]
de Bureau Arab[e]

JULES SANDEA[U]
Sacs et Parchemin[s]

LOUIS DE CARN[É]
Drame s. la Terreu[r]

PARIS. — TYP. MORRIS ET COMP., RUE AMELOT, 64

www.ingramcontent.com/pod-product-compliance
Lightning Source LLC
Chambersburg PA
CBHW050201030726
47505CB00005B/1477
* 9 7 8 2 0 1 1 8 6 7 1 0 0 *